逸脱

捜査一課・澤村慶司

堂場瞬一

角川文庫
17579

目次

第一部　追跡者

1

緩い崖《がけ》の斜面。街の灯もここまではほとんど届かず、深い下生えはミニチュアサイズの森のようにも見えた。八月とはいえ、さすがにこの時間になると幾分涼しくなる。一汗かいた直後となればなおさらだ。事切れた相手を見下ろしながら、両手をズボンに擦《こす》りつけて掌《てのひら》の汗を拭《ぬぐ》う。

ただの肉塊になってしまった相手の首筋に残る、細く赤い痕《あと》を凝視する。ピアノ線を輪にして背後から襲い、気管を潰《つぶ》した。喉《のど》の前面にはピアノ線ががっちりと食いこんでおり、もう少し締め上げ続けていたら、首が落ちていたかもしれない。もちろん、その前にこちらの手が持たなかっただろうが。ピアノ線の両端にはオートバイのグリップを固定して握りやすくし、さらに分厚い溶接作業用の革手袋もしていたのだが、それでも掌はじんじんと痛む。手袋を取って、傷がないのは確認していたが、ナイフで見えない長い傷をつけられたようだった。

相手の左手の人差し指は、第一関節から先が千切れていた。ピアノ線が背後から目の前を通過する時、細い半透明な物が見えたのだろう。咄嗟《とっさ》に指を差し入れたとしたら、大した運動神経だ。だが、ピアノ線の凶暴なまでの硬さと鋭さまでは頭になかったはずだ。その辺りには切断された指先が転がっているはずだが……残しておこう。どうしてこんなことになったのか、県警の連中が正しく理解できるかどうか、テストだ。

連中がその関門を突破できるとは思えなかった。少しだけ、しかし明確なヒントを残してやらなくては。ナイフを手に取り、跪《ひざまず》いて死体の首筋めがけ振り下ろす。

◇

「三人目か」澤村慶司《さわむらけいじ》は短く吐き捨てた。視線は、斜面の数メートル下に引っかかっている遺体に注がれている。例によって首筋まで埋まった短いナイフの柄が、朝の光に煌《きら》めいていた。午前七時だというのに気温は遠慮なく上がっており、首筋を汗が伝い落ちる。中出《なかいで》市内にある崖地。鬱蒼《うっそう》と木が生い茂り、崖下の住宅街に緑を提供している。最寄り駅は……ない。どの駅から歩いても三十分以上はかかる。足場の悪い斜面で動き回る鑑識の連中を眺めながら、澤村はじっと暑さに耐えていた。木陰にいるせいで直射日光は射さないのだが、その分風通しが悪く、一度流れ出した汗は簡単に引きそうにない。木の葉に切り取られて地面に落ちる複雑な光の模様を見ているうちに、頭がくらくらしてきた。頭上から降り注ぐ蟬の大合唱も、鬱陶しさに拍車をかける。

「どんな具合だ」県警捜査一課の先輩刑事、藤崎《ふじさき》が、斜面を慎重に降りながら声をかけてきた。タオルを首に巻いているのは準備がいい証拠である。澤村はあまりにも慌てていたので、ハンカチさえ忘れていた。

「間違いないですね。三人目です」

「クソったれが」舌打ちするように藤崎が吐き捨てる。タオルで人並み外れて大きな顔を拭い、恐る恐る足を運んで遺体遺棄現場まで降りようと試みた。

「真っ直ぐ行くと滑りますよ。少し迂回《うかい》した方がいい」

「誘導してくれ」

無言でうなずき、澤村は左側から大きく回りこんだ。ちらりと後ろを見ると、藤崎は木を手がかりに、おっかなびっくり斜面を下っていた。自分とそれほど年齢は変わらないのだが……この男の運動神経の鈍さは、ある意味驚異的だ。頭が大きいので、歩くだけでバランスを崩す、と陰口を叩《たた》く人間もいる。実際にデスクワーク向きの人間なのだが、澤村と同じで、たまたま近くに住んでいるという理由で現場に駆り出された。

事件は広がる一方だ。これまでに本部の捜査一課、二つの所轄が巻きこまれており、さらに今回の事件で三つ目の所轄が捜査に参加することになる。澤村が属する一課強行班は、四班中三班が出動中。人手は足りず、本部の捜査三課、刑事総務課、機動捜査隊の他、事件を抱えていない所轄からも刑事たちが召集されていた。

最初の事件から一か月――一か月の間に同様の手口の殺しが三件。異常事態だ。うだるような八月の最中《さなか》の捜査とあって、刑事たちの疲労もピークに達している。ずっと待機状態だった俺も、ついにこの騒ぎに巻きこまれるのかと、澤村は手首で額の汗を拭いながら覚悟を決めた。

「こいつは……」藤崎が息を呑《の》んだ。死体は嫌になるほど見ているはずだが、かなりの衝撃を受けた様子だ。

「ピアノ線か何かだと思います。細い針金かもしれないな」澤村は推理を口にした。「後ろから首に引っかけて、そのまま締め上げた。あるいは背中合わせで背負い上げるようにしたのかもしれません。首は切れかかってますね」ざっくりとした傷口から覗《のぞ》く赤い組織部分に、早くも蠅がたかっている。

「相手の体重を利用したわけだ」

「あと、左手の人差し指を見て下さい」第一関節から先がなくなり、骨がかすかに露出した指先に目を向けた。「ピアノ線の下に、必死で指を潜りこませたんでしょうね。勢いで千切れたんだ」

「悲惨な死に方だ」藤崎がぎゅっと唇を引き結ぶ。

「それとナイフは、前の二件と同じものだと思います。柄の模様が同じです」前の二件だけでなく、十年前の事件とも。

「そうみたいだな」藤崎が目を眇《すが》める。「このナイフ……まだ出所が分からないんだろう？」

「大量生産ですから」澤村はかすかな異音に気づいて顔を上げ、斜面の上部に視線を投げた。「課長がお出ましですよ」

「相変わらず気づくのが早いな」感心したように藤崎が言った。

「目と耳だけはいいですから」

「俺には何も聞こえないぜ」

「間違いありません」

　ほどなく、一課長の谷口《たにぐち》が斜面を降りてきた。ここ何代かの課長では最年少ということもあり、身のこなしはまだ運動選手のように俊敏である。ほとんど走るようなスピードで、澤村が「危ない」と思っていた斜面をあっさりクリアしてしまう。

　二人は揃って頭を下げた。谷口が目礼し、死体を一瞥《いちべつ》してから報告を求めた。

「発見の状況は」

「この下の道路を散歩している人が見つけました。かすかに腕が見えていたそうです。斜面を登って確認して、すぐに通報してくれました」澤村は答えた。

「封鎖が甘い」谷口が厳しい声を飛ばした。「この上に小学校があるんだぞ。夏休み中でも、子どもが来るかもしれん。下手をしたら、そこから丸見えだ。とにかく可能な限り隠してしまえ。この辺一帯をブルーシートで覆うんだ。制服の連中を配置して、こっちが見えないようにケアさせろ」

「了解です」藤崎がのそのそと斜面を登り始めた。

澤村は遺体にカメラを向けた。本当はデジタルカメラは好きではないのだが、現場ではやはり、アナログの一眼レフよりも軽いコンパクトデジカメの方が扱いやすい。

「写真か」谷口が鼻に皺《しわ》を寄せる。

「ええ」

「あまりいい趣味じゃないな」

「趣味じゃありません。仕事のためです」

「それで澤村、お前の見立ては」谷口がちらりと斜面の上の方に目をやる。藤崎の姿が見えなくなったタイミングを見計らっていたようだ。

「間違いなく、同一犯による三人目です」

「殺害方法が違うぞ」

「ナイフが同じです。あれは……」澤村は口をつぐんだ。未解決のままになっている、十年前の事件の再現。その可能性は捜査一課の中でも何度となく議論されてきたが、澤村自身は疑問を持っていた。十年前の事件はあまりにも衝撃的だったし、手口の関係から今回の事件に結びつけたくなるのも分かるが、不自然な点も少なくないように思える。

「やはり同一犯と考えるのが自然か」言って、谷口が近くの木に拳《こぶし》を叩きつけた。木がぐらりと揺れ、頭上で葉が擦れ合って音をたてる。空手三段。今でも左右の拳にはたこができている。基本的には静かな男なのだが、何かあるといきなり拳を握り、部下を怖がらせていた。今時鉄拳《てっけん》制裁は流行《はや》らないし、実際に部下を殴ったら問題になるのだが、警察には今でも「拳に物を言わせる」という古い感覚が残っている。そういうイメージを部下に植えつけただけでも、この男は管理職として成功したと言えるだろう。

「今回の凶器は？」

「ピアノ線か針金か、強靭《きょうじん》で細い糸状のものです」

「また別の手口か」

一人目が刺殺。二人目は射殺。そして三人目が絞殺。遺体の首筋にナイフを突き刺す行為は共通しているが、連続殺人犯の手口としては極めて異例だった。それが捜査本部の方針を迷走させる一因になっている。

「できるだけ早く、死体を下ろさせる」澤村に対してではなく自分に言うように、谷口がつぶやいた。そうしておいてから、澤村に顔を向けた。「下はどうなってる？」

「獣道を通って県道まで出られます。民家のすぐ横を通りますけど、そこを目隠しすれば見えないでしょう」

「そうしてくれ」谷口が遺体の横にしゃがみこんだ。両手を合わせ、長く目を瞑《つぶ》っていたが、やがて機械がゆっくりと起動するように立ち上がる。汚れてなどいないのに、腿《もも》の辺りを両手で払った。澤村に近づいて来て、短く質問する。「身元は？」

「手がかりになるようなものは何もないですね」

「しかし、妙な犯人だな……本格的な連続殺人犯《シリアルキラー》か」谷口が顎《あご》を撫《な》でた。朝一番で呼び出されたのに綺麗《きれい》に髭《ひげ》を剃《そ》っている。いつもこうだ。早朝でも夜中でも、常に現場にはぱりっとした恰好《かっこう》で姿を現す。それで部下の士気を向上させられるとでもいうように。

「そのようですね」

「データが少ないな。比較できる前例がない」

「ええ」

「頼むぞ」谷口が澤村の肩に手を置き、前後に揺らした。「お前の目が頼りだ」

当てにされても困る。「刑事の勘」など、ただの妄想なのだ。経験の積み重ねが、一瞬の閃《ひらめ》きで結論を導き出す、という感じだろう。ということは、経験していない類《たぐい》の事件に関しては、そんなものは何の役にも立たない。最初の事件、第二の事件に関して、一段落した後で谷口の命を受けて現場を見てみたが、まったくぴんとこなかった。

谷口が去った後、澤村は遺体の搬出を見送った。その後、鑑識課員たちと一緒になって現場を虱潰《しらみつぶ》しに捜索する。地面に積もった木の葉を一枚ずつひっくり返すような地道な作業だったが、何も見つからない。あまり人が立ち入らないような場所で殺人事件があれば、様々な痕跡《こんせき》が残るものだが……ここではなく別の場所で殺され、運ばれて来た可能性もあると疑った。

ずっと屈《かが》みこんだままだったので、膝《ひざ》と腰に痺《しび》れがきている。こんなことでへばるようじゃ駄目だな、と自分に活を入れながら立ち上がった。背中を伸ばして天を仰ぐと、木の葉の隙間から零《こぼ》れてきた方形の朝日が目を焼く。一瞬視界がかすれ、視力が戻ってきた時に、何か違和感のようなものを感じた。何だ？　遺体のすぐ近くで、何かが……木か？　木だ。澤村は、遺体があったすぐ側の松の木に慎重に近づいた。

これか。がさがさした表皮の一部に、細い傷がついている。それが何本か重なり……切り倒そうとのこぎりの歯を当てたものの、何度か失敗したような感じ。あるいは何度も手首を切って自殺しようとした人間の躊躇《ためら》い傷のようなものか。よく見ると、その傷以外にも、表皮が広範に剝《は》がれ落ちているのが見える。

「武生《たけお》さん！」澤村は近くでしゃがみこんでいた鑑識課員を呼んだ。スカイブルーの現場服を汗で濃紺に染めた武生が、大儀そうに立ち上がる。もう五十歳、現場にかける執念は依然として健在だが、最近はさすがに体力的にきつくなっているようだ。キャップを取って袖《そで》で額を拭《ぬぐ》うと、手にしたクリップボードに汗が落ちる。

「どうした」

「この松の木、見て下さい」

武生が眼鏡を外し、手を触れないように注意しながら木の幹に顔を近づけた。

「新しい傷だな」

「もしも犯人がピアノ線を使ったとしたら、この木をてこ代わりにした可能性もありますよね」

「そうだな。首にピアノ線を引っかけて……」武生が両手を自分の首の周囲で広げた。

「松の木に引っかけて九十度の角度で引く。その方が、直接引くよりも力が入るはずだ」

「いや、九十度じゃないでしょう」澤村はすぐに反論した。「傷は木の両側にあります。それに九十度の角度で引くには、相手の体をどこかに固定する必要がありますよ」

「ということは、こうかな」武生がクリップボードの上にボールペンを走らせ、一筆書きのように図を描いた。「相手の背後からピアノ線を首に引っかける。それから松の木を挟んで引っ張る。その時、松の幹に足を引っかければ、もっと上手《うま》く力が入るだろう。その結果、幹の両側に細い傷が入るわけだ」

「そんなところでしょうね」

「不自然じゃないな。相手の体に触れずにやろうと思えば、こういうものを利用するのが一番楽だろう」武生が不意に動き、松の前面――遺体があった方に回りこんだ。「こっち側も表面が傷んでる。被害者がここに張りつけになって、暴れたんじゃないかな。ここは詳しく調べてみるよ。犯人につながる材料が出てくるんじゃないかな……それにしてもあんた、相変わらず目がいいな」

「いえ……よろしくお願いします」

武生は楽天的な見方をしていたが、澤村はそれに乗りたくなかった。犯人がこの木を殺害に利用した可能性は高い。だがそこから、犯人につながる手がかりが出てくるとは思えなかったのだ。相手はこちらの常識が通じそうにない連続殺人犯であり、間違いなく頭はいいし慎重だ。これまでも、現場にはまったく手がかりを残していないのだから。殺人は異常な行為であり、どんな犯人でも冷静ではいられない。だからこそ必ず手がかりが残るものだが、この犯人は現場をそっくり全部拭い去ったように、常に何も残していない。あるいは、拭う必要がないほど、完璧《かんぺき》に殺しを実行している。

その代わりに、一本のナイフを首筋に残していくのだ。

日が翳《かげ》り、一瞬、八月らしからぬ冷たい風が崖《がけ》の斜面を吹き渡った。澤村は経験したことのない冷えを感じ、思わず身震いした。


「遺留品、なし。被害者の身元は現在のところ判明していない」きびきびした声で谷口が報告する。低いがよく通る声で、人を安心させるものだ。「ただし、ナイフを後ろから首に刺すという手口は、これまでの二件と共通している。同一犯人による犯行と断定して間違いない。よって今後、この事件の捜査は、これまでの捜査本部の中に組みこむ。当面、今回の事件の捜査に全力を注いでもらうが、前の二つの事件捜査と情報を共有して、少しでも手がかりにつながるものがあれば、すぐに報告して欲しい。では、後は西《にし》浦《うら》から」

捜査一課の管理官、西浦が立ち上がった。小太りで、体に合わないきついワイシャツを着ているせいか、ぽっこりと膨らんだ腹が余計に目立つ。ハンカチで額を拭ってから、手元の紙を読み上げた。

「今回、所轄の中出署、一課、機捜、それに臨海《りんかい》署と港《みなと》署からも応援が入っている。それぞれ顔が分からないと思うから、ここで確認してから出動してくれ。全体を三班に分ける。A班は現場の地取《じど》り。B班は遺体の方から、被害者の身元確認に全力を注いで欲しい。C班は、前二回の事件の捜査本部と連絡を取りながら、ナイフの線で調べを進めてくれ。では、A班のメンバーから……」

捜査本部に充てられた中出署の会議室。一番後ろに陣取った澤村は、自分の名前が呼ばれるのを待ちながら考え事をしていた。一般に連続殺人の動機は、犯人の性欲に密接に結びついている。人を殺すことで性的快感を得る……澤村には理解できない世界だったが、そういう人間がいる、ということは承知していた。

気になるのは、被害者に何の共通点もないことだ。最初の被害者、二人目の被害者とも身元は割れているが、互いに関係はない。それが、捜査を困難にしている最大の理由だった。行き当たりばったりの犯行なのか、それとも犯人は何か共通点のある被害者を狙っているのか。

手帳を広げる。

最初の被害者、神田雅之《かんだまさゆき》、五十五歳。無職。二番目の被害者、青葉亘《あおばわたる》、三十七歳、会社員。二人には何の共通点もないし、互いの面識も皆無だ。青葉に関しては、暴力団のフロント企業として暴対課がマークしている金融会社に勤めていたことが分かっている。逮捕歴もあり、いつ塀の内側に転落してもおかしくないような仕事をしていることが、捜査の過程で明らかになってきた。

自分と同年輩にそういう人間がいるのが気に食わない。しっかりしろよ、と妙な気持ちさえ湧いてくるのだった。

一方、神田雅之については、現在は犯罪とは縁遠い人間、という捜査結果が出ている。二十年前に傷害致死で逮捕され服役したが、出所後はごく真面目に生きてきたようだ。主に警備会社で仕事をしてきたが、青葉のように暴力団と関係していた形跡はない。五十歳を過ぎて体を壊し、最近はまったく働いていないという。いずれにせよ犯歴を云々《うんぬん》するような人物ではなさそうだった。

「澤村さん？」

声をかけられ、手帳から顔を上げる。目の前に、小柄な女性がいた。今日も既に三十度を超えているのに、黒のスーツ姿である。短く揃えた髪に大きな目。化粧はしていないが、目鼻立ちがやけにくっきりしているのが印象的だった。特に、大きな、よく動くくりくりとした目が目立つ。

「ええと」澤村は間抜けな声を出しながら立ち上がった。いつの間にか仕事の割り振りは終わっており、刑事たちがそこかしこで打ち合わせ——というより顔合わせをしていた。

「中出署生活安全課の永沢初美《ながさわはつみ》です」

「応援だな……君が相棒か」中出署も総出だ。もう一件、去年の冬に起きた未解決事件の捜査本部も抱えているのである。

「はい。よろしくお願いします」

「で、俺たちの仕事は？」

「聞いてなかったんですか」

「捜査会議の内容をしっかり把握して伝えるのも相棒の仕事だよ」

「分かりました」やけに素直にうなずく。

「それで、俺たちは何をすればいい？」

「身元割り出しの担当になりました」

「了解。だったらしばらくは、聞き込み班と同じ仕事になるな。あの辺は住宅地だ。住民が顔を知らない人間が夜中に歩いていたら目立つ。何か出てくるかもしれない」腕時計を見た。「もっとも、その前に歯の治療痕《あと》から身元が分かるんじゃないかな。結果、そろそろ出るだろう」

　実際、前の被害者二人も、歯の治療痕で身元が判明したのだ。犯人は身元が割れそうな物を全て奪っていったのだが、さすがにそれ以上のことはしなかった。顔面を叩《たた》き潰《つぶ》して歯を割り、治療痕が分からないようにする、あるいは指先を全部切り落として指紋が検出できないようにする。本当に遺体の身元を隠そうと思ったらそこまでするのだが……中途半端な犯人の狙いが、澤村には読めなかった。

「あるいは指紋で」初美が一言つけ加えた。

「被害者に前科があれば、ね」

「――どうしますか？」

「取り敢《あ》えず出かけよう」澤村は立ち上がり、膝《ひざ》を曲げ伸ばしした。朝方、斜面でずっと踏ん張っていたので全身に汗をかき、十六オンスの重たいジーンズは足に張りついている。夏場はさすがに辛《つら》いが、動きやすい恰好《かっこう》なのでいつもこれで通している。上の人間からは「ジーンズはやめろ」と煩《うるさ》く言われるのだが、暴力団と見間違えられるようなダブルのスーツを着ている刑事に比べれば、よほどましだと思う。

「あの、一つ聞いていいですか」

「ああ」

「いいんですか、そんな恰好で」

「うちの課のオッサン連中みたいなことを言うなよ。俺たちは歩くのが商売なんだぜ。動きやすいのが一番だ」

「そうですか」

かすかな遠慮。小さな嫌悪感。気をつけないと彼女は、自分との間に壁を作ってしまうだろう。もっとも、所轄の後輩に気を遣うほど気持ちに余裕はない。ただひたすら不快だった。三人も殺した人間が誰にも邪魔されずに街を歩き回っていると考えるだけで、胃がむかつく。

2

夜の捜査会議は熱気の中で行われた。議論が白熱したわけではない。捜査本部の置かれた中出署の庁舎は古くて冷房の効きが鈍いのに、窓を閉め切らざるを得なかったのだ。裏は駐車場で、大声で報告を続けていると、そこで待機している記者たちに聞こえてしまう恐れがある。

澤村は、配られた夕刊のコピーに目を通していた。事件は大袈裟《おおげさ》に扱われているが、内容は薄い。広報ががっちり情報流出を抑えているのだ。あまりにも異様な事件であり、迂闊《うかつ》なことを書かれれば捜査に支障を来す。前の二つの事件については、週刊誌が適当な話を書き飛ばしていたが、今のところトラブルがないのは幸いだった。

「――指紋についてだが、照合の結果、該当者はいない」西浦が報告をまとめた。「歯型についてはまだ照合中だが、現在のところ、合致の報告はない。明日以降も現場の聞き取りと被害者の身元確認、凶器の関係について等分の割り振りで捜査を進める」

「西浦」横に座る谷口が小声で呼びかけた。慌てて座った西浦の耳元で何事か囁《ささや》く。西浦は一つ咳払《せきばら》いをしてから立ち上がり、捜査方針を訂正した。

「失礼。明日は、現場の聞き取りに重点を移す。住宅地の中での犯行だから、目撃者がいる可能性もある。今日、凶器の割り出しを担当していた十人のうち六人は、聞き込み班に移ってくれ。残りの四人は、遠くて申し訳ないんだが、港署の捜査本部に出頭。凶器の関係は向こうが中心になってやっているから、あっちと連絡を取り合って凶器の捜査を続けてくれ。今日は以上だ。外で記者連中がうろうろしてるから、捕まらないように気をつけて帰ってくれ」

既に午後十時を回っている。いつもより少し早く叩き起こされたせいか、やけに眠い。欠伸《あくび》を嚙《か》み殺しながら、澤村は誰に言うともなく文句をつぶやいた。

「まったく、あのオッサンは……」

「西浦管理官ですか?」初美が小声で訊《たず》ねる。

「ああ。自分で決めればいいのに、人に言われるとすぐに方針を変えるんだ。悪い癖だよ。素直と言えば素直なんだけど、もうちょっと強気でいてもらわないと困る」

「よく分かりません」

「本庁に来ればすぐに分かるさ。あるいは向こうが、君の上司になってここに来るかもしれないけど」

「そうですね」嫌そうに初美が顔をしかめる。

捜査会議は終わり、刑事たちはぞろぞろと会議室を出て行った。西浦と谷口が最後になる。澤村に目を留めた西浦が声をかけてくる。

「上手《うま》くないな、澤村」

「まだ初日ですよ。期待する方が間違ってます」

「まあ、そうだな」

また人の言うことに簡単に同調して……澤村は苦笑を嚙み殺しながらうなずいた。

「今の段階でも同一犯だと思うか」谷口が訊ねた。

「そうとしか考えられませんね。模倣犯というのは、日本では少ないですよ。盗みや強盗なら考えられますけど、殺しに関しては、ね」

「そこまで病んでないというわけか」

「いや、病んでると思いますけどね。銃が広がっていたら、とっくにアメリカ並みになっていると思います」

「そこは、警察の努力が褒められてもいい部分だ」

「事件を解決しないと、褒められるどころか叩かれますよ」

「相変わらず口が悪いな」

「課長の下で働いていますから」

「馬鹿野郎」谷口が唇を歪《ゆが》めて言い捨て、澤村の肩を小突く。「いい加減、ジーンズはやめておけよ」

澤村は何も言わず、素早くうなずくだけに止《とど》めた。いつものやり取り。軽いジャブのようなものである。二人を見送ると、初美が啞然《あぜん》としながら訊ねてきた。

「何で一課長とタメ口をきいてるんですか」

「さあね」澤村は肩をすくめた。「向こうがああやってくるから、こっちはそれに合わせているだけだ」

「一課長が相談してくるなんて凄《すご》いですよね」

「相談じゃなくて普通の話だろう。刑事同士の会話だよ……それより、飯でも食わないか？　夕飯を食べ損ねたから」

「そうですね」初美が左手首をひっくり返して時計を見た。澤村が初めて見る、女らしい仕草だった。「何にしますか？　この時間だとろくなものがありませんよ」

「不味《まず》い飯でも、抜くよりはましだ」

「じゃあ、軽くいきましょう」初美が両手を組み合わせ、ぐっと前に伸ばした。細く見えるが、スーツの下の肩の筋肉はぐっと盛り上がっている。「蕎麦《そば》でもどうですか」

「こんな時間に開いてる蕎麦屋があるのか？」

「ええ、署の近くです。夜中までやってるんで、便利なんですよ。時々使うんです……ちょっと荷物をまとめます」

「つき合うよ。少し時間をずらして出た方がいいだろう。下でたむろしてる記者連中に捕まったら、たまらないからな」

「一回ぐらい、囲まれてみたいですけどね」

「そういうのは俺たちの仕事じゃないよ。芸能人にでも任せておけばいい」

同じフロアにある生活安全課の部屋に向かった。捜査会議を終えた刑事たちが立ち話をしたり、帰り支度をしたりしている。初美はバッグの中身を確認し、引き出しを開けて荷物を出し入れした。一番下の深い引き出しにカメラが入っているのが見える。

「今時珍しいな、デジタルじゃない一眼レフなんて」

「好きなんですよ」顔を上げた初美がにこりと笑う。愛嬌《あいきょう》のある笑みだった。

「仕事では使えないだろう」

「そうですね、一々焼いていると時間がかかりますし。普段はデジカメです」

「あれは便利だ。便利なだけだけど」

「ええ」

自分と同じくカメラを趣味にする女か……珍しいタイプだ。だが、その件を話題にするには疲れきっていたし、腹も減っていた。まず食欲を満たさないと、趣味の話をする気にさえなれない。

　歩いて行ける店だというので、澤村は黙って初美に従った。五分で店に着いたが、席に着くまで二人はほとんど口を開かなかった。澤村は天ざるを、初美はそうめんを頼む。

「そっちの方が良かったかな」注文をとり終えた店員の後ろ姿を見ながら、澤村は漏らした。

「変えますか？　今なら大丈夫ですよ」

「いや、いい。少し油を入れておかないと、スタミナが切れる」

「そうですね」初美が目を擦《こす》った。日が昇る頃から働いているのだ、さすがに疲労の色が濃い。

二人とも無言で麺《めん》を手繰った。初美は旺盛《おうせい》な食欲を発揮していたが、もう少しで器が水だけになるというところで箸《はし》が止まる。

「どうした」

「そうめんって、突然おなかが膨れるんですよね」

「分かる」澤村は最後の一啜《すす》りを終えてから、手つかずだった天ぷらに取りかかった。自分でも理由が分からないのだが、天ぷら蕎麦でも天ざるでも、先に蕎麦だけを食べてしまい、肝心の天ぷらは最後に残してしまう癖がある。「変な食べ方だ」と指摘する人間もいるのだが、初美は何も言わなかった。遠慮しているのかもしれない。

三十七歳の自分よりも十歳近く年下。所轄の生活安全課の刑事だから、本庁の捜査一課の人間と気安い会話ができようはずもない。まあ、この件の捜査を続けているうちには、もう少し打ち解けてくるだろう。そうやって刑事同士の人間関係は強くなる。それに今日一日一緒に回っただけで、澤村は初美をそれなりに評価するようになっていた。聞き込みは主に澤村が行ったのだが、こちらの質問が終わった瞬間に、必ず自分の言葉で質問をつけ加えるのだ。やる気の証明というだけではなく、内容も的を射ていた。この暑さの中、あの集中力は褒めてもいい。

「ちょっと不気味ですよね、今回の事件」

「ちょっとなんてものじゃないよ」澤村は声を潜めた。店内に他に客はいないが、店員に聞かれる可能性がある。「こういうケースは、俺は初体験だ」

「澤村さんみたいなベテランでも？」

「人を年寄り扱いするなよ」澤村は顔をしかめた。「たかだか十年の経験だ……これぐらいじゃ、とてもベテランとは言えない。ベテランなんて威張ってでかい顔をしてたら、先輩たちにどやされる」

「そうですか」初美が肩をぐるりと回した。「それにしても緊張します、今回の件は」

「俺だってそうだ。気を引き締めてかからないと……とは思うけど、それ以前に訳の分からないことばかりだな」

「犯人像が全然見えませんよね」

「ああ。この段階ではあれこれ考えても仕方ないんだけどな。想像するだけ無駄だ」

「現実的なんですね」

「想像するのは俺の仕事じゃないから。適当に想像して喋《しゃべ》ってるだけじゃ、犯人は捕まえられない」

「そうですね」どことなく白けたような口調で初美が言った。

澤村はバッグからデジタルカメラを取り出した。今朝の画像を再生し、初美に見せる。さすがに死体慣れしているのか顔色は変わらなかったが、むっとした表情を隠そうともしない。

「現場でこんな写真を撮ってるんですか」

「自分の手元に置いておきたくてね」

「いい趣味じゃないですね」

「趣味じゃない、仕事だよ。それに手帳に写真を挟んでおくと、何かと危ないだろう？　落としたり、事情聴取している間に相手に見られたりするかもしれない。カメラの方が安心だ」

「それを持ってて、どうするんですか」

「現場を忘れないために」

「責任感、強いんですね」

「そういうのとはちょっと違う」

「だったら——」

「自分でも分からない」澤村は初美の言葉を遮った。「分からないけど、被害者を一瞬でも忘れないことは大事だと思う」

本当は単なる趣味かもしれない、と自分でも思っている。それも、とんでもない悪趣味。自宅のパソコンのハードディスクには、自分で撮影した現場の写真が大量に収まっているのだ。殺された被害者の遺体。刺殺され、大量の血の海に沈む若いチンピラ。バットで頭を叩《たた》き割られた中年の男。強姦《ごうかん》され、絞め殺された二十二歳の女子大生。時折、夜中に一人、自分が手がけた事件の被害者をじっと眺める。解決した事件もあるし未解決の事件もあるが、被害者の顔は決して忘れていない。

死んだ人間の人生が、いつの間にか自分の魂に染みつく。

何をやっているんだ、と自問することもある。初美のいう通りで、「こんなものをいつまで残しておくんだ」と考え、馬鹿馬鹿しくなることもある。それでも遺体の写真は増えていく。今夜、ハードディスクには新たな被害者の姿が加わるだろう。

気分が悪い。本当に気分が悪い。

「澤村さん、大丈夫ですか？　顔色が悪いですよ」

「いや、問題ない」澤村は冷たいお絞りで顔を拭《ぬぐ》った。「朝早かったから、エネルギーが切れたんだ。それより、後で君の写真も撮らせてくれ」

「何ですか、いったい」初美が顔をしかめる。

「個人的な記憶のために。人の名前と顔を一致させるのが苦手なんだ。写真を撮ると覚えられるんだよ」

「あ、私もやったことありますよ」初美が表情を緩めた。「でも、嫌がられますよね。それに私もあまり……写真写り、悪いんです」

「今は特に疲れてるからな……とにかく、明日の朝から盛り返そう」撮影を諦《あきら》め、澤村は気合いを入れ直した。

「そうですね。でも、これだけ県内のあちこちで事件が起きてると、まとめるだけでも大変でしょう」

「一課長たちは、そのために給料を貰《もら》ってるんだ。任せよう。俺たちは地べたを這《は》いずり回るだけだよ」

「そうですね」

単純に「連続殺人だ」と言い切れない理由は、事件の発生場所にある。最初の事件が港市内の公園。二番目は長浦《ながうら》市の海岸に面した緑地。そして今回が中出。次第に東進しているのだが、発生は県内に留《とど》まっている。連続殺人は限定された地域で起きることが多いわけで、今回は広過ぎるとも言える。港と中出では四十キロほども離れているし、商圏も文化圏もまったく違う。もしも第四の殺人が他県にでも移ったら、犯人の意図はまったく読めなくなる。

「一つだけ、俺の考えを披露するよ」

「事実関係に基づくものですか？」

「違う。まったくの勘だ。妄想と言ってもいいけど」

「何ですか」

「犯人は、俺たちに挑戦してるのかもしれない。手口、犯行現場……何か、訴えているような気がするんだ。俺たちが気づいていないだけで、隠されたメッセージがあるのかもしれない」

「どういうメッセージですか？」

「そこから先は分からない。想像を裏づける材料もないし」

「そうですか」がっかりした様子で、初美が茶を飲んだ。空手で一日を終えるのが我慢できないのだろう。努力がすぐに結果につながらないと苛立《いらだ》つ——そういう性急な性格なのではなく、若さのせいだと思いたかった。


事態は翌日、急激に動いた。歯の治療痕《あと》から、被害者の身元が割れたのである。その一報を受け、身元割り出し班の澤村と初美は、連絡をくれた歯科医院を訪ねた。

「いやあ、連絡が遅くなって申し訳ない」初老の医師は、人のいい笑みを浮かべた。

「昨日はたてこんでいましてね。照会の連絡が来ているのは知っていたんだけど、今朝になってようやく確認できたんです」

「長倉礼二《ながくられいじ》さんという男性ですね？　住所は中出市宮原《みやはら》、年齢は四十一歳」電話で得た情報を繰り返しながら澤村は確認した。宮原……あの辺なら、遺体の発見現場からも遠くない。車で十分ほどだろうか。

「その通り」医師がレントゲン写真を二枚、用意した。並べて貼りつけ、バックライトを点《つ》ける。「簡単に説明します。右上の奥歯の治療痕が同じですね。かなり大きく欠けたのを治しています」

「その患者のこと、覚えていますか」

話の腰を折られたと思ったのか、医師がむっとした表情を浮かべたが、すぐに気を取り直して続ける。

「どういう治療だったかは覚えていますよ」ボールペンを取り出し、当該の位置を指す。

「奥歯が、中心付近から外側に向かって斜めに割れてしまってね。その割れ目が歯茎の中にまで至っていたんです。だから治療が厄介だった。気を遣いましたね」

「ここに来たのはいつですか」

「一昨年の二月から三月にかけて……二年半前になりますね」医師がカルテを確認した。

「どういう人だったかは……」

「正直に言って、患者さん個人のことについてはあまり覚えがないんです。顔を見て治療するわけでもないし」

「どうしてこんな欠け方をしたんでしょう。特殊ですよね」

「本人いわく、硬い飴《あめ》を嚙《か》んだら急に欠けた、と」

「そういうことがあるんですか？」

「この歯は、以前から虫歯になっていたんですね。脆《もろ》くなっていたところに、急に大きな力が加わったんでしょう。薪《まき》割りみたいな感じかな？　上から一気に大きな力をかけると、薪は木目に沿って二つに割れるけど、歯は木のように素直には割れないんですね」

「この患者さんに対して、どんな印象を抱きましたか」同じ質問だが、言葉を換えてみた。そうすると、往々にして人は何かを思い出したりする。

「そうねえ」医師が顎《あご》に手を当てた。綺麗《きれい》に白くなった顎鬚《あごひげ》が目立つ。「普通の人、としか言いようがないですね。一目見て忘れられなくなるような風貌《ふうぼう》の持ち主ではなかった。それだったらもっとよく覚えているはずですから」

るんですよ。治療のこと以外で話はしません」


「何か、治療以外のことで話はしませんでしたか」

「あのね」医師の顔に冷たい笑みが浮かぶ。「ここに来る患者さんは、皆大口を開けてるんですよ。治療のこと以外で話はしません」

「勤務先は、八高《はちこう》製鉄……大きい会社ですね」

「ああ、近くに大きな製鉄所がありますね」

「正社員、ですか」

「そうなんでしょうね。会社の保険証を持ってきたし」

「あれぐらい大きな会社だと、会社の中に診療所ぐらいありそうですけどね」

「休みの日だったら、わざわざ会社へ行くのが面倒な人もいるでしょう。それに、会社の診療所っていうのはだいたい腕が悪いからね。下手すると、この人の歯は即座に抜かれていたかもしれない」

「分かりました。ご協力、感謝します」澤村は手帳を閉じた。

「昨日、宮原の方であった事件の被害者でしょう？　どんな感じなんですか」医師が急に声を潜めた。患者を待たせているはずなのに……どこにでも、どんな職業でも、好奇心の強い人間はいるものだ。

「まだ何も分かりません。ようやくここで被害者の身元が割れた段階ですから」立ち上がりながら澤村は言った。気をつけないと。協力者にはできるだけ愛想よくしたいが、このタイプの人間は、知ったことをすぐに周りに広めてしまう。「この件は、くれぐれも内密にお願いします」

「ええ、それはもう」

「機密漏洩《ろうえい》は、大きな問題になります」それまで黙っていた初美が真剣な声で釘《くぎ》を刺した。

「漏洩って……」医師の顔に戸惑いが浮かぶ。「漏らすような秘密はないでしょう」

「身元が分かったということ自体が、現時点では機密なんです。よろしくお願いします」初美は丁寧に頭を下げたが、目はまったく笑っていなかった。

よしよし、相棒、それでいい。今の世の中、お喋《しゃべ》りな人間ばかりなんだ。こんなことをあちこちで触れ回られたら、妙な噂が先走って捜査に悪影響を与えかねない。


医師から通報の電話を受けた他の刑事たちは、既に長倉の自宅に急行していた。治療を受けた当時の住所は中出市内の社宅だったが、建物は既に建て替えられ、賃貸マンションになっていることが分かった。

報告がてら、西浦から状況を聞いた澤村は首を捻《ひね》った。

「どういうことなんですか」

「元々、マンション一棟を借り上げた社宅だったんだ。それが老朽化で取り壊され、代わりに賃貸マンションが建ったということさ。鉄鋼は今景気がよくないから、八高製鉄も経費を削減してるんだろう」

「その後の住所は？」

「近所で聞き込みをさせてるが、まだ分からないな。社宅なんていうのは、その中だけでつき合いが完結してるんじゃないか」

「八高製鉄に回ってみます。勤めていたなら、住所も把握しているはずですよね」

「ああ、そっちは任せた」

電話を切り、八高製鉄に向かうよう、初美に告げる。中出市内の道路は完全に把握しているようで、初美は渋滞している幹線道路を避け、次の信号で迷わず右折した。

「普通の会社員が、あんな殺され方をしますかね」初美が疑問を口にする。

「どんな人間だって、あんな風になる可能性はあるよ」

「もう辞めてるんじゃないですかね」

「ありうるな。もっとも、辞めたとしても、そんなに昔の話じゃない。少なくとも二年半前には、会社の保険証を持っていたんだから」

「そうですね」納得いかないのか不安なのか、紅も引いていない唇に初美が拳《こぶし》を押しつけた。

「心配するな」澤村はシートの上で体をずらし、楽な姿勢を取った。「会社だって、次の勤務先や新しい住所ぐらい、把握しているんじゃないか？　会社が知らなくても、同僚や先輩後輩は知ってるもんだよ。会社にいる以上、そういう人間関係はしっかりしてるものだから。君が今行方不明になっても、刑事仲間からはすぐに情報が集まってくると思う」

「警察官は特に噂が好きですからね」

「そういうこと。詮索《せんさく》好きの人間じゃないと、刑事になんかなろうとは思わない」

「要するに人間が好きなんですね」

「あるいは憎んでいるか、かな」

「憎む？」

「こんな仕事を長くやっていると、世の中には被害者と加害者、それに警察官しかいないような気分になってくるんだ。同情するか、憎むかだよ……健康的じゃないな」

「私にはまだ分かりません」初美が首を傾げる。

「神経が鈍くなる前に、他の仕事を探すのも手かもな」

「私は刑事に向いてないっていうんですか」むっとして、初美がフロントガラスを凝視した。抜け道に入ったつもりがまた渋滞にはまってしまい、車は交差点を右折してからほとんど動いていない。

「ただの忠告。人間らしく生きたいなら、他にいくらでも仕事がある」

「澤村さんは人間らしく生きていないんですか」

「人間らしく生きるよりも、刑事の仕事の方が面白い」

本当に？　自分は何のために刑事の仕事を続けているのか。ふと空いた時間に考え出すと、自分の心の闇を覗《のぞ》きこむことになる。

臨海地帯にある八高製鉄の中出工場は、日本の高度成長期のシンボルであると同時に名残である。見た目は近未来的なのだが、どこか古めかしい雰囲気もある。立ち並ぶ鉄塔、パイプライン、霧のように上空を漂う煙……最近、こういう工業地帯の夜景を写真に収める若い連中が多いと澤村は聞いていた。闇の中に浮かび上がる工場群は、確かに一種独特の不思議な光景を演出する。スチームパンクの世界が現実になったら、こんな感じになるのではないだろうか。

ただし今は、暑いだけだった。各工場から放出される熱が、周辺の気温を明らかに何度か押し上げている。車を降りて、それ自体から熱を発しているようなアスファルトの上を歩いて行くうちに、全身が汗だくになった。初美が涼しい顔をしているのが信じられない。ジーンズもシャツも脱ぎ捨ててしまいたかった。だが、時折行きかう作業員たちは、全員が濃いオレンジ色のつなぎに同色のヘルメットという恰好《かっこう》である。つなぎは汗で黒くなっているものの、苦しそうな表情を見せる人はほとんどいない。結局は慣れということか。

管理棟は駐車場からそれほど遠くない場所にあったので、まだ助かった。ずっと奥の方、海辺に近い場所だったら、そこへ行くまでに体が溶けてしまったかもしれない。

三階建ての管理棟は真新しく、広いホールには清潔感が漂っていた。ドアが閉まっている間は、間断なく続く外の騒音がシャットアウトされる。何よりひんやりとしたエアコンの風が、澤村に正気を取り戻させてくれた。シャツの胸元を引っ張って冷気を導き入れ、周囲を見回す。左手に受付――ガラス張りの小部屋になっている――を見つける。バッジを示し、予《あらかじ》め電話でアポイントメントを取っておいた総務部長との面会を求めると、階段で二階に上がるよう指示された。

一段飛ばしで階段を上がると、ソースと醬油《しょうゆ》の入り交じった匂いが鼻についた。かすかにコーヒーの香りも。このフロアには社員用の食堂があるらしい。そういえば昼近いのだと思い、急に空腹を覚えた。

総務部長の安岡《やすおか》は、大量の書類とともに二人を待ち構えていた。総務部の一角にある応接コーナーに通され、まずは名刺交換から始めた。安岡は四十代半ばのがっしりした体格の男で、背も高い。硬そうな髪を短く刈り上げ、めくり上げた袖口《そでぐち》からは毛むくじゃらの腕が覗いている。重量級の柔道の選手のような印象を澤村は受けた。

「どうも、今回はいろいろご迷惑をおかけしまして」見た目と違って安岡の声は甲高く、しかも恐縮しきっていた。

「最初に確認しますが」ソファに腰を下ろしながら澤村は言った。「長倉礼二さんは御社で働いていらっしゃったんですか」

「いや、退職しました。一年半前です」

「理由は？　リストラですか」長引く不況の影響を受けて、長く日本の第二次産業を牽《けん》引《いん》してきたこの工業地帯も、地盤沈下が続いている。

「いやいや」慌てて安岡が否定する。リストラを、天下の悪行だとでも思っているようだった。「体調不良です。本人の希望退職ですね」

「具体的には？」

「これが」安岡が杯を口元に持っていく仕草を見せた。

「酒ですか……肝臓でもやられたんですか」

「いや、そういうわけではないんですが」安岡の口調は歯切れが悪いままだった。

「アルコール依存症ですね」澤村はずばりと指摘した。本題の周りでずっとダンスを踊り続けることもできるのだが、今はその時間が惜しい。

「まあ、そう……言ってしまえばそういうことです」安岡の話し振りには、依然として切れがなかった。

「飲酒癖がひどくなって、遅刻や無断欠勤を繰り返すようになった、その結果、会社としては病気退職という理由で首を切った――そういうことですね」

「そうはっきり言われると何ですが、まあ、そういうことです」安岡が渋々認めた。

「あまり体裁のいい話ではありませんので」

「この際、体裁は関係ありません。長倉さんは、殺人事件の被害者なんです」

安岡の太い首が強張《こわば》り、喉仏《のどぼとけ》が上下した。顔色は青褪《あおざ》め、しきりに唇に舌を這《は》わせている。見た目の豪快さに比して、気は小さい男のようだ。

「何か会社内でトラブルがあったんですか」

「そういうわけじゃありません」安岡が慌てて否定する。「あくまで勤務態度不良ということで、まともな勤務には適さないと判断しただけです」

「馘《くび》にしないで自主退職の形にした理由は？」

「彼も、ここが長かったですからね」安岡が書類に目を落とした。「高校を卒業して二十年以上、働いてくれたんです。酒の問題が出てきたのはつい最近ですから。会社としても無下に切り捨てるわけにはいきませんよ」

「そもそも酒浸りになった原因は何なんですか？」

「本人は認めなかったんですけど、離婚、ではないかと」

「結婚していたんですか」

「ええ。奥さんと子どもが一人。離婚の詳しい原因は分からないんですけど、奥さんは子どもさんを連れて実家に戻ったようですね」

「奥さんの実家がどこか、分かりますか」

出身地は長倉と同じだった。ということは、高校や中学の同級生かもしれない。

「離婚して、その後酒浸りになって、会社も辞めた」長倉の人生を一息で要約してから、澤村は追加の質問を投げた。「会社の外で何かトラブルはありませんでしたか？　アルコール依存症になるほど呑《の》んでいたなら、あちこちで借金したり、呑み屋で喧嘩《けんか》したりということも考えられますよね」

「私の知る限りでは、そういうことはないですけどね」安岡が太い顎《あご》を撫《な》でた。「会社の仕事に差し障るようになったから、こういう事態になっただけで。少なくとも、警察のお世話になるようなことはありませんでした」

「そうですか」そう、彼の言う通りだ。とにもかくにも、公式には。捜査本部は既に、長倉の人生の洗い出しを始めている。前科、なし。三年前にスピード違反でネズミ捕りに引っかかった記録が残っていたが、注目すべきものとも思えなかった。

ごく普通の人間。高卒で、二十年以上、溶けた鉄の熱気の近くで働き続けて離婚。それが人生最大の痛手であったことは容易に想像できる。そこから酒に転落していくというのも、いかにもありそうな話だ。一般的に離婚は、女性よりも男性に大きなダメージを与える。

「辞めるに際して、会社との間に問題はなかったんですか」

「なかったですね。彼自身も、ある程度覚悟はできていたようですから。離婚した後も、周りの人間はだいぶ気を遣ってやったんですが、一度頑《かたく》なになるとね……酒は怖いものです」安岡が太い溜息《ためいき》をついた。

「現在の住所は分かりますか？」

「手元にあるのは、社宅を出た後に住んでいたアパートの住所だけです。ずっとそこに住んでいたかどうかは分かりません」

「写真は？　社員証に使うものがあるでしょう」

「申し訳ないんですが、退職して一年経つと破棄することにしているんです。個人情報保護の観点からも、問題がありますからね」

「そうですか……では、誰かに遺体を確認してもらわないといけませんね」

途端に安岡の顔がさらに白くなる。

「部長に、というわけじゃありません。長倉さんと親しくしていて、顔を確認できる人なら誰でもいいんです」

「ちょっと、人を選ばせていただいていいでしょうか」必死で安堵《あんど》の表情を押し隠しながら安岡が言った。「同僚か、職場の上司がいいでしょうね」

「できるだけ早くお願いします。できたら、ここから私どもに同行していただきたい。身元の確認ができてから、家族に引き合わせたいですから」

「……分かりました」蒼白《そうはく》な表情のまま立ち上がり、安岡が手近なデスクに向かった。受話器を取り上げ、澤村たちには聞こえない低い声で話す。途中で声が潤み、揺らぎ始めたのは聞こえた。

嫌な商売だ、とつくづく思う。しかしこれから長倉の実家を訪ねる刑事たちはもっと大変だろう。おそらく年老いた両親に、「息子さんは亡くなりました」と告げなければならない。これ以上に嫌な仕事が、この世にあるとは思えなかった。

今回は出足が早い。結構なことだ。これぐらいはやってもらわなくては困る。警察は、市民に馬鹿にされたらおしまいだ。

しかし最終的には、今回も馬鹿にされることになるのだ。この事件を解決できず、県警最悪、いや、全国的に見ても大きな事件が迷宮入りするのは、既に決まっているのだから。

3

中出署の駐車場を見渡せる路上に車を停めて、車内から様子を窺《うかが》い続けた。エアコンは快適な冷風を送り出してくるが、窓を突き抜ける陽光の前では無力だった。いつの間にか額に汗が滲《にじ》んでいる。手の甲で拭《ぬぐ》い、そのままジーンズに擦《こす》りつけた。自分でやっておきながら、腿《もも》に残った黒い染みが鬱陶《うっとう》しい。

来たか……ああ、あいつか。なるほど、これまで見かけなかったが、今回の事件でようやく出番が回ってきたわけか。班によって出動の順番があるから仕方ないが、一課長もヘマをしたものだ。順番を狂わせてでも、最初からあいつを投入していれば、今頃捜査はずっと先に進んでいただろう。コンビを組んでいるのは中出署の若い刑事……ほう、あいつか。刑事になってまだ間もなく、使えるかどうかはまったく分からない。奴の足を引っ張らないといいのだが。

すぐ後から駐車場に入って来た車のボディには「八高製鉄」の文字。昔の同僚が遺体の確認に来た、と見た。悲嘆の声と涙が、こういう場面にはつきものだ。どんなにクズのような人間でも、死ねば泣く人間はいる。長倉礼二……本当にどうしようもない男だった。

しかし、役には立った。あいつらに、己の無力さを思い知らせるためには恰好《かっこう》の素材だった。

分かるか？　分からないだろうな。こっちはずっと先を走っているのだ。ついて来られるか、県警のネズミども。

◇

「間違いありません」震える声で言って、長倉の元同僚、鈴村《すずむら》が帽子をきつく握り締めた。職場から有無を言わさず連れてきてしまったので、油染みのついた作業着のままである。無精鬚《ひげ》の浮いた顎は強張り、両手に揉《も》まれた帽子は千切れてしまいそうだった。遺体が安置された中出署のガレージは、シャッターが閉められているせいで熱と死臭が籠《こも》っている。

「どうもお手数をおかけしました」丁寧に頭を下げて、澤村は遺体の顔に布をかけた。

「ちょっとお話を伺いたいんですが、お時間、いいですかね」

「ええ、部長の許可も取ってありますから」

鈴村の視線は、長倉の遺体に注がれたままだった。怖いもの見たさというか、まるで糸でつながれたように顔を動かせないでいる。澤村は彼の腕に手をかけ、現実に引き戻した。

「大丈夫ですか」

「ええ……ええ」鈴村の喉仏《のどぼとけ》が上下した。「遺体を見るなんて初めて……いや、爺《じい》さんの葬式の時以来ですから」

「普通の人はそうです。さあ、ここを出ましょう。確認してもらえば十分です。長居する場所じゃない」

うなずき、鈴村がようやく歩き出した。しかし、右手と左手がぎくしゃくと一緒に出ている。声をかけるのも憚《はばか》られ、澤村は無言で彼の後に続いた。シャッターを開けて真夏の陽射しの中に足を踏み出すとすぐに追い抜き、庁舎の中に案内する。捜査本部や刑事課を避け、生活安全課の脇にある小さな会議室に通した。

椅子に座った鈴村が、落ち着かなく腰を動かした。体に合わないのか……いや、遺体の様子がまだ瞼《まぶた》に焼きついているに違いない。首の傷は見せないように気をつけたが、それでも殺された遺体を間近に見た強烈なイメージは、簡単には消せないはずだ。

「どうもお疲れ様でした」向かいに座った澤村は、軽く頭を下げた。すぐにドアが開き、初美がコーヒーの入った紙コップを二つ持って入って来る。二人の前に置き、自分は別の椅子を引いて澤村の横に座った。

「嫌な役目をお願いして、すいませんでした」澤村はコーヒーを一口啜《すす》った。茶色いお湯という感じで、香りはほとんど感じられない。

「いえ」鈴村が力なく首を振る。

「コーヒー、どうぞ」

鈴村がカップに手を伸ばしたが、摑《つか》み損ねて零《こぼ》してしまう。

「すいません」大柄な体格に似合わず、声は鈴が鳴るような甲高さだった。「どうも、こういうことは……」

「当然ですよ。誰だって、こういう状態では冷静ではいられませんから」

「刑事さんは平気じゃないですか」

「仕事ですから。あなただって、塩を舐《な》めながらじゃないとやっていけないような厳しい暑さの中で仕事をしているでしょう？　そっちの方がよほど大変ですよ」

「でも、相手しているのは死体じゃなくて鉄ですから」

「そうですね」

鈴村がやっとカップを摑んだ。ぐっと一口呑《の》んで、小さな溜息をつく。熱を吸収しようとでもいうように、カップを両手で包みこむ。古い庁舎なので冷房の微調整が利かず、会議室は凍えるほど冷えていた。

「確認させて下さい。あなたが長倉さんと最後に会ったのはいつですか」

「あいつが会社を辞めた……辞めさせられた日です」

「やっぱり、実質的に馘《くび》になったと思ってるんですか」

「それはそうですよ」会って初めて、鈴村が強い口調で言った。「部長が何て言ったか知りませんけど、会社も、もう少しケアしてやるべきだったんだ。あいつは精神的に参ってたんですよ？　うつ病やパニック障害に関しては会社もきちんと対処してますって言うけど、アルコール依存症は一切無視です。呑んでる人間が悪いって。あれだって、一種の精神障害なのに」

「酒に溺《おぼ》れたのは、奥さんが子どもさんを連れて出て行ってからだそうですね」

「そう……です」鈴村がうつむき、汚れた指先を弄《いじ》った。

「どういう事情だったんですか？　差し支えなければ話して下さい」

「大したことじゃないです。原因はあいつの浮気ですよ」

「それは十分、大したことですよ。結果的に離婚につながったんでしょう？」

「まあ、それは……そうですね、確かに」鈴村が両手をデスクに置き、顔を上げた。目が赤い。

「奥さんはどういう人だったんですか」

「高校の同級生です。つき合いは長いですよ。高校二年の時からだそうで、二十六で結婚して、二十八で子どもが生まれて……その子がもう十三歳ですからね」

「それだけ長く一緒に暮らしていても、浮気は致命傷になったわけですか」

「奥さんは鷹揚《おうよう》な人だったんだけど、相手の子が妊娠しちゃってね。それも、うちの会社の子だったんです」言ってから気づいたように、鈴村が口を押さえる。指の隙間から、頼りなく言葉を漏らした。「まずいな、これ、会社も知らない話なのに」

「そうなんですか」相手に合わせて澤村も声を低くした。

「ええ。浮気って言ったって、そう長くつき合ってたわけじゃないから。相手の子も納得して、子どもは堕《お》ろしたんですよ。ところがその直後に、それが奥さんにばれちゃって」

「奥さん、相当ショックだったんでしょうね」

「それはそうですよ」鈴村がうなずいた。「二十年以上も一緒にいるからって、感覚が鈍るわけでもないでしょう。まあ、一方的にあいつが悪いんだから、離婚に際しては慰謝料と養育費を相当むしられたみたいですけどね。それより何より、子どもと引き離されたのが痛かったんですよ」

「男の子？　女の子？」

「男の子です。離婚した時はまだ小学生でね。野球チームに入ってて、礼二がずっとその監督をやってたんです。自分が一から教えたわけで、親子であると同時に監督と選手でもあったんですよね。その子と別れるのが本当に辛《つら》かったみたいで……あいつ、呑みながら泣いてましたから。あれにつき合うのは辛かったなあ」

「そうですか」澤村は腕を組み、鈴村の言葉を吟味した。おそらく長倉にとって、浮気はほんの出来心だったのだろう。それがばれて、後は転落の一途。その転落の途中で、人の恨みを買うようなことがなかっただろうか。妻……あり得ない。離婚届を叩《たた》きつけて出て行ったら、それである程度溜飲《りゅういん》は下がるのではないだろうか。かなりの慰謝料と養育費をむしり取り、実家へ帰っているとしたら、金に困っているわけでもないだろう。案外さっぱりして、今頃は新しい人生を築き始めているかもしれない。浮気相手の女？　それも違う気がする。そもそも女性の力では、あんな殺し方はできそうにない。誰かにやらせたなら話は別だが。

「葬式、どうするんですかね」

「それは、私の方では何とも申し上げられません。ご両親は？」

「二人とも亡くなっています。兄貴がいるんだけど、確か今、海外に赴任中なんですよね。南米だったかな」

「やっぱり八高製鉄ですか？」

「いや、商社ですけど……勤め先は知ってますから、何とか連絡を取ってみます。でも、すぐ帰って来られるかどうかは分からないですね。あの、奥さんの方は？」

「今、うちの刑事が向かってます。離婚したといっても、一応、遺族ということになりますから」

「そうですか……」鈴村が唇を噛《か》んだ。「会うの、辛いな。いい奥さんなんだけど」

「分かります——ところで」ここからが本題だ、と思いながら澤村は気持ちを入れ直した。「あなたは、長倉さんが会社を辞めてからは会ってないんですね」

「ええ」

「電話やメールは？」

「それもほとんどなかったです。辞めた後も、こっちから何度か電話をかけたんだけど、出ないんですよ。何だか嫌われてるみたいで、そのうち電話する気もなくなって」

「彼に対して恨みを抱いているような人はいませんでしたか」

「まさか」驚いたように鈴村が目を見開く。「そういう人間じゃないですよ、あいつは」

「でも、会社を辞めてからどんな生活を送っていたかは分からないんですよね」

「それは――」鈴村が顎《あご》を上げて反論を試みたが、その勢いは瞬く間に消え、視線が床に落ちてしまう。「確かに、分かりませんね」

「会っていないと、何をしているのか、何を考えているかは分からないですよね。会社にいた頃はどうでしたか？　浮気の問題は別にして、誰かを怒らせていたとか、トラブルになっていたとか」

「ないと思います。断言はできませんけど、俺が知っている限りではないですね。あいつは基本的に真面目な男だし、あんなことになるまでは、酒もあまり呑まないタイプだったから」

「そうですか」ということは、やはり会社を辞めてから何かあったわけだ。アルコールに溺れる人間は、トラブルに巻きこまれる可能性も高くなる。

　これ以上鈴村を突いても、今は何も出てこないだろう。そう判断して澤村は立ち上がり「どうもお疲れ様でした」と頭を下げた。

「いいんですか」鈴村が驚いたように目を見開いた。

「今日のところは。何か思い出したら連絡して下さい」

澤村は名刺の裏に携帯電話の番号を書き殴り、渡した。鈴村が両手で押し頂くように受け取る。しばらくじっと視線を落としていたが、やがて尻《しり》ポケットから財布を抜いてしまいこんだ。

「永沢、駐車場までお送りして」念のため声を潜める。「マスコミには気をつけろよ」

「マスコミ？」澤村の声を聞きつけた鈴村が、首筋にピンでも刺されたように勢いよく顔を上げた。「取材ですか」

「これだけの事件ですから、記者連中も必死なんですよ。まだ身元が割れたことは発表していないから大丈夫だと思いますけど、連中は敏感ですから。もしも囲まれても、絶対に何も喋《しゃべ》らないで下さい。取材は全て会社を通すようにしないと、あなたの生活も脅かされますよ」

「そうですか……会社の方にも言っておきます」鈴村の喉仏《のどぼとけ》がゆっくりと上下した。

「そうして下さい」

深く頭を下げ、澤村は鈴村を送り出した。一人になると、鈴村が座っていた椅子に腰かけ、だらしなく両足を投げ出す。頭の後ろに両手をあてがい、背中をぐっと伸ばした。滑り落ちそうになるのを床に足を突っ張って耐え、しばらくその姿勢を保つ。

私生活のトラブル……無視していいかもしれない。むしろ、そんなものは出てこない方がいい。

これは連続殺人なのだ。普通の殺人事件と同じ感覚で捜査していたら、絶対にどこかで読み違える。


「こういうやり方、面倒ですよね」初美があっさり断言した。八高製鉄のだだっ広い駐車場。鈴村の他の長倉の同僚に話を聴くために、二人は待機を続けていた。

「ああ」澤村は認めた。手の中では、ソフトクリームが柔らかくなりかけている。あまりの暑さに負けて、ここへ来る途中、コンビニエンスストアで仕入れてきたのだが、一口食べて甘ったるい味が舌を悩ませ始めた。助手席では初美がさくさくと音を立てながら、氷イチゴを木のスプーンで掘っている。あっちの方がよほど冷たそうだな、と後悔した。

「だいたい、今回の件、私生活のトラブルが動機だとしたら、連続殺人が成り立たなくなるんじゃないですか」

「仰《おっしゃ》る通りだ」

「茶化さないで下さい」

「茶化してないよ。さっき鈴村さんと話していて、俺も同じことを考えていたんだ」

「何だ」呆《あき》れたように言って、初美が氷を口に運んだ。舌はもう真っ赤になっているだろう。「連続殺人って、一般的には性的動機が多いですよね」

「そう。そして被害者は女性というケースが多い。アメリカなら『グリーン・リバー事件』とか」

「どういう事件ですか」

澤村は一瞬頬を歪《ゆが》めた。それぐらい、刑事の常識として知っておけ。

「シアトルで、八二年から九〇年ぐらいまでに、連続して四十八人の女性がレイプされて殺された事件だ。遺体は全て、グリーン・リバーという川の付近に捨てられていたから、それが事件の通り名になってるんだけど……捜査経費が、千五百万ドルぐらいになったそうだよ」

「犯人は？」

「二〇〇一年に逮捕されている。DNA鑑定の精度が上がって、それが逮捕の決め手になったんだ」

「その手の連続殺人は、日本でもありましたよね」

「あそこまで規模が大きくはないけど。もう一つ、女性の連続殺人犯は、過去にあまり例がない」

「逆に言えば、被害者が男性というケースはあまりないんですよね」

「そうなんだ」初美の頭の回転の速さににんやりしながら、澤村は認めた。「今回の件は、過去の連続殺人の常識に当てはまらない状況が相当ある。だから、長倉の個人的な問題についても調べておかないとまずい。潰《つぶ》して潰して、最後に何か残るかもしれないし、残らないかもしれないけど」

「その、グリーン・リバー事件に関しては、被害者に関連性はないんですよね」

「ああ。共通性はあるけど」

「どんな？」

「被害者は売春婦だったり、家出少女だったり……ある意味、性欲の強い男の罠《わな》にひっかかりやすい状況にいた人だな」

初美が鼻に皺《しわ》を寄せる。澤村は、手の甲にクリームが垂れているのに気づき、慌てて舐《な》め取った。いい加減捨ててしまいたいのだが……手近なところにゴミ箱も見当たらない。ソフトクリームを食べるのにこんなに難儀するのは初めてだった。仕方なく、舌と口蓋《こうがい》に痺《しび》れがくるのを我慢しながら、呑《の》みこむように片づける。ふにゃふにゃと柔らかいコーンカップの存在をこれほどありがたく思ったのも初めてだった。初美は実に美味《うま》そうにカキ氷を食べ終え、容器を傾けて残ったジュースを喉に流しこむ。満足そうに「ご馳走《ちそう》さまでした」と言って、ビニール袋に空の容器を入れて縛り、助手席の足元に放り投げた。

「結局、まだ何も分かってないということですね」素っ気無いが、完璧《かんぺき》に的を射た結論。

「ああ、分からないことだらけだ」

「少しは安心できることを言って下さいよ」

「それはちょっと甘くないか」

「すいません」初美が舌を出した。

「想像で物は言いたくないんだ……よし、来たぞ」

澤村は覆面パトカーのドアを押し開けた。総務部長の安岡が、一人の社員を伴って駐車場に入って来る。長倉の後輩、江崎《えさき》。高校の後輩でもあり、一番親しくしていた同僚であると聞いて、事情聴取を頼みこんだのだ。澤村はすぐに車を降り、二人を出迎えた。夕方だがまだ容赦なくきつい陽射しが降り注いでおり、アスファルトに照り返して足元から熱気が湧き上がるようだった。ハンカチで額を拭《ぬぐ》い、軽く一礼する。

「お疲れのところ、どうもすいません」

やや青褪《あおざ》めた顔で、江崎がうなずいた。安岡が彼の背中を平手で叩《たた》く。それだけでよろめき出し、足元が危なくなった。

「ちゃんと話してくるんだぞ」

「はい」

安岡が澤村に視線を移す。

「私も同席した方がいいでしょうか」

「いや、お手を煩わせるほどのことではありません。あくまで参考として話を伺いたいだけですから」

「そうですか」不安そうに目が泳ぐ。

「ご心配なく」澤村はつけ加えた。「すぐに終わりますから。それに部長、これぐらいで心配していたら、この先持ちませんよ」

「どういうことですか」

「まだ、たくさんの人に話を聴かなければいけません。それに間もなく、マスコミが押しかけてくると思います。長倉さんに関する取材もそうですし、顔写真を寄越せとか、煩《うるさ》いと思いますよ」

「写真はないですよ、前に言った通りで」安岡の顔が瞬時に青褪める。

「そう言っても大人しく引き下がるような連中じゃないですから」

不安気に唇を嚙《か》み締めたまま、安岡がうなずいた。江崎に「じゃあ」と声をかけ、疲れた足取りで工場の方に戻って行く。車中、江崎はほとんど無言だった。リラックスさせようと、後部座席に並んで座った初美があれこれ話しかけたが、「はい」か「いいえ」で答えるだけで、そこから先、会話がつながらない。

中出署の取調室に入ると、江崎の緊張感はピークに達した。しきりに目を瞬かせ、咳《せき》払《ばら》いをしながら、貧乏揺すりをする。初美に冷たいコーヒーを用意してもらう間、彼をざっと観察した。背は低いが、長年力仕事を続けているせいでみっちりと肉がついた上半身。丸い顔は、夕方になった今、下半分が濃い髭《ひげ》で覆われている。白いタンクトップの上にチェックのシャツを羽織り、足元はサンダル。三十九歳と聞いた年齢よりもだいぶ若く見えた。

江崎は、運ばれてきたグラスを迷わず口に運んだ。ストローを使わずに、長く一口呑んで溜息《ためいき》を漏らすと、両手をきつく組み合わせる。準備完了と判断して、澤村は彼との対決を始めた。善意の第三者であり、任意の事情聴取とはいっても、こういう場所では常に真剣勝負だ。

「あなたは、長倉さんの二年後輩ですね」

「ええ」

「会社でも、高校でも」

「長倉さんが三年生の時の一年生です。野球部の後輩なんです」

「一年生から見たら、三年生は神様ですよね」江崎の声がまだ硬いのに気づき、澤村はわざと軟らかい話題から始めた。「口もきけないぐらいじゃないですか」

「長倉さんはそうじゃなかったです。気さくな人だったんで……冗談ばかり言って、一年生も相手にしてくれました」

「なるほど」十代の頃にそういう人間だったのが、三十代も後半になると……澤村は首を振って続けた。「あなたが会社へ入ったのは長倉さんの引きですか」

「引きというか、うちの学校にはその頃、八高製鉄の枠がありましたから」

「毎年何人か入っていたんですね」

「そうですね。長倉さんには、入社してからもいろいろお世話になって。仕事の面倒も見てもらったし――」

突然江崎の声が途切れる。顔を上げると、涙が頬を伝っていた。澤村に見られて気づいたようで、慌てて拳《こぶし》で目元を拭う。

「すいません……長倉さんには本当によく面倒を見てもらったんです」

「分かります」

「嫁さんを紹介してくれたのも長倉さんだったんですよ」

「それじゃ本当に、一生頭が上がりませんね」

言ってしまってから後悔した。一生——長倉の一生は既に終わってしまっている。しかし江崎は澤村の言葉を気にしていないか、そもそも気づいてすらいない様子だった。

「そうなんですよ。ずっと家族ぐるみでつき合ってたんです」

「長倉さんが離婚した時は、びっくりしたんじゃないですか」

「ええ、それはまあ」急に居心地が悪くなったようで、江崎がしきりに尻《しり》を動かした。

「あの、こういうことを言うといろいろまずいんじゃないかと思うんですけど……」

「ここであなたが話したことは、絶対に表には出ません。捜査の参考にするだけですから、会社の方にも知らせません」まずい——彼の発言のその部分に澤村は引きつけられた。「どんなことでもいいから話して下さい」

「長倉さんが浮気した話……知ってますか」

「聞きました」

「その女の子を紹介したの、俺なんですよ」

「紹介って……」

「いや、だから、そういう男と女の関係という意味じゃなくてですね」江崎の声のトーンが上がった。「うちの会社、クラブ活動が盛んなんですよ。長倉さんは空手をやっていて、そこに勧誘して引き合わせた……引き合わせたわけじゃないですけど」

「空手クラブの先輩と後輩になった、ということですね」

「ええ」

「二人はすぐに男女の関係になったんですか」

「だと思います。彼女が空手クラブに入って一月《ひとつき》か……二月ぐらいですかね」

「二人はその後、完全に切れてるんですか」

「それは間違いありません。その子、結局他の男と結婚して退職しましたから」いかにも不快そうに江崎が顔をしかめた。女の方が長倉を騙《だま》したとでも言いたそうだった。

「彼女が長倉さんを恨んでいるということは考えられませんか」

「あり得ないですね」江崎がコーヒーを一口飲む。「はっきり言えば、長倉さんが遊ばれたんじゃないかな。ちょっと変わってて、いつもへらへらしてる軽い感じの子でしたから」

「そうですか」妊娠騒ぎの件は、ひとまず除《の》けておいていいだろう。「長倉さんが辞めてからは会いましたか」

「ええ、何度か」

「どんな感じでしたか」

「それはちょっと……ひどかったですね」江崎が寂しげな笑みを浮かべる。「長倉さん、やっぱり奥さんがいないと駄目な人だったんですよ。一人になって、本当に寂しそうで。すごく痩《や》せちゃったし、急に白髪が増えて老けて……ショックでした」

「辞めてから何かトラブルに巻きこまれた形跡はないですか」

「ないと言えないこともないんですけど」内容に合わせてか、口調もあやふやになった。

「というと？」

「金です」

「金」

繰り返すと、江崎がゆっくりうなずいた。コーヒーの入ったグラスを脇に押しやり、きつく組み合わせた両手をデスクに置く。

「金を貸してくれって言われて」

「いつ頃ですか」

「今年の初めぐらいだったと思います。新年会っていうことで二人で呑《の》んだんですけど、だいぶ金に困っていた様子で」

「八高製鉄を辞めてからは、働いていなかったんですか」

「不況ですから……酒の問題もあったし、簡単に就職先は見つからなかったみたいですね。派遣に登録はしたんだけど、いつも仕事があるわけじゃなかったようだし。それで、闇金に手を出したようなんです」

「いくらぐらいか、分かりますか」

「百万って言ってましたけど……額を聞いてびっくりしちゃって。こっちは自分の生活で一杯一杯なんですから、そんな大金を貸してくれって言われてもどうしようもないですよ」言い訳するように口調が速くなる。

「分かります」

「ですよね」少し安心したように江崎がうなずいた。自分が薄情な人間ではないかと悩んでいたのかもしれない。

「借金、かなり深刻な様子でしたか」

「だって、百万円ですよ？　ああいうところだと、それがまた雪だるま式に増えるんでしょう」

「そうでしょうね」

「どうしたのかなあ。他に借りる当てはないと思うんですけど。親に頼るわけにもいかないし」

「亡くなってるんですよね」

「葬式には俺も行きました」

人は案外、細い絆《きずな》だけに頼って生きているものだ。家族、会社……長倉はその二つを短期間に失ってしまった。急速に追いこまれ、狭く深い穴から抜け出せないような恐怖感を覚えていたのではないだろうか。空は頭上はるか遠くにあり、這《は》い上がるための手がかりもない。しかも足元は頼りなく、ずぶずぶと沈んでいくだけだ。

「かなり際どい状況だったんですか」

「だと思います。長倉さん、真面目な人だったから……あんなことになったら、自分でもどうしていいか分からなかったんじゃないかな」

「そうでしょうね」

先輩の転落振りを話し続けた江崎はすっかりしょげ返っていたが、澤村は別のことを考えていた。借金……今回の事件と関係あるとは思えない。街金《まちきん》は暴力団の息がかかっているところも多いが、相手を殺してしまっては金を取り戻せないからだ。ああいう連中は、面子《メンツ》よりも金を優先する。

それからもしばらく事情聴取を続けたが、これは、という情報は出てこなかった。江崎を近くの駅まで送った後、初美が小さく溜息をつく。

「イマイチでしたね」

「そうだな」

「なかなか簡単にいきませんね。人が一人殺されているのに、あまり情報が集まらないなんて、意外です」

「こんなものだよ」澤村は鼻の下に浮いた汗を人差し指で拭《ぬぐ》った。「例えば今俺が殺されても、澤村慶司という人間がどういう人物か、証言できる人は多くはないはずだ。結婚でもしてればともかく、近くに一緒にいる人がいないからな」

「澤村さんは何で結婚しないんですか」

「その質問はセクハラだな」しかもかなりピントの外れた質問だ、と苦笑する。

「すいません」謝ったが、初美はそれほど反省していない様子で、さっさと話題を変えてしまった。「確かに今の長倉さんには、職場も家庭もなかったですからね」

「ああ……でも、焦るな。捜査の最初はこういうものだから」

「そうですかねえ」初美が首を捻《ひね》る。

「殺しの九割はその場で解決してるっていう統計もある。だいたい、家族同士で殺し合って、殺した人間が自首してくるパターンが多いからな。問題はそれ以外の一割だ。そういう時にこそ警察の力が試されるんだけど……」

試される、か。澤村は急に寒気を覚えた。まさか、誰かが警察を試そうとしている？ そういうことは小説や映画の中だけの出来事のはずだが……だいたい、本気を出した警察に対抗できる一般人などいるはずもない。事件が解決しないのは、大抵、最初の段階で捜査を滑らせてしまい、重要な手がかりを失っているからだ。

今回は……最初の殺しから既に一月経っている。もはや全てが遅きに失していないか、という疑念が不意に芽生えた。

4

「被害者、長倉礼二が会社を辞めた前後についての状況は以上です」夜の捜査会議で長倉の身辺に関する説明を終え、澤村は腰を下ろした。

「よし、それでは、明日は長倉の関連捜査に人員を集中させる。配置は——」西浦が即座に反応した。

「ちょっと待って下さい、管理官」澤村は慌ててまた立ち上がった。まったくこの男は、どうして結論を焦るのか……。「長倉の周辺捜査に無理に人を割く必要はありません。今日と同じ態勢でいいと思います。長倉礼二の財政状況が事件に関係あるかどうかは、まだ分からないんですから。捜査を集中させるなら、もう少しはっきりしてからでいいんじゃないですか」

「そうか。そうだな」西浦が手首を使って額の汗を拭った。相変わらず冷房の調整が利かず、会議室はぬるま湯のような温度になっている。「では、長倉の周辺捜査は、今日と同じ態勢で」

澤村は音を立てて椅子に腰を下ろし、腕組みをした。何という無能な男か。部下だろうが上司だろうが、言われるままにころころと考えを変えてしまう。これでは、もっと重大な局面に直面した時、判断を誤りかねない。

横に座った初美が身を寄せて訊《たず》ねてくる。気づかぬうちに、よほどむっとした表情を浮かべていたのだろう、と澤村は思った。

「役立たずが上司にいると、気が休まらないんだ」

「管理官のことですか？」

「他に誰がいるんだよ」

澤村の報告を最後に、捜査本部は解散になった。結局、遺体の身元が割れたこと、長倉が借金をしていた事実が明らかになっただけの一日だった。もちろん遺体の身元判明は大きなニュースなのだが、そこから先は壁に突き当たっている。

「澤村」一課長に呼ばれ、会議室の前方に赴く。初美もついて来た。

「被害者の別れた奥さんが来ている」

「ああ」喉《のど》の奥に硬い塊ができたようだった。

「お前も会っておいてくれ。もう落ち着いてるようだから」

「分かりました。子どもさんは？」

「一緒にいる」

「そうですか」

谷口が口をつぐみ、澤村を凝視した。澤村もその視線を捉《とら》える。睨《にら》み合いではなく、意思の共通化を図るためのアイコンタクト。

「場所はどこですか？」数秒の沈黙の後、澤村は訊ねた。

「生活安全課の会議室にいる」

「分かりました」マスコミの目に晒《さら》されないよう、目立たぬ場所に隔離したわけか。

「すぐに行きます」

「俺たちも後から行く。まだ挨拶《あいさつ》してないんだ」谷口が目を伏せる。

「では、お先に」

初美を伴って会議室を出る。廊下には人気がなく、照明も一つおきに点《つ》けられているだけなのでひどく暗い。

「何で一課長、あんな風に澤村さんに直接言ってくるんですか」初美が背後から話しかけてくる。足音がだいぶ忙《せわ》しない。いつの間にか早足になっており、彼女はついてくるだけで精一杯になっていたのだ、と気づく。

「さあな」澤村は振り返って肩をすくめた。

「課長と親戚《しんせき》とか？」

「まさか」

言っていきなり立ち止まり、澤村はその場でターンした。初美がぶつかりそうになり、慌ててブレーキをかける。ふわりと揺れた前髪が彼の胸に触れた。

「危ないですよ」すっと身を引いて距離を保つ。

「被害者と面談しても何も感じない、鈍い刑事もいる。そういう人間を会わせるわけにはいかないだろう」

「澤村さんは何か特別なんですか」

「どうかな」

「何なんですか、いったい」じれたように、初美が首を傾げる。「何だか特別扱いされてるような気がするんですけど。一課長とは直接タメ口で話すし、管理官の悪口は平気で言うし」

「こうなるまでには、長い歴史があったんだよ」

「それ、話してもらえるんですか」

「話す気はない。話すほど、君のことをよく知らないし」

「そういうの、自爆ですよ」初美は邪悪な笑みを浮かべた。

「自爆？」

「隠すとかえって興味を持ちますから。しつこくつきまとってくれと言わんばかりじゃないですか。私、一度食いついたら離れませんよ」

「勝手にすればいい。それより、大事な仕事があるのを忘れるなよ」

「そんなことは分かってます」むっとして唇を引き結ぶ。

「分かってるなら、余計なことに首を突っこむな。自分の仕事をしてろ」

初美に背を向け、大股《おおまた》で歩き出す。まただ。またやってしまった。こうやって人との間に無用な壁を築いてしまうことに、何の意味があるのだろう。しかしこればかりは、自分でコントロールできない。何とかしようと思ったら、長い休暇が必要だろう――自分を見詰めなおすための時間が。だが、この仕事を長く離れてしまえば、逆に正気を保っていられないのも明らかである。

結局、自分を騙《だま》しながらやっていくしかないのだ。これまでずっとそうやってきた。これからもできないはずがない。


長倉の元妻、あゆみは、憔悴《しょうすい》しきってうなだれていた。息子の武《たける》は不機嫌そうに唇を歪《ゆが》め、長く伸びた足を持て余したように、デスクの下に潜らせている。両手をズボンのポケットに突っこみ、足を突っ張って、椅子からずり落ちそうな体を支えていた。それでも澤村たちが入っていくと、ゆっくりと椅子に腰かけ直すだけの素直さは保っていた。

澤村はゆっくりと怒りが膨れ上がってくるのを感じた。こんな時間まで、どうして二人だけにしておいた？　誰かつき添ってやらなくてはいけないのに。ろくに話ができない間抜けでもいい。他人の存在を近くに意識するだけでも、ひたすら自分の心を覗《のぞ》きこむ苦行を続けなくて済む。そのためには、むしろ目障りな人間の方がいいぐらいだ――苛立《いらだ》ちが悲しみを押し潰《つぶ》すこともあるのだから。そしてこの県警には、そういう不快で間抜けな刑事は、掃いて捨てるほどいる。

「捜査一課の澤村と申します。今回の事件を担当しています」

あゆみが頭を下げたが、澤村と目を合わせようとはしなかった。武は精一杯のツッパりを見せて、澤村を睨みつけている。息子の方が現状に対処できそうだ——憎しみを澤村に対する怒りに転化することで——と思い、あゆみの方をケアすることにした。

「この度はご愁傷様でした」低い声で、しかししっかりと告げる。

「別れた人ですから」溜息《ためいき》をつくように、あゆみが言葉を吐き出した。

「分かります。でも、ショックはありますよね」

「ええ……」その事実を認めるのが心底嫌そうだった。

「何としても犯人を捕まえて、長倉さんの無念を晴らしたいと思っています。こんな時に申し訳ないんですが、是非協力して下さい。長倉さんが離婚されて、会社を辞められてからの交友関係を知りたいんです」

「分かりません。全然会ってなかったんです」あゆみが髪をかき上げ、耳を露《あらわ》にした。相変わらず澤村とは視線を合わせようとしない。

「一度も？」

「とにかく最近……ここ半年ぐらいは」

「離婚する時に、息子さんと定期的に会うような約束はしなかったんですか」

「関係ないし」武が吐き捨て、デスクの下で足を組んだ。「別に、あんな人……」

「君のチームの監督だったよな、昔は」澤村は武に話を振った。

「もう関係ないでしょう」

「そうか。分かった」

　澤村があっさり引き下がったので、武は拍子抜けしたようだった。音を立てて椅子に背中を押しつけ、だるそうに体を斜めに倒す。普通の母親ならたしなめる状況だが、さすがに今のあゆみにそんな元気はないようだった。

「最近会わなかったのはどうしてですか」

「会う気はなかった……会えなかったんです」

「というと？」

「家の電話は不通だし、携帯電話も変えたのか解約したのか、昔の番号にはつながらなくなってしまったんです」

「つまり、長倉さんの方で、あなたと連絡を取る意思がなくなったということですね？」

「そうだと思います」

「連絡先を聞ける相手はいたはずですよね、江崎さんとか」

「聞きにくかったんです」それで全ての説明がつくだろうと言いたげに、あゆみが投げやりに言った。

「養育費の支払いはどうでしたか」

「それは一度も遅れませんでした」

「あなたの方では、会おうとは思わなかったんですか」

「まだ……もっと落ち着いたら、今後のこともあるので話をしようとは思っていたんですけど、まだそういうタイミングじゃなかったんです」

「簡単には割り切れない、ということですか」

「それはそうです」ようやくあゆみが顔を上げたが、口調は弱々しかった。「ずっと一緒にいた人に裏切られたんですから。そう簡単には許せません」

「そういう気持ちは分かります」

ドアが開き、谷口と西浦が入って来た。谷口はよく通る声できっちりと悔やみの言葉を述べたが、西浦は語尾を濁した。こういうことぐらいちゃんとやってくれ、と澤村は苛立ちを覚えた。初美が席を譲り、谷口が澤村の横に座る。初美と西浦は二人の背後に立った。これでは四人で二人を取り囲む形になってしまうのだが……仕方ない。会議室は狭いのだ。それにどうせ今夜は、完全に相手の心を開かせることなどできようはずもない。被害者の家族——今も家族と言っていいかどうかは分からないが——が立ち直るには、複雑な過程を経て長い時間がかかるのだ。失望期、誰かに怒りをぶつける時期、諦《あきら》めの時期、そして最終的に立ち直るための時期。どの時期がどれだけ続くかはケースバイケースであり、気をつけて経過を観察する必要がある。病気と同じなのだが、ある意味病気よりも厄介だ。薬や単純な励ましで治るものではないのだから。

「長倉さんが借金をしていたという話があります」

「借金って……」予想もしていない情報だったのか、あゆみが顔を引き攣《つ》らせる。

「どうして借金ができたのかは分かりません。アルコールが原因かもしれませんが」

「もしかしたら、私のせいですか?」あゆみの声が震え出した。「養育費を払うのに……」

「はっきりしたことは何も分かりません。でも、養育費の支払いが遅れたことは一度もないんですよね?」

澤村の念押しに、あゆみが素早くうなずく。その横で武の体は、次第に椅子からずり落ち始めていた。誰とも目を合わせようとはせず、母親の言葉も耳に入らない様子で、頸骨《けいこつ》が抜けているかのように、だらしなく首を傾げている。

「奥さん、ちょっとすいませんが」背後から西浦が声をかけてきた。「一昨日《おととい》の夜から昨日の朝にかけて、どちらにいらっしゃいました?」

「それはどういう意味ですか」あゆみの顔から一切の表情が消え、声が強張《こわば》った。

「いや、ですから居場所――」

「お袋が殺したっていうのかよ!」武がいきなり椅子を蹴《け》って立ち、デスクに両の拳《こぶし》を叩《たた》きつける。谷口が素早く立ち上がり、上から押さえつけるように肩を摑《つか》んだ。

「西浦さん、ちょっと」澤村は立ち上がり、西浦と同じ目の高さで向き合った。

「何だよ」西浦が不審そうに目を細める。

「いいから、ちょっと」初美に目配せをする。「あと、頼んだぞ」

初美の目に浮かんだ戸惑いを無視して、澤村は西浦を会議室の外へ追い立てた。後ろ手にドアを閉めると「何考えてるんですか」と低い声で脅しつける。

「夫が殺された場合、妻を疑うのは当然だろうが。元の妻でも同じことだ」西浦は平然としていた。

「分かりますけど、タイミングを考えて下さい。だいたいあの姿を見れば、彼女がやってないことぐらいは分かるでしょう。演技であんな落ちこんだ顔はできませんよ」

「そんなもの、何とでもなる」

「仮にそうだとしても、今のでおしまいですよ。向こうは用心してしまうでしょうね」

「俺のやり方に文句をつけるのか」西浦が一歩を踏み出した。

「西浦さん」澤村は顔を背けて舌打ちした。「いい加減にして下さい。こういうことは、現場の俺たちに任せてくれればいいんです。一々首を突っこまないで下さい」

「お前、一課長の覚えがめでたいからって、図に乗ってるんじゃないぞ」

西浦が澤村の胸倉を摑んで絞り上げた。彼の方がだいぶ背が低いので、澤村はアッパーカットをくらっているような恰好《かっこう》になる。胸を突き出して力で押し戻し、途中でふっと力を抜いた。西浦がバランスを崩したところで体を入れ替え、両肩を摑んで体を壁に押しつける。

「黙ってこっちに任せてればいいんだ！　あんなデリカシーのないことを言ってると、出来上がる事件も出来上がらなくなる。まるで素人じゃないか！」

「ふざけるな！」顔を真っ赤にして西浦が両足を踏ん張った。「お前、上司を何だと思ってるんだ」

「阿呆《あほう》を上司だとは思わない」

「何だと！」

「澤村さん！」悲鳴のような初美の声。それに引っ張られるように、生活安全課に残っていた刑事たちが飛び出して来て、二人の間に割って入った。

引き剝《は》がされた二人は、廊下の端と端で睨《にら》み合った。澤村は後ろから自分を羽交い締めにしている刑事の腕を振り解《ほど》き、なおも西浦に突進しようとしたが、一歩を踏み出した瞬間に谷口が前に立ちはだかった。

「落ち着け、馬鹿者」

低く冷たい声を聞き、一気に我に返る。鼻から深く息を吸い、ゆっくりと口から吐き出した。生ぬるい息が体を巡って、鼓動が静まる。

「――すいません」謝った方が得策と考えたわけではないが、反射的に謝罪の言葉が口をついた。

「被害者の立場を考えろ」谷口が振り返り、肩越しに会議室を見る。ドアは初美が飛び出した時に開いたままだろう。怯《おび》えた親子がこちらを見たまま固まっているのが見えた。

「二人とも、ちょっとこっちへ来い」

谷口が先に立って歩き出す。澤村は西浦を睨みつけたまま、その場で固まっていた。それを見透かしたように谷口が振り返り、「早くしろ！」と命じた。

それでも澤村はなお、西浦が動き出すまで身じろぎもせずに待っていた。あいつより先には絶対にいかない。あんな馬鹿より先には。

たっぷり三十分、説教を受けた。谷口の話を聞いているうちに、反省するどころか、西浦を許せないという気持ちがどんどん膨れ上がってくる。それでも怒りを物理的な攻撃に昇華させせなかったのは、周りに何人も人がいたのと、こんな男を殴ってもつまらないという気持ちが先に立ったからだ。こいつを殴ったら手が汚れる。

「お前はもういい、澤村」谷口が面倒臭そうに手を振った。

澤村は一礼して、狭い部屋を出た。三階の警備課。一階でまだうろうろしている記者たちに気づかれないように、という配慮からだろう。いい迷惑だったのは、当直を利用して溜《た》まった書類仕事を片づけようとしていた警備課員で、谷口の説諭が続く間は、外へ追い出されていた。

廊下の壁に背中を預けただらしない恰好で書類に目を通していた警備課員に頭を下げ、非常階段に向かう。外に出ると踊り場の手すりを摑んで身を乗り出し、駐車場を見下ろした。エンジンをかけたままのテレビ局の取材車が何台か見える。こんな時間に何を期待しているのか、出入り口では何人かの記者たち、それにカメラマンまで待機していた。「身元判明」の発表は、夕刊帯には間に合わなかった。夕方からのニュースでは一報が流れたが、それ以降、警察は新しい情報を出していない。夜の一課長の記者会見でも、空しい時間が過ぎただけだったと聞いている。せめてもう少し詳しい話を知りたいと思う記者連中の気持ちは分かるが、持っている情報を全て出すわけにはいかないのだ。そもそもこの事件では、出せる材料もないのだが。

澤村はそのまま一人、署の屋上に出た。非常階段のドアの向こうは柵《さく》があり、鍵《かぎ》がかかっていたが、両手をかけて軽く飛び越し、屋上に下り立つ。当然ながら人気はなかった。暑苦しい空気は少しだけ和らぎ、しかもわずかだが雨が降っている。天を仰ぐと、頬を濡《ぬ》らす冷たさが心地好《よ》い——しかし空気は不味《まず》かった。臨海地帯から流れ出る工場の排煙は、これだけ離れても薄まらないようだった。

ワイシャツの腕をめくり、濡れた手すりに肘《ひじ》を預けた。ひんやりとした鉄の感触が意識を研ぎ澄ませる。体は疲れているのだが、眠気ははるか遠くにあった。視線を少し上げると、建ち並ぶ高層マンションの灯が目に入る。ここ数年、中出署の周辺にはタワー型のマンションが林立し、街の景観が一変してしまっている。数年前、澤村はこの署に勤務していたことがあるのだが、その頃はまだ、ごちゃごちゃした下町の気配が濃い街だった。あの雰囲気は嫌いではなかったが。

西浦は……あの男がどうして、現場指揮の責任を持つ捜査一課の管理官になれたのか、澤村にはさっぱり理解できない。頼まれてもいないのに余計なところに首を突っこむ、すぐ人の言葉に左右される——管理者として評価できる点など、何一つない。上の受けがいいので出世したのだろうが、澤村に言わせれば単なるイエスマンだ。それも悪い意味でのイエスマン。信念があって「イエス」と言い続けるならともかく、誰かの言葉にうなずいた直後に別の人間の提案に従ってしまうのは、「自分」というものがない証拠だ。朝令暮改どころの騒ぎではない。

「下らんことで一々かりかりするな、澤村」声に振り向くと、いつの間にか谷口が背後に立っていた。薄いグレーのスーツの肩には、早くも雨の黒い染みができている。谷口は煙草に火を点《つ》けると、スーツが濡れるのも構わず手すりに肘を置いた。煙を避けるように目を細め、しばらく無言で街の灯を眺める。

「確かに下らないですね。西浦さんはただの間抜けです。あんな人を相手にむきになったのは恥ずかしい」

「口が悪いな、相変わらず」

「一課長譲りです」

「阿呆」谷口が煙草を唇から引き抜き、にやりと笑う。彼にしては珍しいことだった。

「変なところを見習うな」

「すいません」

「西浦のことは気にするな。あいつだって、自分がヘマをしたことは分かってるんだ」

「口が軽いんですよ。考えも軽いけど」

「警察にはああいう人間もいる。ここは社会の縮図なんだからな……どんな組織でも、本当にできる人間は二割しかいない。残りの八割は、その二割の人間に食わせてもらっている」

「俺は、二割の人間になっても、ああいう人を食わせていくのはごめんですよ」

「そう言うな」

「二人はどうしましたか」怒りのせいで、肝心なことを忘れていた。

「永沢が面倒を見た。今、家まで送ってるよ」

「遠いでしょう」

「仕方ない。二人だけで帰すわけにもいかないだろう。それぐらいはフォローしないと」

「そうですね」

言葉が途切れる。谷口が吹かす煙草の煙が顔の前に漂ってきた。基本的に煙草は嫌いなのだが、何故か谷口が吸う分には気にならない。人間というのは勝手なものだとつくづく思う。

「きつい事件だな」谷口が漏らした。彼が弱音を吐くのは珍しい。

「ええ」澤村はこの事件から、一連の連続殺人の捜査に正式に係《かか》わった。しかし谷口にとっては三件目である。上からの圧力も大変なものだろう。「課長？」

「何だ」

「俺にあまり気を遣わないで下さい」

「そんなつもりはないが」

「分かりますよ……周りの連中も分かってると思います」

「やりにくいか」

「多少は。保護を受けてるようなものですから。自分ではそんなに弱くないと思ってるんですけどね」

「自分のことは自分では分からないものだ。お前はまだ不安定なんだぞ。気持ちの奥が揺れている」

「そうですか」

谷口の指摘はことごとく当たっている。いつまでこの不安感とつき合わなくてはならないのか——先ほど考えた、被害者の家族の回復の四ステップ。被害者でもない俺は、どの段階にいるのだろう。

「刑事であっても、誰もがお前のような経験をするわけじゃない」

「ええ」

「人より重い物を背負ってしまったんだからな……部下のケアをするのも上司の仕事なんだ。というより、それ以外に仕事はないと言っていい」

自分の言葉に無言でうなずき、谷口が煙草を携帯灰皿に入れた。横腹をぎゅっと握り潰《つぶ》し、しばらくそのままにしている。燃え残った煙草の熱さを感じようとするように。

「お前みたいな男には、一番いい治療法がある」

「何ですか」

「へとへとになるまで走り回ることだ。必死に仕事をしていれば、余計なことを考える暇はなくなる」

「課長」

「ああ?」

「あれは余計なことじゃないんです。刑事としての俺の失敗です。だから、いつも考えていなくちゃいけない。へとへとになろうが何だろうが、同じことです」

「そういう覚悟があるなら、俺は何も言わない。いくら上司とはいえ、そこまで言う権利はないからな」新しい煙草をくわえたが、火は点けなかった。すぐに引き抜き、両の掌《てのひら》を上に向けて、肩をすくめるように腕を広げた。「明日も雨か」

「涼しくていいですよ」

「そうだな……そういうことにしておくか。今夜は遅くなるなよ」煙草をパッケージに戻しながら、谷口が非常口に向かった。

後ろ姿に向かって目礼してから、澤村はもう一度遠くに視線をやった。雨脚はわずかに強くなり、街の灯は先ほどよりもぼやけている。

5

そうやってひたすら歩き回っているといい。地取《じど》りは刑事の基本だ。家の配置を、そこに住む人の生活の全てを把握すれば、何が平常で何が異常な状態なのか、分かるようになる。

普通の捜査ならば。

だが今回は、普通ではない。なのに警察は、普通の殺人事件と同じように、お決まりの捜査を展開している。まさか、県警のレベルは、本当にここまで落ちてしまったというのか。自分の存在が知られているはずがないという確信はあったが、こんなにも間抜けな捜査を目の当たりにすると、こちらを欺くための罠《わな》ではないかとさえ思えてくる。油断させておいて、一気に襲いかかってくるとか……あり得ない。警察はそんなに器用ではないのだ。こちらの罠にはまることはあっても、自分たちから仕かけてくることはないだろう。

反対側の歩道を歩く刑事二人組を、斜め後ろの位置から尾行する。「現場百回」の原則に従って、今日も現場か。そこへ行っても何も見つからないというのに。証拠を残さず、目当ての獲物を人気のない場所に連れて行く方法など、いくらでもある。目撃者どころか、不審な音を聞いた人間さえいない――いないはずだ。

捜査の要諦《ようてい》は結局、人から情報を得ることである。現代は科学捜査の技術向上が注目され、どんな些細《ささい》なブツからでも犯人を割り出せそうに思われているが、物的証拠などいくらでも隠滅、あるいは捏造《ねつぞう》できる。現場に残っていても、何の手がかりにもならないものもある。

あのナイフのように。

どうして誰もその意味に気づかない？

今、後をつけている二人の刑事にしてもそうだ。元気なく、肩が下がっている。うだるような暑さだし、霧の中を手探りで歩くような状況だから、気合いが入らないのは分かるが、あれでは駄目だ。捜査の進捗《しんちょく》状況で気持ちが左右されるなど、もってのほかである。話にならない。

これ以上、あいつらを追っても無駄だな。監視する価値もない。二人の背中から視線を切って、目の前の路地に入り、そのまま住宅地の中を歩き続ける。近くに緑もないのに、蟬の声が体を包みこむようだった。アスファルトから熱気が立ち上がり、背中を汗が伝うのが分かる。きちんとアイロンをかけて畳んだハンカチを取り出し、折り目を崩さないように気をつけながら額を叩《たた》く。汗で濡《ぬ》れた面を裏返し、慎重にポケットに戻した。シャワーを浴びたいという、強い欲求に駆られる。

あの連中を監視するのにも飽きてきた。放っておいても何の心配もないようだから、取り敢《あ》えず、こちらはこちらの準備を進めよう。いいか、仕事っていうのはこういう風にやるんだ——何の参考にもならないだろうが、俺のやり方を見せてやる。

◇

遅く帰ったのに、やけに早く目が覚めてしまった。この部屋は東向きなので、季節に関係なく、朝日が容赦なく眠りを奪ってしまう。澤村は諦《あきら》め、思い切ってベッドを抜け出した。六時……いくら何でも早過ぎる。捜査本部には八時半に集合することになっているのだが、澤村のマンションの最寄り駅から中出署の近くの駅まではわずか三駅、十分である。八時に家を出ても十分間に合う。

コーヒーの準備をし、冷蔵庫の中を漁《あさ》る。ろくなものがない。冷凍した食パンぐらいか……しかしバターもジャムも切れていた。賞味期限ぎりぎりのチーズがあるから、これでチーズトーストでも作るか。一枚で昼まで持つかどうか分からないが、二枚食べる気にはなれない。冷蔵庫の隅からツナの缶詰がでてきた。これを使おう。ツナを食パンの上に広げてチーズを載せる。オーブントースターに突っこんで焼き上がりを待つ間、新聞を取りに行った。オートロックのマンションなので、新聞配達も各部屋にまでは上がってこない。

事件は、社会面のトップに載っていた。

「真夏の殺人　三人目の被害者は元会社員」

やはり被害者の身元判明が、朝刊段階での一番大きなニュースだ。コーヒーを飲みながらざっと目を通していったが、取り敢えず澤村の知らない事実は載っていない。時折、上層部が勝手に記者に漏らして、新聞を読んで驚かされることがあるのだが、今回に限って情報統制は完璧《かんぺき》なようだ。

この事件は、普通の事件とは重みが違う。捜査の失敗につながりかねないようなことは、マスコミ対策も含めて絶対に避けねばならない。

ツナの塩気の強い、生臭いオープンサンドを食べながら、新聞を読み進めようとした。しかし目が物理的に文字を追うだけで、内容はまったく頭に入ってこない。乱暴に畳んでテーブルの傍らに押しやり、食事を終えることに専念する。

意識してゆっくり食べたつもりだが、まだ余裕はたっぷりある。そういえば、撮影した現場の写真が、まだデジカメに残っていた。久々にパソコンの電源を入れ、デスクについて立ち上がるのを待つ。画像をハードディスクに保存し、中から被害者の姿が写ったものだけをより分けて別のフォルダに移動する。いつもの癖で、新しく加えた写真も含めてスライドショーを始めた。気を楽に持て、と自分に言い聞かせて椅子に背中を預け、目を細めて被害者の遺体を目に焼きつける。

服部正治《はっとりせいじ》。三十二歳になる息子が仕事をしないで家に閉じこもっているのをなじったせいで、夜中に殴り殺された。息子は血染めのバットを持ったまま、近くの川の堤防をふらふらと歩いているところを、夜明けに発見、逮捕された。現在、公判中。

榊原良助《さかきばらりようすけ》。澤村が扱った事件の中で、最も幼い被害者。五歳。母親の虐待を受け、真冬にベランダで三日間放置された末、凍死した。母親は保護責任者遺棄致死ではなく殺人で逮捕され、懲役十年の判決を受けて、服役中。子どもの遺体に複数の骨折痕《あと》や無数の傷痕が見つかったのが致命的だった。日常的な虐待の証拠であり、「しつけだった」という主張は全面的に否定され、粉々に砕け散った。

石田浩二《いしだこうじ》。婚約者と些細なことで喧嘩《けんか》になった末――新居への引っ越し代の分担を巡る些細な口論がきっかけだった——に絞め殺し、遺体を隣県の山中に放置した。遺体を野犬が見つけたのは、それから三週間後だった。本人は自殺。澤村のパソコンに入っているのは、首を包丁で切って自殺した彼の遺体だった。当初は単なる自殺事件と見られていたのだが、直後に婚約者の遺体が見つかり、結果的に彼の犯行と証明された。

　嫌なことを思い出した——あの時も西浦は、思い切り外したのだ。「石田は単なる自殺」という所轄からの報告を、そのまま棚上げにしていたのである。事件は犯人の自殺という形で終わっていたのだし、婚約者の遺体が見つかったのも単なる偶然なのだが、それでも俺の進言通りに早く捜査を始めていれば、また状況が変わっていたかもしれない。そう、俺はあの時、「すぐに調べるべきだ」と激しく言った。自殺には様々な方法があるが、首を切って、というのはあまりメジャーな手段ではない。しかも現場は路上だったのだ。明らかに自殺とはいえ、ビルからの飛び降りや電車への飛びこみ以外に、他人に見られる——邪魔される危険を冒してまで自殺する人間は多くない。何か、その場所で死ななければならない理由があったはずだ、と澤村の勘は告げていた。

　西浦の判断を無視して勝手に調べ始めた直後に、婚約者の遺体が見つかったという一報が入ってきた。すぐに身元も判明。そこで初めて石田の自殺につながり、二人の間に短いが暴発的な諍《いさか》いがあったことが明らかになったのだ。

　石田が首を切って死んだ路上は、彼が婚約者にプロポーズした場所だった。

　この三件は、全て家族絡みの事件といっていい。澤村がこれまで扱ってきた事件も、多くが家族の問題に端を発している。実際日本において、殺人事件の八割、九割は家族絡みの事件だという統計もあるほどだ。

　しかし、今度の事件は明らかに違う。こちらの常識、これまでの捜査のやり方では、犯人に近づくことすらできないのではないだろうか。自分が担当している長倉の一件には、彼の個人的な問題が絡んでいる可能性があるが……被害者の共通点は何だろう。まだ誰に対しても話してはいなかったが、被害者が無作為に選ばれたとは、澤村にはどうしても思えなかったのだ。しかし今のところ、共通点は一切確認されていない。前の二つの事件で、被害者に関する調査が甘かったのではないか、とも思う。そちらも俺が調べてみるか……人が見落としていることを見つけるのは得意中の得意だ。だがそれ故に、「人の失敗を見つけて自分の手柄にする男」と揶揄《やゆ》されていることも知っている。

　どうして皆、そんなに面子《メンツ》を気にするのか。この仕事で大事なのは事件を解決することだけであり、プライドなど、どうでもいいではないか。プライドが大事だというなら、俺はどうなる。そんなものはとっくに打ち砕かれ、今や跡形も残っていない。それでも自分ではきちんと仕事をしているつもりでいる。結果も残してきた。要するに、仕事をするのにつまらないプライドなど必要ないのだ。機械のように情報を処理する能力、そして鋭い観察眼と論理的な検証能力。それらが揃っていれば、刑事の仕事は務まる。誇りなどという情緒的な要素が入りこむ隙間はないはずだ。

　だったら俺はどうして、被害者の写真を集めているのだろう。彼らの存在を心に刻みこむため——情緒のない人間なら、そんなことをするはずがない。習慣で、ある写真のところまで来たところで、澤村はビューアーを落とした。指先がかすかに震えている。この先の一枚……今に至っても、冷静に見ることは不可能だ。

長倉の過去の空白は、素早く埋まりつつあった。会社の寮を出た後に住んでいたアパートは、今時こんな建物が残っていたのかと驚くような古びたものだった。鑑識課員たちが上り下りする度に外階段が揺れ、耳障りな軋《きし》み音が響く。部屋は六畳一間に小さな台所がついているだけで、鑑識課員五人が入ると、息苦しいほどの狭さだった。澤村と初美は中に入るのを諦め、外で待機していた。ラテックス製の手袋をしたままなので、いつの間にか両手がじっとりと汗ばんでくる。ふと思いついて、郵便受けを調べた。アパートは古いのに、郵便受けだけは新調したようで、きちんと鍵《かぎ》がかかるようになっていた。ダイヤル鍵を回すタイプで、番号が合わないと開かない。諦めるのも悔しく、右手の先を引っかけて思い切り引っ張った。予想していたより固い。

「何やってるんですか、澤村さん」初美が怪訝《けげん》そうな表情で近づいてくる。

「開かないんだ……」一段と力を入れた。郵便受けは塀に直《じか》づけされていたのだが、右手を扉に引っかけたまま、左足を塀に突っ張り、思い切り体重をかける。指先に鋭い痛みが走ったと思った瞬間、何かが割れる音がして扉が開く。

「まずいですよ、壊したら」

「ちょっと中を調べてくれ」

　初美が顔をしかめたが、自分も手袋をはめて澤村の命令に従った。中に溜《た》まっていた郵便物をまとめて取り出す。

「うわ、すごいですよ」両手で持ちきれず、一部が零《こぼ》れ落ちた。「一杯です。相当長く溜めこんでたんですね」

「下に置いていいよ」自分の郵便受けも似たようなものだと自虐的に思いながら、澤村は指示した。

　昨夜の雨でアスファルトは所々が濡《ぬ》れている。初美は乾いた場所を探して、郵便物を下ろした。澤村もしゃがみこみ、初美が上から順番に郵便物を確認していくのにつき合う。ほとんどがダイレクトメールのようで、やけに立派な封筒があると思ったら、最近話題になっている駅前のタワーマンションのものだった。高い部屋だと、軽く一億円を超える物件。このアパートに住むような人が興味を持つとは思えないが……ダイレクトメールも、出す相手を吟味しないとただのゴミになる。

「DMだけですね。彼に手紙出す人なんか、いなかったんじゃないですか」しゃがみこんだ姿勢が苦しいのか、初美が呻《うめ》くような声を上げた。「今時、用件はメールで全部済みますしね」

「ああ」生返事をしながら、なおも確認作業を続ける。予想した通り、全部がダイレクトメールだった。

立ち上がり、膝《ひざ》を二度、三度と屈伸してやる。年寄りじみているのは分かっているが、膝には気を遣ってやらないといけない。昔、それこそ刑事になりたての頃、逮捕術の練習をしている時に右膝を痛めたことがある。完治しているはずだが、疲れが溜まると痛みがぶり返すことがあるのだ。一年に一度もないが、今回澤村は、再発を予感させる疲労感を覚えていた。

開いた郵便受けに手を差し入れる。初美は中身を全てさらっていったようだが、念のため、郵便受けの上部も捜してみる。手の甲に紙が触れる感覚があった。時々こういうことがある——雨の日に配達されると、濡れた手紙はあらぬところに張りついてしまうのだ。

「督促状」太い、黒々とした字で書かれた封書。切手はなく、直接ここに投函《とうかん》されたものだと分かる。借金の関係か。それにしても、天井部分に張りついていたということは、最近入れられたものに違いない。澤村は、少しだけ愉快な気分になった。この連中は、長倉が死んだことを知らないのだろうか。いくら督促状を放りこんでも、自分の拳《こぶし》が腫《は》れるまでドアをノックし続けても、貸した金は返ってこない。

封筒を裏返すと、名前と住所が書かれていた。「タウンローン」。住所は中出署にも近い私鉄の駅前。あいつらか……広域暴力団の息がかかった街金《まちきん》で、もちろんいい噂は聞かない。もしかしたら、「金を返せない」と開き直った長倉に対して、逆切れして襲いかかったのか。

　この件は、他の人間にはしばらく伏せておこう、と思った。西浦が知ったら、即座に「その件で突っこめ」と指示を出すかもしれないが、いくら何でもそれでは性急過ぎる。自分である程度調べてから報告することにした。封筒をジャケットの内ポケットにしまうのを、初美が見咎《みとが》める。

「何隠してるんですか、澤村さん」

「何でもない」

「澤村さん、目が利くんですってね。人が見落とした物を後で見つけたり……そういうことが結構あるって聞きましたよ」

「どうかな」

「私、何か見落としましたか？」不安そうに初美が訊《たず》ねた。

「気にし過ぎだよ。大したことじゃないから、後で話す」

「秘密主義なんですね」初美が鼻を鳴らした。

「刑事ドラマでも、主役は常に一匹狼の独断専行型じゃないか」

「そうかもしれませんけど、これはドラマじゃないですよ」

「分かってる……」続けようとしたが、携帯電話の呼び出し音に邪魔された。

「谷口だ」昨夜何もなかったかのような、さらりとした口調。「臨海署の合同捜査本部に上がってきてくれないか」

「いつですか」

「すぐ」

「何か動きでも？」

「いや、そういうわけじゃない」谷口が即座に否定した。「現場の人間も含めて、検討会議をやることにした。今回の件について、もう少し突っこんだ意見交換をしたい」

「そうですか」封書の件は後回しにするしかないだろう。意見交換は、澤村にしても願ってもないことだった。今回の件には、あまりにも不確定要素が多過ぎる。上司から情報を投げてもらうだけでなく、現場を這《は》いずり回る刑事たち同士が情報を交換するのは、必ず役に立つはずだ。初美の顔をちらりと見る。「今、長倉のアパートにいるんですけど、その会議に出るのは俺一人でいいですね」

「ああ。現場は永沢に任せておけばいい。あいつ一人でも十分だろう。鑑識の連中がしっかりやってくれるはずだ」

「分かりました」電話を切り、初美に「ここは任せた。俺は別件がある」と告げる。彼女は露骨に不満気な表情を浮かべたが、澤村は説明を求められる前に、さっさとその場を離れた。思考を現場から机上に移す。これからしばらくは、頭を冷やして論理的な話し合いをしなければならない。

臨海署は、県都である長浦市の南側、海浜地帯を管轄するこぢんまりとした警察署であり、二番目の事件の捜査本部が置かれている。地理的には三件の事件発生現場を線で結んだ場合の中間地点だ。指定された会議室に足を踏み入れた瞬間、澤村は予想もしていない人物の顔を見つけた——いや、予想しているべきだったかもしれない。

橋詰真之《はしづめまさゆき》。県警刑事部付の情報統計官である。比較的新しい役職であり、将来的にプロファイリングの担当部署を立ち上げるための下準備をするのが役目だ、と言われていた。

澤村にとっては、最も肌の合わない相手と言える。元々捜査二課から刑事総務課とキャリアを積んだ男で、三十代半ばで研修制度を使いアメリカに留学、そこで本格的にプロファイリングを学んでいる。帰国後、刑事総務課に戻ってプロファイリング担当部署の立ち上げを具申し、それが認められて、四十歳になった直後に現在の肩書きを手に入れた。階級は警部。出世も早いのだが、それ以上に理屈っぽ過ぎる言動と奇矯な態度で、県警内では浮いていた。とにかく空気を読まず、我関せずで自説を押しつけ、現場の刑事たちを辟易《へきえき》させるのが常だった。澤村はまだ、直接的な被害に遭ったことはないが。

彼の描く犯人像は見事に的中していることが多いという評判もある。もっとも、プロファイリングなどあまり信用していない澤村には、今回の事件に関して彼の手助けが必要だとは思えなかった。

臨海署に集まったのは、澤村の他に橋詰、谷口、それに三つの捜査本部の各担当管理官だった。オブザーバー的立場として、刑事総務課の理事官が出席している。話し合いの結果をまとめて、後で刑事部長に報告するのだろう。結局現場の人間は俺だけか、と澤村は落胆した。これでは無為な話し合いがだらだら続いてしまう可能性もある。

三階にある小さな会議室は、七人が入ると一杯になってしまった。テーブルを挟んで眼前に橋詰がいるので、澤村はどうにも落ち着かない気分になっていた。きちんと三つ揃いの背広を着こなし、髪を七三に分けて銀縁の眼鏡の奥で目を光らせているようなタイプなら何とも思わないのだが、橋詰はとても警察関係者に見えない人間なのだ。澤村がいつもジーンズを穿《は》いて、上司の不興を買っているのとはレベルが違う。髪は天然パーマらしいのだが、鳥の巣のように盛り上がった長髪がまず異様である。ぶくぶくと膨れ上がった顔はまん丸で、目や鼻などのパーツはちまちまと中央に集まっていた。ネクタイこそしているものの、首が太過ぎて長さが足りず、臍《へそ》のかなり上で先端が揺れている。腹はベルトの上にせり出し、椅子に真っ直ぐ座るのさえ難しそうだった。ジャケットはクリーム色、ズボンはグリーンで、ゴルフ場以外ではまず見かけない組み合わせである。盛んにげっぷをしているが、かすかにニンニクの臭いが漂い、澤村はつい椅子に背中を押しつけて距離を置いた。向こうはそれを気にする様子もない。何となく無視されているような気分になって、澤村はこの男の注意を引く手はないか、と考え始めた。話しかけられたら話しかけられたで、今度はどうやって交わらずに済むか、考えなければならないのだろうが。

「三件の事件の関連性、並びに犯人像について、今から忌憚《きたん》のない意見を聞かせて欲しい」前置き抜きで、谷口がいきなり切り出した。「率直に言って、今のところ有力な手がかりは一つもない。犯人像につながる材料、印象、何でもいいから話してくれ」

そう促されても、口を開く者はいなかった。犯人像の分析に関して一番の専門家であるはずの橋詰も沈黙を守り、鼻の横をしきりに擦《こす》っている。指を離すと、目を寄らせて、脂で汚れた指先を凝視した。まったく不快な男だ……このままでは話が進まないと思い、澤村は口火を切った。ずっと気にかかっていたことである。

「十年前の事件です」

全員の肩がぴくり、と動いたようだった。橋詰でさえ。未解決事件は、どの県警にとっても恥である。特にあれだけ世間を騒がせた事件ともなれば。しかも今、澤村たちは、十年前と非常によく似た事件に振り回されている。

「その件は何度も話し合ったぞ」

西浦が嫌そうに言った。この男は、あの事件が起きた頃には何をやっていたのだろう、とふと思う。十年前といえば三十代の後半。刑事として最も脂が乗り切っていた時期ではないだろうか——西浦にそんな時期があったとは思いたくもなかったが。

「私は聞いていません」澤村は押し切りにかかった。「こういう機会なんですから、私にも聞かせてもらえませんか」

「聞くんじゃなくて、お前の意見はどうなんだ。こっちこそ、聞かせてもらおうじゃないか」西浦が鼻息荒く訊ねた。

「一つだけはっきりしています。今回の件は、十年前のコピーキャット（模倣犯）ではありません」

「横文字を使うな」西浦が鼻で笑い、すぐに真顔になった。「模倣犯じゃない——その理由は」

「簡単です。模倣犯の最大の特徴は、オリジナルの犯人を完璧《かんぺき》に真似しようとすることです。姿形から犯行の方法まで、全てを同じにしようとする。自己同一化、ですね。先行する犯人を英雄視するようなものでしょう。だから犯行の形態については、出来る限り細部まで再現しようとする……ところが十年前の一連の事件に関しては、肝心の情報が表に出ませんでしたよね。お分かりでしょうが、最大のポイントは首筋に刺さったナイフです」澤村は自分の首の後ろを掌の小指側で叩《たた》いた。自分でやったのに、誰かに刃物を突きつけられたようなひんやりとした感触が走る。「あの件は、当時は完全に伏せられていたはずです。犯人しか知りえない事実を隠す、それにいたずらに不安を煽《あお》らないために、と」

「さすが澤村だ。よく勉強してる」

西浦の皮肉を澤村はあっさり聞き流した。

「基本的に、十年前の事件でのナイフの件は、捜査関係者しか知りません。もしも今回の事件の犯人が模倣犯だとしても、同様の手口を選ぶはずがないんです」

「異議なし」

のんびりした口調で橋詰が言った。今度は汚く伸びた爪をいじっている。真意を測りかねたが、澤村は無視して話を続けた。

「唯一考えられるのは、この情報を知っている人間がやった、ということです」

「まさか、警察内部の人間だとでもいうのか」西浦が慌てて身を乗り出す。

「可能性の一つとしては」

「お前、ふざけるなよ」斜め向かいに座っている西浦が、手を伸ばして澤村に摑《つか》みかかろうとした。だがテーブルが邪魔して腕は届かない。

「可能性の一つとしては、です」澤村は強い口調で繰り返した。「もちろん、極めて低い可能性だとは思いますが。これぐらいのことは当然もう、皆さんで話し合われてるんですよね」

「それはそうだが」最初の事件を担当している管理官、生島《いくしま》が嫌そうに言った。「お前の話し方、何とかならないか。そういうのを慇懃《いんぎん》無礼っていうんだぞ」

「率直に話しているだけです」この中に味方は一人もいないな、と意識しながら澤村は言った。谷口も、公の場で皆を敵に回してまで、俺を庇《かば》おうとはしないだろう。「これも当然話し合われていると思いますが、より可能性の高い仮説を二つ挙げたいと思います。どちらも、今回の事件の犯人が、十年前の事件と同一犯だという前提です」

「それは……」

　西浦が声を上げたが、すぐに引っこめた。間違いなく、今までに誰かが同じ説を唱えたのだ。そして言った直後に一笑に付されたに違いない。まさか、十年もの歳月を置いて、そんなことはあり得ない、と。

「一つが、犯人が十年前の最後の殺人の後、何らかの理由で心変わりをして犯行を控えた、というものです。もう一つは、犯人がこの十年間、何もできない状況にあった、という可能性です」

「何もできない状況？」西浦が首を傾げた。「何だ、それは」

「その件については後で説明します。その前に、犯人が心変わりした可能性について説明させて下さい。もしかしたら当時の捜査本部は、犯人のすぐ近くにまで迫っていたのかもしれない」

「あり得ないなあ」反対の声を上げたのは橋詰だった。「かすりもしなかったのは誰でも知ってることだよ」

「かすっていたのに、警察で気づかなかっただけかもしれない」澤村は反論した。「重要な手がかりを摑んでいて、その意味に気づかなかった可能性もあります」

「なるほど。当時の県警が、そこまで間抜けだった可能性も捨て切れないわけだ」真面目なのか茶化しているのか、橋詰が真顔でうなずいた。澤村は意識して彼を無視した。

「ところが犯人の方では、警察が近づいてきたのを敏感に察知していた。それで、まずいと思って犯行をストップした」

「澤村先生、限界仮説というのがあるんだが、知ってるかい？」橋詰が言った。

「いえ」

いきなり立ち上がった橋詰が、狭い会議室の中を横ばいしながら、ホワイトボードの前へ移動する。太いサインペンのキャップを外すと、おもむろに中央に縦線を引いた。さらに右から左へ向けて長い矢印を引き、縦線と交差させてホワイトボードの左端まで延ばす。もう一本の矢印は、縦線の手前で一八〇度カーブさせ、出発点に戻した。

「この縦線が、犯人の心理的な限界」橋詰がサインペンの先を線に叩きつけた。「この一線を越えると、もう自分の意志では犯行をやめられなくなる。警察が追っていようが誰かに邪魔されようが、とにかく欲望の赴くままに突っ走るわけだ。ところがこの線に行き着いていないと、理性が働いて、引き返してしまうことがある。それまで犯行を続けていたのが嘘のように、ぱったりと止まる。実際アメリカの連続殺人犯には、このケースが見られるんだ。何人も殺した後で、いきなりやめてしまう。その場合、犯人は限界線を越えていなかったと考えられる。ご理解いただけるかな？」

「それはオーソライズされた仮説なんですか」澤村は懸念を隠さず訊《たず》ねた。

「いや、俺の持論。独自に研究を進めました。警察にいると、実例には事欠かないわけでね」手が汚れているわけでもないはずなのに、橋詰が両手を叩き合わせて澤村の質問に答えた。

何なんだ、この男は——学者でもないのに適当なことを言って。もちろん澤村も、データを軽視しているわけではない。過去の事件は、現在の事件の解決につながる情報の宝庫なのだ。しかしそこに心理学的な要素が絡んでくると、途端に一歩引いてしまう。心理学自体が学問と言えるかどうかも疑問に思っているのだ。フロイトの夢判断など、どう考えても根拠のない妄想としか考えられない。

「ところで澤村先生、お考えのパートッーの方は？」

平然とした様子で橋詰が促す。無責任な態度に思えたが、文句を呑《の》みこんで続ける。

「犯人は別件で逮捕されていた」

「おお」椅子に腰を下ろしながら、橋詰が拍手した。乾いた音が会議室に空しく響く。

「さすが澤村先生。斬新《ざんしん》な意見だ。続けてどうぞ」

何なんだ、この男は――聞きしに勝る変わり者だと思いながら澤村は続けた。

「犯人が長期間身柄を拘束されていれば、当然新たな犯行は起き得ません。それが出所してきて、また同じ犯行を繰り返した、ということは考えられませんか？　別件で逮捕されていたとしても、本件について黙秘を貫くことは可能です。そちらが明るみに出れば、間違いなく死刑なんですから」

「馬鹿馬鹿しい」西浦が吐き捨てた。「妄想だよ、妄想」

「まったく」生島も同調する。「だいたいお前、何でここにいるんだ？　一介の刑事が、こういう集まりに出てくるのはおかしいだろうが」

「それはいい。俺が呼んだんだ」谷口がぴしりと釘《くぎ》を刺した。西浦も生島も口をつぐみ、表情を消す。「馬鹿らしいと思う前に真面目に検討しよう。だいたい今まで、こういう考えが出てきたか？　自分の頭が固いのを人のせいにはできないぞ」

課長、そこまで言わなくても……澤村はうつむきながら眉《まゆ》をひそめた。露骨過ぎる。これでは俺を庇っているどころか、特別扱いしていると思われてもおかしくない。いや、谷口もそれだけ焦っているのだろう。局面を打開するためには、斬新なアイディアも欲しいはずだ。だからこそ、普段こういう会議には出席しない橋詰も呼ばれたに違いない。今のところは役に立っているとは言えないが……しかし意外なことに彼は、澤村の意見を支持した。

「澤村先生の説、いいんじゃないですか。十年前に逮捕されて、長期の実刑判決を受け、さらに最近出所した人間。洗い出して、動向を追ってみたらどうでしょうね。他県警の事件も含めて」

「いや、しかし……」西浦が両手を揉《も》み合わせた。厄介な書類仕事を考えて――特に他県警絡みになると面倒だ――憂鬱《ゆううつ》になっているのだろう。

「洗い出すぐらいは何でもないだろう。今のところ手がかりもないんだから、手を出してみる価値はあるぞ」谷口が橋詰に同調した。

「仰《おっしゃ》る通りですね」西浦が掌を返したように言った。「では、さっそくチェックしましょう」

澤村は呆《あき》れて、デスクの上に両手を投げ出した。またしても簡単に考えを変えてしまうとは……もしかしたら、そもそも自分の考えがないのかもしれない。

「ええと、あのねえ」独り言のように橋詰が言った。「やっぱり、警察官を調べた方がいいと思いますねえ」

「何だと」西浦の首筋に太い血管が浮いた。「警察官の犯行だっていうのか」

「いやね、澤村先生の仰る通りで」橋詰が、太い親指を倒して澤村を指した。「ナイフの件は、犯人しか知りえない事実なんだよね。逆に言えば、知っている人間は全員容疑者ということですよ。容疑に濃淡はあるにしても」

「可能性は極めて低いですよ。あくまで机上の空論です」自分で言い出したことだが、澤村は調子に乗っているとしか思えない橋詰に釘を刺した。

「いやいや、そうかな」橋詰はどこか嬉《うれ》しそうだった。「何かと問題の多い県警なんですよ？　何かあっても不思議じゃない。何でも調べてみる必要はあるんじゃないですか」

「それを調べるよりも先にやることがあるでしょう」澤村は正面から反対した。「どうしようもなくなってからでもいい」

「相手が警察官だとしたら」橋詰が顔の前で人差し指を立てた。「こっちの手の内は全部見通されていると考えた方がいい。つまり、既にこっちは相当出遅れているということですな」

「あなたの描く犯人像はどうなんですか。警察官はその中に入ってるんですか。得意のプロファイリングで分析して下さいよ」

澤村は挑発したが、橋詰は乗ってこなかった。肩をすくめるだけで、「分析できるほど材料がないんでね」と言うだけだった。

「何も分からないんだったら、プロファイリングなんて意味がないですね。今日あなたが発言したことは、誰でも考えつくことだ。県警も、無駄な人員に予算を割くべきじゃないでしょう。こんな人に給料を払うぐらいなら、聞き込みの上手《うま》い刑事を育てた方がいい。その方がよほど捜査は上手く回りますよ」

「澤村、言い過ぎだ」

谷口が釘を刺す。澤村は咄嗟《とっさ》に口をつぐんだが、胸の中では不満が渦巻いていた。捨て台詞《ぜりふ》を一発、とも思ったが、焼きつくような鋭い視線を感じて黙りこむ。刑事総務課の理事官から発せられるものだとすぐに分かった。少し言い過ぎたかもしれない。組織全体の面倒を見る刑事総務課の人間としては、自分たちの仕事を全面的に否定されたに等しいだろう。

余計なことは言うな。自分の仕事をするだけでいい。課長……こういう場に俺を引っ張り出すのはもう勘弁して下さい。別に幹部候補というわけでもないんだから。階級を飛び越えて仕事をするのは、警察という社会の中では許されないんですよ。

6

「飯食おうぜ、飯」

車のドアを開けようとした瞬間、いきなり後ろから声をかけられ、澤村はその場で固まった。こんな風に気楽に話しかけてくる人間は……振り返ると、橋詰がにやにやしながら立っていた。丸い腹が邪魔なのか、背中を反らしている。本人は気づいていないかもしれないが、外に出ただけで、額に汗が噴き出していた。

「急いでるんですけど」

「まあまあ、どんなに急いでいても飯は食うでしょう？　澤村先生のご意見もいろいろと拝聴したいし」

「言うべきことは、さっきの会議で全部言いましたよ」

「個人的に話を聞きたいんだ。非常に興味深いね、あんたは」

「お断りです」強張《こわば》った声で澤村は拒絶した。「あなたと個人的に話をするつもりはありません」

「いやあ、でもねえ……」橋詰が耳の後ろを掻《か》いた。「こっちの仕事を全否定されて……俺は気にしてないけど、気にする人もいるんじゃないかな。このポストを作った人とか、さ。そういう人の怒りを抑えておくには、俺の一言が大事なんだよ。だからあんたは、俺の機嫌を取っておいて損はないわけで、ね。損はないっていうか、自分の立場を守るために、俺と飯ぐらい食っておくべきだね」

一種の脅しか。さっさと現場に戻らなければならないのに……しかしこの場は、彼の誘いに乗ることにした。確かに、どうせ飯は食べるのだし、ついでに橋詰の本音も探っておきたい。プロファイリング担当の部署が県警に必要かどうかはともかく、この男が重用されているのにはそれなりの理由があるはずだ。こちらこそ——興味深い。


トンカツ、という気分ではなかったが、橋詰が「どうしても」というので仕方なくつき合うことにした。寝不足と苛立《いらだ》ちで胃が重い……仕方ない、ヒレにしよう。脂の多いロースよりは胃に優しいはずだ。

いつもの癖で、カメラを取り出す。橋詰が怪訝《けげん》そうな表情を浮かべたが、レンズを向けると途端に目を大きく開けておどけた表情を浮かべ、Vサインを作って見せた。シャッターを切った瞬間、「何事？」と訊《たず》ねる。

「会った人の写真を、できるだけ撮るようにしてるんです。忘れないように」生きているにしろ、死んでいるにしろ。

「いきなりそれをやると、怒る人もいるはずだけど」

「普通は許可を取ります。あなたの場合、許可は必要ないように思った。別に気にしてもいないでしょう？」

「当たり」

短く言って、橋詰が澤村に人差し指を突きつける。無礼な仕草に顔をしかめてやったが、橋詰は気にする様子もない。

橋詰はロースカツを頼み、山盛りになったキャベツの千切りにソースをたっぷりかけ回して食べ始めた。キャベツ、ご飯、漬物、ご飯、豚汁。その繰り返しであっという間にご飯とキャベツを平らげてしまい、どちらもお代わりを頼んだ。ロースカツには手をつけていない。

「食べないんですか」

「ああ」再び山盛りになったキャベツに、今度はばさばさと塩をかけた。「ダイエット中なんで」

「だったらトンカツなんて、一番避けなくちゃいけないでしょう」

「キャベツダイエットだよ。でも、街中でキャベツを山盛り食べられるのはトンカツ屋ぐらいしかないんで」

理屈は合っている。合っているが、明らかに一般常識から外れていた。ますますこの男のことが分からなくなる。食事に関しては話題にしないようにしようと決め、ひたすら自分のヒレカツに専念した。

結局橋詰はキャベツとご飯を二回お代わりし、食事を終えた。ロースカツを食べなくても、これでは食べ過ぎではないか。ダイエットするつもりなら、きちんと医者に相談すべきだ。だいたい、ソースと塩の摂《と》り過ぎで、かえって体に悪いだろう。

「さて、犯人は本当に警察官かな」口元を紙ナプキンで拭《ぬぐ》いながら、橋詰がいきなり切り出した。

「ちょっと」澤村はテーブルに箸《はし》を置いて慌てて言った。「声がでかいですよ」

「ああ、失礼」一転して、耳を近づけなければならないほどの小声で話を再開する。昼飯時で店内は混み合っており、彼のやり方に心底苛立ちを覚えた。

「本気でそう思ってるんですか」

「最初にそう言ったのはあんたでしょう」

「可能性の一つ、ですよ。本気で言ったわけじゃない」

「何だ」呆《あき》れたように、橋詰が両手を前に投げ出した。「てっきり、何か摑《つか》んでるんじゃないかと思ったんだけど」

「摑んでたら報告しますよ。それが仕事ですから」

「別に、何でもかんでも上に報告しなくちゃいけないわけじゃないでしょう。だいたいあんたは、そういうタイプじゃないって聞いてるけど」

澤村は少しだけ耳が赤くなるのを感じた。橋詰の言う通りで、一人で情報を抱えたまま温めていたことは何度もある。上には嫌われるやり方だが、ゴミのような情報を上げても時間の無駄になるだけだ。

「普通は、失敗を恐れてじゃなくて、後から叱られるのが嫌で一々報告するもんだけど。

アメリカにも、そこまで勝手に潜行する刑事はいなかった」橋詰が、分かったような表情を浮かべてうなずいた。

「アメリカの事情は知りません」

「あんた、プロファイリングを信じてないでしょう」橋詰が話題を変えて、ずばりと切りこんできた。

「どうしてそう思います？」

「そんなの、目を見れば分かるよ」橋詰が声を上げて笑い、澤村に人差し指を突きつけた。「別に俺も、四六時中机にへばりついてデータをひねくり回しているだけじゃないからね。人の顔色を読む能力がないと、プロファイリングなんかできないんですよ。もちろん、プロファイリングは単なる傾向分析であって、俺だって犯人逮捕に百パーセント役立つとは思っていないけど、あんたみたいに現場を重視する人間ほど、プロファイリングを馬鹿にする傾向があるよね」

「気に入りませんか？」

「別に。慣れてるから。本場のアメリカでも、プロファイリングを信用してない刑事はたくさんいるし」太い肩を器用にすくめる。アメリカ仕込みだろうか。「ま、プロファイリングをどこまで箔《はく》づけできるかが、俺の仕事なんだけどさ。さて、本題です。警察官っていうのは、犯罪に非常に近い立場にある」

「近くないですよ。反対側にいるじゃないですか」

「いや、薄い皮一枚隔てて接触してる感じだと思う。コンドームつきのセックスみたいなものだね。ちゃんとコンドームをしてれば、まず病気にはならない。でも時々、コンドームが外れたり破れたりすることもある。そういう時、大慌てするよねえ」橋詰が嫌らしい笑みを浮かべた。喩《たと》え話としては適切かもしれないが、場所と時間を間違っている。この男には「TPO」という概念がないらしい。

「そういう話は夜にして下さい」

「まあまあ、とにかく聞いてよ。話の要点は、悪の近くにいると、悪の影響を受けやすいということです。生活安全課や暴対の刑事は特にそうだ。認可問題で業者に便宜を図って金品を受け取ったり、暴力団に取りこまれる刑事がいるのは間違いないんだから。特にうちの県警は、ねえ……」橋詰が、もじゃもじゃの髪に指を突っこんだ。「どうしてこう、不祥事ばかり起こすんだろう。コンドーム抜きでセックスするのが好きな人間ばかりを選んで集めてるんじゃないんですかね」

橋詰の後ろの席に座っている女性の三人組が、一斉に彼の後頭部を睨《にら》みつけた。近所の会社のOLという感じだが、昼間からこんな話を聞かされて愉快な気持ちになるわけがない。

「聞こえてますよ、橋詰さん」澤村は声を潜めて忠告した。

「ああ、じゃあ、伏せ字でいこうか？　X抜きのYは……」

「いい加減にして下さい」拳《こぶし》を固めてテーブルに打ち下ろす。予想していたよりも大きな音が出て、今度は澤村が睨まれた。「とにかく、下品な喩えはやめてください」

「刑事がやった可能性は捨てきれないんだよなあ」人の忠告がまったく耳に入っていない様子で、橋詰が顎《あご》を掻《か》きながら言った。「あんたが言った通りで、犯人しか知りえない事実っていうのが、どうしても引っかかる」

「警察官じゃなくて、検事かもしれない。検察事務官とか」

「そうそう、いい調子」橋詰が嬉《うれ》しそうに言った。「ブレストは大事だよ。どんなことでもいいから口にしてみると、リアリティが出てくる」

「撤回します」澤村は両手を広げてテーブルに置いた。綺麗《きれい》に掃除されている白木のテーブルなのだが、やはり油でかすかにべとついていた。「ブレストの有用性は否定しないけど、あなたと話していると頭がおかしくなりそうだ」

「ついてこいよ、相棒」橋詰の笑みが大きくなる。「この県警の中で、俺についてこられる人間はあんただけだと思う」

「そんなこと言われても、少しも嬉しくない」

「仲間は大事だよ」

「あなたのことは、別に仲間とは思ってませんから。浮いてるの、自分でも分かってるんでしょう？」

「うーん、痛いところを突かれたな」まったく痛くない様子で橋詰が言った。顔にはまだ、にやけた笑みが張りついている。「だけどあんたも、県警の中で浮いてるという点では同じでしょう」

「その件についてはノーコメント」澤村は声を低くした。冗談めかしていながら、橋詰の言葉は一々ツボを突いてくる。

「話したくないなら無理にとは言わないけどね。ただ、心理学的に見ると、あんたは事件のショックを消化し切れていない——トラウマを乗り越えていないっていうことです。荒れ狂うか、静かに過ごすか、いっそ仕事を辞めるか。そういう思い切った手を打つべきだったのに……警察というのは精神的なケアが遅れているからね。俺が警務部にいたら、あんたを馘《くび》にしてたよ。その方が、澤村先生のためにはよかったと思う」

「だったら今からでも、そうするように上申すればいい」

「そういう権利はないんでね」橋詰がまた肩をすくめた。「それにもう、遅いですよ。そういう処置は、早めにやっておかないと意味がないんだ。今のあんたは、骨折を放置した足みたいなものです。おかしな風にくっついてしまったんだろうな。まともな状態とは言えないけど、それでも歩けるものだから、何とか我慢してしまう。俺に言われなくても、あんたは自分のことは分かってるでしょうけどね……覚悟があるなら、俺の方で言うことは何もない。でもね、あの事件があってから、あんたは明らかに変わったはずですよ」

「個人的な問題まで、一々チェックしてるんですか」

「あんたの場合は、一種の特異ケースとして。非常に興味深いですね」

「ふざけるな」自分の声が低く腹の底に響いた。

「おやおや」橋詰が面白そうに言った。

「俺は本気だ。今度俺のことを話題にしたら、必ず殺す」

「分かった、分かった」橋詰が両手を顔の前に挙げ、「参った」の仕草を見せた。「あんたが俺を嫌いなら、無理に会う必要はない。ただし、俺の言ったことは忘れないで欲しいな。その線だけを押す必要はないけど、頭の片隅には入れておいた方がいい。そうしないと、極端から極端に振れて、西浦さんみたいになっちまうよ」


「話し合いはどうなったんですか」電話の向こうで初美がすかさず切り出してきた。

「結論は何も出ないよ」

「そんなはずないでしょう。わざわざ集まったんですよね？　普通は捜査会議で話をすればいいことじゃないですか。何か特別な会議だったんでしょう？」初美は簡単には引かなかった。「そもそも、顔ぶれが妙ですよね」

「俺がいたことが、だろう？」

「まあ……そうです」

「俺は、はっきり物を言うからじゃないかな。一課長はこういうやり方が好きなんだ。いつも管理官連中と顔をつき合わせていると、考え方も最初から読めてしまう。それじゃ、新しい考えが出てこない」

「澤村さんが特別優秀で幹部候補だから、早いうちからそういう場に参加させようとかいうんじゃないんですか？」

「そうじゃないことは知ってるだろう？　だいたい、警察は民間の会社とは違う。いくら優秀でも、階級が違えば出られない会議はあるよ」

「そうですか」初美は依然として納得していない様子だった。「それより、早く戻って下さいよ」

長倉のアパートの捜索は終わっているはずだと思って確認すると、まだ続いているという答えが返ってきたので、澤村は慌ててアパートへ戻ることにした。それからさらに一時間、狭い部屋で押し合いへし合いしながら捜索を続け、午後遅くになってようやく終了。体にべっとり汗が張りつき、不快だった。

澤村は途中で捜索から抜けていたので、捜査本部へ戻る車の中で詳しい様子を確認した。

「どうしてこんなに時間がかかったんだ？」

「物は少ないんですけど、中が滅茶苦茶《めちゃくちゃ》だったんですよ。ゴミ置き場みたいで。ブツをより分けるのに時間がかかったんです」

「何か出たのか？」

「これといったものはないみたいですね」助手席で初美が肩をすくめる。「一人暮らしの男の部屋……典型的ですよ」

「随分よく知ってるみたいだな」

「ああいう部屋は何度も捜索しましたから。私生活の方はノーコメントですよ」さらりと受け流して爪をいじり始める。「病気だったみたいですね」

「アルコール依存症だろう？」

「肝臓です。通院していたみたいですね。薬も出てきました」

「日本人は元々、肝臓が強くないんだ。アルコール依存症になる前に、肝臓をやられる人の方が多いっていうからな。かなり深刻だったのか？」

「それほど大変な——命に関わるような症状じゃないそうです。鑑識課で肝臓に詳しい人がいて、教えてくれました」

「ああ、福井《ふくい》さんか。あの人も肝臓をやられてるから」

「そうなんですか？　元気そうですけど」

「随分昔の話で、完治してるから……ところで、仕事の方はどうなんだろう。八高製鉄を辞めてから、何か仕事はしてたのかな」

「派遣の登録をしていたようです。それで働いていた時期もあったようですけど、どれも長続きはしていません。その辺は、家の中で見つかった書類で確認できました」

「確かに難しいだろうな。高校を出てからずっと同じ仕事をしていたから、適応能力が高いわけでもないはずだし。同じような仕事はどこも不況だし、急に全然違う仕事をしろって言われても困るだろう」

「でしょうね」

「ということは、結局部屋からは何も手がかりなしか……だったら別の方向から攻めていくか」澤村はゆっくりと顎を撫《な》でた。

「何かあるんですか？」助手席で、初美が体を強張《こわば》らせるのが分かった。

澤村はジャケットの胸を上から叩《たた》いた。薄い封筒の感触はまったくない。だがそこには、長倉の現在につながる重要な材料がある。

「街金だよ」

「それがどこの業者なのか、まだ分かってないでしょう。ガサでも、何も出てきませんでしたよ」

「ご心配なく」澤村は内ポケットに手を突っこみ、封筒を取り出した。初美に渡すと、呻《うめ》くような声を上げる。

「どうしたんですか、これ」

「君の不注意だ」

「どういうことですか」むっとした口調で訊《たず》ねる。

「郵便受けの上に張りついてたんだ。物を捜す時は、四方八方徹底的にやらないと見逃すぜ」

「それは……すいませんでした」不承不承といった感じで初美が謝る。「でも、分かってたなら、さっき言ってくれればいいのに」

「お楽しみは後に取っておくということだよ。それより、この街金に突っこんでみよう。駅前だから近いし」

「そうですね」

「じっくり話を聞いてみよう。何が飛び出してくるか、ね」


中出駅の周辺は、線路を挟んで西と東で極端に表情の違う街だ。最近は特にその差が大きくなっている。西口には新しいマンションや商業施設が建ち並んで清潔な雰囲気に生まれ変わりつつあるのに対し、東口は昔ながらの古い街並みで、食欲、性欲、ギャンブル欲を満たしてくれる店舗が建ち並んでいる。昼間は薄汚い分、夜はネオンで化粧を施す。二人はコイン式駐車場に車を停めて歩き出した。

長倉が金を借りていた「タウンローン」は東口の雑居ビルに事務所を構えていた。各地に支店があり、妙に爽《さわ》やかな青い看板は、どこのターミナル駅前でもお馴染《なじ》みである。エレベーターを降りるとすぐ目の前がカウンターで、見覚えのある青色のマークが出迎えてくれた。カウンターの上に身を乗り出すと、金の臭いを嗅《か》ぎつけたように、すぐに女性店員が飛んでくる。バッジを示すと営業用の笑顔が強張り、「ご用件は」という冷たい質問が出てきた。

「責任者をお願いします」

「不在なんですが」

「大至急呼び戻すか、ナンバーツーの人に会わせて下さい。急ぎます」

女性店員は何か反論しようと口を開きかけたが、結局何も言わないまま店内に引っこんでしまった。五分ほど待たされた末、出てきたのはまだ二十代にしか見えない男だった。カウンターを挟んで向き合う。

「副店長の増永《ますなが》ですが」銀縁の眼鏡の奥で、不機嫌そうに目を細める。

「この業界は離職率が高いんでしょうね」

「はい？」

「あなたのように若い人が副店長になってるってことは、人がどんどん辞めてる証拠じゃないんですか」

「何しに来たんですか。ふざけてるならとっとと帰って下さい」若者は一応突っ張って見せたが、目は自信なさそうに泳いでいた。

「捜査です」

「店長は不在ですよ」

「誰でも構いません。あなたでも、事実関係の確認ぐらいはできるでしょう」

「……どうぞ」むっとしながら、増永が一旦《いったん》引っこんだ。すぐにカウンターの端のドアが開く。

「いいんですか、あんなに乱暴に言って」初美が顔を寄せるようにして囁《ささや》く。

「最初が肝心なんだよ。頭からがつんと言ってやらないと、ああいう連中は開き直る」

「ちょっとやり過ぎですよ」

「ご指摘、どうも」肩をすくめ、事務所の中に入る。

消費者金融とはいっても、内部の様子は銀行とさほど変わらない。清潔で整頓《せいとん》が行き届いており、全体は白っぽく見える。増永は店の奥にある打ち合わせ用のスペースに二人を案内した。背の高い観葉植物が目隠しになっているので、低い声で話していれば内容も聞かれずに済むだろう。

澤村は単刀直入に長倉の名前を挙げた。増永は特に反応せず、じっと澤村の顔を見ている。

「この人に督促状を送りましたね」

「個人情報についてはお答えできません」

「生きている個人に関しては、でしょう」

増永が細く息を吐いた。眼鏡を外してハンカチで拭《ふ》き、目を瞬かせる。

「当然、知ってますよね？　新聞でもテレビのニュースでも、彼の名前はがんがん流れていた」

「ええ、まあ」

「督促状を送ったのは四日前ですね」それが自分の内ポケットの中にあるという事実は隠して、澤村は訊ねた。「返済はどれぐらい滞っていたんですか」

「三か月」

「それは、督促も必要でしょうね……実際はどうなんですか？　もうブラックになってたんじゃないですか」ブラック——要注意人物。回収の可能性が低いが故に、貸してはいけない相手だ。

「はっきりしたことは、支店長がいないから言えませんけど、まあ、そういうことです。最新の督促状に返事がなければ、間もなく事故扱いになるところでした」

「家は訪ねたんですよね」澤村はドアをノックする真似をした。

「反応なし、でしたね」

「居留守を決めこんでたんだ」

「そういうことでしょうね。でも、ドアをぶち破って確認するわけにはいかないし」

「あなたたちは、そういうことも平気でやると思ってたけど」

「いつの話ですか」増永が冷たく笑った。「今時そういうのは流行《はや》りませんよ。すぐに問題になりますからね」

「そう言う割には、泣かされた人の話をよく聞くな」

「金を借りる人は、皆泣き所を持ってるんですよ。借りに来る人の顔を見てると、いろいろなことが分かります」

「そういうことを喋《しゃべ》ると、それこそプライバシーの侵害に当たるのでは？」

増永が耳を赤く染めながら澤村を睨《にら》みつけた。怒りと焦り。しかしこのやり取りをきっかけに、増永は長倉に対する融資について詳しく話してくれた。百万円を借りたのは一年前。しばらくは定期的に返済があったが、半年ほどで滞るようになり、三か月前からは完全に返済が途絶えた。

「参りましたよ、正直言って。本人が死んだらどうしようもないですからね。こっちは貸し倒れです」

「あなたが殺したんじゃないんですか」

「まさか」増永が乾いた笑い声を上げた。「冗談でしょう？」

「本気で聴いてるんですが」

「どうして俺が」一瞬にして増永の顔が青褪《あおざ》めた。

「金を返さなかったから」

「殺したら、それこそ金が返ってこなくなるでしょう。誰がそんな馬鹿なこと、します？」

「模範回答ですね」

「何なんですか、いったい」助けを求めるように、増永が初美を見た。「警察っていうのは、いつもこんな滅《め》茶《ちゃ》苦《く》茶《ちゃ》なことを聴くんですか」

「当然です。あなたは長倉さんの、いわば関係者ですから」初美がしれっとした表情で言った。

「関係者って……」冷たくあしらわれ、増永の顔に動揺の色が浮かんだ。

「長倉さんはね、人づき合いが極端に少ない人だったんだ。だから我々は、ここを訪ねて来たんですよ」澤村は淡々と説明した。「あなた、長倉さんとは何回も会ってますよね」

「そうですけど、あくまで仕事としてですよ」急に体の力を抜き、椅子にだらしなく身を沈める。眼鏡を外すと両手で顔を擦《こす》り、一つ溜息《ためいき》をついた。

「彼はどんな人でしたか」

「顔色が悪くてね」人差し指で頬を擦った。「最初にここへ来た時は、病気だと思いましたよ」

「実際病気だったんですけどね」澤村は杯を口元に持っていく仕草をした。

「ああ」増永の唇の左端がきゅっと持ち上がった。「そんな感じでしたね。ちょっと酒臭かったし」

「しかも無職だった。そういう人に金を貸すのは、審査の面で問題はなかったんですか」

「なかった、と申し上げるしかないですね。こっちとしては実際、金を貸してるんですから」

「金は何に使うという話でしたか」

「慰謝料とか、養育費とか……離婚したって聞きましたよ。何だか暗い人で、やっぱり離婚っていうのは痛手になるんでしょうね」

「その後は？」

「二、三回会いましたかね。最初に返済が延滞した時に、電話がつながらなくて結局家を訪ねたんです。その時は、直後に返済されたから、問題なかったんだけど……ますます暗くなってましたね。部屋をちょっと見たんだけど、ゴミ箱みたいだったし」

「そうですか……その時点で、既にブラックになる感じはしていませんでしたか」

「確かに危ない感じはしましたけど、こっちとしては何とかしないといけないと思って。事故になったら、私個人の責任になりますから」

その後は増永の愚痴が延々と続いた。話を聴きながら、澤村はこの男は事件とは直接関係あるまい、という確信を得た。消費者金融が一番恐れるのは、貸した金が返ってこないことだ。そのまま貸した側の損失になってしまう。一時間ほどの面談を終え、二人は「タウンローン」を後にした。支店長にも後で話を聴くことになるだろうが、それは増永の話を裏づけるための形式的なものになるだろう。この線も行き詰まることになるのか……猛暑の中、車に戻るために肩を落として街を歩き出すと、電話が鳴った。

いきなり今後の方針を決めてしまう、一方的な内容だった。

7

「なるほど、いい線だ」

「いいのかね」相手は疑わしそうに言った。

「悪くないぞ。いい着想だと思う。現段階で何も手がかりがないとしたら、過去の凶悪犯を調べてみるのは悪くない手だ。実際、見逃している人間がいるかもしれない」

「しかしねえ、いったいどれぐらい過去に遡《さかのぼ》ればいいのか……」

相手が長々と愚痴を零《こぼ》し始めた。まったく、この男は。まだ昼間ではないか。仕事を放り出して、こんな電話をかけてくるとはどういうことだ。どんなことでも人のアドバイスを聞きたがるタイプ——自分で考え、答えを導き出す人間ではない——だということは分かっているが、この事件でも右へ振れ、左へ振れとふらふらしているのだろう。

「問題ない。課長の方針か？」

「方針を決めたのは課長だけど、このアイディアの出所が気に食わないんだ」

「ほう」

「一課の澤村、知ってるよな」

「ああ」

「あいつがでしゃばってきた……黙ってりゃいいものを、口を閉じておくことができないんだな」

「しかし、そういう発想は今までどこからも出てこなかったんだろう？　こういう難しい事件では、常識から離れて飛躍した考えも必要になるんじゃないかな」

「そうかねえ」

「そうだよ……おい、愚痴ならいつでも聞いてやるけど、今はまずいんじゃないか？」

「ああ、そうだった。まあ、また電話するよ。ところで最近、どうなんだ」

「ぼちぼちやってる」

「ちゃんと飯は食ってるのか」

「当たり前だ。自分の面倒ぐらい、自分でみられる」

自分のことは何も語らず電話を切り、煙草を灰皿に押しつけた。一日にきっちり十本しか吸わないと決めた煙草。巻紙を剝《む》いてフィルターを外し、火を点《つ》ける。完全に燃え尽きるのを見届けてから席を立った。

澤村か……こいつだけは要注意人物だ。たかが現場の刑事が自分のライバルになるとは思っていなかったが、用心に越したことはない。上手《うま》くいっている時こそ細心の注意を払うべきである。今までの経験から、それは十分に分かっていた。

◇

「どういうつもりですか」澤村は捜査本部に戻ると、まず西浦に嚙《か》みついた。そうしながらも、異常な雰囲気に素早く気づいていた。昼間の時間はほとんどの刑事が出払っているのが普通なのに、今は椅子がほとんど埋まり、刑事たちが書類をめくっている。かさかさという音が小波《さざなみ》のように連なり、ひどく耳障りだった。

「何がどういうつもり、だ」座ったまま澤村を出迎えた西浦が、厳しい視線を浴びせてきた。「昔の事件をひっくり返してるんだよ。お前が言い出したことだぞ」

「何もその線だけで進める必要はないでしょう。現場の地取りはどうなってるんですか」

「一旦《いったん》引き揚げさせた」

「冗談じゃない。今の段階で現場は無視できませんよ。何考えてるんですか」

「いい加減にしろ！」西浦が両の掌をデスクに叩《たた》きつけて立ち上がる。「お前が言い出したことを課長が承認したんだ。お前と課長で、こうなるようにシナリオを書いたんじゃないのか」

「シナリオなんか書いて、何になるんですか。俺にはそんな権限はありませんよ」

「これが上手くいけば、お前の得点にはなるだろうな」西浦が皮肉に唇を歪《ゆが》める。

「失敗したら、点数がつくどころかマイナスになります。だいたい俺は、捜査本部の方針に首を突っこめるような立場じゃない」

「そうか？　課長のお気に入りだからな、お前は」

西浦が人差し指を澤村の胸に突きつけた。その指を摑《つか》んでへし折ってやりたいという衝動に襲われたが、何とか耐える。自分と谷口の特殊な関係は、県警の中では多くの人間が知っていることだ。それを羨《うらや》む、あるいは偏見の目で見る人間も少なくない。むかつくことはあるが、耐える時は耐えないと、谷口にも迷惑をかけてしまう。

「それで、俺たちにも過去の事件の洗い出しをしろ、と」

「お前が言い出したことだぞ？　率先垂範でやってもらわないと困る。今のところ、対象は関東近郊全体に及んでいる。県内の事件は昔の資料で何とかしているが、他県の事件は、取り敢《あ》えず情報収集から始めてくれ」

「……分かりました。それと一件、報告があります」

「何だ」

「タウンローン」を訪ねたことを説明した。一度座ろうとした西浦が再び背中を伸ばし、澤村と対峙《たいじ》する。

「またそういう、勝手なことを……情報が出てきたら、その時点ですぐに報告しろ」

「急ぐ件じゃないでしょう。結果が分かってからでもいい話ですよ。無駄になる可能性もありますからね」

「捜査なんて、無駄の繰り返しだろうが。そういうことが分からないわけじゃあるまい。とにかく、報告は基本だぞ」

「長年続いている習慣だからといって、無駄は省くべきです」

「どこかの政治家みたいな言い種《ぐさ》だな」西浦が鼻を鳴らした。

「政治家は言うだけで、最後は骨抜きになって何もやりません。何かを変えようとする時は、黙ってやって結果を見せるべきじゃないですか」

「いやあ、お見事、お見事」白けた口調で言って、西浦が両手を叩き合わせた。「お前、刑事じゃなくて本当に政治家になった方がいい。きっと勝手に突っ走って、ヘマをして自爆するだろうな。そういうのを見ると、無党派層の有権者は無責任に喜ぶもんだ……

さっさと仕事にかかれ！　この件は上に報告しておくからな」

　一礼して引き下がると、後ろからついてきた初美が小声で話しかける。

「何でわざわざ喧嘩《けんか》を売るようなことを言うんですか」

　答えず、他の刑事から資料をまとめて受け取る。ちらりと表紙を見ると、まさに十年前の事件だ、と分かった。連続殺人がストップしてから二月《ふたつき》後に発生。喧嘩が高じて、会社員が呑《の》み仲間を殺してしまったという事案で、判決は懲役七年。犯人は出所しているはずだ。

　空いたデスクに陣取ると、初美が椅子を動かしてきて向かいに座った。腹を据えて話を聞くつもりになっているようで、思い切り顔を近づけてくる。化粧っ気はまったくないのだが、ふわりと花の香りが漂い出した。

「一つ、どうしても分からないんですけど」

「何が」調書を広げながら澤村は応じた。この仕事では相棒だが、今は何とか無視できないかと考えている。

「澤村さん、どうしてこんな風に自分勝手にやって許されるんですか？」

「君もしつこいな。何度も同じ話を蒸し返すなよ」

「課長とはどういう関係なんですか？」初美はあっさり澤村の苦情を無視した。

「上司と部下」顔を上げ、澤村は両手を広げた。「それより君、警察官になってから何年経つ？」

「五年ですけど」急に話を振られ、初美の目が泳いだ。「それが何か？」

「五年も警察にいて、何も知らないのか」

「知らないとまずいんですか」

「まずいだろうな」

視線を調書に戻し、ページを繰っていく。必要なのは犯人に関する個人データ……あった。当時の住所は当然記載されている。後はこれを元に追っていけばいい。人は簡単には消えないものだ。しかもこの犯人の場合は親が健在であり、取り調べや裁判でも、「出所後はきちんと面倒を見る」と明言している。

「だったら教えて下さい」

「それぐらい、自分で調べろよ。刑事だろう？」

「目の前に本人がいるのに、何で他の人に聞かなくちゃいけないんですか」

「俺は君を鍛えてるんだぜ。しっかりしてくれ」

「何か変ですよ……それに、どうして勝手なことばかりするんですか」

「手柄が欲しいからに決まってるじゃないか。それに自分では、それなりに結果を出しているつもりだぜ」

「だとしても、今回は上手くいってませんよね」皮肉に言って、自分の分の調書を手元に引き寄せる。「いつか話してくれるんですか？　この件が片づいたら、とか」

「無理だな。刑事なら、自分で何とか調べてみろ」

不機嫌な気配が波のように伝わってくる。澤村は調書に集中することで、難儀な時間をやり過ごそうとした。調書は最高の読み物であり、どんな時でも時間の流れを忘れさせてくれる。

犯人の加藤邦安《かとうくにやす》は、事件当時三十一歳。運送会社で長距離トラックの運転手をしていたが、腰を痛めて事務職に異動してから様子がおかしくなった。体を動かす仕事の方が好きだったのか、ストレスが高じて、些細《ささい》なことで周りに当たり散らすようになった。酒を呑んでは暴れ、同僚や呑み友だちに暴力を振るう。警察沙汰《ざた》になるまでのことはなかったが、次第に彼の周辺からは人が離れ、孤立するようになった。本人は同業他社への転職も考えたようだが、痛めた腰が完治せず、叶《かな》わなかった。それ以降、加藤の荒れ具合はますますひどくなる。

そして事件の日を迎える。その夜加藤は、会社を引き揚げた午後五時過ぎから馴染《なじ》みの呑み屋を梯子《はしご》し続け、十一時過ぎ、事件の起きたバーに入った。「さほど酔っているようには見えなかった」という店主の証言がある。これは重要だった。毎日何人もの酒呑みを見るバーの店主ならば、酔っているかどうか、かなり高い確率で見抜ける。

その店で、日付が変わるまでウィスキーを呑み続けた。水割りを三杯。特に酔った様子もなく、ずっと静かだったという。だが十二時過ぎ、別の常連が店に入って来て状態が一変した。以前、些細なトラブルで口論になったことがあり、相手がそのことを蒸し返して加藤が切れた。一方的に殴りかかり、相手が壁に後頭部を打って気を失ったところで、さらに顔面を蹴《け》りつける。再度後頭部を強打した一撃が致命傷になり、相手は七時間後、病院で死亡した。

酔った上での事件とはいえ、加藤は正気を保っており、責任能力については裁判でも争点にならなかった。相手がまったく手を出していなかった状況も問題になり、懲役七年の実刑を科せられている。本人は控訴を望まず、そのまま判決は確定した。

「そっちはどうだ」顔を上げ、初美に声をかける。

「今、精査中です」書類を見たまま、初美が唸《うな》るように言った。自分で扱った事件であればすぐに分かるのだが、初美は刑事になってまだ間がない。書類を最初の一枚から読みこんでいかないと理解できないだろう。そもそも調書は、日本語としてはあまり褒められたものではない。警察独特の言い回しは、非常に回りくどいのだ。

澤村は傍らの電話を取り上げた。調書の一つに、両親の住所がある。当時、両親は息子の犯行に関して責任を感じて心底反省している様子だったから、話が聞けるかもしれない。

調書に載った電話番号にかけると、年取った男性の声が応じた。

「加藤さんでいらっしゃいますか？　県警捜査一課の澤村と申します」

「警察？」しわがれた声が一気に甲高くなった。「あの、息子が何か……」

「いや、違います」相手のあまりの慌てように、澤村は咄嗟《とっさ》に否定した。余計な先入観は与えない方がいいのだが。「ただちょっと連絡を取りたいだけです。息子さんが何かしたというわけではありません」

「そうですか」音が聞こえるほどの溜息《ためいき》を加藤が漏らした。「どうもすいません。あんなことがあったんで、警察と聞くとどうも……本当に何でもないんですか」

「ええ。参考までに話を伺いたいだけですから。ご心配なく」

十年も前のこととはいえ、息子が人を殺したのは消せない事実である。親としては、二度と警察とは係《かか》わりになりたくないと思っているだろう。そこへ電話がかかってくれば、息子がどんなに真面目に暮らしていても、過去を思い出して「また何かやったのか」と不安になるのも当然だ。

本当に？　もしかしたら何か隠された事実を知っていて、掘り起こされるのを恐れているのではないか？

「同居されているんですか」

「いえ、あの後……出所した後、やはりこっちには居辛《いづら》くてですね。今は福岡に住んでいます」

「福岡ですか」遠い。遠過ぎる。そして筋が通らない。仮に加藤が連続殺人犯だとして、どうしてわざわざ生まれ故郷のこの街に戻って来て事件を起こす必要があるのか。連続殺人事件が特定の地域で立て続けに発生する場合に、犯人はその場所、ないし極めて近くに住んでいることが多い。他の街、あるいは県に出向いてまで事件を起こすケースはほとんどないのだ。何故なのか……それこそ橋詰にでも聞いてみないと。

「真面目に働いているんですよ」父親は「真面目に」をとりわけ強調して言った。澤村が聴く前から、勤務先の番号を教えてくれた。

「分かりました。どうもご協力ありがとうございます」

「本当に何でもないんですか」

「ご心配なく」

俺は嘘を言ったことになるかもしれないな、と澤村は悔いた。今の段階では容疑者は一人もいない。ということは、加藤も容疑者になる可能性がある。今の話が親から加藤に伝わり、証拠隠滅に走るかもしれない。いや、父親の様子に嘘はなかった——。

一息ついて気合いを入れ直し、澤村は福岡の会社に電話を入れた。やはり運送業で、名前から察するに、地元を中心に仕事をしているらしい。電話はつながったが、向こうの声は騒音で聞き取りにくかった。他の電話が鳴る音、誰かの叫び声、クラクション。会社とはいっても、小さな事務所なのだろう。トラック用の広い駐車場の片隅にプレハブ小屋が建っている様子を、澤村は思い浮かべた。

「そちらに加藤邦安さんはいらっしゃいますか？」

「はい？」男の怒鳴り声が突き刺さる。「誰？」

「加藤さん。加藤邦安さんは？」

「加藤は私です」

心の準備もないまま、いきなり本人につながってしまったので、澤村は一瞬口をつぐんだ。

「県警の澤村と申しますが——」

「誰？」

「県警。捜査一課」騒音に消されないようにと、思わず声を張り上げた。捜査本部の中にいる刑事たちの目が、一斉にこちらを向くのを意識する。加藤は、福岡県警の捜査一課と勘違いしたかもしれない。

「ちょっと待って下さい」いきなり加藤の声が低くなった。続いて沈黙……そのまま電話を切られるのではないかと思ったが、加藤は再び声を張り上げて「携帯の番号を言います」と自分から申し出た。事務所では煩《うるさ》いから話ができない、携帯にかけてくれという意味だろうと判断し、澤村は番号を書き取って一度電話を切った。壁の時計の秒針が一回りするのを待ってから、携帯の番号をプッシュする。

「どうも、すいません」今度は加藤の背後は静かだった。短い時間で、騒音に悩まされない場所に移動したようだ。

「こちらこそ、仕事中に申し訳ないです」丁寧な加藤の言葉遣いに、澤村の疑念は急速に薄れていった。

「何ですか？　警察にお世話になるようなことはもうないと思いますけど」

「ちょっと確認したかっただけです」

「何をですか？」

「あなたの現在の居場所」

　加藤がまた沈黙した。痛いポイントを突いてしまったかと悔いたが、再び話し始めた加藤の声は冷静だった。

「そうですか。警察もいろいろ大変ですね。ご存じだと思いますけど、今、福岡に住んでいます」

「いつからですか」

「仮出所してすぐです。九州の刑務所に入っていたんですよ」後ろで、がこん、と鈍い音がした。自販機。冷たい缶コーヒー、と澤村は想像を広げた。喉《のど》でも潤さないとやっていけない話だろう。それに向こうは、こちらよりもだいぶ暑いはずだ。

「そうですか」

「出てすぐ、こっちの知り合いの伝《つて》を辿《たど》って今の仕事場を探しました。幸い、昔の会社時代の友だちがこっちに住んでましてね」

「随分遠い知り合いですね」

「そいつは元々博多《はかた》の出身なんです。昔、俺が勤めていた会社で働いてたんですけど、実家の商売を継がなくちゃいけなくなって、戻ってきたんですよ。あいつには本当に世話になりました。今の会社も、事情は分かって雇ってくれているんです」

「腰の具合はどうなんですか」

「ああ、まあ、一進一退で……そんなことまで知ってるんですか」加藤の声に苦い色が滲《にじ》む。

「人の人生を詮索《せんさく》するつもりはないですけど、これも仕事ですから」

「そうですよね。刑事さんも大変だ……でも、あの、本当に何かあったんですか？　もう警察のお世話になるようなことはないはず——ないんですけど」

「そうですね」

「だったらどうして？」

「事情を全部話せるわけじゃないんですよ。今回の電話は、あなたの所在を確認することだけが目的です。ところで最近、こっちへは戻られましたか」

「いや、そんな度胸はないです」加藤が自嘲《じちょう》気味に言った。「帰れないから、わざわざこんな遠く離れたところで仕事をしているんですよ。それに、福岡で結婚したんで。子どもも生まれたばかりですから、手がかかるんです」

「仕事はきつくないですか」微細な細胞レベルまで縮んでしまった疑念を抱いたまま、澤村は質問を重ねた。いきなり電話を切ってもいいのだが、少しはフォローしておかないと。

「力仕事はまだきついんですけど、今は基本的に座り仕事なんで。気を遣ってもらってるんです」

「そうですか……」頭の中で、加藤の名前にバツ印をつけた。「どうも、お仕事中に申し訳ありません」

「いや、いいんですけど……本当に何なんですか？　と言っても教えてくれるわけがないですよね」

「捜査には秘密がありますから」

「しつこいと思われるかもしれないけど、俺は疑われるようなことは何もしてませんから。今は普通に生きているんです」

電話を切り、首を左右に倒して肩の凝りを解《ほぐ》してやる。無駄だった。凝りは背中の上部から両肩、首から後頭部にまで広がっているようだった。加藤は過去の事件を心底反省し、新しい街で仕事と子育てに追われながら人生をやり直そうとしている。そんな男が、時間を見つけて遠いこの街までやってきて、三度も殺人を犯すとは考えられない。それに犯罪者は、どんなに普通の人のように振る舞っていても、心のどこかに棘《とげ》を隠し持っているはずだ。澤村は、そういう棘を感じ取る能力が人よりも高い、と自負している。

やらねばならない捜査だ。そもそも俺が言い出したことでもある。しかし、やはり大勢で取りかかるようなことではない。西浦に一言言ってやらなくては——しかし彼は姿を消していた。肝心な時に肝心な場所にいない男。西浦はよくそんな風に揶揄《やゆ》されるのだが、澤村はそれを実感していた。

8

夜の捜査会議は、何とも締まらない展開になった。現場を回る刑事の数が極端に減らされたので、生の情報がほとんど入ってこなくなったのである。報告の中心は、過去の事件の犯人の、その後の人生。真っ先に容疑者から外されたのが、現在も服役中の人間だというのは皮肉だった。

「この筋は、明日以降も潰《つぶ》していく。とにかく数が多いので……」疲れた表情で西浦が告げた。今日は一課長の谷口は同席しておらず、そのせいかいつにも増して口調は慎重だった。誰か命令、あるいはアドバイスしてくれる人間がいないと、途端に不安になるのだろう。「メンバーは今日と同じ。必要があれば、本人に会って確認して欲しい」

「結局、誰か怪しい人間はいたんですか」クソ暑い中、外回りをしていた刑事の一人が手を挙げた。不満気な口調を隠そうともしない。

「今のところ、ない。だが一課長が進めている線の話だから、とにかく潰しておかないとな」西浦が一瞬、澤村を凝視した。「面倒な仕事だが、何の手がかりも見つからない以上、仕方がない。他には……ブツの班はどうだ？」

一課の同僚刑事、菅野《すがの》が立ち上がり、手帳に視線を据えたまま話し始める。細かい話になるな、と予想して澤村も手帳を広げた。

「三人の遺体に刺さっていたナイフですが、いずれもナナト社製——カタカナのナナト、です——の型番MD—521と確認が取れました。十年前の事件で使われたのと同一です。ナナト社は六年前に倒産して、その後会社を整理しました。今日やっと、昔の社員を摑《つか》まえて、確認できました」

ざわめきが部屋に満ちる。どういうことだ? 澤村は頭の中に生じた疑問に素早く解答を与えようとした。同じナイフ……やはり十年前と同じ犯人ということか。会社が六年前に倒産しているなら、現在、このMD—521は市場には出回っていないだろう。ということは、今回の犯行に使用されたナイフは、十年前に犯人が用意していたものである可能性が否定できない。となると、自分たちがやっている捜査も無意味ではないかもしれない。もちろん、今絞りこんでいる枠の中には、犯人はいないかもしれないが。

「静かに」西浦が注意を飛ばすと、途端に部屋に沈黙が満ちた。「この件は今、他の捜査本部でも話し合われている。十年前の犯人がまた動き出したと考えていい。ナイフ班は、引き続き購入者の線を当たるように」

「申し訳ありませんが、これ以上は無理です」菅野がいきなり断定すると、西浦の顔色が変わった。菅野はいつも疲れた外見と話し振りで、上司に口ごたえするタイプではないのだが……静かに、しかし断固たる口調で菅野が続けた。「いいですか、この大量生産の時代にブツの購入者を捜すのが困難なのは、管理官もよくご存じでしょう。しかも今回の件では、随分昔にナイフを買った人間を捜すことになるんですよ。当時の捜査記録もひっくり返しましたが、この線ではいい手がかりは出ていません。しかもその後、会社は倒産している。ようやく見つけた関係者も、卸し先の名簿までは持っていませんでした」

「そうか、そうだろうな」菅野の機嫌を取るかのように、西浦が慌てて言った。「分かった。その件は、他の捜査本部と相談する」

「ちょっと待って下さい」澤村は無意識のうちに立ち上がっていた。「いい加減にしてくれませんか。前科者の捜査も重要ですけど、直接犯人につながるナイフの情報が出てきてるんですよ。そっちに人を割かないでどうするんですか？　我々も手伝いますよ」

「お前に指示されるいわれはない。だいたい、前科者の件を最初に言い出したのはお前だろうが」珍しく西浦が反発した。

「どうせ誰かに言われれば、すぐに考えを変えるんでしょう。捜査の方針をきちんと決めるのが管理官の仕事じゃないんですか。きちんとして下さい。方針がぶれたら、下の人間は迷うだけです」

　ぴりぴりとした空気が満ちるのを澤村は意識した。ここにいる人間は誰でも、多かれ少なかれ西浦のやり方に不満を持っている。誰かが何か言い出すと、すぐに考えを変えてしまう……柔軟とも言えるのだが、逆の言い方をすれば優柔不断だ。単純な事件ならともかく、こういう複雑かつ重要な事件では、もっと指導力を発揮してもらわなくては困る。

「俺がいつ、ぶれた」開き直ったように西浦の声が低くなった。

「いつもじゃないですか。人の話をちゃんと聴くのは大事ですけど、限度があるでしょう。人手は限られているんですから、そこをちゃんとしてもらわないと……」

「黙れ！」西浦が一喝した。顔は紅潮して、今にも爆発してしまいそうだが、一瞬後には平静に戻る。いつの間にか薄《う》っすらと笑みさえ浮かべていた。

何かあったな……と直感したが、西浦はそれ以上非難の言葉を澤村にぶつけようとはしなかった。代わりに、他の捜査本部との調整のために、十分の休憩を宣する。煙草、あるいは眠気覚ましのコーヒーを仕入れるために、刑事たちが三々五々出て行った。澤村はどこかに電話をかける西浦をぼんやりと見ていたが、すぐに菅野に袖《そで》を引っ張られた。皺《しわ》の多い顔——澤村より五歳年上なだけだが——に心配そうな表情を浮かべているせいで、さらに皺が増えている。

「何ですか」

「ここじゃまずい」

誘われるまま、廊下に出た。菅野は人気のない非常階段に澤村を誘導し、いきなり切り出した。

「お前、このままだと外されるぞ」

「どういうことですか」

「どうもこうも、今俺が言った通りだ。今回はちょっとやり過ぎたんだよ。この前、管理官に突っかかったこと、今日の昼間の打ち合わせ……」

「その件、知ってるんですか」

「外回りをしてても、情報ぐらいは入ってくるさ。情報統計官の橋詰とやり合ったんだって？」

「大袈裟《おおげさ》ですよ。だいたいあの人は、ちゃらんぽらんな男ですからね。俺が言ったことなんか、気にしてもいないでしょう」

「ところが、刑事総務課長はお気に召さなかったらしい」

会議に同席していた理事官が課長に報告したのか。そもそも橋詰を情報統計官という新しいポジションにつけたのは総務課長である。自分の子飼いの部下が恥をかかされた、と考えてもおかしくない。

「橋詰さんとはその後で飯を食いましたよ。極めて友好的に」

「あの人は確かに変わってるからな」菅野が疲れた笑みを浮かべる。「だけど、橋詰本人の意向と刑事総務課の意向は別だぞ。総務課長がお前に対して『ノー』を出せば、一課長も無視できない。庇《かば》い切れないと思うぞ」

「別に庇ってもらってませんよ」

「馬鹿言うな。誰でも知ってることだ。それが課長の優しさだと思えよ。それにしたって、甘えるにもほどがある」

言いたいことは百も二百もあったが、澤村は言葉を呑《の》みこんだ。ここで菅野に愚痴を零《こぼ》しても、事態は絶対に好転しないのだ。澤村の気持ちを知ってか知らずか、菅野が淡々とした口調で続ける。

「それにさっき、管理官に突っかかったことだ。あれは致命傷になるぞ。あまり責めちゃ駄目だよ」

「あの人が優柔不断で困ってるのは、誰だって同じでしょう。俺は皆の気持ちを代弁しただけですよ」

「分かるけど、ああいう場でやることはないだろう。あれじゃ公開リンチだぜ。西浦さんだって馬鹿じゃないんだ。お前さんの言ってる通りで人の意見に左右され過ぎる嫌いがあるけど、それは頭の回転が速いことの裏返しだぜ。人の話を聞いてすぐに状況を判断して、考えを変える。幹部であれだけ融通の利く人間はいないぞ」

「それは、あの人の欠点を裏返しにして言ってるだけじゃないですか」

菅野が乾いた笑い声を上げたが、目はまったく笑っていなかった。まじまじと澤村の顔を見つめる。

「覚悟しておけよ。別に馘《くび》になるわけじゃないだろうが、この事件から外される可能性は高い。不平分子、チームワークを乱す人間だと思われたら、警察では立場が悪くなるからな」

「分かってます」

「なあ、そろそろお前さんも、普通の仕事のやり方を覚えた方がいいぞ」

「無理です。俺は最高の刑事にならなくちゃいけないんだ。そのためには手段は選んでいられないんです」

「お前さんみたいなやり方が正しいのかどうか、俺には何とも言えない」菅野が首を振った。「ただ、そんな風にしてると疲れないかね？　気持ちは分かるけど、お前さんはぎりぎりにまいたゼンマイみたいなんだよ。手を離せばすぐに全力を出せるけど、いつか巻き過ぎて千切れるんじゃないかって、俺は心配なんだ。お前さんは時々、常軌を逸して動くことがある。そういうのが続くと、処分云々《うんぬん》の前に、お前さんが壊れるかもしれない」

「最高の刑事になるためには、何かの犠牲が必要でしょう」

「あの子のために、か」菅野が溜息《ためいき》を漏らした。

「他に何があります？」澤村は脇に垂らした手を握り締めた。「俺はあの子のためだけに刑事を続けているんです。その気持ちがなかったら、こんな仕事、とっくに辞めてますよ」

死刑宣告は、捜査会議が終わった直後に出された。会議の席上、全員が聞いている前で告げるのはさすがに憚《はばか》られたのだろう。澤村と初美だけがだだっ広い会議室に居残りさせられた。先ほどの菅野との会話を知らない初美は、さすがに不安そうな表情を隠そうともしない。

「分かってるだろうな」西浦が切り出した。

「前置きは結構ですから、さっさと本題に入って下さい」

「そうか」西浦が唇を舐《な》めた。彼にしても緊張を強いられる場面だろう。本来、争いごとやトラブルを好む人間ではないのだ。「澤村、明日から一課で内勤だ。この事件の捜査からは外れてもらう。永沢には新しい相棒をつける。明日朝の捜査会議で、正式に発表するから」

「分かりました」澤村は一言だけ言って頭を下げ、踵《きびす》を返した。菅野の忠告があったので、何らかの処分が下ることは既に覚悟していた。

「それだけか？」少し皮肉の混じった西浦の声に、立ち止まる。

「これ以上何か言うべきなんですか？」前を向いたまま、澤村は訊《たず》ねた。

「お前こそ、言いたいことがあるんじゃないのか」

「特にありませんが、一応、理由を聞かせてもらえますか」

「お前は課内と捜査本部の和を乱した。以上だ」

「分かりました。それで結構です」

「おい、澤村。こっちを見ろ！」

立ち止まったままだったが、命令は無視した。今は……今はとにかく、この男と目を合わせたくない。

「お前、そろそろ肩の力を抜け。そんな調子で突っ走ってると、いつか大怪我するぞ。

これをいい機会だと思うんだな」

「管理官、どういうことなんですか」初美が遠慮がちに西浦に訊ねた。「澤村さんに何が……」

「永沢、ここで昔の話はするな」澤村は素早く釘《くぎ》を刺した。

「自分で調べろって言ったじゃないですか」

「俺のいる前ではやめてくれ」気持ちが冷えていく。多くの人が知っていることだが、これ以上話を広めても何にもならない。初美はそこそこ優秀な刑事に育つかもしれないが、まだ人の心の機微を知るには若過ぎる。

そんな人間に、自分の過去を知って欲しくなかった。


ぽつんと空いた時間……自宅に帰った澤村は、上着も脱がずに床に寝転がった。フローリングの硬い感触は普段は心地好《よ》いのだが、今日は気持ちを落ち着かせてくれない。酒でも呑めれば気が紛れるかもしれないが……そういうことはしないと決めていた。あの事件以来、何かに逃げるような真似はしないようにと自分に課してきた。あの時逃げたから。逃げることなど、人生で一度だけでいい。

腹筋を使って上体を起こし、床の上で胡坐《あぐら》をかく。足の裏をぴたりと合わせ、爪先《つまさき》を両手で持った。そのまま膝《ひざ》を上下させる。股関節《こかんせつ》の柔軟運動……無駄だ。こんなことをしていても何にもならない。

ガラス扉つきの戸棚の前に立った。集めたカメラを全て置いてある、この家で一番大事な場所。目の高さ、目立つ場所にあるのはローライフレックスの2・8Fだ。二眼レフは実用性に欠けるが、堂々としたフォルムは見ているだけで楽しめる。

その横にあるのは、デジカメ以外では一番手にする機会の多いニコンのF2。アクセサリー類が豊富で、自分なりにカスタマイズしていくために、どれだけ金を注ぎこんだだろう……レシートの山に関しては考えないようにしている。モータードライブは無用の長物だが、これを組みこんだ時のいかにもメカっぽい外観が好きで、給料を叩《はた》いた。長尺フィルムパックは今も愛用している。銀塩カメラの最大の弱点は、頻繁にフィルム交換をしなければならないことだが、これさえあればある程度は煩わしさから解放される。レンズは標準で使うF1・4五十ミリのほかに、七十－二百ミリの望遠、さらに二十八ミリの広角レンズも用意してある。一時は広角での撮影に凝ったことがあり、普段からずっと二十八ミリを装着していた。

その下の段には、それこそ雑多なカメラが収められている。キヤノンがオートフォーカスモデルを出す前の最上位機種、T90。有機的なフォルムが、独特の迫力を醸し出している。キヤノンは他にF1。これも馬鹿みたいに高かった。ニコンのF2と同じように曲線の少ない、いかにも「機械」を感じさせるデザインで、重量感がある。F1にしろF2にしろ、銀塩カメラ時代の報道カメラマンたちが好んで使ったモデルであり、刑事の自分が趣味で写真を撮るには、機能的に持て余す。澤村はどちらかと言えば、デザイン重視でカメラを選んでいた。飾って磨いて見て楽しい。こういうカメラの楽しみ方があってもいいではないか。アナログ時代のカメラは、大量生産の工業製品でありながら、芸術品の趣を持っているのだ。

カメラに注ぎこんだ金を、他の事に使っていたらどうなっていただろう。今頃家の一軒も買えていた……ほどではないが、車はツーランクぐらい上の物に乗れていたはずだ。実際、こんなものに金を注ぎこんでも無駄だと思う。ここにあるアナログのカメラよりも、いつも持ち歩いているコンパクトデジカメの方がはるかに安く、使いやすいのだから。

扉を開け、ニコンのF2を取り出した。五十ミリのレンズを外し、柔らかい布でボディを掃除していく。マウント部分は慎重に避け、全体に埃《ほこり》を払うように——実際はほぼ密閉された棚の中に入っているので、埃などつかないのだが。

床に腰を下ろし、本格的にカメラの掃除に入った。こうしている時が一番心が落ち着く。現場の様子を自分でも記録しようと始めたカメラだが、今では自分の人生の一部になっていた。ゆっくり、丁寧に。意識をそこだけに集中すると、日常の煩わしさが全て消えていく。

だが今日は、駄目だった。ひび割れから水が浸入するように、自分が事件から外されたという事実が意識に入りこんでくる。

いつかこんな日がくることは分かっていた。分かっていても、自分のやり方を貫き通すしかなかった。最高の刑事になるために——自分の走り続ける道が間違っているのでは、と疑問を抱く時もあったが、停まったら負けだ、と言い聞かせ続けた。実際そういうやり方で結果も出してきたのだし。表彰の数では現役の刑事の誰にも負けていない、という事実もあった。管理職にならなければ、現場の刑事として最高記録を達成するかもしれない、などと言われたものである。所轄の刑事課から捜査一課に上がってくる時のことだ。当時の刑事総務課長が「所轄の方が賞状は取りやすいぞ」と言ったのを覚えている。実際、捜査一課では一つの事件にかかりきりになることが多く、そういう意味では常に複数の事件を抱え、突発事案に最初に対処する所轄の方が、手柄を挙げるチャンスは多い。表彰状の数で刑事の価値が決まるわけではないが。

何を考えてるんだ……昔を懐かしんでも、どうなるものではない。

もしかしたら俺は、破滅を望んでいたのかもしれない。

あの事件の後、俺はブルドーザーになろうと決めた。邪魔する全てのものを破壊しながら進むパワーを持ち、なおかつスピードも出せるブルドーザーに。そうやって突っ走っていかなくては、あの子の供養にならないと思っていた。だが月日が経つに連れ、自分を見る周りの視線が変化してきたことを意識するようになってきた。「気持ちは分かるけどやり過ぎだ」「周りを押しのけてまで手柄が欲しいのか」。褒め言葉は聞こえにくいが、非難の声は何故か耳に入ってくるものである。

どうでもいいか——少し疲れてしまったのも事実だった。突っ張って走り続けてきたことに加え、今回の事件の訳の分からなさは、心に嫌な重圧を加えてくる。十年前と同じように迷宮入りするのではないか、という嫌な予感は否定できない。どんなに事件に夢中になっていても、心のどこかに冷静な部分は必ず残っている。発生した全ての事件が解決するなど、夢物語であり、澤村はそこまで警察の——自分の能力を過信していない。

カメラを全て棚に戻し、ベッドに寝転がった。明日から捜査一課で蟄居《ちっきょ》か。いったい何をすればいいのだろう。自分で仕事を探して何かしようとしても、周囲の監視の目も厳しいはずだ。谷口に泣きつくのも避けたい。いくら何でも、これ以上迷惑をかけるわけにはいかないのだ。

目を瞑《つぶ》る。様々な想いが去来して、疲労感を押し流した。今夜は間違いなく長い夜になる——澤村は確信して、瞼《まぶた》をきつく閉じ合わせた。

久しぶりに顔を出した一課は、妙にがらんとしていた。自分の班は全員が中出署の捜査本部に出張っているから、周囲に人はいない。やけに風通しが良く、静まり返っていて、声を出すのも憚《はばか》られる。

澤村は、溜《た》まっていた書類を整理しようと試みた。精算しなければならない領収書は相当な数になっている。こういう機会を利用して、一気に片づけておかないと——だが気持ちがあちこちに飛び、集中できない。何杯もコーヒーを飲み、しばしばする目を擦《こす》り、何とかさっさと終わらせるんだ、と自分を叱咤《しった》する。しかしふと気づくと、誰かに見られているような気がして、集中力が散漫になってしまう。おそらく他の班の人間が、西浦から監視を言いつけられているのだろう。余計なことをしないように、勝手に動き出さないように、常に目を離すな、と。

一度、谷口が部屋に入って来た。今日も各地の捜査本部を回るのだろう、ひどく慌てた様子で、自席についても椅子に腰を下ろそうとさえしなかった。急いで書類をまとめ、立ったまま二本ほど電話をかける。その間、一瞬澤村と目が合った。かすかにうなずいたようだが、うなずき返すのは避けた。二人でアイコンタクトを交わしているところを見られたら、谷口の立場が悪くなる。結局一言も言葉を交わさないまま、谷口は五分で一課の大部屋を出て行った。

クソ、このままでいいのか。事態は急には動き出さないだろう、という予感がある。捜査が長引く中、一人でこの部屋に座り続けていたら——間違いなく、おかしくなってしまう。

昼前、待機していた班の刑事が一人、ふらりと近寄って来た。さりげない態度。そのさりげなさ故に、演技だということはすぐに見抜けた。

「たまには一緒に飯でも行かないか?」

澤村はわざとらしく腕時計に視線を落とした。要は監視である。昼飯時に抜け出してそのまま帰らず、勝手なことをされたらたまらない。飯の間もしっかり見張っておけ——

—西浦辺りからきつく言い渡されているに違いない。そんな役目は馬鹿馬鹿しいだろう。澤村は彼を解放してやることにした。

「いや、これからちょっと病院に行かなくちゃいけないんで」

「どこか悪いのか？」

「痔《じ》ですよ。持病なんです」

刑事が顔をしかめた。信じていいのかどうか、心の中で二つの意見を戦わせているのだろう。しかしすぐに、嘘を見抜いたはずだ。何か病気を抱えていることが分かれば、あっという間に一課中に話が広がる。

「そんなの、初耳だぞ」

「今までは大したことはなかったんです。今朝、急に調子が悪くなりましてね」

「分かったよ」刑事がにやりと笑った。共犯者の笑み。「切るなり何なり、ちゃんと治療してもらえ。座り仕事に痔はきついだろう」

「まったくです」

刑事はぶらぶらと自分の島の方に戻って行った。仲間たちと一言二言言葉を交わす。その背中がかすかに震えているのを澤村は見逃さなかった。別に俺を揶揄《やゆ》するつもりはないのだろうが、西浦に報告する時のことを考えると、どうしても笑ってしまうのだろう。

他の班の人間が三々五々食事に出かけ、澤村は一人取り残された。だだっ広い一課の部屋に一人。急に寂しさがこみ上げる。一人で突っ走るのをよしとしているのだが、やはり俺は現場のざわついた雰囲気を愛しているのだろう。大勢の人間が入り乱れ、口々に自分の意見を開陳する捜査会議の雰囲気を、早くも懐かしく思っているのを意識した。今朝の捜査会議ではどんな話が出たのか。初美は誰と組まされたのか。

澤村は一度室内を見回してから席を立った。誰にも見咎《みとが》められず、廊下に出る。飯は……食べるかもしれないが、不意に思いついたことがあった。迷いがある時。壁にぶち当たった時。初心に返るために、俺には行くべき場所がある。行けば古傷にダメージを受けることは分かっていても、今はその場所こそが俺に相応《ふさわ》しい。

◇

この十年間に服役していた犯罪者を洗い出す——悪いアイディアではない。いずれにせよ無駄になるのだが……澤村以外の人間には、こんな発想は浮かばないだろう。

確かに、いい刑事になったようだ。

しかしあの男は、まだ過去に生きている。縛られたまま、一歩も外へ出ていない。

イップス、という言葉がある。元々はゴルフ用語で、何でもない短いパットを外してしまうようなミスのことを言う。無意識でもできるはずのプレイができなくなる、それがまた不安を呼んで、体が萎縮《いしゅく》し——という悪循環だ。ゴルフだけではなく他のスポーツでも珍しくない。イージーなセカンドゴロを必ず一塁へ暴投してしまう野球選手。サーブがどうしても入らなくなってしまうテニスプレイヤー。時には引退へもつながる大問題であるが、原因は人それぞれであり、はっきりした解決策はない。

一般の職業でもあり得ることだ。特に警察のように、時には命のやり取りをしなければならない職場では。自分の指先の動き一つが相手の命を奪うかもしれない――そう考えれば、迷いが生じるのも当然だろう。しかし自分が迷えば、相手が死ぬこともあり得る。そんなことになったらますますトラウマは大きくなり、刑事として立ち直れなくなる。

その後のあの男の行動も、手に取るように理解できた。失敗を――致命的な失敗を補うため、必死で仕事をこなしてきた。周りを押しのけ、自分の信じる方法で突っ走るために、組織の枠さえ無視したことも一度や二度ではない。そうやって完璧《かんぺき》な刑事になろうとしたのだ。そうしなければ、誰も浮かばれない。死んだ人間も、自分も。彼の考えは手に取るように分かる。

弱い。お前は弱いな。ふっと笑みを漏らし、心の中に安堵《あんど》と失望が同時に広がるのを意識した。安堵――俺は決して捕まらない。失望――がっかりさせないでくれ。もっと骨のある奴はいないのか。

無駄なことを考えるのはこれぐらいにしておくか。その時がくれば、嫌でも対峙《たいじ》しなければならないのだから。ただし、負ける気はしなかった。やはりもっと骨のある人間を相手にしたい。そうでなければ、こちらの優秀性を証明できないのだから。とはいっても、あいつ以上に切れる人間が県警にいるとも思えなかった。

ゆっくりと立ち上がり、掌で撫《な》でつけるようにして埃《ほこり》を払った。ここは人目につかない最高の場所だが、夜になると動きが取れなくなるのが困る。いくら人気がないとはいっても、住宅街の中なのだ。灯《あか》りを点《つ》ければ誰かが気づくだろう。闇に目が慣れれば……とも思ったが、ここの闇はどこよりも深い。遠くの街灯の灯りだけが頼りで、細かい作業をするのは昼間に限られていた。そろそろ夕暮れ時、もう少し時間を潰《つぶ》して、完全に暗くなってから出て行こう。いつものように。

骸骨《がいこつ》の標本模型に目をやった。何とも怪談っぽい話だな、と頬が緩む。夜中にここを探検しようとする人がいたら、この部屋で腰を抜かすだろう。元が何だか分からないホルマリン漬けの瓶も大量に置いてある。独特の、体を芯《しん》から腐らせるような臭いも何故か健在だった。

標本の陳列棚の下に屈《かが》みこむ。箱を引き出して、ゆっくりと蓋《ふた》を開けた。夕闇が部屋を支配する直前の最後の時間、窓から射しこむ夕日を受けて、ナイフが鈍く赤い光を放つ。

第二部　計画者

1

まったく、情けない話だ。これぐらいで息切れするなんて。いや、そもそもここの石段が急過ぎるんじゃないか……澤村は、何度も通って慣れている急峻《きゅうしゅん》な石段を、意識しながらゆっくり登って行った。

県庁所在地である長浦市内の中心部は開発され尽くされた感があるが、古い街並みがまだそのまま残っている地域もある。この寺がある辺りもそうだ。細い川沿いに並ぶ古い民家、戦前から姿を変えていない幾つかの寺、シンボル的な存在であるレンガ造りの旧県庁は、現在は県政記念館になっている。整然と開発された官庁街辺りとは一八〇度違う、ごちゃごちゃとした佇《たたず》まいが心を和ませる。

あの娘――狭間《はざま》千恵美《ちえみ》が眠る墓は、小高い丘の上にあった。蝉の声が全身を包みこむように降り注ぐ中、澤村はさながら苦行をこなすように、汗みずくになりながら長い石段を登り続けた。まったく、寺ももう少し参拝者の便宜を図ってくれてもいいのではないか。だいたい、こういうところへ来るのは年寄りが多いのだから、エスカレーターをつけるとか……それぐらいの金は儲《もう》けているはずだし。

皮肉を頭から押し流し、最後の一段を上がり切る。その瞬間、いつもの癖で振り返り、東の方向を見た。密集した住宅街の隙間からかすかに海が見える。昔はここからの眺めは大きく開けていたと聞いたことがあるのだが、開発が進んで高層ビルが林立し、開放的な光景は失われてしまった。しかし建物の隙間からかすかに見える海は、白い煌《きら》めきを投げかけて目を癒《いや》してくれる。

墓地に入り、迷うことなく目的地を目指す。もう何年経ったか……九年と二か月、それに三日。こういうのは嫌だ、とつくづく思う。頭の中にいつもあの事件が張りつき、それだけに支配されているようではないか——実際にそうなのだが。常にカレンダーがカウントされているのだ。一日過ぎるごとに増えていく数字。あの事件から遠ざかっているのは間違いないのだが、記憶が薄れることは決してない。忘れようと思った瞬間、脳の別の部分が猛烈に反対し、実際に現場で経験したよりも鮮明な映像を送りこんでくるのだ。あの時は雨が降っていて、実際の光景は灰色にくすんでいたはずなのに。

小さな墓地である。目的の墓石は綺麗《きれい》に掃除され、曇り一つない。本当は花を供え、線香もあげるべきなのだろうが、澤村は一度もそういうことをしなかった。供養は身内の人間がすべきことであり、自分はその立場にない、資格もないと思っていたから。ただここでじっと時が過ぎるのを待ちながら、あの子の声が聞こえてくるまで耳を澄ます――しかし今まで、声が聞こえたことは一度もない。おそらく彼女は俺を許していないだろう。許す、許さないということが分かるような年齢でもなかったし、事情も分からぬまま死んだのだろうが。

じっと両膝《りょうひざ》を曲げているうちに、脚に痺《しび》れがきた。立ち上がろうとすると、古傷の右膝に鋭い痛みが走る。バランスを崩して思わず手を地面についてしまった。みっともない……しかし湿った冷たい土の感触が、冷静さを取り戻させてくれた。

両手を叩《たた》き合わせながら、そっと立ち上がる。結局今日も、彼女の声は聞けなかった。まったく情けない話だと思わないか、と見えない千恵美に向かって自嘲《じちょう》気味に話しかける。俺はこの墓の前で君に誓ったはずだ。最高の刑事になる、それこそが君の死を無駄にしない方法だ、と。だけど俺は、ここにきて大きな壁にぶち当たってしまった。激情に任せて突っ走った結果、なすべき仕事もこなせていない。捜査ができない刑事には、何の存在価値もないはずだ。どうしたらいいのか……このまま尻尾《しっぽ》を巻いて逃げる？まさか。巻き返しの方法を考えるべきなのか？　いや、「巻き返し」と口で言うのは簡単だが、実際は八方塞《はっぽうふさ》がりの状態である。現場を外された刑事は、両手を後ろで縛られたまま戦うボクサーのようなものだ。自分からは攻撃できず、スウェーバックとダッキングで相手の攻撃をかわしていくしかない――いや、そもそも試合途中でリングから引きずり下ろされたに等しい。

「澤村さん？」振り向くと、初老の男が呆気《あっけ》に取られた様子で立っていた。予想もしない出会い。澤村を動揺させるに十分だったが、それでも何とか踏み留《とど》まることができた。こんなところで慌てふためいて、相手にみっともない姿を見せるわけにはいかない。適切な挨拶《あいさつ》の言葉が見つからない。ご無沙汰《ぶさた》してます？　その節は申し訳ありません？　どれも無難な台詞《せりふ》だったが、この場で言うのは何故か憚《はばか》られる。

「久しぶりですね。千恵美に会いに来てくれたんですか」

「はい」男の声がしっかりしているのが、澤村には意外だった。あの頃何度か会っているのだが、いつもしわがれた、苦しそうな声で話していた記憶がある。それがあの悲劇からきたものだとすれば……歳月が、いくらかは悲しみを薄れさせたのだろうか。そんなことはない、とすぐに分かった。男の目にはまだ、悲しみの色が濃く残っている。

挨拶だけ交わして帰ることもできたはずだ。だが何故か澤村は、坂を下りたところにある喫茶店で、狭間一朗《いちろう》と向かい合って座っていた。冷房が効き過ぎ、後頭部から首筋にかけて氷を押しつけられたようである。寒さから逃れるために、ホットコーヒーを頼んだ。狭間は人工的な寒さが気にならないのか、アイスコーヒー。ガムシロップとミルクをたっぷり加えて、ストローでかき混ぜた。

「千恵美の墓に来たのは、初めてじゃないでしょう」

「ええ」否定することもないと思い、素直に認める。

「そうですか、それはきっと、千恵美も喜んでいますよ」悲しみを包み隠す、穏やかな笑み。

「そんなことはないと思います。私が彼女を殺したんですから」

「馬鹿なこと言いなさんな」急に狭間の顔つきが険しくなった。「あの場面ではどうしようもなかったんだ。あなたは十分やってくれましたよ」

「いや……刑事失格ですね」

「そんなことはない」

否定に対してさらに否定で答えようとして、言葉を呑《の》みこんだ。不毛だ。こんな譲り合いを続けていても何にもならない。向こうがどういうつもりで俺をお茶に誘ったのかは知らないが、絶対にいい話でないのは明らかなのだから。

「もう十年近く経つんですね」アイスコーヒーを一口飲み、狭間が煙草に火を点けた。

「早いものだ。生きていれば、千恵美も十二歳だからね」

「はい」

狭間は決して嫌がらせで言っているのではないようだった。ただ単に、孫娘の奪われた歳月を惜しんでいるに過ぎない。だが悪意はないにせよ、言葉の一つ一つが澤村の心に楔《くさび》となって打ちこまれていった。それでもいい。このまま彼の思い出話につき合うのも、俺の義務だろう。本当は定期的に訪ね、その都度頭を下げているべきだったのだ。

そうではない方法で自分の罪を薄めようとしたが、本当に相応《ふさわ》しい方法はこれしかない。永遠に頭を下げ続けることしか。

「お墓にはよく行かれるんですか」

「ええ。今は暇で、時間だけはたっぷりあるんですよ」

「そうか……退職されたんですよね、五年前に」

「どうして分かります？」狭間が目を見開いた。

「狭間さん、今年六十五歳になりましたよね。定年は五年前じゃないんですか」

「ああ、そう……」狭間の口元が少しだけ綻《ほころ》んだ。「確かにそうだけど、よく覚えてますね」

「数字は覚えられるんです」

狭間は大手商社に勤めていた。事件が起きた時の肩書きは、北米担当執行役員。そのままいけば、さらに上も目指せたポジションである。それぐらい業績を挙げていた、ということは澤村も知っていたが、あの事件が彼の人生を大きく捻《ね》じ曲げてしまった。それ以上の出世を望まず、事件の直後に順送り人事で予定されていた常務取締役への昇任を断った。その理由を聞く機会はなかった。それまで以上に仕事に専念することで、悪夢のような出来事を忘れようとする人間もいるのだが——俺のように——狭間はまったく逆の方向へ行ったのだろう。彼なりに祈りを捧《ささ》げること、既にいない孫のために時間を使うこと。そうやって何とか悲しみを消化しようとしてきたに違いない。

少し話した限りでは、努力はそれなりに成功しているように思えた。澤村ががむしゃらに突っ走ってきたのが馬鹿らしく思えるほどに。

「実際は、子会社の顧問の肩書きをいただいているんです。週に二回は出社してるんだけど、それぐらいがちょうどいい感じですね。年を取ると、毎日会社へ行くと考えただけでうんざりするから。本当に、日本の通勤は体力を使うんですね」言って、狭間がすっかり白くなった髪を撫《な》でつけた。顔にはほとんど皺《しわ》が目立たないが、白髪のせいで年相応の顔つきに見える。

「そうですか……ご家族は？」

「ああ」狭間の目に痛みが走った。「娘は離婚しました」

澤村はきゅっと口元を引き締めた。似合いの夫婦だったが……あんな出来事があれば、夫婦の関係に亀裂《きれつ》が入るのも当然だろう。

「何だかあの後、ぎすぎすしてしまってね」眼鏡を外し、お絞りで丁寧に汚れを拭《ぬぐ》い取った。「子どもは一人だったし、あんなことがあってからは、子どもを作る努力もしなくなったみたいでね。我々も何とかしようと思ったんだけど、基本的に夫婦の間のことには、口を出さない方がいいから。婿に入って貰《もら》ったのも、結果的にはマイナスだったかな。ああいう事件があると、何かと肩身が狭くなるだろうし」

「じゃあ、あのマンションは？」九年前、夫婦は年齢とキャリアに似つかわしくない高級なタワーマンションに住んでいた。長浦で初めて建ったタワーマンションということで、随分話題になった物件である。三十五年ローン、毎月の返済額十五万八千円、という数字が突然頭に蘇《よみがえ》った。捜査には何の関係もない情報なのに。

「売り払いました。ローンが大変でね。娘は今、うちに戻ってきてます」

「お仕事は?」

「さすがに、ちょっとね」狭間の表情が歪《ゆが》む。「要するに、今でも仕事なんかできない状態なんです。娘を励まして、面倒を見るのが私の仕事みたいなものかな。悪くないですよ。いつの間にか育って離れていった娘が、また子どもになって自分の手元に戻って来たみたいでね」

嘘だ。狭間は無理をしている。俺に気を遣っているのだろうが、そんなことには意味がない。どうせなら罵《ののし》ってもらった方が気が晴れる。壁にぶつかれば、叩き壊して乗り越えようという気も起きるのだ。

しかし狭間は、あくまで紳士だった。おそらく澤村が知る誰よりも。事件当時からそうだったが、絶対に人を責めたりはしない。

「暇だとおっしゃいましたけど、本当はお忙しいんじゃないですか」

「ええ、まあ、そうですね。私はともかく、警察は暇な方がいいんでしょうが」狭間が穏やかな笑みを浮かべた。結構物騒な話題なのだが。

「その通りです。ただ、ここは何かと事件の多い街ですから、楽はさせてもらえませ
ん」

「いろいろ話は聞いてますよ。随分頑張っておられるとか」

「無責任な噂でしょう」

「そんなことはない」狭間が大袈裟《おおげさ》に手を振った。手先で、煙草の煙が散り散りになる。

「谷口さんから直接聞きましたから。今、あなたの上司なんでしょう？」

「課長です」どうしてここで谷口の名前が出てきたのだ？　澤村は首を傾げた。

「そうですよね。だから、あなたのことは一番よく分かっておられるはずだ」

「そんなに頻繁に会われるんですか？」澤村は顔をしかめた。自分の知らないところで何が……。

「そんなこともないですよ。年に一回か二回、ですかね。古い友人同士のようなものです。少なくとも私は、そういうつもりで会っていますから」

「しかし、話題が……」

「それは仕方ないです。野球の話で盛り上がるわけにはいかないし」狭間の顔にようやく本物の笑みが戻った。「こんなことじゃいけないんでしょうけど、ともすれば事件を忘れそうになることがあるんです。私も彼もですよ。それだけ時間が経ったということなんでしょうけど、ふと気づいた時にはぞっとします。そういう時には谷口さんに電話をかけて、会うようにしているんです。どういうわけか、谷口さんも同じようなタイミングで同じ気持ちになるらしくてね」

谷口独特の優しさなのだろうか。普通の刑事にとって、多くの事件はあっという間に過去になる。意識してそうしなければ、次々と発生する事件に対処しようがないのだ。しかし一生のうちに一つや二つは、どうしても消せない事件を経験することになる。谷口にとっても、あの事件がそういうものだったのか……そうであってもおかしくない。ベテランの彼にとっても、簡単に扉を閉めて封印できるような事件ではなかったはずだ。

しかし、これだけの歳月が経ってなお、被害者の家族と連絡を取り合っているとは。二人きりで会っている時、何を話しているのだろう。

「二人で話していると、どういうわけかあなたの話題になることが多いんです」

疑問を見透かされたような台詞《せりふ》に、澤村はどきりとして顔を上げた。

「私のこと？」

「ええ。谷口さんはあなたのことをひどく気にしていましてね。私によく相談してくれるんです。私も会社で長年人を使ってきた人間ですから、人事のことについては少しは分かる……若い社員をどう動かすか、本当に苦労しました。でもそれは、難しい仕事にどう対処させるかとか、人に嫌われそうな性格をどうやってプラスに転化させるかとか、そういう問題ですよ。あなたの場合は違う。あの事件で人格崩壊の危機があったはずだ。違いますか」

「否定はできませんね……いや、分からないな。自分のことをはっきり自覚できる人なんか、いないでしょう」

真剣な表情で狭間がうなずき、同意の意思を示す。

「あなたならそう言うと思いました」

「どうしてそんなことが分かるんですか」

「実は……」狭間がコーヒーをストローでがらがらとかき回した。コーヒーよりも氷の方が多いようだ。古い喫茶店がよくやる、ごまかしの手口。「谷口さんがそう言ってました」

「課長は大袈裟なんです」

「そうかなあ。あなたはまだ管理職じゃないから分からないかもしれないけど、最近の会社——警察は会社じゃないけど——にとって一番重要なのは、社員のメンタルケアなんですよ。一説によると、どこの会社でも、社員の五パーセント程度は、何らかのメンタルの問題を抱えているとも言われているぐらいですからね。この問題でヘマをすると、会社が傾きかねません」

「部下に変なことをされたら、大変ですからね」居心地の悪さを感じながら澤村は応じた。俺は……上司から見れば「変なこと」をしているのだろう。だから今回も外された。警察以外の組織であっても、明らかにいらない人間に分類されるはずだ。

「違います。下手に馘《くび》にして訴えられるとか、そういうことじゃないですよ。せっかく採用した社員を、どうやってきちんと戦力にするかが問題なんです。どんな人間にも武器がある。それをいかに会社のために生かすかが問題なんですよ。そのために会社がどれほど大変な努力をしているか、あなたにはまだ分からないかな。お若いから……それだけの力を本来の仕事に振り分ければ、どれだけ業績が上がるか、ですね」狭間の顔が皮肉に歪む。「でも、社員の健康に責任を持つのも会社の役目です。もちろん、どんなにケアしても零《こぼ》れ落ちてしまう人がいるんですけどね……あなたは人に頼らない方法を選んだ、と聞いています」

「谷口は、そんなことまで話したんですか」

「もちろん、具体的な話じゃないですよ」狭間が慌ててつけ加える。「警察の話だから、外には話せないことも多いでしょう。ただ、抽象的な話であっても、私には理解できるんです」

「元管理職として」

「その通り」狭間が、握った拳《こぶし》をさっと上から下へ振った。「あなたは自分を追いこんだ。孫のために……孫の供養のために、最高の刑事になろうとしている」

「それは事実です」喉《のど》が渇く。首筋も凍るように冷たかった。しかし苦いコーヒーに手を出す気にはなれない。

「素晴らしいことだ、とは言えませんね。普通の人間は、そういう風には頑張れないものです。少なくとも私には想像もできませんね。トラウマになっている事実を克服するために、がむしゃらに前進しようとする考えは素晴らしいと思います。ただこの方法には、明らかに一つ問題があるんですよ」

「何ですか」澤村は唾《つば》を呑《の》んだ。

「最高の刑事。口で言うのは簡単だけど、その具体像はどこにもないんですよ。何を以《もっ》て『最高』というか、分からないでしょう。検挙者数？　落とした容疑者の数？……いやいや、いかんですね。すっかり谷口さんの口調が移ってしまって。あの人は、自分では気づいていないかもしれないけど、他人に対する影響力のある人です」照れたように頭に手をやり、そっと髪を撫《な》でつける。「とにかくあなたは、物を作ったり売ったりして生計を立てているわけではない。だから、具体的な目標設定は難しいでしょう。その見えない何かに向かって一直線に突き進もうとしている……何かあったら壁にぶつかるのは当然だと思いませんか」

「私が壁にぶつかっていると思うんですか？」見透かされている、と思いながら訊《たず》ねる。

「千恵美の墓の前で会った時にすぐ分かりましたよ。あなた、今、目が死んでる」

ゆっくりと下を向く。コーヒーに顔が映りこんだが、自分の目が死んでいるかどうかまでは分からなかった。

「何か難しい事件を抱えてるんですか？　それとも別の悩みでも？」

「申し訳ないんですが、言えないこともあります」

「それはそうですよね。出過ぎたことを言いました」狭間が頭を下げる。顔を上げた時に、目には力強い光が宿っていた。「一つだけ、あなたより年を取った人間として忠告させて下さい。自分が信じる道があるなら、間違っているかもしれないなどと考えずに進みなさい。その先に何があっても、やらないで後悔するよりは、やって後悔する方がいい。それに、あなたは間違いなく正義のために仕事をしているんだ。そうやって頑張ってくれることが、孫に対する何よりの供養になるんですよ」

供養……そんなことのために仕事をするのは、刑事のモチベーションとしては間違っている。金のため、出世のために仕事をすると言い切る方がよほど純粋だ。ただし刑事の仕事は、どんなに一生懸命やっても金が儲《もう》かるものではないが。

ぼうっとしたまま、デスクに視線を落とす。領収書の山が目の前にあった。こんなものを処理することに何の意味があるのか……いや、意味はある。これを早く精算しないと困る人間が、県警にはいるのだ。だからきちんと……クソ、こんなことをやっている場合ではない。蟄居《ちっきょ》を申しつけられて、黙って従っているだけでは、死んでいるも同然だ。

俺が動けば千恵美のためになる。

もちろん、今回の事件で殺された三人、それに加えて十年前の連続殺人の被害者三人の魂を救うことにもなるはずだ。全てを自分で解決しようなどという考えは傲慢《ごうまん》だが、そう考えずに何ができる。

澤村は領収書をまとめて引き出しに突っこみ、立ち上がった。一課の大部屋に残っていた人間が、一斉にこちらを向く。無視して、課内の庶務を担当する一係の係長、菊村《きくむら》の席に足を運んだ。

「係長」

「何だ」菊村は既に及び腰で、眼鏡を直しながら思い切り椅子を後ろに引いて澤村との距離を保った。

「早退します」

「どうかしたか？　昼に病院に行ってたそうだが」

「ええ。体調不良で」

「体調不良、ねえ」疑わしげに、菊村が目を細める。「本当に？」

「嘘をついてどうするんですか。俺は謹慎中みたいなものなんですよ。そんな時に嘘をついたら、おしまいでしょう」

「分かってるなら……」

「早退すると何か問題がありますか？　労働者の当然の権利だと思いますが」

「警察で、労働者の権利とかを持ち出すなよ」菊村が鼻に皺《しわ》を寄せる。「そういう場所じゃないだろう」

「西浦管理官にでも一課長にでも、好きに報告して下さい。何か言われても、それは係長の責任じゃありませんから」

「責任って、お前……」

「それと、明日からしばらく有休をいただきます。随分溜《た》まってるはずですから。取り敢《あ》えず四日かな」今日は月曜日。火曜から金曜まで使えば、相当動けるはずだ。

「何を企んでるんだ、お前」

「企《たく》むなんて、人聞きの悪い」澤村はわざとらしい笑みを浮かべた。「静養ですよ。痔《じ》は、安静にしているのが一番なんです」

「本当に痔なのか？」

「嘘をつくなら、もっと見栄えのいい……見栄えのいいっていうのは変ですけど、そういう病気にしますよ。とにかく家で静養していますから。どうせここにいても仕事はないんだから、休んだって同じでしょう」

「開き直るのか？」

「まさか」否定しながら、澤村は妙に爽《さわ》やかな気持ちを味わっていた。やると決めたら、やる。その決意が濁っていた心をろ過し、澄んだ気持ちを胸の中に満たした。痔、という言い訳はあまりにも恰好《かっこう》が悪かったが。

2

県警本部のある長浦市から港市——最初の殺人事件の現場——へのアクセスはあまりよくない。直線距離では近い県道は常に渋滞しており、道路を走っているのか長大な駐車場にいるのか分からなくなるほどである。それ故、遠回りになるのを承知の上で高速を使うことになる。既に夕方近く。八月なので日の入りはそれほど早くはないが、気はする。

急《せ》いた。七年落ちでかなりへばった澤村の車は、高速道路では時折苦しそうに息継ぎを
高速道路を降り——インターチェンジは街の中心部からかなり離れている——山の中を走って港市の市街地に入った。名前が示す通り、市の東側はほとんど海に面しているのだが、城址《じょうし》公園は内陸に引っこんでいるので、海辺の街に来たという感じはしない。

城址公園が死体遺棄場所と聞いた時、澤村は何かの間違いではないかと疑った。最寄りのＪＲの駅から徒歩五分ほど、周囲には学校や公共施設なども建ち並ぶ街の中心部なのだ。そんな場所で事件を起こすのは、どう考えても異常である。もっとも、犯人が正常な思考回路を持っているとはそもそも思えなかったが。

駐車場に車を入れる。看板に「二十四時間」と書かれているのを素早く見て取った。いくらこの公園が街中にあるといっても、夜中ならば人に見られることもないだろう——いや、そんなことはないか。こういう場所は、夜は夜でデートスポットになるはずである。

実際に足を踏み入れてみると、諸々《もろもろ》の先入観はあっさり打ち砕かれた。夏の夕方とあって散歩している人は多いのだが、人目が届かない場所も結構あるではないか。特に緑の深い植えこみは、奥に入りこんでしまえば誰にも見られないだろう。参考のためにと、ここには一度来たのだが、あの時は真昼だった。夕方だとかなりイメージが違う。

無駄に広い臨時駐車場から始めて、早足で園内を抜ける。弓道場があって、弓を引く

人の緊張した表情がはっきり見て取れた。その脇を通り過ぎると、だだっ広い広場に出る。天まで突き抜けるような松が何本かあるが、それが小さく見えるほどの広さである。正面入り口の須崎《すざき》門の前を通り、市立図書館の横へ進む。

公園を横切る形で歩き続け、一面が蓮《はす》の葉で埋まったお堀の前に出る。ここが最初の事件の犠牲者、神田雅之の遺体発見現場だった。朝の散歩をしていた近くの住人が発見し、警察へ届け出たのが午前六時半。水につかっていたせいもあって死亡時刻の明確な特定は困難だったが、前日の夜十時頃から午前二時頃と推定された。

夜なら目立たない——いや、やはりあり得ない。道路が近過ぎる。左側に視線を投げると、街を南北に貫く県道と市民スポーツ会館がすぐ目に入る場所なのだ。夜でも車の通りは少なくないはずで、人を殺す、あるいは遺体を遺棄する場所としては、あまりにも目立ち過ぎる。

もう一つ、最初の殺しは後の二件とやや趣が異なるのも気になっている。長浦市と中出市の事件では、遺体はうつぶせに地面に倒れた状態で、後ろから首を刺されていた。ナイフの一撃は致命傷を与えようとしたものではなく、ある種の「印」である。首の傷に生体反応がないことは、解剖の結果分かっていた。つまり、死後につけられた傷である。しかし最初の事件に関しては、首の怪我が致命傷だったのだ。もう一か所の刺し傷は背骨の左側から入って肺に達していたが、神田の命を奪ったのは第二の刃による首筋の傷である。一刺しでは殺しきれず、印である首への一撃でとどめを刺したということか。

犯人は慌てていた？

そうかもしれない。肺にナイフが入っても、それで即死するわけではないのだ。しばらく苦しみながら死んでいくものだし、治療が早ければ死なずに済む可能性もある。

被害者がすぐに死なずに、暴れ出したらどうなるだろう。犯人は心臓を狙って失敗したのかもしれない。それで慌てて首筋に第二撃を放った。慌てた理由は一つ、犯人にとってこれが初めての殺しで、慣れていなかったからだ。模倣犯であっても、十年前の犯人が事件を再開したのであっても同じだろう。人を殺した手の感覚は消えないかもしれないが、手順は記憶から抜けてしまうのではないか。

――そんな風に想像はできる。だが微妙な違和感は残った。

暗くなり始めた現場を写真に収める。ストロボを使わず、柵《さく》で肘《ひじ》を固定して手振れを防ぎ、何度かシャッターを切った。デジカメの出現は、夜景写真の撮り方をすっかり変えてしまった。ＩＳＯ感度を自在に調整できるので、ストロボなしでもそれなりに綺麗《きれい》に撮れるようになったのだ。ただし澤村は、芸術写真を狙っているわけではないので、あまり凝らない。ストロボを使わなかったのは、どうしても手前が白く飛んでしまうからだ。

「写真ですか」

いきなり声をかけられ、ゆっくりと振り返る。Ｔシャツにジャージ、本格的なマラソンシューズという恰好の小柄な老人が立っている。首のタオルを両手で引っ張っていた。頭はすっかり禿《は》げ上がっているが、背筋はしゃんと伸びており、目にも力があった。

「物好きな人だねえ」老人が皮肉っぽく言った。

「どうしてですか」

「だってここ、一月《ひとつき》ばかり前に事件が起きたところだよ。そこの水面に死体が浮いててね」急に身震いして、両腕を抱き締めた。「あんなものを見た日には、寿命が縮むよ」

「失礼ですが」澤村はカメラを握り締めたまま訊《たず》ねた。「石森《いしもり》さんじゃありませんか？石森孝一《たかかず》さん。ここで遺体を発見された？」

「そうだけど、あなた、誰ですか？」警戒するように、石森が目を細めた。

「県警捜査一課の澤村と申します」

「ああ、お仕事ですか」納得したように石森がうなずいた。

「石森さんは？　お散歩ですか」

「散歩というか、ウォーキングね」石森がにやりと笑った。金歯が三本、覗《のぞ》く。「毎日朝飯前と夕飯前に、この辺を歩くんですよ。城址公園の中は勾配《こうばい》があるから、足腰を鍛えるのにちょうど良くてね。距離は短いけど、結構な負担になるんです」

「健康的でいいですね」

「お陰で、見なくてもいいようなものまで見てしまったけど」顔をしかめ、タオルで顔を拭《ぬぐ》う。

「ウォーキングの途中で申し訳ないんですけど、ちょっとお話を聴かせていただけませんか」

「いいですよ。もう終わるところだから」石森が、額に浮かぶ大粒の汗をタオルで拭った。

「ありがとうございます。それともう一つ、写真を撮らせていただいてもいいですか」

「何でまた」石森の表情に怒りの色が浮かぶ。「まさか私が容疑者ってわけじゃないでしょうね」

「違います」澤村は顔の前で大袈裟《おおげさ》に手を振った。「顔と名前を一致させるためですよ。人の顔を覚えるのが苦手で……ご迷惑なら遠慮しますが」

「こんなジジイの顔を撮って何の意味があるのかねえ」言いながら、石森が両手をぴったり脇につけ、直立不動の姿勢を取った。この年代の男性――石森は今年七十歳になったはずだ――は、どうしてこう姿勢がいいのだろう。そう思いながらカメラに収めた彼の顔つきは、姿勢に劣らず真面目なものだった。

「まあ、飲んで」

「すいません、いただきます」澤村はオレンジジュースの缶を開け、一口飲んだ。強烈な酸っぱさが口中に広がる。普段は基本的にコーヒーしか飲まないので、この酸味は新鮮であると同時にショックでもあった。胃が悲鳴を上げないといいのだが。

　二人は石造りの低いベンチに腰かけていた。蓮で埋まった堀を挟んで、郷土文化館と図書館が見える。石森はペットボトルのスポーツドリンクを、喉《のど》を鳴らして飲んでいた。釣られて澤村も、もう一口オレンジジュースを飲む。やはり酸っぱい。奢《おご》ってもらったのだから文句は言えないが、どうせならコーヒーにすればよかった。

　既に日は翳《かげ》っていたし、藤棚の下になるせいか、少しだけ冷たい風が吹き抜けて、汗を乾かしてくれる。澤村はカメラをバッグにしまって、おもむろに切り出した。

「遺体を発見した時の状況を教えて下さい。もう何度も話されて、面倒かとは思いますが」

「いやいや、あなたも仕事でしょう？　そういうことなら話しますよ。でも、記憶も段々と曖昧《あいまい》になってきてますけどね」

「朝の六時半ぐらいでしたね」石森の記憶を確かにするために、澤村は助け舟を出した。

「その時もウォーキングの最中だったんですか？」

「そうそう。あの日は雨が降ってたんでやめようかと思ったんだけど、長年の習慣でね。台風でもない限り、毎日敢行。ちなみに私の家は、このすぐ裏なんだけど」振り返り、スポーツ会館の方に向けて顎《あご》をしゃくった。そちらには住宅地が広がっている。「だいたいルートは決まってるんです。県道を東の方に行って、市民会館の前を通ってもう一度県道に出て……この辺りの地図は頭に入ってますか？」

「だいたいは」

「結構、結構」うなずいて続ける。「ＪＲの線路の手前で左折して、行き当たりをまた左折。高校の前を通り過ぎて、城址《じょうし》公園に入ってからは毎日微妙にコースを変えるんだけど、あの日は動物園の脇を通って一度天守閣まで上がって、そこから降りてここに出て来たんです」

「三十分ぐらいのコースですか」

「そうね、だいたいそれぐらいかな。で、普段はあのお堀の脇はさっと通り過ぎちゃうんだけど、あの日は何だか様子が違ってね」

「どんな風にですか？」

「臭い、かな？　いや、別に血の臭いがしたわけじゃないけど、何だかそんな気がしたんですよ」

「気配、みたいなものですか？」

「そうかもしれません。で、ちょっと柵から身を乗り出して下を見てみたら、ナイフが見えたんですよ」石森が首筋に手を当てて見せた。「死体がうつぶせの状態で浮いててね」

「驚いたでしょうね」

「そりゃあ、もちろん」目を見開き、強張《こわば》った笑みを浮かべる。「だけど、あんな風になってるのを見ると、映画かドラマを見るようなものでねえ。地面に倒れていたら違うかもしれないけど、顔も見えない状態で水に浮いてるのは、何だかリアリティがなかったですよ。最初はマネキンか何かかと思ったぐらいですから」

「そんなものかもしれませんね」石森に対する調書を読む機会はなかったが、事情聴取を担当した刑事たちも、同じような質問はしたはずだ。彼から引き出せなかった情報はないか……ふと、雨の話を思い出した。

「その日のことですが……雨は前の日から降っていたんでしょうか」

「もちろん。覚えてませんか？　台風が近づいていて、前の日の夕方から夜中にかけて、結構な大雨だったんですよ。風も強くてね。結局直撃しなかったんだけど」

「ああ、あの時でしたか」台風十二号だ。日本列島直撃と言われ、確かにかなり風雨が強まった。朝まで雨は残ったが、出勤する時に電車の遅れなどはなかったのを覚えている。「こっちも結構降ったんですね」

「かなりの大雨でしたよ」

　その情報は澤村を悩ませた。台風接近中で、大雨。そんな時に公園の中にいれば、目立つ心配はない。夜中の逢瀬《おうせ》に暗がりを利用しようとする恋人たちも、さすがにそんな日は遠慮するだろうから。一方、犯人と被害者はどうしてここにいたのだろう、という疑問が浮かぶ。たまたまここにいた神田を襲った、ということはないのではないか。神田がここに一人でいる理由がないからだ。ということは、犯人と神田は一緒にこの公園に来た、あるいは神田が呼び出された、ということになる。この状況が成立する条件としては、二人が知り合いである必要があるが、今のところ神田に関しては、知人との間にトラブルを抱えていたという情報はない。そもそも人づき合いも極端に少なかったようだ。

誰が神田を呼び出したのだろう。あるいは二番目の被害者・青葉亘を、三番目の被害者・長倉礼二を。

三人に共通する知り合い、ということか。この三人は顔見知りでもなく、共通点も何もない。ただし、三人共通の関係者である人物「X」がいてもおかしくはないはずだ。

X……三人とXとの関係が、あくまで一対一だったとすれば。

「事件の方、どうなってるんですか？」遠慮がちに石森が訊ねる。

「まだ何とも言えないですね。一か月経ちましたから、ちょっと見方を変えてみようと思って現場に来てみたんです」

「最近、事件が多いからねえ」

どきりとして、澤村は余計なことを言わずにうなずくに止《とど》めた。これが連続殺人だということを、県警は対外的には認めていない。十年前の事件と同様、首に刺さったナイフの件は、犯人しか知り得ない事実として伏せられているのだ。そしてナイフ以外に、被害者三人に共通点はない。マスコミもまだ気づいていないようだった。

とはいっても、人の口に戸は立てられない。いつの間にか噂が広がっていてもおかしくはないのだが、少なくとも石森は妙な疑いを持ってはいないようだった。

「警察にもしっかりしてもらわないと」

「事件が多いと、何だか落ち着かない気分になるんですよ。しかもこんな家の近くで事件が起きて、自分が第一発見者になるなんて……この年になると、別にトラウマになるようなことはないけど、最近どうにも寝つきが悪くてねえ」

「そうですね」

「一生懸命捜査してますから」

「頼みますよ」石森が気さくに澤村の肩を叩《たた》いた。「警察が信用できなくなったら、信用できるものなんか何もなくなってしまうんだから。あんたらは、最後の頼みの綱みたいなものなんですよ」


石森と別れてから、再び城址公園の中を歩いてみた。既に完全に闇に覆われ、照明も頼りない。これで大雨が降っていたら……そもそも人もいないだろうし、ある種の密室になる。

粘りつくような熱気がようやく収まり、むき出しの腕が少し冷えてきた。肩に引っかけていたジャケットを着こみ、少し猫背になって早足で歩き続ける。二人はどこからこの公園に入ったのか……防犯カメラもなく、車止めのバーと精算機があるだけの、古いタイプの駐車場。係員が常駐しているわけでもない。駐車場の隅にある園内の案内図を眺め、カメラに収めた。仮にこの駐車場から入ったとしても、遺体が発見された堀までのルートは、何種類もある。もちろん、ここからどうやって堀まで辿《たど》り着いたかが分かっても、意味はないかもしれないが……二人は自然な形で堀まで歩いて行ったはずだ。そこで犯人が豹変《ひょうへん》し、神田を襲った――そう考えるのが筋が通っている。大雨の中、ナイフや拳銃《けんじゅう》で脅しながらであっても、相手を強制的にどこかへ連れて行くのは難しい。

もう一度、堀まで引き返してみることにした。犯人ではなく、神田の気持ちになって考える。二人はどの程度の顔見知りだったのか……相当深い関係、と考えるのが妥当だろう。大雨の中、連れ立って公園に来る関係とは……仕事の関係者ではないだろう。それだったら昼間、あるいは別の場所で話をすれば済むし、そもそも神田は今は働いていない。わざわざ大雨が降っている夜の公園で会う理由があるのか？　犯人は公園の関係者、という可能性が浮かんだ。浮かんだだけで、それ以上大きく膨らみはしなかったが。

仕事の関係ではないとしよう。友人同士なら――新たな可能性を探る努力は、ジーンズのポケットの中で震え出した携帯電話に邪魔された。今日穿《は》いているのは少しタイトなので、振動するとマッサージを受けている気分になる。サブディスプレイを見ると、「谷口」と名前が浮かんでいた。

「痔《じ》だそうだが」

失敗だ、と心底後悔する。やはりもう少しましな病名を考えておくべきだった。「痔」の一言から始まる会話は何とも情けない。

「明日から有休をいただきます」

「悪いのか」

この男は本当に俺の言葉を信じているのか？　だいたい、何の用で電話してきたのだろう。

「医者に言われました……それより課長、一つ教えて下さい」

「何だ」

「狭間さんと会っていたんですか」

電話の向こうで谷口が沈黙した。言葉を探っている様子ではなく、黙っていれば澤村が引き下がるだろうと思っている感じだった。

「狭間一朗さんです」

「分かってる」谷口の声は一段低くなっていた。

「課長らしくないですね」

「どういう意味だ」

「忙しい課長が、わざわざ特定の事件の関係者と会い続けるなんて」

「悪いか」谷口の声には、普段感じられないむきになっている調子があった。

「いえ」

「だったら、お前に揶揄《やゆ》されるいわれはない」

「別に揶揄してませんよ」

「この件については、何も話すつもりはない」谷口は頑《かたく》なだった。「それより、何でお前がそんなことを知ってる？」

「今日、たまたま狭間さんと会いました。あの事件以来でした」

電話の向こうで、谷口が息を呑《の》む気配が伝わってきた。少なくとも彼にとって、澤村には知られたくない事実なのだということがそれで知れる。ということは、こちらもあまり突っこんではいけない。谷口とは、あの事件以来つかず離れずの関係を続けてきた――少なくとも澤村はそう思っていた――が、向こうはさっさと忘れたいと思っているかもしれないのだ。互いに深く心の内を明かして語り合うことでもない。

谷口も、この件についてそれ以上話す気はないようで、すぐに話題を変えてくる。

「それで、今は何をしてる」

「静養中です」

「外で静養できるのか」

公園の中なので街の音は入ってこないが、少なくとも自分が屋外にいることは知れてしまっているだろう。迂闊《うかつ》さを呪った。そもそも電話を無視してしまえばよかったのだ。

「少し体を動かした方がいいんです……ところで、今回はすいませんでした」

「いや」

「西浦さん、怒ってるでしょうね」

「気にするな」

「刑事総務課まで出てきたら、どうしようもないですよね」

「分かってるならいい」

「そこで止めるんじゃないですか、普通は」

「何が」

「課長なんですから。いい加減にしろ、とか言うのが普通でしょう」

「もう終わった話だ。今さら何を言っても無駄だ」

「そうですか……」言葉を切り、どうやってこの電話を終わらせようか、と考える。夜中の公園を散歩する人――もしかしたら駅からの道程をショートカットしているのかもしれないが――の視線が急に気になりだした。低い声で話しているつもりだが、人気の少ない公園の中なので、嫌でも目立つのだろう。

「今のところ特に動きはない……残念ながら」

短い一言で、谷口が今日の動きを総括する。珍しいな、と澤村は目を細めた。捜査に関して個人的な感想をつけ加えることなど、滅多にないのだ。

「前科者の方はどうですか」

「書類仕事をしている連中のメンタルケアが必要だな」

澤村は笑いを押し殺すために、右手をきつく握り締めた。予期していない時に噴き出す谷口のユーモアにはいつも驚かされる。そして俺は、あの面倒で陰鬱《いんうつ》な仕事から解放されたことに感謝すべきかもしれない、と思った。

「上手《うま》くいってないんですね。方向転換するほどの材料は――」

「ない」谷口が即座に断言した。「この件は西浦に任せてある」

「危険ですよ」

「部下を信じないと、管理職はやっていられない」

「だったら俺のことも信じているんですか？」

「お前は——」言葉を探し、谷口が一瞬息を呑む。「お前は部下だが部下ではない」

「だったら何なんですか」

何も答えず、谷口がいきなり電話を切った。彼が何と言いたかったのかは想像できる。同志、ではないかと思った。苦難の瞬間に立ち会った二人。あんな経験は、普通はできるものではない。課長と同志、か……そんなことを考えているから、俺を白い目で見る人間も多いのだ。しかし、そもそも俺も甘えていたのではないか？　表面上は「谷口は庇護《ひご》者ではない」と明言していても、心の底では「谷口がいる限り、何をしてもまずいことにはならない」と甘く見ていたのかもしれない。だから今、こんな風にしっぺ返しを食らっている。

違う。

俺は依然として、自由に動いているではないか。誰にも縛られず、自分の思うがままに捜査を進められるこの状態を「自由」と言わずして、何を自由というのか。もしかしたらこれすら、谷口が書いたシナリオなのかもしれない。捜査本部から外す。偶然を装って狭間と接触させる。それによって、残り火のような闘志を再び燃え上がらせ、戒めから抜け出して勝手に走り始める——そこまで読んでいたとすれば。

課長、あなたの立場も危ないかもしれませんよ。

谷口の身を案ずる気持ちは、再び鳴り出した電話によって消散してしまった。今度は初美だった。早足で歩き出しながら、澤村は電話に出た。念のため、公園の周りをぐるりと回って様子を見ながら駐車場に戻ろう。大した距離ではないはずだ。

「いったい何してるんですか、澤村さん」

「いや、別に。ぶらぶらしてる。明日から有休だから」

「そういうことを言ってるんじゃないんですけど」

「じゃあ、何なんだ」

「どうしてあんなに勝手なことをするんだっていう意味ですよ。あれじゃ、私だって疑いの目で見られるじゃないですか」初美は本気で怒っている様子だった。

「だったらよかったじゃないか、俺とコンビ解消できて。今度は誰と組んでるんだ？」

「友田《ともだ》さんです」

一課の若手だ。まだ少しもたつくところがあるが、基本的に真面目な男だから、一緒にいれば初美も勉強になるだろう。

「じゃあ、頑張ってくれ」

「ひどくないですか、その言い方？」

「どうして」

「勝手に動き回って、謹慎処分をくらって……私にも迷惑がかかるんですよ。自分の行動が周りの人間に影響を及ぼしているということも、少しは分かって下さい」

「そうか。悪かった」反論するのも面倒で、短く答えた。それで初美は気を抜かれたようだった。

「そうかって……」

「俺の方からは特に言うことはない。君はレールを踏み外さないように頑張ってくれよ」

「それは無責任過ぎませんか？」

「俺のことを反面教師にしてくれればいい」

「澤村さん――」

電話を耳から離し、終話ボタンを押した。急に世界から切り離された気分になり、小さく溜息《ためいき》をつく。仲間がいて、チームで仕事をして……警察という組織は、どうしても独断専行を嫌う。一人でやれることには限りがあるのも事実だが、常にチームを組んで動くことで互いを監視するようにしようという狙いもあるはずだ。人目につかない自由さはありがたかったが、この先誰の援助も得られないだろうと覚悟を決めるには、かなりの努力が必要だった。

公園を出て、東側の県道に入る。このままJRの跨線橋《こせんきょう》にぶつかるまで歩いて右折すれば、公園の西側の道路に入るはずだ。そこを真っ直ぐ歩いて行くと、臨時駐車場に戻れる。

ふくらはぎに緊張感を覚えるほどの急坂を上りながら、街の様子を観察する。車の通行量は多いのだが歩いている人が少ないのは、地方都市にはありがちな光景だ。急坂にへばりつくように建っている民家を眺める……ぽつりぽつりと灯《あか》りが灯《とも》り、夕餉《ゆうげ》の和みを感じさせる光景。その中に一つだけ、妙な違和感を感じた。

あれは……学校か何かだろうか。高台にある、素っ気無い白い建物。フェンスの隙間から見えるテニスコートの荒れ具合、坂道の入り口に立っている木製の看板の朽ち方を見る限り、廃校になった高校のようだ。その校舎の窓に、ふっと灯りが映る。照明ではなく懐中電灯のように揺らぐ光。誰かがそこを通り過ぎたような……見間違いではないだろう。廃校舎に忍びこんでいる人間か。大方、近くの若い連中かホームレスだろう。中でシンナーでもやっているのか、雨露をしのぐ場所に使っているのか。安全上、好ましい話ではないが、今は手をつけられない。こんな場所に誰かが入りこんでいれば、近所の人が気づくはずだ。所轄に連絡がいって、追い出して終わり——間違いなくそうなる。自分がどうこうすべきことではない。

そう考えながらも、澤村はいつもの癖でカメラを取り出し、校舎の窓に向けていた。そこに人影が見えれば……かなり距離があるが、モニターにはしっかり窓が映っている。来たか。影が見えた瞬間、反射神経でシャッターを押す。いつもの癖ですぐに撮影した写真を確認すると、ぼんやりとした人影が写っていた。顔までは確認できないが、夜間で条件が悪いことを考えるとまずまずだろう。

――何がまずまずだ。まったく、何をやってるんだか。写真を写すために立ち止まった数十秒が、いかにも無駄な時間に思える。

余計なことを考えるなよ。自分にそう言い聞かせて、澤村は歩く速度を上げた。

3

翌日早朝、長浦市の第二現場を二度目に訪れた澤村は、港市の城址《じょうし》公園で感じた以上の違和感に襲われていた。違和感――ここも殺人現場らしくない。とにかく広いのだ。元々県立病院があった場所で、再開発で三百戸規模のマンションが建つ予定だったのだが、不景気で開発が凍結された結果、今は広大な空き地になっている。東側は海、西側は戸建ての民家が建ち並ぶ住宅地で、そちら側からは遺体発見現場が丸見えだ。夜になると人通りが絶えそうな場所ではあるが、ここで人を殺そうとする人間がいるとは考えられない。しかも銃殺……ある程度は海風に邪魔されるだろうが、銃声は案外遠くまで届くものだ。犯人は大胆というか何も考えていないというか、とにかく澤村の常識が通用しない人間であるのは間違いない。

ただ、遺体の発見現場そのものは、「人目につかない場所」といってよかった。小さな植えこみなのだが、陰にしゃがみこんでみると、緑地に沿って並んだ家が見えなくなる。こちらから見えないということは、向こうからも死角になるのか……。

青葉亘。勤務先の金融会社は、暴力団の息がかかっており、本人も傷害で逮捕歴がある。捜査本部は会社と本人に関する徹底的な洗い出しをしていたが、今のところ、殺されるほどの恨みを持たれているという証拠は挙がっていなかった。会社の方にも、暴力団のフロント企業とされている割には、大きなトラブルはない。

空き地を抜け出し、近所の聞き込みを始める。青葉の家もこの近く、現場まで歩いて来られる場所にあった。それも一件目、三件目の殺しとは異なる事情である。神田も長倉も、家からは離れた場所で殺された。青葉だけが、自宅のすぐ近くで命を絶たれた。連続殺人犯の行動パターン——できるだけ自分の動きを正確に繰り返す——からは外れたターゲットと言える。

青葉の家は小さなマンションで、空き地沿いの道路からさらに奥に引っこんだ場所にあるので、直接現場は見えないはずだ。取り敢《あ》えず、空き地に面した家をしらみ潰《つぶ》しに調べていくことにする。

午前中の早い時間とあって、多くの人を摑《つか》まえることができたが、「これは」という証言は得られなかった。やはり現場からの距離と植えこみの存在がネックになっている。比較的好意的に受け入れてくれた家の二階に上がらせてもらったのだが、ベランダから覗《のぞ》いても植えこみがぼんやりと見えるだけで、その陰で誰かが何かをしていても分かりそうになかった。ましてや夜となれば……そんなに甘くないぞ、と自分に言い聞かせる。

澤村は、ベランダを貸してくれた初老の主婦に突っこんでみた。

「夜なんですけど、あの空き地はどうなってますか？　中に入るような人はいますか？」

「ほとんどいないはずですよ」半ば白くなった髪をカチューシャで押さえた上品な雰囲気の老婦人が首を傾げる。「昼間は子どもたちが遊んでますけど、夜はねえ……」

「今まであの緑地で、何かありませんでしたか？　ひったくりとか、痴漢とか」

「聞きませんねえ。あれば当然分かるんですけど」

「そうですか」はるか遠くの植えこみに向かって目を凝らす。犯人は案外いい場所を選んだのではないだろうか――見られているかもしれない、という恐怖心さえ克服できれば。この家は道路に面しているのだが、植えこみとの距離は五十メートル以上ある。たとえベランダに出てそちらを見ていても、夜中に五十メートル以上も先の場所で何が起きているかは分からないはずだ。銃声も、車のバックファイアか何かぐらいにしか認識できないかもしれない。だいたい、普通の日本人は、一生の間に一度も銃声を聞かないのだから、それが銃声かどうかすら分からないはずだ。

大胆にして細心。

この犯人は、俺が今まで遭遇したことのないタイプだ、と改めて確信する。だいたい、人を殺す時には切羽詰まった状況になっている場合がほとんどで、計画的に殺人を犯す人間などほとんどいない。場所や時間を選んで、犯行が発覚しないように事前に準備する人間は、小説や映画の中にしか存在しないのだ。頭に血が上って人を殺してしまうから、ほとんどの犯人は証拠隠滅にまで知恵が回らない。時には遺体を切断したり山中や海中に遺棄したりするが、逆にそれで足がついてしまうことも多いのだ。

やはり殺人は究極の罪であり、人の冷静な判断力を奪う。

三件の事件は間違いなく同一犯による連続殺人なのだが、こんなことは日本ではほとんどない。過去のケースは、欲望の赴くままに殺人を重ねたものであって、わざわざ「自分がやった」という印を残して警察を挑発する犯人などいなかった。警察に挑戦するのがいかに馬鹿げたことであるか、ある程度知恵の回る人間なら容易に想像できる。

橋詰はどんな犯人像を描いているのだろう。彼の丸い顔を思い浮かべながらも、澤村はその存在を頭から追い出そうとした。あの男は……あの男も、俺の理解を超えた存在だ。


現場では何も掴めなかった。となると、人間関係を洗っていくしかない。当然、捜査本部から情報を得るわけにはいかないので、澤村は同期の筋に頼ることにした。県警本部の近くまで戻り、暴対課にいる浅羽《あさば》に電話を入れた。澤村だと分かるといきなり笑い出す。

「何だよ」

「痔《じ》だって？」

「だからお前らは嫌いなんだ。すぐ無責任に噂を広げる」

「噂なのか？　事実じゃなくて？」

「それはどうでもいい……ちょっと力を貸してくれないか」

「ほほう」浅羽が面白そうに言った。「お前が泣きついてくるとは珍しい」

「泣いてない。頼んでるだけだ」

「まあ、いい。この件が一段落したら、『あの澤村が泣きついてきた』って言いふらしてやるからな」

「あのな、ふざけている時間はないんだ」

「だけどお前が頼んでくるなんて、よほどのことだぜ」

「よほどのことなんだよ、実際」

電話の向こうで浅羽が沈黙した。すっと息を呑《の》む音が聞こえ、それに続いて「で？」と短い台詞《せりふ》が聞こえた。

「ちょっと会えないか。外で」

「いいよ。アイスコーヒーぐらい、奢《おご》ってくれるんだろうな」

「今年の夏はもう一杯も飲みたくないっていうまで飲ませてやるよ。中央公園で十五分後でどうだ？」

「了解。それじゃ、県民ホール前の交差点から入った辺りにいる」

浅羽がいきなり電話を切った。十五分……浅羽は十分で公園に着くはずだが、こっちはもう少し時間がかかるだろう。誰かに見られないよう、県警本部から離れたところに車を停めねばならない。何故か急に遠い存在に感じられるようになった県警本部の建物を横目で見ながら、澤村は車を出した。

自動販売機で仕入れた缶コーヒーを持って待っていると、浅羽は約束の時間に五分遅れで現れた。ネクタイなし。ワイシャツの袖《そで》は二の腕までまくり上げている。遠回りになるのに、陽射しを避けてわざわざ木陰を選んで歩いていた。澤村の姿を認めると、にやけた笑いを一瞬だけ浮かべる。

「よ。久しぶりだな」見上げるようにして澤村の前に立つ。百六十センチ台前半の身長だが闘争心は旺盛《おうせい》で、「喧嘩《けんか》屋」の異名を持っている。長年暴力団相手の仕事をしてきたので、自分を大きく見せるために、「すぐ爆発する男」という印象を作らねばならなかったのだろう。実際は明るいお調子者で、一緒に呑むと笑い過ぎて顔が疲れるほどだった。

缶コーヒーを渡してやると、一瞬顔をしかめる。

「これはないんじゃないか」

「どうして。約束通り奢ってるじゃないか」

「美味《うま》いアイスコーヒーを飲ませる店はいくらでもあるだろう。こう、濃く熱く淹《い》れた奴をばっと氷の中に入れてさ……」

そういえばこの男はコーヒーに煩《うるさ》かったのだ、と思い出した。前に自宅を訪ねた時、喫茶店でしか見たことのないサイフォンに驚いたことがある。特別な時にしか使わないのだ、と言ってはいたが。

「文句言うな」

「呼び出したのはお前だぞ」不満そうだったが、両手の間で缶を転がしているうちに、浅羽の顔が和んできた。冷たさを楽しんでいる様子である。プルタブを引き上げて一口飲み、「まあ、いいか」と妥協する。

二人はしばらく歩いて、人気のない場所を探した。結局公園の中を海辺まで歩いて行き、潮風に自分たちの会話を紛れこませることにした。

「で、捜査本部から外された気分はどうよ」浅羽がいきなり痛いところを突いてきた。

「最悪だね」

「いくらお前でも、いつかはこうなると分かってたんじゃないのか？　お前ぐらい結果を出してる人間でも、我儘《わがまま》は通用しないのさ」

「お説教、どうも」うなずき、自分も缶コーヒーに口をつける。

「痔の割には元気そうだな」

「だから」

顔をしかめると、浅羽がいきなり声を上げて笑い出した。からかわれたのだ、と気づく。知り合って十五年ほどになるが、どうにも扱いにくい男だ。

「取り敢えず、動き回れるぐらいには元気なわけだ」

「何とかな」顔を擦《こす》る。今日も好天——この暑さの凶暴さを考えればむしろ「荒天」と呼ぶべきかもしれない——で、陽射しが容赦なく脳天に突き刺さる。額は汗で濡《ぬ》れていた。

「それで、俺にどうして欲しいんだ」

「例の事件なんだが——」

「それは分かってる」浅羽が顔の前で手を振った。「今、あの事件以外に話題なんかないだろう？」

「知恵を貸してくれ。二番目の被害者のことなんだ」

「青葉亘、ね」思わせぶりな口調で浅羽が言った。

「知ってるか？」

「現段階ではリストには載ってない」彼の言う「リスト」は、暴力団の名簿のようなものだ。

「じゃあ、暴対課の方でも捜査対象じゃなかったわけだ」

「そういうこと」

「お前なら、リストに載っていない人間のことも摑《つか》んでるだろう。それに、一度覚えたことは絶対に忘れない」

「まあな」浅羽が胸を反らした。この男に喋《しゃべ》らせる方法は簡単である。ひたすら持ち上げてやればいい。

「その優秀な頭で、俺にも理解できるヒントをくれないか？　青葉について調べるには、どこに突っこんだらいい？」

「そうねえ」ゆっくりと顎《あご》を撫《な》でる。やたらともったいぶるのも浅羽の悪癖である。「心当たりはないわけでもないけど、お前一人じゃ難しいぞ」

「だったらお前がタグボート役をやってくれればいい」

「おいおい」浅羽が眉根《まゆね》を寄せた。「そんなことで俺を使うなよ。ばれたらまずいだろうが」

「お前も保身が大事か」

「怒らせようとしても無駄だぜ」浅羽が肩をすくめる。「とにかく、取っかかりになりそうな相手は紹介する。ただし、お前一人で会ってくれ。俺はつき合わない……そこまで頼るなよ」

「分かった」妥協。初めて会う相手の場合、紹介者が同席するのとしないのとでは、相手が受ける印象が違うが、今回は仕方ないだろう。自分の陥っている穴に、浅羽を引きずりこむわけにはいかない。

「後で連絡する」浅羽が小さな手の中で缶コーヒーをこねくり回した。「電話を空けておけよ」

「ああ」

「じゃあな。コーヒー、ご馳走《ちそう》様」空になった缶を澤村に手渡す。

彼の背中を見送りながら、澤村はこれからの長い待ち時間を思ってげっそりしてきた。浅羽は仕事が遅い男ではないが、誰かを紹介するのは結構手間がかかる。いったいいつ連絡がくるか……だがその懸念は、すぐに覆されることになった。

一度自宅へ取って返す。結構歩き回ったせいで、全身が汗で濡れていた。シャワーを浴びて着替え、一息ついたところで携帯電話に連絡が入っていたことに気づく。浅羽だった。

「四時に長浦中央駅前の『懐旧堂《かいきゅうどう》』で」挨拶《あいさつ》もジョークもなし。用件だけを告げる短いメッセージ。

気合いを入れ直し、冷蔵庫からミネラルウォーターのペットボトルを取り出して一気に呷《あお》る。体が内側から冷え、それが逆に燃え盛る思いを意識させた。

「懐旧堂」は、いかにも浅羽が好きそうな喫茶店だった。什器《じゅうき》は全て黒に近い茶と、磨きこまれたクローム。店全体がコーヒーで煮染めたような色合いであり、古きよき喫茶店の雰囲気を今に伝えていた。ただし店自体は新しく、二年か三年前にできたばかりだ。店主が、昔の喫茶店らしい雰囲気を醸し出そうと努力しているのだろう。「コーヒーの味の五割は店の雰囲気で決まる」という浅羽の信念にぴったり合った店だった。しかしメニューも徹底してコーヒーにこだわっており、紅茶もジュースもない。

浅羽が紹介してくれた相手、倉田《くらた》は既に店に到着していて、一番奥の席に陣取っていた。澤村は強面《こわもて》の、いかにも暴力団然とした男を想像していたのだが、実際に会ってみると、その想像はあっさり裏切られた。何より若い。自分と変わらない年齢に見えるから、三十代半ばということだろうか。白いくったりしたポロシャツに萌黄《もえぎ》色の麻のジャケットという洒落《しゃれ》た恰好《かっこう》で、顔にも凶悪な色が見えない。耳を覆う長さの髪に、澄んだ目。職業は想像もできなかった。テーブルには既にコーヒーとロールケーキの皿があった。

しかし見た目と裏腹に、倉田は横柄な態度を見せた。立ち上がろうともせず、澤村を一瞥《いちべつ》しただけでロールケーキを小さく切り取り口に運ぶ。

「倉田さん？」

「座れば？」ぞんざいに言って、コーヒーを啜《すす》る。「ひどい店だね。全席禁煙はあり得ない」

「そういう時代だから」

「何で浅羽さんも、こんな店を指定してきたのかね」不満気に首を捻《ひね》る。

「あいつはコーヒー好きだし、煙草を吸わない」

「そんなこと言ったって、自分で来るわけでもないのに。変わってるね、あの人」

「そうかもしれない」

そこまで喋ってようやく腰を下ろした。記憶にある通り、椅子の座り心地はいい。改めて倉田の顔を見ると、斜め上から見た時には気づかなかった目元の傷跡が目立った。

白く引き攣《つ》るその跡は長さが十センチほどもあり、一歩間違えば失明の危機にあった大立ち回りを想像させる。

「随分やんちゃしたみたいだね、あんたも」澤村は敬語を捨てた。

「ああ？」

澤村は無言で、自分の目から頬にかけて指先でなぞった。倉田がにやりと笑うと、凶暴な表情がくっきりと浮き上がる。

「昔の話ですよ、昔の話」

「で、今は？」

「まあ、いろいろ。普通に仕事をしてますよ」

「名刺は貰《もら》えるのかな」

「必要ならば」

「いただきましょう。できたら写真も」

バッグから取り出したカメラを、倉田が険しい視線で見た。「何のつもりだ」と低く抑えた声で訊《たず》ねる。

「初めて会った人の写真を撮るのが習慣なんだ。顔と名前を一致させるためにね」

「しまえ」脅しつけるように命じた。「そういう気分の悪いことはやめてもらおうか」

「ああ」肩をすくめてカメラをバッグに戻す。「やめておこう。だいたいあんたの写真なら、警察にも保管されてるだろうからね」

「分かってるなら変なことをするな。あんた、俺に喧嘩《けんか》を売ってるのか？」

「そんなつもりはないけど」

「あんたが休職中なのは分かってる。今問題を起こしても、俺は警察官と揉《も》めたことにはならない」

「つまり、現職の警察官は怖いわけだ」

「何だと」倉田の顔が怒りで白くなる。

「俺は休職中じゃない。単に有給休暇を取ってるだけだ。勘違いするなよ。こっちは下手に出て、あんたから情報を仕入れようとしているだけなんだ。コーヒーとケーキの代金も奢《おご》ってやる。もう少し、友好的にできないのか」

「最初にカメラを出したのはあんただぜ？　ああいう失礼な態度を取られると、友好的もクソもない」

「今はもうカメラはないじゃないか」

二人の間の空気は強張った。だが倉田の方が先に緊張を解き、ゆっくり肩を下げる。

「阿呆《あほ》らしい。こういうことはとっくに卒業したつもりなんだが」

「右に同じく、だ」

澤村が笑うと、倉田も不器用な笑みを漏らした。凶暴さがわずかだが薄れる。

「名刺もいらないんだろう、本当は」倉田がコーヒーを一口飲んだ。

「『フロントバーガー』の副社長。こういう名前をつけるセンスは信じられないな」暴力団関係の会社が「フロント企業」と呼ばれていることを考えると、皮肉か開き直りとしか思えないネーミングだった。

「俺がつけたわけじゃない」

「そうか……店は儲《もう》かってるみたいだな」

「おかげさまでね」

「バーガー」という名前ではあるが、この会社が運営しているのは呑《の》み屋ばかりだ。橘《きっ》高町《たかちょう》など、長浦市内の繁華街数か所に居酒屋やバーを出している。

「分かってると思うけど、俺はあんたたちの商売には興味がない。だからこれ以上のことは話さなくていいんだ。知っても意味がないしな」

「結構だね」倉田が肩をすくめた。「こっちも、一課の刑事さんとおつき合いするようなことは避けたい」

「被害者になったら、いつでも面倒を見てやるよ」

「あんたの冗談は笑えないな」倉田の目の端が引き攣った。

「それより、今回の件なんだが……」

「青葉亘、な」倉田が煙草を取り出し、掌《てのひら》の上で転がした。「半端者だ。俺たちの周りでうろついてるだけだよ。体を張らないような奴には、金を儲ける資格もない」

「準構成員でもなかった」

「ああ。昔風に言えば街のチンピラだ」

「よく知ってるじゃないか」

「この世界、情報が命でね」倉田が耳の上を人差し指で叩《たた》いた。「箸《はし》にも棒にもかからない人間のことでも、頭には入れておかないと。寝首をかかれたんじゃたまらないからな」

「青葉は、誰かに殺されるようなことをしたのか？」

「それがおかしいんだ。危ないことに手を出すほど、度胸のあるタマだとは聞いてないからね」倉田の目に疑問の色が宿る。

「だったらあいつは何で殺されたんだ？」

「それが分かれば、警察の皆さんも苦労しないだろうな……残念ながら、殺されるほどのトラブルがあったとは聞いてないな」

「殺されない程度のトラブルは？」

「言葉尻《じり》を捉《とら》えなさんなって」警告して、倉田が煙草をパッケージに戻した。「そういうのは日常茶飯事だろうな」

「全部教えてくれって言ったら、教えてくれるのか？」

「構わないけど、本当に問題になりそうなことなんてないはずだ」

「そっちが選ばないでくれ。問題かどうかは俺が判断する」

「大した自信だ」倉田が鼻で笑った。「例えば、恐喝かな」

「それは、うちの暴対の連中は摑《つか》んでるのかな」

「暴対の旦那《だんな》方が動くほどの話じゃないよ。青葉は半端者だって言っただろう」

「どういう話なんだ？」

「奴が闇金に勤めていたのは知ってるだろう？　古い闇金じゃなくて、最近流行《はや》りのソフト闇金ってやつだ。そこで追いこんだ相手を恐喝したんだよ。借金の払いを先延ばしにしてやるから、個人的にキックバックを寄越せっていう具合だ。せこい話だね」

「相手は？」

「中出に住んでるホステスだって聞いてる。シャブに手を出して金に困ってたらしいよ。よくある話だけど」

「その件、結局どうなったんだ？」

「金は巻き上げたらしいけど、その後どうなったかまでは知らない」

「他には？」

「ヤバイ話はそれぐらいじゃないかな。基本的には、でかいヤマで一発当てて一儲け、というタイプじゃなかったそうだから。上の言うことを黙って聞いておいて、取り敢《あ》えずおこぼれを貰おうっていうせこい奴だよ。そういう男が、何で恐喝なんかしようと思ったのか、分からないけど。相手の女がくみしやすしと思ったんじゃないかな」

「青葉の会社のバックについてるのは？」

「斎木《さいき》興業」

「二条会《にじょうかい》の系列か」二条会は広域暴力団の傘下組織であり、長浦一帯をテリトリーにしている。

「ああ」

「斎木興業は、シャブの方はどうなんだ？」

「そういう話はないでもないけど、詳しくは知らないぜ……何を考えてる？」

「マッチポンプだよ。例えばそのホステスにシャブを都合して、自分のところで金を借りるように仕向けた、とかね。斎木興業の中でぐるぐる金が回ってるだけ、という構図だ」

「なるほどね」倉田がおもちゃのようなフォークでケーキの残りを突《つつ》いた。澤村の描いた構図を検討している様子だった。

「この件、表沙汰《おもてざた》にはなってないんだな？　この事件の捜査本部の耳にも入っていない？」

「だと思うぜ。おたくの捜査本部は、俺たちには接触してきてないからね。あんたが初めてだ」

どういうことだ？　捜査本部は、青葉の背景について徹底して調べたはずである。手を抜いていたのか、根本的な捜査能力の欠如なのか……そもそも倉田に誰も接触していないのもおかしな話である。後で浅羽に確認すること、と頭の中にメモした。

「この程度の情報しかなくて申し訳ないね」それほど悪びれた様子もなく、倉田が言った。

「いや……とにかく調べてみる。そのホステスの名前と住所、分かるか？」

「つまり、捜査本部はお前に連絡もしてこなかったわけか？　手抜きじゃないか」澤村は電話の向こうの浅羽に憤りをぶつけた。彼は何も悪くないと分かっていたのだが、怒りの持って行き場がない。

「どういうことかは分からないけど、暴対課には何の連絡もなかったな」浅羽がしれっとして言った。

「それが手抜きなんだよ。お前みたいな情報通の協力があれば、倉田のような男にも早く接触できたはずなのに」

「協力要請してきても、従わなかったかもしれない」電話の向こうで浅羽がにやりと笑う様が想像できた。「捜査本部ができると、とにかく事件解決だけが目的になっちまうから。そのせいで、こっちの畑を荒らされたらたまらないよ」

「それは……」ふざけるな、と怒鳴り散らしたかった。殺人ほど重い犯罪はない。それを解決するためなら、ネタ元の一人や二人を失うぐらい、何でもないはずだ――いや、それも傲慢《ごうまん》な考えかもしれないが。一課の刑事には一課の刑事の、暴対の刑事には暴対の刑事の、それぞれの目的と矜持《きょうじ》がある。どちらが正しいというわけではない。

「お前が何を考えてるかは分かるけど、俺の飯の種を奪わないで欲しいな」

「分かってる」

「だったら、後は静かにやってくれよ」

「ああ」

「何か、いい手がかりはあったのか」

「これから当たりにいく」

「そうか」浅羽が言葉を切った。「上手《うま》くやってくれよ。どうも俺は、今回の事件では……むず痒《がゆ》い」

「何だ、その変な感想は」

「自分でも分からないんだけどな。連続殺人は、異常な事件だ。普通、刑事が感じるのは怒りと恐怖じゃないかな。あとは焦りとか。だけど何というか……今回は、茶化されてるような感じがする」

「犯人が警察をからかってるって言いたいのか」

「からかってるというか、何だろう……俺たちの力を試してる？」

「そんな馬鹿な犯人がいるかよ」

笑って否定しながらも、澤村は一抹の不安を隠しきれなかった。自分も同じように考えていた。ということは、この見方もあながち突拍子もないものと片づけられないのではないか。

◇

「ほう、捜査本部は大荒れなのか」

「荒れてるわけじゃない。一人、勝手に大騒ぎした人間がいただけだ」

「澤村か……確かにあいつは、そういうタイプの男ではあるな」

「まったく、手に負えん」

相手が延々と愚痴を零《こぼ》し始めた。気持ちの小さい人間だ、と内心で吐き捨てる。

「捜査本部から外れて謹慎、ということか」愚痴を聞くのが面倒で、話をまとめた。

「ところが奴はまた、勝手に動き始めたんだ。有休を取ってるからな……正直言って、そこまでは追いきれない」

「それはそうだ。まあ、心配することはないんじゃないか。一人じゃ何もできないだろう。自尊心を満足させるために探偵ごっこをしてるんだろうが、警察はチームだからな。一人で勝手に動き回るのには限界がある」

「それならいいんだが、奴は妙に勘が鋭いからな。勝手に突っこんで、それで何か手がかりでも摑まれたら、こっちの面子《メンツ》は丸潰《まるつぶ》れだ」

「面子で仕事するような人間じゃないだろうが、お前は」

「いろいろ考えるんだよ、こういう立場になると」

「それは大変だ」電話を握る左手がじっとりと汗で濡《ぬ》れる。冷房はないが窓を開けるわけにもいかず、ひたすら気合いで暑さをねじ伏せるしかなかった。並の人間ならとうに観念して、この場所を放棄していたかもしれない。だが俺は違う。目的のためなら、どんな辛《つら》いことでも乗り越えられる。

「とにかく、毎日胃が痛い」

「そんなに困ってるなら、奴を無理矢理捕まえて拘束しておけばいいじゃないか」

「そんなことに割く人手はないんだ」相手が深い溜息《ためいき》をついた。「まったく、犯人だけじゃなくて身内の心配もしなくちゃいかんとはね。いっそ馘《くび》にできればいいんだが、あれは一課長のお気に入りだから」

「お気に入りというのとは違うんじゃないか」思わず反論した。

「お前、あいつのことはよく知らないんじゃないのか」

「いや、知らないわけでもないんだ。案外昔から、あいつのことは見てるんだよ。特に課長との関係はよく知ってる。あんな事件を一緒に経験したとなったら、特別な感情で結びついてもおかしくはないだろうな。それを贔屓《ひいき》と考える人間もいるだろうが、間違ってるぞ」

「そうかね」相手はあくまで不満そうだった。好き勝手なことをしている部下と、それを庇《かば》う上司の間で板挟みになっているのは間違いない。

「そうだよ。ああいうことは、滅多に経験するものじゃない。人格そのものが変わる衝撃だと言っていいだろうな。だから、憶測で物を言わない方がいい」

「随分庇うじゃないか」露骨に不満そうな口調だった。

「俺は利害関係がないから、客観的に見ているだけだ。とにかく、あまり貶《おとし》めない方がいい。それに、あの男が優秀なのは間違いないんだから」

「……まあ、確かに実績はあるな」いかにも不満そうだった。「ただ俺は、あいつのやり方が気に食わない。あいつのやり方は、警察の存在の否定にもなりかねない」

「それは単に、嫉妬《しっと》してるだけじゃないのか？」少しからかってやろう、という気持ちが芽生える。「お前みたいに規則と前例でがんじがらめになっている人間からすれば、自由奔放に動く人間は羨《うらや》ましくてたまらんだろう。個人的な感情で、優秀な刑事を潰しちゃいかんよ」

「お前は責任がないから、そういうことを言えるんだよ。あんな男を部下に持ってみろ。たまらんぞ」

「残念だな」声を上げて笑ってやった。「俺はもう、そういう立場じゃない。せいぜい悩んでくれ。愚痴ならいくらでも聞いてやるから、ありがたく思えよ」

「煩《うるさ》い」

「まあまあ、冷静に」

電話を切り、煙草をくわえる。ライターを手で覆って炎を隠し、火を移した。小さな炎の揺らめきでも、外から眺めた時には部屋が燃えているように見えかねない。

澤村か……興味深い。この一件において、唯一の不確定要素になる可能性もある。今のところは、この煙草の火ほども危険ではないが。リスク管理。それは常に俺のテーマだ。一度失敗しているからこそ、二度とヘマはできないのだ、と頭に叩《たた》きこむ。

それにしても——澤村。お前は鏡に映した俺のようではないか。

お前の目の鋭さはよく知っているし、県警の連中がある程度評価を与えているのも無視できない。警察の人事は、常に観察・評価・処遇という流れで動いているのだ。自分が仕事のできる人間であるかどうかはともかく、観察眼だけは確かな人間が多い。

少し調べてみる必要があるな。奴の動きに注意、だ。計画は間もなく次のステップに入る。そこから先、一気にフィナーレへなだれこむためには、不確定要素はできるだけ排除しておかねばならない。多少のリスクを冒すことになっても。

4

野沢玲子《のざわれいこ》か。

澤村は、外出のためにマンションのドアを閉める玲子の姿を視界に捉《とら》えた。太腿《ふともも》が半分以上見えているミニのワンピース。長さは適切だが、生地が余っている。ジャストサイズの物を買ったはずが、その後痩《や》せてしまった、という感じだ。背はそれなりに高いのだが、背中は丸まっており、いかにも不健康そうに見える。

彼女のマンションの外廊下は、澤村が今立っている電柱の陰から丸見えである。玲子がドアから離れてのろのろと歩き出すのを見て、澤村はすぐに行動に移った。ホールに移動し、エレベーターが降りてくるのを待つ。ドアが開いた瞬間、両手を大きく広げて立ちはだかった。ぼんやりしていた玲子もさすがに気づき、澤村の顔を見て恐怖の表情を浮かべる。逃げ場のないエレベーターの中で必死に後ずさると、奥の鏡に背中がぶつかった。

「借金取りじゃない。警察だ」

低い声で告げたが、玲子の表情に変化はなかった。まさか、現実と妄想の区別がつかないほどに脳が汚染されてしまったのか？　だとしたら、この女は役に立たない。澤村はエレベーターの中に踏みこみ、玲子の左腕を摑《つか》んだ。手首は澤村の指が一周して楽に余るほど細く、全体に骨ばっている。引っ張ると、足を踏ん張って抵抗しようとしたが、澤村はまったく負荷を感じなかった。体重は四十キロにも満たないだろう。

本来綺麗《きれい》な顔立ちなのだろうが、あまりにも化粧が濃過ぎて、仮面を被《かぶ》っているように見えた。顔はほっそりして――し過ぎている。無駄な肉を全て削《そ》ぎ落としてしまったうえに、頰骨を高く見せる化粧のせいもあって、骸骨《がいこつ》に直《じか》に皮膚が張りついたようにも見えた。

澤村は摑んだ左手首を捻《ひね》って裏返した。肘《ひじ》の辺りに小さな瘢痕《はんこん》が二つ、三つと確認できる。あぶりでは間に合わず、注射の段階に進んでいたようだ。

「何……よ」玲子の目に怯《おび》えが走った。

「あのな、君は接客業だろう？　だったら長袖《ながそで》の服を着ろよ。シャブの注射跡を見たら、客が引くぜ」

「何もやってないよ」

「そんなことは調べればすぐ分かる」

「やだ」

抵抗してその場に座りこもうとしたが、澤村が少し力を入れると、腰を下ろすことすらできない。どれだけ軽いのだろうと改めて驚いた。

「別にシャブの件で話が聴きたいわけじゃない。俺はそっちの担当じゃないから」

「本当？」

「ああ」もっと悪い話かもしれないが、と皮肉に思う。ずっと手首を摑んでいたので白く血の気が引いた指先を見た。細い。こんな体重の軽い女に、ああいう殺し方――ナイフを首筋に突き立てるのは無理だろう。「とにかく、ここじゃ話ができない。俺の車へ行こう」

「これから仕事なんだけど」澤村の手にすがりつくようにして姿勢を立て直しながら、玲子がだるそうに語尾を伸ばして言った。

「終わったら店まで送ってやるよ」

「終わるの？」

「君が素直に話してくれれば、ね」

玲子がこくりとうなずいた。警察とのやり取りに慣れているのか、判断力が既になくなっているのか……最初は抵抗したが、すぐに妙に素直になってしまったのが気になった。マンションを出た後も、逃げられないように左腕を掴んだままにする。自分の車を停めた場所まで戻ると、先に後部座席に押しこめ、自分は出口を塞《ふさ》ぐように隣に座った。左側は民家の塀で、ドアが開かないほど接近して停めている。

むっとするような化粧の臭いが鼻についた。この手の人工的な臭いはどうも苦手なのだが、窓を開けるわけにもいかず、澤村は頭痛を覚悟した。車内には、先ほどまで利かせていたエアコンの冷気がまだ残っていたが、二人座っているので、間もなく暑苦しくなってしまうだろう。

「キャバクラだって?」

「そう」

「中出駅前の『レッドハウス』だな?」

「そう」

「そこ、長いのか」

「忘れた」

「おい——」

「そんなこと、一々覚えてないから」

不貞腐《ふてくさ》れたように頬を膨らませる。そうすると少し幼く見えるのだが、それでも疲れた表情に変わりはなかった。

「シャブはいつから使ってるんだ」

「関係ないって言ったじゃない」玲子の顔が青褪《あおざ》める。

「話の流れだ。一々腰を折らないでくれないか」

「……二年ぐらい前。もうちょっと前かな」

「何でまた、そんなものに手を出したんだよ」

「痩せたかったから」

「ああ」むき出しの細い腕を眺める——焼死体の腕を見るようなものだった。脂肪が溶け、筋肉が焼け焦げて萎縮《いしゅく》した焼死体の体は、ほとんど骨と皮のようになる。ただし色は真っ黒だ。

「私、六十キロもあったんだよ」

「その分背も高い」ピンヒールの靴を除いても、百六十センチは優に超えている。

「デブのキャバ嬢なんか、誰も相手にしないから」

「それで痩せようと思ったのか」

「お客さんがつかないと、お金にならないでしょう。そんなの、当たり前じゃん」

「分かった、分かった。それでシャブに手を出して……効果はあったんだな」

「二十キロ、痩せたから」玲子が笑みを浮かべたが、ひどく不健康そうで、化粧の不自然さだけが目立った。

「それは痩せ過ぎだぜ」

「だけど、ちゃんとお客もつくようになったし」

シャブの最大の効果——効果と言っていいかどうかは分からないが——がこれだ。薬が効いている状態では食欲が失《う》せてしまうので、ダイエットに最適。売人どもが女性に近づく際の決まり文句だ。どういうわけか、女性という生き物は、どんなに痩せていても痩せ過ぎとは思わないらしい。

「シャブはどこから手に入れてたんだ？」

「そんなの、言いたくないよ」玲子が左側のドアに手をかけ、思い切り押し開ける。塀にあたってがつん、という音が響いた。クソ、新車ではないが人の車に傷をつけるな。

「よせ」

「やだ」

「ガキじゃないんだから、馬鹿なことはやめろ」澤村は彼女の前を過《よぎ》るようにしてドアを閉めた。体が触れたが、性的興奮を呼び起こすような肉感はまったくなかった。「逃げる必要はないんだって。あくまで話の流れなんだから」

「本当に……」

「ああ、心配するな。とにかく薬のせいで、金が必要になったんだな？」徐々に本題へ。玲子が小さくうなずくのを見て続ける。「そのために闇金に手を出したわけか」

「だって、他は貸してくれないから」

「そうだな。それじゃ、ああいうところへ行くのも仕方ない」何で俺が調子を合わせないといけないんだ、と苛立《いらだ》ちながら澤村は続けた。俺には薬物関係の捜査は無理だろう。「その闇金は誰かの紹介だったのか？」

「それは……」

「青葉だな？」

こくりと玲子がうなずく。目が死んでいた。

「なるほど」彼女は包囲されていたのではないか、という疑惑が蘇《よみがえ》る。一人の女性から徹底的にむしり取ってやろうというのが、青葉の狙いだったはずだ。「それで、青葉との関係はどうなんだ」

「やだ」急に声が強張《こわば》る。

「おい」

「やだ！」叫んで、玲子が両耳を塞ぐ。そのままドアに体を押しつけ、小刻みに肩を震わせる。

「落ち着け！　まだ何も話してないぞ」

「やだ！」

こうなると本当に子ども同然だ。むき出しの腕が汗ばみ、こめかみの辺りにも汗が浮いているのを確認する。車内はまだそれほど暑くなっていないのだが……こいつは今でもシャブを使っている。焦りや恐怖だけでは、ここまで汗はかかないものだ。むっとする体臭と化粧の臭いが混じり、澤村はかすかな吐き気を覚えた。

「あのな、そろそろシャブを抜いた方がいいぞ」

「何もしてないもん」

「自分でやってるっていったじゃないか」

「何もしてないって。しつこいな」急に怒りを露《あらわ》にして突っかかってくる。強気と弱気が瞬時に入れ替わる態度も、シャブ中に特有のものだ。

「青葉が殺されたのは知ってるだろう」

うつむき、綺麗《きれい》にマニキュアが施された指先を弄《いじ》る。今度はだんまりか。

「青葉は、お前さんを脅してたそうだな。カツアゲされたって聞いてるぞ」

「知らない」

「分かってるんだよ。否定しても時間の無駄だ」大袈裟《おおげさ》に溜息《ためいき》をついてやった。「お前さんは借金の払いを延ばしてもらう代わりに、奴に金を渡した。非公式の利子みたいなものだろう？　その金はどうしたんだ」

「……他で借りた」

澤村は思わず額を揉《も》んだ。じんわりと頭痛が忍び寄ってくる。この娘は既に、抜け出せない負の連鎖に入りこんでしまっている。

「その件で、青葉のことをどう思った」

「どうって……」

「奴はただのチンピラだぞ。そんな奴に脅かされて、何で金を払ったんだ」

「だって、ばらすって言うから」

「シャブのことを？」

「お店に知られたら、辞めさせられちゃうよ。他の店にも行けないし」

「そうか……お前さん、青葉を殺してないだろうな」

「何で私が？」はっと顔を上げ、澤村を睨《にら》みつける。

「カツアゲは一度だけだったのか？　何度もそんなことがあったら借金もかさむし、逃げ出せなくなる。青葉を殺せば、少なくとも悩みの一部は減るはずだよな」

「何もしてないよ、私は」澤村が本気で聴いていると悟ったのか、怯《おび》えた目を逸《そ》らして言った。

「俺がそれを信じられる理由はあるのか？」

「ねえ、どうしたら見逃してくれる？」

「青葉を殺していたら、絶対に見逃さない」

「何もやってないって。信じてよ。確かに青葉は最低の馬鹿だったけど、私が殺せるわけ、ないじゃん」

「最低の野郎なら、殺してやろうと思ってもおかしくないんじゃないか。人間、その気になれば何でもできるもんだぜ」

「私はやってないよ」

玲子が澤村の二の腕を摑《つか》んで訴えた。握力は乏しいのだが、細い指先が食いこむと、かすかな痛みが走る。そのまま身を寄せ、澤村の目を真っ直ぐ覗《のぞ》きこんできた。

「どうしたら信じてくれる？　何でも言うこと聞くよ？」

澤村はゆっくりと玲子の手を振りほどいた。さほど力はいらなかった。目の前の女は転落一歩手前で、そこから逃げようとする努力も見せない。急に憐《あわ》れみを覚えた。

「店に送るよ」

「これで終わり？」

「ああ」

ほっとしたように、玲子がシートに体を預ける。目はぼんやりと前を見ているだけだった。実際には何かを見ているわけではないだろう。

「じゃあお願いね、運転手さん」冗談のつもりで言ったのだろうが、その顔には一切笑みはなかった。

玲子を店に送り届けた後、澤村は「レッドハウス」の裏手に回った。ゴミ捨て場が近くにあるせいで、饐《す》えた臭いが熱気で増幅され、立っているだけで頭痛がひどくなってくる。七時。店は開いたばかりだが、既に客は入っているだろう。煙草でも吸えればな、とふと思った。自分の体に毒の煙を入れれば、この臭いも我慢できるかもしれない。

悪臭と頭痛に耐えながら三十分ほど待っていると、若い黒服が出て来た。煙草休憩のようだ。細長い煙草をくわえると、ほっとしたように煙を吹き上げる。澤村は狭い道路を渡って、男に声をかけた。濃い茶色に染めてソフトモヒカン――随分前に流行《はや》った髪形だ――にした髪が、街灯の灯《あか》りを受けて艶々《つやつや》と光っている。無言で近づき、眼前にバッジを示す。

「警察だ」

「何ですか、いったい」バッジを見詰める顔に、怪訝《けげん》そうな表情が浮かぶ。

「店長、いるかな」

「用事があるなら、表から入ればいいじゃないですか」

「そうもいかないんだ。中に知り合いがいるんでね。顔を見られたくない」

「何すか、それ」

「いいから呼んでくれ。妙な真似はするなよ」

店員が澤村の目を真っ直ぐ覗きこんだ。抵抗しても無駄だと悟ったようで、すぐに店内に引っこむ。ドアが開いた瞬間、単調なビートの音楽が漏れてきた。どうもこの手の曲には、人の感覚を麻痺《まひ》させる効果があるようだ。一瞬聴いただけなのに、頭が痺《しび》れるようだった。

五分ほどして、ブラックスーツを着た男が店から出て来た。ネクタイはなしで、ワイシャツのボタンを二つ外している。首元にシルバーのネックレスが覗いていた。よく日焼けしているが、いかにも人工的に作ったもので、街灯の下では健康的には見えない。

「あんたが店長?」

「そうですけど、何ですか」二十代の後半か三十代前半だろう。目を細めて、精一杯迫力ある表情を作ろうとしていた。

「ちょっと率直に話をさせてもらえないかな」

「何なんですか、それ」率直の意味すら把握できていない様子だった。

「あんた、青葉亘って男、知ってるよな」

「誰です?」

「惚《とぼ》けるなよ。射殺された男だ。ここのところ、長浦では有名人の一人だ」

相手がかすかにうなずいた。表情は引き締まり、角度によっては引き攣《つ》っているようにも見える。

「そいつが、おたくの店の女の子にちょっかいを出していたんだ」

「分かってますよ。これ、続きなんでしょう?」店長が溜息を漏らした。

「続き?」

「惚けないで下さい」店長の顔が皮肉に歪《ゆが》んだ。「前も、別の刑事さんに同じような話を聴かれたらしいんですよね。だけどどうしてまた、今になって?」

「ちょっと待ってくれ」澤村は少しだけ間合いを詰めた。向こうは壁を背にしているから逃げ場はない。「どういう意味なんだ? 俺の他にも誰か刑事が来たのか」

「らしいですよ。俺はその頃、この店にいなかったから、詳しいことは知らないけど。

前任者から話だけは聞いてます。警察から目をつけられるとまずいからね」

「相手の名前は？」

「さあ。俺は知りません」

「その刑事は、女の子たちを個別撃破していたのか？」

「らしいですね。警察としては普通のやり方かもしれないけど、こっちとしてはたまらないですよ。営業妨害じゃないですか」

店長――態度をやや軟化させて「田部《たなべ》」の名前が入った名刺を渡してくれた――の説明を再構築すると、状況がある程度分かってきた。一年ほど前、一人の刑事が最初は身分を隠して店に入りこみ、女の子たちに探りを入れていたらしい。話題はシャブと、青葉という男。女の子たちから抗議を受けて、店側は刑事に抗議したのだが、まったく取り合わなかった。だがそのうち刑事は、急に店に来なくなった。結局何がしたかったのかは、今も分からないままである。

「青葉が店の子たちを脅していたの、あんたは知ってるんですか」

「まあ、話は聞いてます」

「女の子の誰かが、青葉を殺したとは考えられない？」

「まさか」

「全員のアリバイを調べることもできるんだけど」

「それはないです」田部が断言した。やけに自信たっぷりで、こちらを馬鹿にしたような態度が透けて見える。

「どうしてそう言える？」

「事件の起きた日は、二泊で慰安旅行だったんですよ」

「慰安旅行？　キャバクラが？　そんな話、聞いたことがないな」

「従業員の福利厚生ですよ。それぐらいしないと、ね。女の子を使う商売は、いろいろ気を遣うんです」

「しかし、旅行先から抜け出して——」

「京都だったんですよ」田部の顔に、さらに嫌らしい笑みが浮かんだ。「いくら何でも、途中で抜け出して長浦まで戻って来て人を殺すなんて……無理でしょう」

「車を使えばできないこともない」

「理屈ではね。でも、かなりこじつけっぽいですね」

「もう少しはっきり調べてくれないか」

「調べることはできますけど、時間の無駄ですよ。それぐらい、信じてくれてもいいでしょう」

一瞬浮かんだ可能性が、どんどん薄れていく。

「最近、青葉は店には顔を出さなかったのか」

「そのようですね。俺の前任者時代の話ですから、随分古いですよ」

「その前任者に会えないかな」

「まあ、会えないでもないけど……金がかかるかなあ」

「というと？」

「うちと同じ系列なんですけど、今、『ロゴス』っていう会員制の店にいるんで。刑事さんの給料じゃ簡単には入れませんよ」田部がかすかに鼻を鳴らした。

「金を払うつもりはない。こっちは仕事なんだ。バッジを見せれば一発さ。それに、別に店に入らなくても会える。あんたが話を通してくれればいい」

「面倒なことになると困るんですけどね」田部がゆるりと顎《あご》を撫《な》でた。難しい話ではないはずだ。ただ、恩を売ってこちらに対して優位に立とうとしている。

「面倒なことにはならない。あんたが素直に協力してくれれば」

「弱ったな……」田部が頭を掻《か》いた。

「何が？」

「苦手なんですよ、彼は」

「苦手とか何とか言ってる場合じゃないぞ。さっさと捜査を進めないと、次の犠牲者が出るかもしれないんだ」

「まただ」冗談めかして言いながら、田部の顔が青褪《あおざ》めた。

「そうなったら俺は、あんたが協力してくれなかったからだ、と上に報告せざるを得なくなる。そうしたらいろいろ厄介なことになるだろうな。あんたも、上の人間に対して顔が立たなくなるんじゃないか」

「分かった、分かりましたよ」田部が顔の前で手を振る。「ひどい人だな。強引ですね」

「警察は、いつでも強引なんだよ」澤村は手帳を広げた。「で、あんたの前任者の名前と携帯電話の番号は？」


「ロゴス」の店長、相馬《そうま》の携帯電話はつながらなかった。店を開けている時間帯は電源を切っているのかもしれない。しかも店には電話がないという。怪しい。どう考えても「会員制クラブ」ではなく「秘密クラブ」だ。直接店を訪ねることにして、国道を使って長浦方面へ向かった。行き先は長浦最大の繁華街、元北町《もときたちょう》。長浦には東京の銀座のように「高級な繁華街」というものはないが、元北町は独特のお洒落《しゃれ》な雰囲気を持った街だ。最近は音楽を聴かせるクラブなどが元気で、若者の姿が目立つようになっている。

田部と別れて一時間後、ようやく元北町の外れに着いた。コイン式の駐車場に車を入れ、人波に逆らうように歩き出す。平日の夜だがまだ人出は多く、真っ直ぐ歩けないほどだった。昼間の熱はなお引かず、早足で歩いているとすぐに汗が滲《にじ》み出てくる。

電話が鳴り出した。初美。何の用だか知らないが、お節介なことこの上ない。広い横断歩道を渡りきり、ビルの陰に入って通話ボタンを押す。交差点の騒音から、少しだけ逃れることができた。

「何かな？」

「何ですか、それ。いきなりそういう応対は、社会人らしくないですよ」初めて会ってからさほど時間は経っていないのに、初美はひどく図々《ずうずう》しくなっている。

「いや……俺に用事なんかないだろう」

「私も個人的にはないです」

「だったらどうして電話してきた」

「監視、ですかね」

「誰に頼まれた」冗談や洒落とは思えない。澤村は一気に警戒レベルを引き上げた。

「西浦管理官に決まってるじゃないですか。他にこんなこと言い出す人、いるわけないでしょう」短期間に、彼女も西浦に対する評価を下げたようだ。

「何やってるんだ、あのオッサンは」澤村は舌打ちをした。「用事があるなら自分で電話してくればいいのに」

「怖いんじゃないですか」

「怖いって、俺が？」

「他に誰がいるんですか」

「君も、こんな下らない命令、断ればいいのに」

「私は澤村さんとは違います……とにかく、言われた仕事をしていいですか？」

「どうぞ」

「今、どこにいます？」

「元北町」

「何をやってるんですか」

「飯だよ、飯。休みなんだから、好きな場所で飯ぐらい食っても、文句を言われる筋合いはない」

「一人ですか」

「おいおい、真面目に尋問してるのか？　西浦さんに言われたことなんか、適当にやっておけよ」

「そうもいかないでしょう。もう、こっちだって忙しいのに……」

「毎日、朝晩こうやって電話してくるつもりか？」

「一応、アリバイは作らないと。通話記録も残りますから」

「ひどい話だ。そんなことをする暇があったら仕事をすべきじゃないか」

澤村はビルの壁に背中を預けた。どっと疲れが襲い、汗が額を伝う。近くを流れる川を渡ってくる風も生暖かく、暑さを軽減してはくれなかった。それに、この川は基本的に汚れたどぶ川なのだ。澤村が子どもの頃から、発する悪臭は変わっていない。元北町のお洒落な雰囲気とはまったく合っていなかった。

「なあ、拒否はできないと思うけど、適当にやっておけよ。だいたい、馬鹿らしいと思わないか？」

「思いますけど、逆らえないじゃないですか」

「いいんだよ、放っておけば……嘘を言っても、向こうは裏までは取らないから。正直言って、こんな風に痛くもない腹を探られるのは、こっちだってたまらないんだぜ」

「本当に痛くないんですか」

「君まで疑うのか」

「澤村さんのことですから。ただじゃ済まないでしょう」

「勘弁してくれよ」話しながら歩き出した。元北町は東西に細長く、車を停めた場所から「ロゴス」までは結構距離がある。「俺のことを何だと思ってるんだ」

「そんなこと、言っていいんですか」

「いや」言葉を切り、唾《つば》を呑《の》む。「やめておこう」

「それじゃ、元北町で食事中ということでいいですね」

「さっき言った通りだよ。とにかく俺は、有休消化中だ」

「本当に？」

「おい——」電話は既に切れていた。まったく、先輩を疑うとはどういうつもりだ。憤慨しながら、もう少しきちんと協力しておくべきだったかもしれない、と悔いたがもう遅い。彼女の中で自分は、「危険人物」として認識されているのだろう。

元北町は、東西二ブロックの狭い区域で、真ん中をメインストリートが南北に貫いている。北側は例のどぶ川、南側は丘の上に広がる住宅地に挟まれた、非常に細長い繁華街だ。既にブティックなどは閉店している時間で、これからの時間帯はメインストリートではなく、裏道にある飲食店が中心に賑《にぎ》わっていく。空腹を覚えながら歩き続け、住宅街へ上がる坂道に足を踏み入れる。一分ほど坂を上がっていくと、目当ての「ロゴス」に辿《たど》り着いた。雑居ビルの地下一階。階段の出入り口に小さな看板がかかっているだけで、よほど気をつけていないと見逃してしまいそうだった。階段を覗《のぞ》きこむと、シンプルな木製のベージュのドアが目につく。高級感はさほど感じられなかったが、「会員制」という言葉が引っかかる。ノックして、まともにドアを開けてくれるだろうか。階段に一歩足をかけたところで立ち止まって躊躇《ちゅうちょ》しているうちに、ドアが開いた。

顔が覗く。田部と同じぐらいの年齢に見える、小柄な男。疑わしげに澤村を見上げていたが、やがてゆっくりと階段を上がって来た。上まで辿り着かないうちに「澤村さん?」と声をかけてくる。声は穏やかで深みがあった。

最初の出会いとしては悪くない、と思いながら、澤村はうなずいた。本格的な戦闘開始だ。ここから糸がつながれば……甘い期待は持つな、と自分に言い聞かせる。

5

「どこか、落ち着いて話ができるところはないんですか」澤村は店内をぐるりと見回した。会員制クラブ、しかも電話もない店だというからどれほど怪しい雰囲気かと身構えていたのだが、どうも早とちり——というより田部が正しい情報を与えなかったようだ。

まず、接客の女性が一人もいない。落ち着いた照明が店内を満たし、全体に清潔で事務的な雰囲気を醸し出している。BGMは、ほとんど聞き取れないほど低い音量で流れるピアノのクラシック。客は数えるほどしかいなかったし、どのテーブルにもアルコールは出ていないようだった。どうやら、外に漏れずに話ができる場所、という意味での「会員制」を謳《うた》っているようだった。客同士は顔をくっつけるようにして、極めて真面目な顔つきで話し合っている。どう考えても商談——少し怪しい金儲《かねもう》けなのだろうが——の雰囲気だった。それでも一角のソファに腰を下ろして、というわけにはいかない。

「裏に行きますか」相馬が申し出た。

「事務所？」

「ええ」

「そこで結構です」

「では、どうぞ」うなずき、相馬が店の奥に澤村を案内した。一見壁にしか見えないが、細い継ぎ目があるのでドアだと知れる。相馬がそっと押すと、音も立てずにゆっくりと開いた。

店内の落ち着いた雰囲気とは裏腹に、事務所は冷たく素っ気無い場所で、スチールのデスクが二つ、それに使い古された応接セットがあるだけだった。煙草の香りがかすかに漂っている。相馬は澤村にソファを勧めると、すぐに煙草をくわえた。火を点《つ》け、立ち上がる煙を目で追う。しばらくその場で立ち尽くしていたが、どこかで誰かが合図を出したように動き出して、澤村の向かいのソファに座った。

澤村は相馬の恰好《かっこう》を素早く観察した。柔らかそうな素材のブラックスーツに白いワイシャツ、薄い紫色のネクタイと同色のポケットチーフ。足元は磨き上げられた黒のセミブローグだ。水商売の人間という感じはしない。

「連絡がありましたよ」

「田部さんから？」

「ええ。いきなり古い話を持ち出すんですからね……びっくりしました」

「びっくりするような話なんですか？」

「忘れてましたから」軽く肩をすくめる。

警察慣れしている、少なくとも度胸は据わっていると澤村は踏んだ。脅しが通用しそうな相手ではない。ここは正面から素直に協力を求めるべきだ。

「青葉亘という男について調べています」

「殺された男、ですね」

「そう」

相馬が顔の周囲に煙草で煙幕を張った。表情が隠れたが、気にせず質問を続ける。

「あなたが前の店——レッドハウスにいた時に、青葉が店の女の子たちにちょっかいを出してきた」

「あれはね、最初は客として来てたんですよ。こっちの筋の人でしょう？」人差し指を頬に滑らせる。「最初見た時に分かりましたよ」

「追い出すわけにはいかなかったんですか」

「筋者だからって、それだけでは、ね。うちも境界線上の商売なんだから」

「おたくが暴力団とつながってるという話は聞いてない」澤村はわざと言葉遣いをラフに切り替えた。

「基本的に健全経営を目指してますからね」相馬が手を振って、顔の周りの煙を追い払った。

「野沢玲子」

「ああ、エリカちゃん」

「それが源氏名ですか」

「そう……あの子も弱いのよ」急にくだけた口調になって相馬が身を乗り出した。大きな灰皿に煙草を置き、両手を組み合わせる。

「シャブに手を出していたことは知ってたのか」

「直接問い質《ただ》したことはないけどね」

「店の責任者としてまずいんじゃないか、そういうのは」

「警察の人は、そう言わざるを得ないでしょうね」相馬が少しだけ唇を歪《ゆが》めた。

「警察云々《うんぬん》じゃなくて、従業員の管理の問題としても」

「あの業界も、女の子たちの競争は激しくてね。どうして客を引っ張ろうかって、皆必死に考えてるんですよ。自分に客がつかないのをライバルのせいにする子もいるし、自分が悪いと考えちゃう子もいる。エリカちゃんの場合は、自分のせいだと思ってたんだね」相馬の口調は淡々としていた。

「太り過ぎを気にしてたようだけど」澤村は両頰をつまんで見せた。

「会いました？」

「ああ。今は痩《や》せ過ぎを心配しなくちゃいけない体形だな」

「昔だって、別に太ってなかったですよ。ちょっとふくよかって感じでね。そういう女の子が好きな男もいるわけで、彼女もそこそこ人気があったのよ」

「でも本人は、それで満足できなかった」

「そうそう。痩せてからの方が、確かに客は増えたけどね」相馬が煙草を取り上げ、口元に持っていく。「しかし、シャブやっちゃいかんですよね。お客さんだって、様子がおかしいのには気づくし」

「何で馘《くび》にしなかったんだ？　治療を受けさせる手もあっただろう」

「その頃には結構客もついてたからね。うちとしても、ドル箱の女の子を簡単に辞めさせるわけにはいかなかったんですよ。まあ、問題なのは分かってましたよ。でも、あなた、そんな細かい問題で突っこみたくてうちに来たわけじゃないでしょう」

「担当も違うから」

「そうね。田部からもそう聞いてます」

「青葉の話だけど」澤村は話を引き戻した。

「あれは、相当なワルよ」相馬が小さく笑った。

「チンピラレベルだって聞いてるんだが」

「そんなことないって」火の点いたままの煙草を顔の前で振った。「野心家だよ。金の作り方をよく知ってる」

「彼女——野沢玲子にシャブを勧めたのは青葉だったんだろう？」

「どうも、そうらしいのよね」相馬が顔をしかめて、煙草を灰皿に押しつけた。「要するにマッチポンプ。女の子にシャブを勧めて、それを買うための金を自分の会社から貸しつけて……がんじがらめですよ。世の中には悪い奴がいるもんだ」

「本当に、何とかしようとは思わなかったんですか」かすかな憤りを覚えながら、澤村は訊《たず》ねた。

「それがあの男は、上手《うま》いタイミングで引き際を心得ててね。なかなか尻尾《しっぽ》をつかませなかった」

「警察には相談しなかった？」

「女の子がシャブ漬けになってるって？」呆《あき》れたように相馬が両腕を広げた。「冗談じゃない。そんなことしたら、店そのものに影響が出るじゃない」

「刑事が調べてたらしいな」

「ああ、でも、あれは中途半端に終わったんじゃないかな。俺の感触では、正式な捜査という感じでもなかったし。個人的にいろいろ嗅《か》ぎ回っていただけじゃないかな。警察の人の言葉で言えば、内偵ってことじゃないんですか」

「その刑事の名前、分かりますか？」

「あれはね……ええと」相馬が額を揉《も》んだ。「結構前の話だから。俺も直接話したことは一回か二回しかないからね。結構ベテランに見えたな。あなたよりは随分年上だと思う。かなり乱暴な刑事さんでしたよ」

「乱暴？」

「うちの店がシャブの巣窟《そうくつ》だって決めつけててね。こっちの言うことなんか、最初から聞く耳持たないんだ」

生活安全課の連中だろうか。風俗関係は、基本的にあの部署の担当である。相馬が突然両手を叩《たた》き合わせた。

「ああ、思い出した。鬼塚《おにづか》だ」

「鬼塚？」

「そう。いかにも強そうな名前の刑事さんでしょう？」

鬼塚修平《しゅうへい》。その男なら知っている。県警においてはある意味伝説の名前であり、一度だけ澤村の人生と交錯したことがあった。

「何なんだよ、いったい」テーブルに着くなり、浅羽が文句を言った。夕方事情聴取に使った「懐旧堂」。ここなら美味《うま》いコーヒーを飲ませるから浅羽も機嫌よくなるだろうと思ったのだが、当てはすぐに外れた。

「悪いな。でも、仕事は終わったんだろう？」

「そうだよ。帰ろうと思ったらお前が電話してきたんじゃないか」わざとらしく肘《ひじ》を曲げて腕時計を覗《のぞ》きこむ。「早く帰らないと嫁に殺される」

「後で俺が謝っておくよ。難しい用件じゃない。鬼塚さんのことについて教えてくれないか」

「何でまた、辞めた人のことなんか」大袈裟《おおげさ》に浅羽が両手を投げ出した。

「その辺の事情、俺は詳しく知らないんだ。お前、あの人が辞めた時、北山《きたやま》署で一緒だっただろう」北山署は県の最北部にあるこぢんまりとした所轄である。

「まあ……」浅羽が下唇をつまんだ。「事件の方はともかく、鬼塚さんの一件は、できるだけ表に出ないようにしてたからな――あの頃、お前は臨海署にいたんだよな」

「ああ。だから鬼塚さんが辞めた件も、詳しい事情を知らないんだ。無責任な噂じゃなくて、しっかりした情報が欲しい」

「ちょっとその前に、コーヒーを注文させてくれ」

浅羽がメニューをさっと見て、嬉《うれ》しそうに目を細める。「ここはコナがあるんだ」とつぶやくように言った。

「コナ？」

「ハワイのコーヒー。甘味が強くて美味いんだ」

「この暑いのに、熱いコーヒーを飲むつもりかよ」

浅羽が澤村の前にあるアイスコーヒーを一瞥《いちべつ》した。

「アイスコーヒーが悪いとは言わないし、俺も好きだけど、コーヒーの本分はホットだ。熱いのを飲まないと、本当の味は分からないんだぜ」

「勝手にしてくれ。どうせ俺が金を出すんだから」

「それは当然だろう？」憤然と言って、浅羽が店員を呼んだ。コーヒーを注文してからお絞りで丁寧に両手を拭《ぬぐ》う。「しかし何で、鬼塚さんの話なんか聴きたいんだ？　お前がやってることと関係があるとは思えないが」

「ちょっとした疑問」

「食いついたら放さないからな、お前は」にやりと笑ってからすぐに真顔になる。「どこから話せばいい？」

「あの事件の概要は分かってるつもりだ。ただし、どうしてあんなことが起きたかは知らない」

「ポイントは、鬼塚さんがどうして上と揉めたか、だな？」

あの事件――「丑松《うしまつ》事件」と一般的に呼ばれている事件は、今のところ犯人不明のまま宙に浮いている。鬼塚が犯人に肉薄した、という噂は澤村も聞いていたが、真偽のほどは分からない。鬼塚が警察を辞めてしまい、その線での捜査は打ち切られたからだ。

事件が起きたのは去年の暮れ、霙《みぞれ》交じりの雨が降る日だった。一一〇番通報があったのは夜十一時過ぎで、単純に「喧嘩」という内容だった。だが所轄の制服組が駆けつけて発見したのは、死体だった。それも、全身を二十五か所滅多刺しにされた血塗《ちまみ》れの遺体。被害者の身元が割れた途端に大騒ぎになったのは、当然だった。被害者——丑松吾《ご》郎《ろう》は、地元選出の県議である。あまりにもむごたらしい殺し方に、怨恨《えんこん》の線で捜査が進められた。

その中心にいたのが、当時北山署刑事課の係長だった鬼塚である。鬼塚は現場の部隊を率いて、徹底して丑松の交友関係を洗い、その結果、複数の容疑者が浮かび上がった。

「一人が、丑松の秘書だった石田要《いしだかなめ》。もう一人が臼田早苗《うすださなえ》で、こいつは丑松の愛人だった。丑松の嫁も疑われたんだが、早い時期にアリバイが成立したんだよな」浅羽が指を折りながら言った。

「どういうアリバイだ？」

「旅行に行ってた。北海道だ」

そういえば玲子も、青葉が殺された時には京都へ慰安旅行へ行っていた、という話だった。奇妙な合致……関係があるとも思えないので、取り敢《あ》えず頭から押し出す。

「嫁さんが誰かに殺しを依頼したんじゃないか、という説も出たんだけどな」

「違ったのか」

「ああ。夫婦の間のトラブルといえば愛人問題だったんだけど、これは決着済みだった。丑松は、次の衆院選への出馬を狙っていたし、その件に関しては夫婦の足並みは一致していたから。大きな目標のためには、この程度のスキャンダルで離婚するわけにはいかなかった、ということなんだよ」

「理解できない世界だ」澤村は力なく首を振った。

「まあ、政治家なんて、俺たちとは発想が違うから」浅羽が皮肉っぽく言った。

「で、鬼塚さんはどの線を有力視してたんだ」

「石田要」

「秘書か」

「そう。石田はずっと丑松を支えてたんだけど、丑松の国政への転進を巡って揉めてたんだ。基本的に石田は『時期尚早』と言い続けていたらしい。丑松はそれを無視して、次の衆院選への出馬準備を進めていた。二人の間の軋轢《あつれき》は、相当高まってたようだ」

「だけど、石田に関しては詰め切れなかったわけだ」

「こっちもアリバイが成立してたてね。ちょっとあやふやなんだけど、突っこめるほどではなかった」

「愛人の線は？」

「身を引いたことになってる」浅羽が、右手を左から右へ払いのける仕草をした。

「なってる？　実際は？」

「失礼。間違いなく、もう無関係だ。夫婦愛強し、というよりも、夫婦の共通の利害関係の前では、愛人なんかちっぽけな存在だったということなんだろうな。臼田早苗は金を受け取ってるし」

「手切れ金か」

「そういうこと。一千万だぜ？　大したもんだろう」浅羽が力なく首を振った。コーヒーが運ばれてきたので口をつぐみ、店員の背中を見送ってから続けた。「散々楽しんで、最後に金を貰《もら》って。愛人業もいい商売じゃないか」

「商売じゃないだろう、それは……それで、鬼塚さんは？」

「そうそう、問題はそれだったな」浅羽がコーヒーを一口啜《すす》り、満足そうな笑みを零《こぼ》した。すぐに表情を引き締め、顔を上げる。「鬼塚さんは、石田の線を強く推していた。軋轢が殺意にまで発展してもおかしくない、と主張し続けたんだよ。石田は丑松よりも年上で——正確に言えば、元々は丑松の師匠筋に当たるベテラン県議の秘書だった。それが、丑松が初めて県議選に出る時に、レンタルされたわけだ。そういうことはよくあるんだけどね……それ以来ずっと、丑松と二人三脚でやってきた。それが急速に関係が悪化したわけで、石田としてはかなり鬱屈《うっくつ》したものがあったんだろうな。そういう緊張感が殺意に発展した、というのが鬼塚さんの読みだった」

「だけど、捜査本部はその線を選ばなかった」

「そういうこと。鬼塚さんは強引にシナリオを書き続けたんだけど、最後の最後で詰め切れなかったんだな。どうしても石田のアリバイを崩せなかった」

「それでお宮入りか」

「まだそう決まったわけじゃないだろうが。捜査本部は解散してないし、捜査は続いてる」むっとして浅羽が反論した。

「そういう公式見解はいいよ。実際はもう、犯人には辿《たど》り着けないだろうな」

「ああ……最初の段階で滑らせたのかもしれない。もしかしたら犯人は本当に、石田だったのかもな。その線を途中で投げ出した形になったから……それで鬼塚さんは切れたんだよ」

「その噂は聞いてるけど、実際にはどういうことだったんだ？」

「その件には俺も参加したんだ」寂しそうに笑って浅羽がワイシャツの袖《そで》をめくった。不自然に窪《くぼ》んだ穴が三か所、肘《ひじ》の上についているのが見える。

「何だよ、その傷」

「鬼塚さんに嚙《か》まれた」

「まさか」澤村は鼻で笑おうとしたが、浅羽はあくまで真面目だった。

「本当だ。捜査本部で大立ち回りだぜ。物凄《ものすご》い騒ぎになって、俺はたまたま隣の刑事課にいたんだけど、警察官は音がする方に行くようにしこまれてるから、当然、飛び出すよな。行ってみたら、鬼塚さんが一課の管理官を押さえこんで首を絞めて、大騒ぎになってたんだ。慌てて引き剝《は》がしにかかったんだけど、その時に嚙みつかれてさ。参った。激しい人だというのは知っていたけど、あそこまで切れるとは思わなかったよ」

「普段から同じ刑事課でよく知ってたんだろう？　そういうことをする人だと思ってたな

かったのか」それだけの騒ぎが表に漏れてこなかったことに澤村は驚いていた。ある意味、県警の情報統制は完璧《かんぺき》である。

「噂はいろいろ聞いてたけど、少なくとも俺の前で切れたことは一度もなかったから。自分に自信を持ってるし、人を馬鹿にするような態度を見せることはあったけど、それだけの実績がある人だと思って納得してた。ある意味、お前に似てるかな」

「よせよ」一笑に付したものの、彼の指摘がさほど外れていないことは自覚していた。鬼塚は自分の映し鏡かもしれない。自分の技量に対する自信、それを裏打ちする実績、そして自説を押し通すためには、平気で上に反抗すること。いずれ自分が警察を辞めることがあるとすれば、鬼塚と同じような道を辿るかもしれない。

「お前も気をつけた方がいいぜ」浅羽が忠告を飛ばした。

「分かってる」

「分かってないだろう。だから今回も、こんなことになってるわけだし」

浅羽の警告は、同期としての気遣いだと分かっていた。黙ってうなずき、取り敢えず受け入れる。これからどうするかまでは、保証できなかったが。

「鬼塚さん、その後どうなった？」

「謹慎処分を食らって、結局年明けに辞表を提出した。鬼塚さんにすれば、処分を受けたこと自体が我慢できなかったんだろうな。あれには驚いたよ。ある日出勤したら、いきなり私物が全部なくなっていて、辞表とバッジが放り出してあったんだから。挨拶《あいさつ》もなしで辞めて、その後も一度も顔を出さなかった。県警の中では、意見が割れたらしいけどな。チームワークを乱す奴は辞めて当然っていうのと、有能な刑事を飼い馴《な》らせない方に問題があるっていう意見がぶつかって。俺には何とも言えないが……」浅羽がコーヒーで喉《のど》を湿らせた。「もちろん、当時の上層部はだいぶ叱責《しっせき》されたそうだけど、そんなの、一瞬だよな。いなくなっちまった人間のことをあれこれ言っても仕方ないんだから。あんな状況で辞めたら、引き戻すこともできないし」

「お前はどう思ったんだ」

「俺？」浅羽が大袈裟《おおげさ》に鼻を指差した。「俺の個人的な見解なんか、どうでもいいじゃないか」

「いや、聞きたいね」

「何とも言えないけど、羨《うらや》ましい、って感じかな」かすかに溜息《ためいき》を漏らしながら浅羽が言った。

「羨ましい？」

「ああ。意見の合わない上司をぶっ飛ばすのは、勤め人なら誰でも夢に見ることだろうが。鬼塚さんはそれを実際にやっちまったわけだから。自分には無理だと思うと羨ましい」

「だったら、俺も羨ましいか？」

「お前はまだ、誰もぶっ飛ばしてないだろうが」浅羽がにやりと笑った。「危ないところまではいってたけど、鬼塚さんの域には達してないよ」

「別に、誰かをぶっ飛ばそうという気にはなってないけど」西浦の顔を思い浮かべる。本当は可哀想な男なのではないか、と思った。

「まあ、大人しくしておけよ、な？　なにも第二の鬼塚さんになることはないんだから」浅羽が両の掌《てのひら》を下に向けて手を上下させた。

「その後鬼塚さんは？」

「分からない。少なくとも俺は知らない」浅羽が力なく首を振った。「県警とは完全に縁を切ってしまったみたいなんだ。それはそうだよな。向こうにすれば、自分の全存在を否定されたような気分だろうし」

「それだけ、石田犯人説に自信があったっていうわけか」

「だろうな。でも考えてみれば、詰め切れなかったのは鬼塚さん本人の責任だと思わないか？」

「ああ」

要するに八つ当たりではないか。自説が受け入れられずに、切れて上司に殴りかかる――澤村が聞いていた、あるいは想像していた鬼塚のイメージとはだいぶ違う。冷徹な切れ者。そんな人間が完全に切れたら、もう警察にはいられないと覚悟を決めたのかもしれない。

「それにしても、完全に県警と縁を切ってしまうのも妙な話だな。確かにトラブルを起こして辞めたら、係《かか》わりを持つのは願い下げかもしれないけど、同期や昔の先輩後輩との関係は続くんじゃないか？　今俺が辞めたら、お前、どうする？」

「慰めの電話ぐらいはするだろうな」浅羽がにやりと笑った。「一回ぐらいなら、残念会で奢《おご》ってやってもいいし」

「ありがとうよ」澤村もつい笑みを零した。「持つべき物は友人だな」

「ただし、あまりにもひどいと、俺だって見捨てるぜ」浅羽が澤村に向かって人差し指を突きたてた。「友情にも限界があるんだよ。こっちにも害があるとしたら……な？　ウイルスみたいな存在にはなるなよ。誰も近づいてこなくなる。俺はお前に、鬼塚さんみたいになって欲しくない」

浅羽の同情は一瞬は身に沁《し》みたが、別れた後すぐに、鬼塚の存在が心の中で大きくなってきて、感謝の念は押し出されてしまった。

所轄の刑事課の、強行班担当の係長。何か事件発生した時に真っ先に現場に駆けつけ、前線の指揮を執るのが最大の仕事だ。何もない時は、過去の事件を引っ張り出して調べることもあるだろう。ただし、風俗関係、薬物関係の捜査にまで手を出していたとしたら、明らかに本来の職責の枠を超えている。もちろん、自分の抱えている捜査と何か関係があれば別だが、鬼塚と青葉の関係がどうにも結びつかなかった。恐喝事件がキーワードか……それなら、端緒を摑《つか》めば鬼塚本人が内偵に乗り出すのも理解できないではない。いや、やはり変か。きっかけは摑んだにしても、実際の捜査は担当部署にやらせるのが普通だろう。そうでなければ、警察の組織は滅茶苦茶《めちゃくちゃ》になってしまう。警察だけではなく、あらゆる組織で同じことだが。上司というのは指揮を執り、万が一の時に責任を取るために存在しているわけで、細かな事件まで一々自分で拾いにいっていたら、上下関係が滅茶苦茶になる。

もっとも鬼塚は、そういうことを一切気にしない人間なのかもしれない。自分が興味を引かれる事案を見つければ、担当や管轄の壁など一切無視して突っ走る。手柄は全て自分のもの——そんな信念を持つ、エネルギッシュではた迷惑なタイプだったのだろう。澤村が漏れ聞いた数々の伝説も、その想像を裏づける。

もしかしたら彼にも、俺と同じように、突っ走らなければならない理由があったのか？　いくら県警内に友人がいないといっても、彼のことをそれなりに知っている人はいるだろう。辞めたのはほんの数か月前なのだし。事情を聴くには……一課長の谷口辺りが適任なのだが、さすがに今夜は電話し辛《づら》い。だいたい、聞いても雷を落とされるのがオチだ。お前、何を考えてるんだ、と。鬼塚が何かやったと疑っているのか、と。

疑ってはいない。だが、彼が歩いた道程に、少しだけ不自然な軌跡が見て取れるのだ。人の行動には全て理由がある——特に刑事の行動には。彼がどうして青葉の存在に引っかかっていたのか、どうしても知りたい、と強く願った。

鬼塚が、自分にとってある種の恩人であるにしても。

一日に二度、刑事と顔を合わせることになったら、玲子はどう思うだろう。厄介な展開を覚悟しながら、澤村は「レッドハウス」の裏口で待機していた。間もなく日付が変わろうという時刻。酔っ払いとはなるべく目を合わせないように気をつけた。両隣の店の客引きが声をかけてきたが、警察だと明かすと途端に引っこんでしまう。

二人組の酔っ払いが、もつれ合うように目の前を通り過ぎて行く。一人が泥酔状態で、もう一人は少しはましだったが、しっかり支えられるほどではない。完全に酔っ払っている方は、自分の体重に負けてしまい、「レッドハウス」の裏口のドアの前で前のめりに倒れこんでしまった。肩を貸していた方も引っ張られ、ほとんど顔面からアスファルトに激突する。まったく、何をしているのか……手を貸そうと歩き出した瞬間、携帯電話が鳴り出した。こんな時間に、と訝《いぶか》りながら二人組に背を向け、携帯電話を耳に押し当てる。右耳を指で塞《ふさ》いで、街の騒音をシャットアウトした。

「——現場だ」

「はい？」相手の第一声の最初の部分を聞き逃してしまった。「失礼ですが？」

「西浦だ！」西浦は爆発寸前だった。「聞いてないのか、お前は。どこをほっつき歩いてるんだ」

「そんなこと、俺の勝手でしょう。有休を取ってるんですよ」

「いいから、さっさと現場へ行け」

「何なんですか、現場って」

「石田要という男の名前に聞き覚えはないか？」

澤村は瞬時に、玲子の存在を頭から吹き飛ばした。

6

人間の体にはどれだけの血が流れているのか――考えるまでもない。体重一キロ当たり六十五ミリリットルだ。あの男は小柄で六十キロもないだろうから、四リットル弱、ということになる。その半分を失えば失血死するが、現場は体中の血液が全て流れ出てしまったのではないかと思えるほどの血の海になっていた。

車に戻って、濡《ぬ》れた手袋を慎重に外し、ビニール袋に入れる。ジャケットを見ると、袖口《そでぐち》から二の腕にかけてが血で汚れていた。気持ち悪い。非常に気持ちが悪い。しかしぱっと見では目立たないので、しばらくそのままにしておくことにした。

手には、生温かい唇の感触がはっきり残っている。後ろから口を押さえて悲鳴を防ぎ、一気に喉《のど》をかき切った時に左手に触れた、あの男の唇。吐き気がこみ上げる。思い切り熱い湯で全身を洗いたいが……今はどうしようもない。とにかくこの場を自分の目で見ておくのが大事だ。

最初の赤い点滅。所轄のパトカーだ。一台だけか……大挙して一度に押しかけてはこないだろう。まずは情報確認から、というやり方は間違っていない。

制服警官が二人、パトカーから降りてくる。一人は玄関に向かい、もう一人はガレージに向かう。ガレージを担当した警官は、シャッターの前にしゃがみこんだ瞬間、異変に気づいたようだった。細く黒い筋になって道路にまで流れ出す血……わずかに開いたシャッターの隙間から、潮の臭いが流れ出していることだろう。現場に慣れていない若い警官には辛いだろうが……お、なかなか度胸があるじゃないか。ゆっくりとシャッターを上げていく。びっくりして飛び退《すさ》ったか……まあ、いい。その場で吐かなかっただけよしとしよう。

若い警官が、ふらつく足取りで、玄関に向かった相棒を呼びに行く。間の悪いことに、夫人が顔を出したところだった。あの馬鹿どもが。あそこを見せるつもりか？　駄目だ。落ち着いてから確認させないと。現場と死体をワンセットで見せたら、それこそ一生消えないトラウマになる。被害者には徹底して気を遣わないと駄目だ。お前たちはまだまだ修業が足りない。

いや、それぐらいは分かっているようだった。死体を確認した警官が、夫人をその場に引き止めている。玄関から漏れ出る灯《あか》りで、警官の顔が死人のように青褪《あおざ》めているのが見えた。夫人は自分の上半身を抱きしめたまま、不安に震えている。

ガレージの方から短い悲鳴が上がった。みっともないぞ、若僧が。家族を不安にさせてどうする。

ゆっくりとアクセルを踏みこみ、その場を離れた。これほど長く現場を見守っていたことはない。俺は少し増長しているのか？　絶対にばれないと確信して、あいつらが慌てふためくのを楽しんでいるのか？　そうかもしれない。殺しに関しては、何の感慨もなかった。ただ義務的に、自分の内なる声に従って処理しているだけだ。処理されて然《しか》るべき、屑《くず》のような人間たちを。ただし、その後の警察の慌てぶりを見るのは、義務とは縁遠い、背筋がぞくぞくするほどの快感をもたらしてくれる。連中の馬鹿さ加減が分かってくるに連れ、絶対にこのまま最後までいける、という自信が膨らんでいた。

まだ分からないのか？　お前たちの実力はその程度なんだぞ。

◇

急に温度が下がったようで、澤村は自分の上半身をきつく抱きしめた。麻のジャケットの粗い感触が掌に伝わる。規制線を潜り抜けて現場に辿《たど》り着くと、いつもながらの非現実的な感覚に襲われた。投光機が現場を白く照らし出し、その中で時折ストロボが焚《た》かれる。現場は狭いガレージの中なので、まだ新しい血の臭いが充満しており、かすかな吐き気を覚えた。

すっかり馴染《なじ》みになってしまった光景だった。右手を体の下に折りこんだ形でうつぶせに倒れた遺体の首には、例のナイフが柄のところまで埋まっている。両足は4の字の形に組まれていた。異常な血の量が澤村をたじろがせ、一瞬、カメラを構えることすら忘れてしまった。車二台が入れる広さのあるガレージなのだが、壁一面、それに駐車してある白いセダンにまで血が飛び散っていた。普通、切り傷でここまで血が飛び散ることはない。太い動脈を一撃で確実に切断する技量がないと……技量、などと考えてしまったことを後悔する。殺しに技量もクソもない。

「澤村さん」低い声で呼びかけられ、振り返る。初美が蒼《あお》い顔で立っていた。

「体が幾つあっても足りないな」

現場は中出署の管内だから、初美がここにいてもおかしくはない。しかし、一度に二件の殺し——それも捜査本部が立つ殺しを抱えこむ経験など、所轄ではあまり積めない。

「どうしてここにいるんですか」

「呼び出された」

「人手が足りなくなったんですね」

「そういうことだ。せっかく有休を取ってる俺を呼び出すぐらいなんだから……」

初美が睨《にら》みつけてくる。何に対して怒っているのか、澤村には見当がつかなかった。

「仏さんには会ったか？」

「ええ」

「ここはちょっと狭いな」周囲を見回し、ブルーシートの外に向かって顎《あご》をしゃくる。さすがに現場周辺は通行止めになっていたが、道路一杯にブルーシートを張るわけにもいかない。ガレージ、それに歩道部分の幅だけが封鎖されていた。狭い閉鎖空間になっているが故に、血の臭いがいつまで経っても消えない。

外に出ると、少し冷えた空気に触れて汗が引く。しかし初美の額は、まだ脂汗で濡れていた。ほつれた前髪が絡まり、苦しみに耐えている病人のようにも見える。

「俺の車の中で話そう」

「いいんですか？　また問題に――」

「呼び出されたんだから、俺は仕事中だよ。同僚と現場の状況を話し合っても、何も問題はないだろう」言いながら、つい西浦の姿を捜してしまう。見つかれば、あれこれお決まりの仕事を押しつけられるだろう。サボるつもりはないが、忙しくなる前に少し頭を整理しておきたかった。

かなり離れた場所に停めた車まで戻るうちに、意識が冴《さ》えてきた。ドアを閉めて外界の騒音を遮断すると、ますます意識が遺体の様子に集中するのを感じる。

「見てくれ」澤村はデジタルカメラの画像を再生した。

「よく撮れましたね」初美が鼻に皺《しわ》を寄せる。

「鑑識の連中に怒られたよ、邪魔するなって」

「図々《ずうずう》しく割りこんだんでしょう」

「そうじゃなけりゃ、いい写真は撮れない」

「カメラマンみたいですね」

「いや」澤村は言葉を切った。「これは俺の記憶を補強してくれる大事な材料なんだ。人間の目や脳なんていい加減だから。見ているはずなのに、肝心の物を見逃していたりするだろう？　こうやって写真に残しておくことで、随分助けられてるんだぜ」

初美がモニターを覗きこむ。遺体はうつぶせの状態のままだったから、傷口全体が見えているわけではないが、左耳のすぐ下まで傷が達しているのが見えた。あり得ないほどの量の出血は、遺体の下で水溜まりのようになっている。初美が唾を呑む音が聞こえた。実際に遺体は見ているのに、写真となるとまた勝手が違うようだ。時に、写真の方が生々しく様子を伝えることもある。

「耳から耳まで切り裂くってよく言いますけど、本当にそういうことがあるんですね」

初美が暗い声で感想を漏らす。

「ああ。手慣れてる……というか、犯人はまったく躊躇《ちゅうちょ》してないようだな」

「そんな人、いるんでしょうか」

「分からない。アメリカ辺りなら、軍隊の特殊部隊経験者でこういうことをやる人間がいるかもしれないけど、日本ではちょっと考えられないな」

「そうですね……首のナイフは？」

「同じものだろう」

ナイフの在庫はどれだけ残っているのだろう、と澤村は訝《いぶか》った。犯人はいったい、何人殺せば気が済むのか。ナイフがなくなるまで？　大量生産品で追跡し切れないナイフの存在を考えると、頭が痛くなる。

「被害者は……」

「石田要。元県会議員の秘書だ」

「それって、もしかしてあの石田要ですか？」初美が目を見開く。

「知ってるのか？」

「当たり前です。うちの管内の事件だったんですよ」

「うちの管内？　あれは北山署の事件だろう」

「その時、私は北山署にいたんです」

「なるほど」鬼塚と一緒だったのか。彼女に聞けば、さらに少し詳しい事情が分かるかもしれない。「これでまた捜査が動き出すだろうな……連続殺人の一環として」

「そうかもしれませんね」初美が拳《こぶし》を口に押し当てた。「石田要は、あっちの事件で一時は容疑者でもあったんですよ」

「容疑は晴れたと聞いてるけど」正確には「詰め切れなかった」だが。

「中途半端に終わったんですよね。それで当時の強行班の係長が激怒して、県警を辞めたんです」

「鬼塚修平。伝説の男だよな。捜査方針を巡って上司をぶん殴って辞めるなんていうのは、漫画でしかあり得ない」

「澤村さんだって、一歩手前だったじゃないですか」初美が遠慮なく言った。

「実際に手を出すのと、口で攻撃するのとでは、天と地ほどの差がある。俺は鬼塚さんとは違う」

「そうですか？　私から見れば同じようなものですけど」

鬼塚はどこにいる？　不意に自分が、彼を容疑者と見なしていることに気づいた。四人の犠牲者のうち、二人が鬼塚と係《かか》わっていたことになる。その想像は、澤村の背筋を、氷のような冷たさを伴って駆け上がった。まさか……そう、まさかだ。いくら何でも、元刑事がそんなことをするわけがない。もちろん、刑事なら悪に手を染めるはずがないというのは、単なる空想、理想論である。どれだけ多くの刑事が悪の誘惑に負けてきたか。ただ、そのほとんどが金や利権絡み、あるいは破廉恥罪であり、人殺しにまで発展することはほとんどなかったはずだ。

何故なら刑事は、罪の重さを知っているから。

汚職や業者との癒着、電車の中で痴漢をしたぐらいなら、死刑にはならない。刑務所に入らずに済む可能性すらある。ただ、殺しだけは別なのだ。罪が発覚すれば絶対に逃げ切れない。それが分かっているからこそ、滅多なことで刑事は人を殺さないのだ。

「元刑事」でも事情は同様のはずである。

「だけど、どういうことなんですかね」初美が首を傾げる。

「どういうことって、何が」

「だから……」言葉を呑みこみ、初美が腿《もも》を拳で叩《たた》いた。「何か変じゃないですか？」

「変って言えば、この事件全体が変だよ。そうだろう？」

「出口が見えないどころか、周りが全部真っ暗で、自分がどこにいるかも分からない状態ですよ」

「そうかもしれない……ちょっと待て」電話が鳴り出した。サブウィンドウには「西浦」の名前。舌打ちしながら電話に出た。

「何やってるんだ、お前は」

「何って、現場ですよ」この男の喋《しゃべ》り方には一々腹が立つ。「言われた通りに来て、仏さんと対面してきました。何か問題でも？」

「ある。大ありだ」

また西浦の神経を逆撫《さかな》でするようなことをしてしまったのか？　記憶にない。そして澤村は、西浦の声に、これまで聞いたことのない怯《おび》えと怒りが混じっているのを敏感に感じ取った。それはただちに、澤村にも感染する。

「どうしたんですか」

「馬鹿野郎が……犯人が挑戦状を残していきやがった」

　澤村たちは、石田の家に上がりこんでいた。西浦の言う「挑戦状」は、玄関ドアの新聞受けに押しこまれていたのだという。気づいたのは、ガレージでの騒動が一段落し、家の中にまで鑑識が入ってからだった。俺なら絶対最初に見つけていたんだが、と澤村は悔いた。素っ気無い白い封筒に入った、一枚だけの手紙。Ａ４サイズの紙にワープロで横書きに打たれた短い宣言——というか忠告だった。

「残り一人」

西浦はビニール袋に入れたその手紙をきつく握り締めており、破けてしまいそうだった。強引に奪い取って中身を確認する。ウィンドウズのパソコンで標準の書体ではなかった。もっと滑らかで上品な感じ……思い当たる節がある。

「ヒラギノですね」

「ああ？」西浦が片目だけを大きく開けて言った。「何だ、それは」

「マックOS X《テン》の標準フォントですよ。これで少しは犯人を絞りこめるかもしれない」

「どういうことだ」西浦は基本的にパソコン音痴である。

「ワープロが出始めた頃、書体がそれぞれのメーカー独特で、それをきっかけに、使われたワープロが割り出されたことがあったでしょう」澤村が刑事になるずっと前のことだが、先輩たちの苦労話は聞いている。「パソコンなら、書体は自由に変えられます。でも、普段から印刷を意識していない普通のユーザーは、大抵システムデフォルトのフォントを使うんですよ。一々変更するのも面倒臭いでしょう」

「ああ、まあ、そうだな」

西浦が生返事をした。澤村が何を言っているか、ほとんど理解していないだろう。

「マックユーザーの割合ってどれぐらいなんですか」初美が割りこんできた。こちらの方がまだ話が通じそうだと思い、話す相手を切り替える。

「はっきりしたことは知らないけど、日本全体で一割から二割じゃないかな。ビジネス用だともっと割合が少ないはずだけど、個人用ではもう少し多いかもしれない。日本には昔からマックファンが多いから」

「普段私が使ってるパソコンのフォントに似てますけど」

「ウィンドウズ？」

「ビスタです」

「確かに似てるかもしれない。滑らかさとかがね……でもこれは、間違いなくマックのヒラギノだ」

「ヒラギノをウィンドウズパソコンにインストールすることもできますよね」

澤村は頬に浮かぶ笑みを何とか抑えつけた。彼女とはそれなりに話ができそうだ。

「そこまで書体にこだわるのは、かなりのヘビーユーザーだ。その線を追っていけば、手がかりが摑《つか》めるかもしれない」

「無理じゃないですか」初美が鼻に皺《しわ》を寄せた。「購入者のリストはどこかで手に入るかもしれないけど、その人がウィンドウズを使っているかどうかまでは分からないんじゃないですか」

「やってみて損はない」

「おい、そろそろいいか？」不安そうに西浦が割りこんできた。「とにかくこの脅迫状が、そのヒラギノとかいう書体で書かれているのは間違いないんだな？」

「おそらく」

「分かった。それは調べさせる」

「指紋は無理でしょうね」

「おそらく、な。大胆なことをやる犯人だが、手口は慎重だ。今度も証拠は残してないんじゃないか」

「そうでしょうね」

「それでお前、何か言うことはないのか」西浦が澤村の顔を凝視した。

「何のことですか」

惚《とぼ》けながら、澤村は瞬時に西浦の言葉を思い出していた。「石田要という男の名前に聞き覚えはないか？」。つまり西浦は、俺が何らかの形で石田要という男の存在を気にかけていたことを知っている。初めて話題に上ったのが今夜だというのに……俺に対する監視は、想像していたよりも厳密なのかもしれない。気をつけないと、いつの間にか丸裸にされてしまう。石田の情報をくれたのは浅羽……まさか、あいつが西浦に通じているのか？　考えられないでもない。警察内部で情報網を張り巡らせようと思ったら、難しくはないはずだ。飴と罰、両方をちらつかせれば、すぐに言うことを聞かせられるだろう。浅羽を責められないと思いながら、どうしても噴き出す怒りを抑え切れなかった。それでも何とか冷静に会話を続ける。

「石田要について知ったのは、つい最近ですよ」

「それで？」

「単に雑談の中で出た話題です。西浦さんの方がよくご存じなんじゃないですか？　丑松事件の時、俺は他の所轄にいましたからね。新聞で読んだ以上の情報は知りません」

「本当に？」

「いい加減にして下さい。俺は有休中なんですよ。余計な仕事をする気はありませんからね」意識して強面《こわもて》の表情を作る。「これだけの事件だから俺を呼び出したくなるのは分かりますけど、目的は何なんですか？　説教、それとも正式に捜査に加われということですか」

西浦がぐっと顎《あご》を引いた。彼の頭の中でも疑念が渦巻いていることだろう。鈍い男ではないのだ。俺が石田の存在に気づいた。その直後に石田本人が死んだとなったら、何かあるのではないかと疑ってかかるのも当然である。

まさか。

「まさか、俺がやったなんて考えてませんよね」

「アリバイは証明できるのか」

「できません。それより俺がやったとして、動機は何なんですか」

「何だったら、その辺りのことについて、ここじゃない場所でじっくり話し合ってもいいんだが」

「本気で言ってませんよね？　管理官もそこまで馬鹿じゃないでしょう」

西浦の表情が硬くなる。一歩後ずさって、壁に背中をぶつけた。

「澤村さん」初美は鋭く警告を飛ばす。その声を聞いて初めて、自分が両手を固く握っているのに気づいた。危ない……これではまさに鬼塚と同じではないか。しかも被害者の家で騒動を起こしたら、鬼塚以上の伝説を作ってしまいかねない。

鬼塚さん……あなたのやり方には見習うべきところもあるだろうし、個人的には恩義も感じているけど、こんな部分を真似するつもりはありませんよ。俺はあなたとは違う。

澤村は踵《きびす》を返し、ゆっくりと玄関に向かった。


日付が変わって二時間。現場はまだ騒がしかったが、これ以上自分にできることがあるとは思えなかった。車に乗りこんでドアを閉めると、ようやく喧騒《けんそう》から遮断される。大き目のシートに背中を預け、腹の上で手を組んだ。目を閉じ、鬼塚の姿を思い浮かべる。俺が言葉を交わしたのは一度だけ……しかし県警内には、彼を知る人は多いだろう。探りを入れれば、人となりも業績も、最終的に警察を辞めることになった事件のことも、もっと詳しく分かるはずだ。だが、そんなことを知ってどうする？

助手席のドアが遠慮がちにノックされた。ゆっくり目を開けてそちらに首を巡らすと、初美が立っていた。さすがに疲れきり、しきりに目をしばたたかせている。助手席ドアのロックを解除すると、よじ登るようにしてシートに身を収めた。

「何だ」前を向いたまま問いかける。

「あまり突っ張らない方がいいんじゃないですか」

「突っ張ってるわけじゃない」

「私にはそうは見えませんでしたけど」言って肩をすくめる。

「……西浦さん、本気で俺を疑ってると思うか？」

「あれは冗談でしょう。事態が一気に悪化したから、かりかりしてるだけですよ。気の小さい人ですから」

「言うねえ」にやりと笑ったつもりが、口元が痙攣《けいれん》するように引き攣《つ》ってしまった。

「でも本当に、無理しないで下さい」

「君に庇《かば》われる筋合いはないと思うけど」

「カメラ好き同士、ということでは駄目ですか？」

「何だよ、それ」

彼女の顔を見ると、冗談で言ったのでないと分かった。「カメラ好き同士」は冗談かもしれないが、澤村を心配する気持ちは本物のようである。

「一つ、聞いていいですか」

「何だ」

「どうしてそんなにむきになって仕事するんですか」

「それは自分で調べろって言っただろう」

「だけど、最後は本人に直接確認するのが筋でしょう。直当《じか》たりは基本ですよ」

「生意気言うな」

「正しいことを言ってると思います」

「夜中の二時に素面《しらふ》で喋《しゃべ》るようなことじゃないよ」わざとらしく左手を持ち上げて、手首の時計を見やる。

「そうやって逃げるのはやめてくれませんか」初美は真剣だった。

「俺が逃げてるって言うのか」喉《のど》が引き攣った。

「違いますか」

言葉が消える。指を固く組み合わせ、白くなるまでそのままにしておいた。楽になれよ、と自分の中でもう一人の自分が囁《ささや》く。喋って減るものじゃないし、いつまでも引きずっていてどうするんだ。負の感情を動機にして突っ走るのは、この辺が限界じゃないか。自分を見つめ直せ。そうすれば、鬼塚の気持ちも見えてくるかもしれない。いや、鬼塚の気持ちを知ってどうする。

ぐちゃぐちゃになり始めた感情を、初美の一言が救った。

「無理に突っ張らないでも、澤村さんなら今まで通り仕事ができるんじゃないですか」

「所轄で刑事になったばかりの時だった」澤村は5W1Hを意識しながら話し始めた。考えてみれば、誰かに一から説明したことがない。この話は県警内ではほとんどの人が知っていることであり、わざわざ自分の口から語る必要もなかったから。

「シャブで頭をやられて、状況判断ができなくなった男がいた。離婚したんだけど、娘が一人いてね。四歳だった。頭の中はまともじゃなくても、子どもに対する思いだけは残ってたんだな。それである日、その男はまったく関係ない女の子を誘拐した。自分の子どもと見分けがつかなくなっていたのかもしれない。家族の通報を受けて俺たちは動き出したんだけど、それに気づいた男は急に凶暴になって、民家に立てこもろうとした。俺が最初に現場に到着したんだけど……その男はやっぱり、状況判断ができなくなっていた。家に逃げこむ方法もあったはずなのに、結局その場で、玄関先で女の子に刃物を突きつけた。その瞬間、現場にいた刑事は俺一人だった」

「それで？」初美の声は、夜に溶けこみそうなほど低かった。

それで。

一瞬の出来事を頭の中で再現しようとすると、いつもスローモーションになってしまう。

男が叫びながら刃物を振り上げる。女の子の泣き声が耳に突き刺さった。左手で抱き抱えた女の子の体がずり落ち、バランスが崩れる。澤村との距離はわずか三メートル。一歩踏み出せば突き飛ばせる。あるいは撃てば――澤村はほぼ一分間、銃を握った腕を体の脇にたらしたままだった。撃てば男を制圧できる。威嚇発砲でもいい。たとえ精神状態がまともでなくても、大きな音を間近で聞けば、人間は一瞬止まるはずである。それから突っこめばいい。

撃てなかった。女の子の体に当たるかもしれない、という恐怖が先に立つ。一瞬の躊《ちゅう》躇《ちょ》が、男に動く隙を与えた。振り下ろした刃物――元住んでいた家から持ち出した包丁だった――が、女の子の細く柔らかい首筋に突き刺さる。噴き出す血を見て我に返った澤村の視界に、世界がはっきりした色を伴って戻ってきた。意味のない叫び声を上げながら、引き金に指をかける。先ほどまでとは違い、今度は一切迷いはなかった。考えるのではなく、反射神経による一撃。

射撃は苦手な方ではなかったが、訓練でもこれほど見事に撃てたことはなかった。額への一撃。まさに眉間《みけん》を撃ち抜いた銃弾は、瞬時に男の命を奪った。

「確保!」の声。遅い。遅過ぎる。今さら……今までどこにいたんだ。心の中では荒れた言葉が渦を巻いていたが、一言も発せない。その場で膝《ひざ》から崩れ、拳銃《けんじゅう》が手に張りついたようだった。

「じゃあ……」初美が唾《つば》を呑《の》む。

「そうだ。俺が一瞬躊躇《ためら》ったから、女の子は殺された。発砲が緊急避難だったかどうかが問題になって……問題に決まってるよな。女の子が刺されてから撃ったんだから、緊急避難になるわけがない。でも結局、その件は不問に付された。監察官室の方でも、あまり突っこむとやばいという結論になったんだろうな。正当な発砲だった、俺は精一杯やったということにしておかないと、他の人間も責任を負わされることになる。最悪、県警全体の立場が悪くなる」

「隠蔽《いんぺい》、ですか」

「でっち上げ、かな。厳密に言えば、俺は撃っても意味がない時に撃った。その瞬間、相手は俺に刃物を向けていたわけじゃなかったんだぜ。子どもを刺して、ただ呆然《ぼうぜん》としていただけだったんだから」あの男の目。とんでもないことをしてしまったと後悔する目。「たぶん、撃たなくても制圧できたと思う。俺は……俺は単にパニックになっただけだ。目の前で小さな女の子が刺されて、一面が血に染まって、それが自分の責任だということは分かっていたけど、どうしようもなかった」

澤村は両手で顔を擦《こす》った。脂ぎった肌の感覚が煩わしい。手が震えているのを意識する。自分で話すということは、記憶を正確に再現する行為に他ならない。これまで誰かにちゃんと喋っていなかったがために、記憶と正面から向き合うことがなかったのだ。

「その時の所轄の課長が、谷口さんだったんだ。いろいろフォローしてくれてね。実際には谷口さんは、声を出せば届くぐらいの場所にいて、俺が撃つ瞬間を見ていたんだ。監察官室の聴聞でも、俺に有利な発言をしてくれた……有利なのかどうか、俺には判断もできなかったけど。それからだよ、俺と谷口さんの間に特別な関係ができたのは。俺を本部の捜査一課に引き上げてくれたのも谷口さんだった」

「もしかしたら澤村さんは、壊れていてもおかしくなかったかもしれない」初美の声は低く震えていた。

「そうだな」一発、両手で頰を張った。「もっと弱い人間だったら……いや、もっと責任感の強い人間だったら、辞表を叩《たた》きつけて、そのままどこかに姿を消していたかもしれない。でもその代わりに俺は、最高の刑事になろうと決めたんだ。究極の決断を迫られた時にも迷いがないように、どんな経験でも積んでやろうと思った」

「十分強いですよ、澤村さんは」初美が優しい声で言ったが、澤村の心が柔らかく包みこまれるわけではなかった。

「いや、本当に強い人間なら、その場で責任を取って死んでいたかもしれない。自分のせいで二人の人間が死んだんだから。死には死を以《もっ》て対処するしかない。そう思わないか？　自分で自分に刑を執行すべきじゃなかったのかな。日本には死刑制度があるんだから。裁判の手間を飛ばして、自分で自分に死刑宣告をしてもよかった」

そうしなかったのは、発砲直後の、頬を打つ激しい一撃のせいだった。鬼塚。たった一度だけ交わった二人の人生。鬼塚は呆然とする澤村を思い切り殴りつけ、「しっかりしろ！　お前は間違っていない！」と怒鳴り上げた。痛みと言葉の重みで澤村は正気に戻り、何とかその場に――現実に踏みとどまることができた。

ある意味、俺を人間の世界に留《とど》めてくれたのは鬼塚だった。ただし澤村は、その人間が鬼塚だということを知らなかったし、面識もなかった。後で人から聞かされただけである。自分の頬を打った人間の顔すら覚えていなかった。その後、礼を言うべきではないかと何度も迷ったが、結局対面はしていない。

「そこまで自分を追いこまなくても……」

「目の前で二人も死ねば、君も俺の気持ちが分かるよ。もちろん、そんな経験はしないに越したことはないけど」

「それで澤村さんは、最高の刑事になれたんですか？　その亡くなった女の子のために、今回の事件でも、ルールを無視して最短距離で犯人を捕まえるために、いろいろ無理してたんでしょう？　その結果が……」

「捜査本部から外された」澤村は肩をすくめた。「一人の刑事にできることなんか、限界があるんだろうな。人間なんてちっぽけな存在だから。やっぱり、きちんとチームで仕事をするのが筋なんだろう。今から戻れるかどうか、分からないけど……それより君も、白状した方がいいんじゃないか」

「何をですか」助手席で初美が身を硬くするのが分かった。

「この話、誰かに聞いたんだろう」

「……すいません。さっき、現場で一課長に会いました」

「それであれこれ吹きこまれた、と」澤村は盛大に溜息《ためいき》をついてみせた。「まったくお節介だよな、あの人も」

「そんな言い方しなくていいじゃないですか」いきなり初美が強い言葉を叩きつけた。「一課長だって、あの件では今でも苦しんでると思いますよ。部下の失敗は自分の失敗だと考えてるはずです。自分の指揮が間違っていたからあんなことになったんじゃないかって。少しは課長の気持ちも分かってあげたらどうですか。あの人にとって、あなたを庇《かば》うのは贖罪《しょくざい》みたいなものなんですよ……きっと」

7

西浦からはその後、何の連絡も指示もなかった。現場を抜け出して自宅へ帰り着いたのは午前三時過ぎ。朝になっても叩き起こされなければ、有給休暇はまだ有効だ、と勝手に判断する。

ベッドに寝転がり、両手を組んで後頭部にあてがう。意識が途切れたと思った——次の瞬間には戻ってきた。腹筋を使って上体を起こす。少しは寝られたのか……不十分な睡眠の後に特有の疲労感が、体全体を覆っている。床に直置《じか》きした目覚まし時計を拾い上げると、短針が「6」を指していた。クソ、まだこんな時間か……澤村は二度寝ができないタイプである。今日は寝不足のまま、一日動き回ることになるだろう。

街が眠っていようが、俺が眠るわけにはいかない。ベッドから抜け出し、冷たいシャワーを浴びる。真夏とはいえ、さすがに朝一番の冷水は体を芯《しん》から冷やし、完全に目は覚めた。シャワーの温度を上げて体を温め、最後にまた冷水にして身を引き締める。ホールまで下りて新聞を取ってくる。エレベーターの中で社会面を開けたが、昨日の事件は発生が遅い時間だったせいか、一行も載っていなかった。携帯電話でネットにアクセスし、ニュースをチェックする。マスコミの連中も大変だ、と少しだけ同情する。インターネットが普及してから、ほとんど二十四時間態勢で仕事をしなければならなくなってしまったのではないだろうか。そんなに一生懸命やっても、ネットはほとんど金にならないのに。

ネットの記事は短く、澤村が知っている以上の情報はなかった。ナイフの件をマスコミにいつまで隠しておけるだろう、と不安になる。十年前は完全な隠蔽に成功したのだが、今回も上手《うま》くいくとは限らない。元々事件の多い県だが、一か月の間に四件の殺しはあまりにも多過ぎる。連続殺人の肝《きも》――共通したナイフの存在を嗅《か》ぎつけるマスコミが出てきてもおかしくない。

だが、万が一にもマスコミに邪魔されるわけにはいかない。よし、と声に出して気合いを入れ、澤村は部屋を出た。既に気温は上がり始めており、マンション内の駐車場まで移動する間に汗が噴き出してくる。

苛立《いらだ》つ気持ちを抑えられぬまま車を飛ばし、玲子の家のドアをノックする。返事なし。寝ているのだろうと思い、一分経ってからもう一度拳《こぶし》を叩きつけた。ドアの向こうで誰かがごそごそと動き回る音がして、ほどなくドアが細く開く。Tシャツにジャージという恰好《かっこう》の玲子の顔が覗《のぞ》いたが、朝の光の中に浮かぶ彼女の顔は、昨夜見たよりも十歳ほど老けていた。「ほっそりとした」という印象の顔には、明らかにやつれが目立つ。まだ寝ぼけた様子で、澤村が誰なのかも認識できていないようだった。

「無用心だな。いきなりドアを開けて、変な奴だったらどうするんだ」

「ああ、あんたなの」

ようやく事態を把握して、玲子が細い人差し指で目を擦る。覚えているのは奇跡のようなものだ、と澤村は皮肉に思った。

「昨夜《ゆうべ》、店が終わる時間に会いに行ったんだけどな」

「いなかったじゃない」

「別件で離れたんだ」

「勘弁してよ……今、何時？」玲子が手を伸ばして澤村の手首を摑《つか》んだ。少しだけ馴《な》れ馴れしい仕草。「嘘でしょう？　七時って、あり得ないから」

「どうして」

「だって、寝たばかりだし」

「話を聞かせてくれたら、もう一回寝てもいいよ。どうする？　俺を部屋に上げるのは気が進まないだろう。その辺で朝飯でもどうだ？」

「こんな時間にご飯なんか食べられないよ」想像しただけでげっそりしている様子だった。

「だったらお茶だけでもいい。早く用意してくれ」

「何でそんなに勝手なのよ」

「警察だからな」

警察という言葉に反応して、玲子がドアの隙間から外へ顔を突き出した。廊下の左右をきょろきょろと見渡す。

「大きな声出さないでよ……困るじゃない」

「だったらさっさと着替えて来い」

「もう、勘弁してよ」

言って玲子がドアを閉めようとした。澤村は素早く靴の爪先《つまさき》を隙間に突っこみ、彼女が外界と自分の世界を遮断しようとするのを邪魔した。

「覗かないから、早く準備してくれ」

「冗談じゃないわ」言いながら、玲子が部屋の奥へ引っこむ。窓から外へ逃げる心配はないだろう。彼女の体力では、階段を上り下りするだけでも一苦労しそうだ。

たっぷり十分ほど待たせた後で、玲子が出て来た。ノースリーブのベージュのカットソーに、足全体が露《あらわ》になるショートパンツ。足はすらりと長いが、あまりにも細くて痛々しい。ピンヒールのパンプスの上で、体が危なっかしく揺れている。

「ちゃんと歩けるのか」

「大丈夫」先ほどよりは少しだけ、声がしゃんとしていた。薄く化粧していたが、健康そうには見えない。取り敢《あ》えず、朝一番で一発決めてきた様子ではなかった——刑事と朝飯を食おうという直前にシャブをやる人間もいないと思うが。

近くの喫茶店に足を運んだ。チェーンのカフェではなく、昔ながらの喫茶店。コーヒーだけにするつもりが、急に空腹を覚えて、澤村はトーストにゆで卵がついたモーニングセットを頼んだ。

「マジで食べるの？」玲子が顔をしかめる。

「そう言っただろう」

「こんな時間にご飯なんか食べて……」

「普通の人はこの時間に朝飯を食べるんだよ。君みたいに狭い世界に閉じこもってると、常識が分からなくなるんだ」

「お説教なら勘弁してよ。あんまり寝てないんだから」欠伸《あくび》を噛《か》み殺して煙草をくわえる。ほっそりしたメンソール煙草だった。

「説教されるようなことをしてるからだぜ……鬼塚っていう刑事の話を聞かせてくれ」

玲子のむき出しの肩がぴくりと動いた。くわえた煙草がかすかに震える。

「青葉がやってることで、店に話を聴きに来たんだよな」

「知らない」そっぽを向いて煙を吹き出す。

「惚《とぼ》ける理由は何だ？　この件はもう終わってる。今話しても、君にとってはマイナスにはならないよ」

「警察は、嘘つくから」玲子がそっぽをむく。

「鬼塚さんに、何か嘘をつかれたのか」

「嘘っていうか……」玲子が人差し指に髪を巻きつけた。「怖かったんだよ、あの人」

「怖い？」

「最初から決めつけて、自分のシナリオ通りに話を聞こうとするから。違うって言うと、物凄《ものすご》く怖い顔をして」

「ああ、そういう人もいる」

「簡単に言うけどね」玲子が身を乗り出した。「警察に『こうだろう』って決めつけられたら、反論できないよ」

「俺には随分逆らったじゃないか」

「あんたは決めつけなかったから」

鬼塚は「決め打ち」するタイプだったのだろうか。澤村は戦後の警察制度改革の揺籃《ようらん》期、「落としの名人」と呼ばれた刑事たちが多数輩出した時代のことを思い出した。そういう刑事たちは、予《あらかじ》め粗筋を書いて容疑者を追い詰め、精神的、肉体的な拷問によって自白を強要したことも多いと聞く。冤罪《えんざい》事件が多発した時代の、典型的なやり口だ。

「青葉がシャブの売人で、しかも金も融通していた。君を二本のロープでがんじがらめにしていた――そういうシナリオだな？」

「そう」あっさり認めた。おそらく昨夜のうちに、店の中でも様々な噂話が飛び交ったのだろう。「そういえば鬼塚って、警察を辞めちゃったんでしょう？　そう聞いたけど、何かやらかしたの？」

「上司を殺しそうになった」

「やだ、マジ？」顔をしかめたが、目は嬉《うれ》しそうに輝いていた。「でも、分かるな。何かぴりぴりしてて、今にも切れそうな感じだったから。本当に怖かったよ、あの人」

「そうか」

「何かね、他のことも聴かれて、訳が分からなくて」

「青葉のこと以外で？」

「そう。あのね……」ぼんやりと天井を見上げる。長くなった煙草の灰がテーブルに落ちた。「ええと、神田？　そう、神田という人を知らないかって」

「神田？」澤村はテーブルの端を両手で摑んで身を乗り出した。勢いでゆで卵が皿から転げ落ちる。玲子が恐怖に顔を引き攣《つ》らせ、思い切り身を引いた。「本当に神田と言ったのか？」

「そうよ」玲子は視線を合わせようとしなかった。

「間違いない？」

「警察の人と話すことなんて滅多にないもん。覚えてるわよ」

この女の話は信用できるのか？　澤村は目を細めて話の内容を検討した。決してややこしいことではない。シャブ漬けになった頭の中で眠っていた情報だとしても、信用していいのではないか。

つながった、と思った。もう一本筋があれば。捜査線上では未《いま》だ白紙の存在であるはずの神田が、鬼塚と何らかの関係があれば——。

神田雅之。五十五歳、無職。現在は。「現在は」というところに、港署の捜査本部に詰めている一課の後輩刑事、徳永《とくなが》は力を入れた。

「前科があったんだよな」

「そうです。だけどずっと昔の話ですけどね」捜査本部が設置されて一か月強。徳永の疲労はピークに達しているようだった。顔は土気色で、明らかにやつれている。この男にとっては、一課に来てから初めての捜査本部事件なのだと気づく。

城址《じょうし》公園の事件現場に徳永を呼び出すのに、かなり手間取った。徳永は所轄の刑事と組んで外回りをしており、簡単には現場を離れられなかったからである。結局、「上から呼ばれた」と理由をでっち上げて、一時戦線を離脱してくれた——澤村が年次的に「上」の立場にあるのは間違いないのだが。

「問題になるとは思えません。二十年も前の話なんですよ」

「容疑は」

「傷害致死。喧嘩《けんか》で相手を死なせたんです。アクシデントですよ」

「本当に？」

徳永がゆっくり振り返り、堀の手すり——神田の遺体が発見された現場だ——に腰を預けた。表情が強張《こわば》っている。

「澤村さん、俺たちだって、一か月間遊んでたわけじゃないんですよ。神田の周辺は徹底的に洗い直したんです。服役も終えてとっくに出所して、あの事件は完全に過去のことになってます。出所してからは、交通違反さえしていない。結婚して真面目に仕事して、暮らしてたんです」

「五十五歳、無職っていうのが引っかかるんだけど」

「一年前に奥さんを病気で亡くしましてね」徳永が両手で顔を擦《こす》った。「それで大きな打撃を受けて、本人もすっかり体調を崩してしまったんです。ずっと勤めていた警備会社も、それで辞めざるを得なかった。同情すべき点は多いですよ」

「最近の交友関係は？」

「元々近所づき合いもほとんどない人間なんです。子どももいませんからね。二人きりの夫婦にとって、配偶者を亡くすのがどれほどの痛手になるか――」

「分かった、分かった」徳永は神田に感情移入し過ぎているな、と思いながら澤村は遮った。「だったら、これはどういうことなんだ？　神田はたまたま連続殺人犯のターゲットになったのか？」

「それが分かってれば、とっくに何とかしてますよ。澤村さん、喧嘩を売りに来たんですか？」

疲労と焦りのせいか、徳永は普段見せない攻撃的な一面を露にした。

「そういうつもりじゃない」澤村は足元の土を蹴飛《けと》ばした。「何でもいいから情報が欲しいだけだ」

「でも澤村さん、中出の事件の捜査本部を外されたんでしょう？　こんなところでうろうろしてちゃ、まずいんじゃないですか」

「有休中だぜ？　どこで何をしてようが俺の勝手だ」

「また、そういう言い方をして……」ようやく徳永の顔に苦笑が浮かんだ。「だから西浦さんがかりかりするんですよ」

「意識してやってるわけじゃない」

「その方がよほど悪質じゃないですか」

「そうだな……」鬚《ひげ》の浮いた顎《あご》をゆっくりと撫《な》でた。引っかかる。一度でも警察と係《かか》わってしまった人間は、簡単には過去と訣別《けつべつ》できないのだ。交通違反程度ならともかく、逮捕され、裁判にかけられた人間は、一生過去に束縛される。たとえ無罪判決を受けても同じだろう。

「何か気になるんですか」

徳永は鬼塚のことを知らない。ここで話すべきか……抑えておこう。余計なことを言えば混乱するだろうし、逆に鬼塚の尻尾《しっぽ》を追って暴走されても困る。しかし、質問の形で話題を持ち出すぐらいは構わないだろう、と思い直す。

「お前、鬼塚さんを知ってるか？」

「鬼塚さん？　今年の初めに県警を辞めた鬼塚さんですか」

「ああ」

「知ってますけど、何でここで急に、鬼塚さんの話が出てくるんですか」

「いや、ちょっとある人から説教されてね……あの人が辞めた理由、俺にも当てはまる感じだから、他山の石にしろってさ」

「ああ」徳永が唇を皮肉に歪《ゆが》めた。「確かに、上司とぶつかって、というのは同じパターンですよね。でも、澤村さんの方がましかな？　やばいと気づいて反省する気持ちはあるんだから」

「話の内容はともかく、言い方がちょっと生意気だぞ」澤村は徳永の肩を小突いた。手すりの上でバランスを崩しかけ、一瞬徳永の顔が蒼《あお》くなる。

「勘弁して下さいよ。死体が浮いてたお堀にどぼん、は気分がいいもんじゃない」

「ああ。でも、少しぐらい水泳してもいいんじゃないか？　今日も暑いからな」

木陰で直射日光は遮られているのに、徳永の顔は汗でてらてらと光っていた。自分も同じようなものだろう、と思う。

「冗談言ってる元気もありませんよ」徳永が力なく首を振った。「とにかく、神田の線は行き詰まってます」

「彼が出入りしていた店なんかは分かってるか？」

「そうですね……奥さんを亡くしてから急に酒を呑《の》むようになったそうで、住んでいた中出に行きつけの店が何軒かありました。あまりいい呑み方をする客じゃなかったようですね。例えば……」徳永が手帳をぱらぱらとめくり、何軒か店の名前を挙げた。彼が「レッド」と言ったところで、澤村はついに引っかかりを確認した。神田はレッドハウスの客だったのか……ということは、鬼塚はあそこで二つの筋を追っていたことになるのではないか？　しかし、どうして神田を？

「そうか……ところで、神田の二十年前の事件って、扱った署はどこなんだ」

「原木署《はらき》ですけど」徳永の顔に不審げな表情が浮かんだ。「それが何か？」

「あのな」澤村はわざと強面《こわもて》を作った。「情報を全て引っ張り出そうとしない刑事なんか、何の役にも立たないぞ。たとえ雑談であってもだ」

「これ、本当に雑談なんですか」

「雑談だよ。何か問題でも？」

「いや」徳永が指先を弄《いじ》った。不満がはっきりと透けて見える。当たり前だ。自分が調べた情報を、他の誰かがもう一度洗い直す——粗探しをされているような気分だろう。俺だったら切れているかもしれない。

鬼塚ならどうだろう。切れた、と相手が思う間もなく、殴りかかっていたかもしれない。


二十年前の事件か……とうに判決が確定した事件の資料が警察に残っているわけがない。ただ、人の記憶は別だ。捜査メモを保管していたり、違法だが捜査資料のコピーを家に持ち帰っている刑事もいる。

ただ澤村には、当時の担当刑事を割り出す方法がなかった。休暇中の今、そんなことをしたら、すぐに西浦の耳に入ってしまうだろう。そうしたら、この線は途中で切れる。

城址公園の周囲を歩きながら、澤村は次の一手を考えた。

仕方ない。普段は使わない線を使うしかないようだ。ホットラインの電話番号は携帯に登録してあるが、すぐにこれを使うわけにはいかない。まずは外堀を埋めないと。

初美に連絡を入れた。

「何ですか」迷惑そうな声色を隠そうともしない。昨夜とはえらい違いだが……今は当然、誰かと一緒に外を回っている最中だろう。話しにくいのは当たり前だ、と自分に言い聞かせる。

「今朝、一課長は捜査会議に出てきたか?」

「ええ。大変ですよね、事件が四つ……三か所もかけもちになって」

「大変なのは君も同じだろう。殺しを二つ抱えてるんだから。そっちの人員配置はどうなってるんだ?」

「取り敢《あ》えず、前の事件の人員から割り振って、何とかやるみたいです。私はまだ、長倉事件の方を担当してますけど……生活安全課でこんな仕事をすることになるとは思いませんでした」溜息《ためいき》と一緒に愚痴を押し出す。

「課長は今日は、中出署にずっと詰めるんだろうな」

「昨日の今日だからそうだと思いますけど、私は秘書じゃないんで分かりません」初美の声に苛立《いらだ》ちが混じった。

「分かった。それで十分だ」

「何なんですか、いったい」

「後で、また」

不満そうに初美がぶつぶつ言ったが、澤村は無視して電話を切った。すぐに谷口の携帯にかける。

「谷口」

いつものように素っ気無い口調だった。しかし澤村は、自分の方では、何故かいつものように気軽に話せないことに気づいた。

「澤村です」名乗る間に、何とか気持ちを立て直す。

「ちょっと待て。かけ直す」

打ち合わせ中だろうか。まずいタイミングでかけてしまったが、今の谷口にとっては「いいタイミング」などないだろう。常に事件に追われて、個人的な電話に応対している暇などないはずだ。しかし一分後、谷口はコールバックしてきた。

「どうした」

「原木署の事件なんですが」

「神田のことか？」さすがに反応が早い。

「神田は二十年前に、傷害致死容疑で原木署に逮捕されてますよね」

「そうだが、それがどうした」彼が顔をしかめる様が目に浮かんだ。端的な報告以外は毛嫌いする人間なのだ。

「あの事件に関しては、徹底的に調べたそうですね」

「現段階で調べられる限りはな。古い記録も残っている物は全て精査した。問題はない」

「被害者の遺族は？」

「両親だけだが、どちらもとっくに亡くなってる」

「そうですか……」

「何か摑《つか》んだのか？」

「まだ分かりません。当時の担当刑事は誰だったんですか？」

「二十年前の？」谷口の口調が不安に揺らいだ。「それは調べてみないと分からんが、どういうことなんだ」

「分かりません。分かりませんけど、何か気になるんです」

「それだけじゃどうしようもないぞ」

「分かってます。でも、そこを外したら徹底的に調べたとは言えないんじゃないですか」

「そういう喋《しゃべ》り方は改めろ」

「次から気をつけます……もしも当時の担当刑事が分かれば、話を聞いてみたいんです。捜査本部に迷惑はかけません。俺が個人的にやる、ということで」

「少し時間がかかるぞ」

「待ちます」

「後で連絡する」

谷口が一方的に電話を切った。俺は、彼の良心の痛みに甘え過ぎているのだろう。だがやろうとしていることは、決して間違っていないはずだ——もしかしたら鬼塚も、同じように考えていたのではないだろうか。

そう思うと、不安が一陣の風のように心を吹き抜けた。

8

まだ分からないのか。

一人ほくそ笑みながら、右手の親指と人差し指を擦《こす》り合わせた。想像していた通りではあるが、どうにも気が抜けてしまう。もう少し気骨のある奴はいないのか……澤村は少しは食いついてくると思ったが、今のところは振り返っても姿が見えない。所詮《しょせん》この程度の男だったということか。

「まったく、情けない話だ」相手の愚痴はまだ続いていた。

「そうか」

「どいつもこいつも好き勝手やりやがって」

「そんなこと、俺に話していいのか」

「お前なら問題ないよ。むしろアドバイスが欲しいぐらいだ」

「それは無理だな。今はそういう立場にない」

「まったく、情けない話だ」繰り返して溜息をつく。「こうも簡単に手玉に取られるとは、信じられん」

「それについては俺は何とも言えない。言える立場じゃないからな」立場、を繰り返し強調した。「愚痴を言うぐらいは構わんが、もう関係ないということを分かってくれよ。こんなことを話してると、まずいんじゃないか」

「すまんな。少し参っているんだ」

「分かるよ。きついだろうな。特にお前は責任感の強い男だし、人の言うことによく耳を傾けるから。皆が好き勝手に言ってると、どうにかなっちまうだろう」そして現場も混乱するのだ。情報をくまなく耳に入れるのは大事だが、問題はそこから何を選び取るか、である。こいつのように何でもかんでも人の言うことを聞いていたら、逆に何も決められなくなってしまう。

「とにかく、生意気な奴に困ってるんだ」

「澤村のことだろう？」

「ああ。とにかくあいつは、何の遠慮もない。実績は認めないわけじゃないが、いくら何でも、もう少し上司に気を遣うべきだと思う」

「今時貴重な人材かもしれないぞ。骨のある奴は少なくなったからな」

「それはそうだ。だがな、自分の下にあんな人間がいたらたまらん」

声を上げて笑ってやった。あいつは緊張を解《ほぐ》すための思いやりだと受け止めているかもしれないが、とんでもない。心の底からお前を馬鹿にしているのだ。

「まあまあ、それも管理職の給料のうちだよ。お前はそういう立場にいるんだから、少しぐらいは我慢しないと」

「胃潰瘍《いかいよう》になりそうだ」

「ピロリ菌を除去しろ。そうすればもう、胃潰瘍の心配はしなくて済む。胃癌のリスクも減るぞ」

「分かってるが、医者に行ってる暇がない。倒れて初めて、病院に運ばれることになるんだろうな」

「心配するな。人間は案外頑丈だから」

「まったく、澤村の奴は……今さら二十年も前の事件を持ち出してきたんだぞ。いったいどうするつもりか知らんが」

「ほう」辛い物を無理に食べた時のように、体の中心が燃え上がった。「二十年前とは、えらく古い話だな」

「原木署で起きた事件なんだが……覚えてるだろう？　お前、あの頃原木署にいたよな」

「ああ」

「その時の犯人が殺されて……まあ、こんな話はいいだろう」

「いや、そうか……神田だな？　新聞で読んで、どこかで聞いた名前だと思ってたよ。だけどお前が話したくないなら、無理に話す必要はない」

「だったらやめておく。すまんな、つまらん話で」

「とんでもない。お前の話はいつでも重要だよ。つまらない訳がないだろうが」

電話を切り、汗で濡《ぬ》れた携帯電話のディスプレイを肩の辺りで拭《ぬぐ》う。奴らが追いついてきた？　いや、それはあり得ないだろう。二十年も前の事件、とうに封印されて終わってしまった事件に関して、今さら穿《ほじく》り出せるとは思えない。余計な心配は無用だ。それにしても暑いな……普通の人間が苦痛に感じるほとんどのことは苦にならないが、この暑さだけは何とかならないか、と思う。汗は、精密作業の大敵だ。仕方ない。少しだけ窓を開けて風を入れよう。

立ち上がり、窓を細く開ける。予想通り、熱い風が吹きこんで頬を叩《たた》いた。汗が引くような温度ではないが、少しは体を冷やしてくれるだろう。一瞬時間を忘れ、窓の隙間から顔を晒《さら》し続けた。はっと我に返り、慌てて窓枠の下にしゃがみこむ。危ない、危ない……外から見えにくい場所にあるとはいえ、ここは住宅地の只中《ただなか》なのだ。どこで誰に見られているか、分かったものではない。

低く身を屈《かが》めたまま、部屋の奥へ進み、用意しておいた猟銃を手にする。手入れは入念に。いくら練習を積んでいても、いざという時に整備不良で役にたたなくては、何にもならないのだから。

準備。何よりも大事なのはそれだ。普段の準備を怠るから痛い目に遭う。警察の傲慢《ごうまん》さをふと思った。何事かが起きてから力で圧しようとするのが警察、特に捜査一課というものである。それでは駄目だ。普段から網を張り巡らせ、いざという時にはすぐに走り出せるようにしておかないと。

それを怠った時、警察は出し抜かれる。

◇

またか。澤村は建物を見上げ、目を細めた。人影……今度ははっきり姿が見える。窓を細く開け、その空間に顔を挟みこむようにして風を受けているようだ。前に見た時にはホームレスかと思っていたのだが、どうも様子が違う。髪は綺麗《きれい》に刈り揃えられているし、服装もこざっぱりとしたシャツだ。無意識のうちにカメラを取り出し、シャッターを切る。横顔しか写っていないか。どこかで見たような記憶があるが……しかし、わざわざ正面に回りこんで撮影することもないだろう。相手に気づかれてしまうのも嫌だった。無用のトラブルの原因になる。

窓が閉じる。気づかれたわけではないようだが、これ以上うろうろしていても、自分に何ができるわけでもない。時間ができたら所轄の港署に一声かけておこう。そう決めて、長い坂を登り始めた。蟬の声が背中を追いかけてくる。今年の夏は永遠に続きそうな気がしていた。煩《うるさ》い声に交じって、携帯電話の音が鳴り響く。谷口からだと確認して、歩道の端に寄って電話に出る。

「お前、いったい何を摑んだんだ」谷口の声には露骨な疑念が混じっていた。

「まだ何も摑んでませんよ」

「鬼塚の名前が出てきたぞ」

「ええ」本当は大声で「当たりだ」と宣言したかった。何とか耐えて、低い声で反応する。「そうですか」

「分かっていたんじゃないのか」

「そんなことはありません」

「何を考えてるのか、今のうちに話しておいた方がいいぞ」

「もう少し、一人で走らせてもらえませんか。何も分からないうちに、いい加減なことは言いたくないんです」

「それが本音か」谷口が盛大な溜息《ためいき》をつく。澤村には悲鳴のように聞こえた。

「本音は……西浦さんを混乱させたくないだけです。あの人は、すぐに人の言葉に左右されるから」

谷口の反応に、澤村は驚愕《きょうがく》した。笑ったのだ。仕事の話の最中に谷口が笑うなど、滅多にない。

「笑ってる場合じゃないと思いますが、課長」

「ああ。それともう一つ、当時の原木署の係長なら、すぐに摑《つか》まるぞ」

「誰ですか」

「防犯協会連合会事務局の畑野《はたの》さんだ」

「最後は南沢《みなみさわ》署長で辞めた畑野さんですか？」

「そう、あの畑野さんだ。知ってるな？　ここから先は自分で何とかしろ」

「お手数をおかけしました」

電話を切ると、じっとりと汗をかいているのを意識する。鬼塚……ここでもまた名前が出てきた。頭の中で、勝手に推理が走りそうになるのを何とか押しとどめる。材料が少ない状態で推理を組み立てても、単なる希望的観測に終わるのが常だ。それを元に材料を集めても、出来上がるのはどこかちぐはぐで歪《ゆが》んだ構造物である。

急げ。少しでも多くの材料を集めるのだ。

県防犯協会連合会、略して県防連の本部は、県警本部にもほど近い山上町《やまがみちょう》にある。幹部級の天下り先であり、特に防犯関係のＯＢが多数在籍していた。澤村は生活安全課の幹部とは特に交流がなかったが、畑野とは面識があった。駆け出しの所轄時代に風俗店の手入れを手伝った時、指揮を執っていたのが生活安全課の管理官だった畑野なのだ。一度でも何かで係《かか》わりができれば、一生縁が続くのが警察という組織である。鬱陶《うっとう》しくもあるが、こういう時には頼もしい。

　最後は署長にまで上り詰めた相手にどう接するか。悩んだが、まさか県防連の本部に直接乗りこむわけにはいかない。そこまで親しい仲でもないのだ。結局、すぐ近くから電話を入れることにした。

　予想はしていたが、畑野は澤村を覚えていた。一度きりの接点だったが、その後俺が遭遇した事件のことを知らないわけがない。変な意味で有名人であることの利点もあるな、と皮肉に思った。

「どうした」畑野の声は温かかった。太った人間に特有の、少しかすれた声。声帯が喉《のど》の脂肪で圧迫されているのだろう。

「ちょっとお会いできませんか。昔の話がしたいんです」

　畑野が腹の底から湧き上がるような笑い声を発した。

「昔話をするような年じゃないだろうが、お前さんは」

「いや、昔の話はいつでも参考になりますから」

「そうか」澤村の真剣な声のトーンに気づいたようで、畑野も真面目な口調に戻る。

「そうだな……昼飯でも一緒にどうだ？」

「これからですか？」間もなく一時になるのだが。

「この辺、昼時は混むんだよ。最近はちょっと時間をずらして飯を食ってるんだ。それぐらい融通は利くしな……今、どこにいる？」

「目の前です」

「準備万端というわけか。よし、京浜飯店《けいひんはんてん》にしよう。飲茶《ヤムチャ》だ」

「分かりました」

「五分で行く。席を取って待っててくれ」

電話を切り、慌てて歩き出す。長浦市の中心部である官庁街は、この時間帯が一番賑《にぎ》わう。昼飯から帰って来る役人たち、飯抜きで走り回るビジネスマン。相変わらずの人ごみを縫うように走り、何とか約束の時間前に京浜飯店に到着した。五階建てのビル全体を占める、長浦市内で一番大きな中華料理店だが、昼は一階で出す飲茶ランチが有名だ。千二百円で食べ放題は、確かに安い。

円卓につき、香り高いジャスミンティーが出てきた瞬間に、畑野が顔を出した。この前見たのがいつだったか忘れたが、その時よりは明らかに腹回りが大きくなっている。ベルトはもはや用を為さないようで、サスペンダーでズボンを吊《つ》り上げていた。ウェストと太腿《ふともも》のサイズが合わないために、一歩を踏み出す度に余った腿の生地がふわふわと揺れる。

「やあやあ」笑顔で言って、澤村の斜めにある椅子に腰を下ろす。「随分久しぶりじゃないか」

「そうですね」

小振りな湯呑《ゆの》みにジャスミンティーを注ぐ。畑野は右手を二回、手刀を切るように振ってから、湯呑みを口元に運んだ。

「何にする？」

「今座ったばかりですよ」嬉《うれ》しそうに言って、畑野がメニューを取り上げる。

「そうか、そうか」

「料理は頼んだか？」


「お任せします」

畑野が眼鏡を外し、メニューに顔を近づけた。すぐに「よし」と声を上げ、近くにいた従業員を呼ぶ。料理名ではなく番号を次々に告げたが、澤村は十個まで行った所で数えるのを諦《あきら》めた。いったいどれだけ食べるつもりなのか。食べ放題の店で客が得することは絶対にないと言われているが、畑野はどうしても店に損害を与えないと気が済まないらしい。

すぐに料理が並び始めた。どれも美味《うま》そうだったが、巨大なテーブルに載り切れないほどの量となると食欲も減退する。畑野は「さあ、どれでも好きに食ってくれ」と言って嬉しそうに箸《はし》を取り上げ、目の前の皿に次々に手を伸ばし始めた。見ているだけでげんなりするが、澤村も仕方なくつき合って食べ始める。

「相変わらず美味いな、ここは」蒸し餃子《ギョウザ》を口に運びながら畑野が言った。

「そうですね」澤村はまずコーンスープ。ねっとりと濃厚な味つけで、これだけで腹が膨れてしまいそうだった。

「お前さんとは、一度だけ仕事したたな」

「ええ」

「風俗店のガサ入れの時だったか。あの頃から、お前さんの動きは水際立っていた」

「あんなことに、水際立つとか立たないとかがあるんですか」

「あるさ」にやりと笑って、口元をナプキンで拭《ぬぐ》う。「覚えてるか？　店の女の子たちが騒ぎだして――あれは単にパニックになっただけで捜査妨害のつもりじゃなかったと思うが――大変だっただろう。こっちはガサを入れる立場なのに、騒ぎに引っ張られて慌ててしまう人間はいるんだよ。そういう肝の据わってない奴は、結局駄目になる。お前は平然としていたな」

「そうでしたか？」

「そうだよ。俺が見こんだ通り、いい刑事になったみたいじゃないか。話はいろいろ聞いてるぞ」

「まだです。まだ最高の刑事になってませんから」

「その、何だ」畑野が咳払《せきばら》いをした。「あまり自分を追いこまない方がいいんじゃないかな。年寄りの忠告だがね」

「その方が力が出るんです。そういうタイプなんです」

「お前さんがそう言うなら、俺の方では止める理由はないけど……それで、昔の話っていうのは何だ？　あの風俗店の話をしたいわけじゃないだろう」

「二十年前の事件です。畑野さんが原木署で刑事課の係長をしていた時のことなんですけど、傷害致死事件がありましたよね――加害者の名前は神田雅之」

「ああ」急に食欲をなくしたように、畑野が箸を置いた。ゆっくりと顎《あご》を動かして咀嚼《そしゃく》を続ける。太い喉が上下して、食べ物が胃の中に収まると、太い指をきつく組み合わせた。どうして？　澤村は満月のように丸い彼の顔をじっと見た。あの事件は簡単に解決したはずではないか。なのに彼は、在職中唯一の未解決事件のミスを指摘されたかのように、渋い表情を浮かべている。

「どうかしたんですか？　あれはすぐに解決したんですよね。喧嘩《けんか》の上でのことだと聞いてます」

「まあな」

「他に何かあるんですか」

「あった、かもしれない」

「どういうことですか？」

畑野が皿を幾つか脇に片づけ、テーブルの上に身を乗り出した。

「大きな声で話せるようなことじゃないんだが……聞きたいか？」

「そのために来たんです。鬼塚さんの関係ですね？」

畑野がいきなり身を引く。皿が一つひっくり返り、食べ残したシュウマイが彼の肘《ひじ》の辺りまで転がった。呆然《ぼうぜん》と目を見開いて澤村の顔を見ると、眉《まゆ》をぐっと寄せる。

「何でまた、そんな昔の話をひっくり返してるんだ？」

「説明がつかないことがあるからです」

「どういう意味だ」

「まず、何があったのか、聞かせてもらえませんか」

畑野はすっかり食欲が失《う》せてしまった様子で、胃の辺りを大儀そうに擦《さす》りながら煙草を取り出し、太い唇にくわえた。澤村を凝視したまま、手探りでライターを煙草の先に持っていったが、間違って中ほどに火が移ってしまう。慌てて灰皿に放り投げ、新しい一本をくわえた。今度は火は点《つ》けない。視線は、揺れる煙草の先に集中していた。

「あの事件は単純だった……一見しただけではな。駆け出しの巡査でも処理を間違うような事件ではなかった」

「そう聞いています」

「ところが一人だけ、単純な傷害致死という見かけに異を唱えた人間がいた——鬼塚だ。あいつは当時、原木署で刑事になったばかりでね。確か二十七歳だったか……若かった。交番勤務時代の成績が抜群で、刑事課に引き上げられたんだ。その辺、あんたとよく似てるよ。張り切って事件に突《ちょ》っ《とつ》こんで、ひたすら没頭した。正直言って周りは白けてた面もあったけどな。猪突猛進型も結構だが、限界がある」

澤村は自分が批判されているような気になって、肩をすくめた。鬼塚の人物評定も貴重だが、ひとまず話を本筋に引き戻す。

「事件の方はどうだったんですか」

「喧嘩の上で、たまたま人を殺してしまった……どう考えても、それ以上弄《いじ》りようのない事件だった。ところがあいつは、感情的に突っこみ過ぎた」

「何でそんなにのめりこんだんですか」

「被害者がね……」畑野が煙草を唇から引き抜いた。「あいつが交番勤務時代に、ちょっとした係《かか》わりができた相手なんだ。ガラス屋の親父さんで、人のいい、初老の男だったよ。店が泥棒に荒らされた時に、一報で駆けつけたのが鬼塚だったんだ。あいつはドアの鍵《かぎ》がこじ開けられた手口を見てすぐに、その頃頻発していた窃盗事件と同じだと見抜いた。バールでドアを無理矢理こじ開けるやり方だったんだけど、バールの突っこみ方に特徴があってね。運のいいことに、盗犯の連中がその犯人の内偵を進めていて、ガラス屋の事件の直後に逮捕にこぎつけた。幸い、盗まれた金は手つかずのままで無事に返ってきて、それ以来、ガラス屋の親父さんとは昵懇《じっこん》の間柄になったんだ」

「そうですか」ガラス屋の親父と酒を酌み交わす鬼塚……何となくイメージと違う。まだ頭の中でイメージを結ぶほど、彼のことをよく知っているわけではなかったが。

「非番の日なんかに呼ばれて、飯を一緒に食ったりしてね。被害額は大したことはなかったんだけど、金は金だろう？　向こうにすれば、無事に金が戻ってきたのも嬉しかったんだろうし、鬼塚がすぐに手口の特徴に気づいたから犯人が捕まった、と感謝してたんだ」

「実際にそうだったんですか？」

「ああ」畑野の顔に薄《う》っすらと笑みが浮かんだ。「だいたい犯人の目星はついていたんだが、鬼塚がすぐに連絡したんで、盗犯の連中の動きに勢いがついたのは間違いない。それで犯人が自宅に戻って来た時に、その場で逮捕、というわけだよ。鬼塚はその頃から、人にはない目を持ってたんだな。若い連中には、『現場ではしっかり目を開けて全部見ろ』って教えるけど、実際は教えて分かるものじゃない。目の良さは、天性のものなんだ。それはあんたにも分かるだろう。あんたにもそういう目の良さがあるから」

「そういうのは、自分では分からないものですよ」

「周りは皆知ってる。あの事件……瓜生《うりゅう》事件なんか、もう伝説になってるじゃないか」

「よして下さい」澤村は顔の前で手を振った。

暴力団組員の名前を取って呼ばれるその事件は、澤村が所轄で刑事になってすぐに起きた——あの人質事件の直前である。瓜生という暴力団組員が、敵対する暴力団の組長を銃撃し、重傷を負わせた。そのまま逃亡し、警察は狩りに入ったのだが、行方はようとして知れなかった。こういう事件の場合、普通は暴力団員にとって「名誉の負傷」のようなものである。服役すれば箔《はく》がつく。組の中で地位も上がる。そのため、組員がすぐに——身代わりであっても——堂々と名乗り出てくることも多い。

ところが瓜生は水面下に潜ったまま、出てこようとしなかった。捜査陣には、次第に焦りが生じ始めた。一方で襲われた組の方はいきり立って、今にも報復を始めようという勢いになった。

澤村は応援に駆り出された立場だったので、比較的気楽に仕事をしていたのを覚えている。暴力団対策の刑事たちは日に日に顔色が悪くなっていったものだが……長浦で市街戦が始まるぞ、と真顔で心配する刑事すらいた。

澤村は襲撃現場を何度か調べるうちに、不自然な状況に気づいた。銃を撃ったとされる場所と、撃たれた場所をつないだ線が妙なのだ。車を停めて飛び出してきた瓜生が、トランクの上に肘を固定して撃った——銃の反動は大きいから、確実に撃とうとすれば、そういうやり方も不自然ではない。しかし、相手との距離はわずか五メートル。長距離からの狙撃ではないのだから、そこまで慎重になるのは妙である。

車を調べ始めると、すぐに状況の食い違いが明らかになった。瓜生のマイカーはワゴン車であり、セダンのようなトランクはない。しかもどこかで車を借りた形跡もなかった。そして「瓜生が車から飛び出してきた」という証言は、全て撃たれた幹部の周辺から出て来た話である。

狂言だ、と分かったのはその直後だった。幹部を撃ったのは、その組の組員だったのだ。撃たれた幹部は、覚せい剤の横流しを通じて瓜生の組と通じていることが分かっており、その見せしめのための仕組まれた芝居だったのだ。瓜生の犯行をでっち上げ、しかも瓜生が捕まらないとなれば、組同士の全面抗争に突入する理由にもなる。利権争いのために組同士が衝突することはままあるが、この時も何かきっかけ、火花を必要としていたのだ。

「車のトランクというのは、まったく気づかなかったな」畑野が満足そうにうなずいた。

本当は警察にとっては大失態なのだが。車の種類を間違えるなど、絶対に犯してはいけない失敗だ。

「ひどい濡《ぬ》れ衣《ぎぬ》でしたね、瓜生にとっては」

「人が気づかないことを気づく能力っていうのは……天性のものなんだろうな」

「鬼塚さんにもそれがあったんですね」

「ああ。だから重宝されて、どこへいっても捜査の中心になったんだよ。上からは意見を求められ、下の人間にとっては目標になる。それが鬼塚という男だった」

理由は分からないが、何となく落ち着かない気分になった。

「話を戻します。ガラス屋のご主人が、後の傷害致死事件の被害者になったんですね」

「ああ。鬼塚にとっては辛《つら》いことだっただろうけどね……辛さが怒りに変わって、あいつを駆り立てたんだよ」

「酔った上での、単純な事件だったんでしょう？　呑《の》み屋で喧嘩、ということですよね」

「ああ。ところが鬼塚は、ガラス屋のご主人と犯人の間に、以前からトラブルがあったと言い張ってな。その恨みからの、計画的な犯行だと主張した。要は金の貸し借りの問題だというんだが……結局裏は取れなかった」

「金が絡んでいるなら、証明できそうなものですけどね」

「二人の間で現金が行き来しただけだったら、証明しようがないさ」畑野が肩をすくめる。「荒れたよ、あいつは。こんな簡単な事件じゃないって、刑事課をぶち壊しそうな勢いで暴れまくった。殴られた人間も何人かいたな。だけど起訴のタイミングは迫っていたし、犯人も計画的な犯行じゃないと頭から否定していた。全面否定されたら、それをひっくり返すためには、よほど強い証拠を出さないと駄目だ。だけどこの件に限って、鬼塚はそれができなかったんだ。それからだよ、あいつが変わったのは」

「どんな風に？」

「完璧《かんぺき》を期すようになった。どんな犯人でも落とせるように、完璧な証拠を求めて地面を這《は》いずり回るような仕事ぶりでな……どう思う？」

「何がですか」胸の奥で何かがざわざわと鳴った。

「二つの失敗は、人を簡単に変えてしまうっていうことだよ。おっと、俺があんたを非難していると思われたら困るぞ。俺はあんたに対しては別に……」

「同情なら結構です」澤村は手慣れた笑みを浮かべた。「何も気にしていない、自分は乗り越えたと宣言する笑顔。「あれは俺のミスです。自分が一番よく分かってますから」

「いや、まあ……」居心地悪そうに、畑野が体を揺らした。

「それより、その時の犯人の神田が殺されたのはご存じですよね」

「ああ、もちろん」畑野が顔をしかめる。「まさか、あの時の犯人がねえ……正直驚いた。意外だったよ」

「どうしてですか」

「鬼塚は計画的な犯行説を主張していたけど、神田は基本的にはそういうことができる人間じゃないんだ。真面目な小心者で、酒に弱いのが唯一の弱点という男だったから。逮捕された後もぶるぶる震えて、しばらくはまともな取り調べができなかったぐらいだ」

それだけで「真面目な小心者」という評価を下してしまうのはどうだろう。あまりにも表層的ではないか……もしかしたら鬼塚も、自分と同じように考えていたのかもしれない。そういう考えに駆り立てた動機が、ガラス屋の主人との深い関係であったとしても。

「ところであんた、いったい何を調べてるんだ？」畑野が警戒心を丸出しにして訊《たず》ねる。

「申し訳ないですが、今はまだ言える段階ではないんです」

「OBはもう関係ないってことか」畑野がいじけて唇を捻《ね》じ曲げる。

「すいません」素直に頭を下げた。「捜査は継続中なので」

「分かった」畑野がうなずき、胸に顎《あご》を埋《うず》めた。「余計なことを聞いたな」

「いえ」

料理はすっかり冷えていた。立ち上がるタイミングを失ってしまったが、畑野がきっかけを作ってくれた。

「ここはあんたの奢《おご》りでいいな。これぐらい、何とでもなるだろう」

「ええ」

音を立てて椅子を後ろへ押しやり、両手をテーブルについて立ち上がる。一つ溜息《ためいき》をついて、どこか同情を感じさせる目つきで澤村を見た。

「あんたも大変だな」

「何がですか」

「やりたくもない仕事をやらなくちゃいけない。刑事のお勤めは辛いもんだ」

「そもそも自分で選んだ仕事です。今、畑野さんに話を伺ったのも、自分の意思によるものですから」

「つまり、あんた自身が……」言いかけ、畑野が首を振った。「いや、余計なことは言わない方がいいな。こんな場所ではとても話せない」

「申し訳ありません。大先輩に向かって、いろいろ失礼なことを申し上げました」

「気にするな」畑野が右手を上げた。澤村の肩を叩《たた》こうとしたのだろうが、結局手は伸ばさずに、ぱたりと体の脇に倒す。小さくうなずいてテーブルを離れた。

取り残された澤村は、冷えた料理をがつがつと詰めこみ始めた。こんなことをしても何にもならないとは分かっていても、戦闘開始のきっかけが欲しかった。

第三部　狩猟者

1

「お前、自分が何を言ってるか、分かってるのか」西浦の声が怒りで震える。突きつけた指は目標が定まらずに揺れ、見ていると目が回りそうだった。

「もちろん、分かってます」

「どの面下げてそんなことが言えるんだ。だいたいお前は今、有休中だろうが」

「その人間を昨夜《ゆうべ》呼び出したのは、誰ですか」

「それとこれとは話が違う！」西浦が両手でデスクを叩き、その勢いで立ち上がった。

「待て」谷口が割って入った。「まずは澤村の話を聞いてからだ」

「課長、これ以上こいつの肩を持つのはやめて下さい」西浦がついに、上司に牙《きば》を剝《む》いた。「この男の言ってることは滅茶苦茶《めちゃくちゃ》ですよ」

「結論は滅茶苦茶に聞こえるかもしれん。だが、何も理由を聞かないうちに却下するのは俺が許さん」

「冗談じゃ……」反論の言葉が消え、西浦が力なく椅子に腰を下ろした。

中出署の捜査本部には、三人がいるだけだった。電話に齧《かじ》りついての前科者の割り出し作業は終わったようで、他の刑事たちは現場に散って、おそらくは今も間違った方向へ捜査を進めている。

「澤村も座れ」

谷口に命じられ、澤村は西浦の斜め向かいにポジションを取った。正面で向き合うと、言葉が荒れた瞬間に互いに手を出せる。鬼塚の二の舞を演じぬよう、わざと距離を置いたのだ。いざという時には西浦を押さえようというつもりか、谷口が身を寄せるように彼の横に座る。

「順番に行きます。澤村は一呼吸置いて話し始めた。

「順番に行きます。第一の事件の被害者、神田雅之さんは、二十年前に鬼塚さんが捜査に加わった事件の犯人です」

「それは分かってる。だがな、あの事件はとっくに終わってるんだぞ」西浦が息巻きながら割って入る。

「鬼塚さんの中では終わっていなかったのかもしれません。彼は、事件が傷害致死ではなく計画的な殺人だったという見立てに則《のっと》って捜査をしていました。その説が却下された時には、大荒れしたそうです……辞める原因になった事件の時と同じですね。結局起訴事実は傷害致死だったんですが、鬼塚さんがこの件をずっと根に持っていた可能性もある」

「まさか」西浦が吐き捨てた。「刑事は忙しいんだ。二十年も前の事件をいつまでも気にしているわけがない。しかも事件は、完全に終わってるんだぞ」

「管理官の個人的な感想は結構です。俺が知っている鬼塚さんは執念深い——粘っこい刑事だ。納得のいかない捜査だったら、その後も個人的に調べ続けていてもおかしくはない……続いて二番目の事件です。青葉亘は、シャブの斡旋《あっせん》、闇金の営業と、相当あくどいことをしていました。鬼塚さんは個人的に、青葉のことを調べていたようですね。事件にできると思っていたんでしょう。この途中で、青葉が金儲《かねもう》けのために絡んでいた店に、神田が客として来ていたことを突き止めていた可能性が高い。そして理由は分かりませんが、青葉に対する捜査は中途でストップしています。それが一年ほど前でした」

「その頃、あいつがいた北山署で殺しがあった」谷口が割りこんだ。「その捜査本部事件で忙殺されたはずだ。他の事件に取り組んでいる暇はなかっただろうな」

「その後で例の一件があって、鬼塚さんは警察を離れることになりました」澤村は話の続きを引き取った。「そして今回の、四番目の事件です。鬼塚さんが辞表を書かざるを得なくなったあの事件に、まさに関係したものじゃありませんか。四件の殺しのうち、三件に鬼塚さんが関係している。偶然にしてはちょっと、確率が高過ぎますね」

「ふざけるな」西浦の声は怒りで震えていた。「お前はあいつを知らない。知らないからそんなことを言ってるんだ」

「そんなことってどんなことです？　私はまだ、鬼塚さんが何かやったと言ったわけじゃない」

西浦がぐっと唇を嚙《か》む。抗弁の言葉を探しているようだったが、無駄な努力に終わったようだった。

「そういえば西浦さん、鬼塚さんとは警察学校の同期ですよね。だからあの人のことを庇《かば》うんですか」

「庇うも何も、あいつがそんなことをするわけがないんだ。俺が知る限り、あいつは県警の中で最も正義感が強い男だぞ」

「でも辞めてしまった。自分の価値観と警察の価値観に狂いが生じたからでしょう。上司を殴って辞めるというのは、勤め人なら誰でも夢に見ることですけどね……課長」

谷口が顔を上げる。まだ表情は戸惑いに支配されていた。鼻の頭を人差し指で擦《こす》りながら、しばし思案を続ける。やがて意を決したように、腿《もも》を平手で強く叩いた。

「この件は捜査本部では取り上げない。当面は、な」

「しかし、課長――」澤村は身を乗り出した。

「お前が自由に調べてみろ。それで何か出てくるようだったら、本格的に捜査に乗り出す。とにかく今の段階では、人手を割り振るほどの情報とは思えない。偶然の一致ということもあり得る」

「分かりました」意識していかめしい表情を作り、澤村はうなずいた。計算していたことである。自分の主張が単なる可能性でしかないことは分かっていたし、元刑事——それも優秀な刑事を容疑者として取り上げることに抵抗感があるのも予想できた。だからこそ、自分一人で調べてみるつもりでいたし、谷口がそのように指示してくるのも想定の範囲内だった。

「課長、こいつにフリーハンドを与えるつもりですか」西浦が嚙みついた。

「冷静になれ、西浦。今のところ、容疑者につながる材料は一つもない。偏見抜きで何でも調べてみるべきだろうが。それに、澤村一人が動いているだけなら、捜査本部の動きにも影響はない」

「しかし——」

「責任は俺が負う」その一言で、谷口は会談の終了を宣言した。澤村はゆっくり立ち上がり、二人に向かって頭を下げた。これでお墨つきを得たことになる。背後を気にせず、突っ走れるのだ。

最高の刑事になるために。おそらく鬼塚がそう考えていたのと同じように。

捜査本部を出た瞬間、谷口に引き止められた。澤村の名前を呼んだ後は一言も発せず、非常階段の方に早足で歩いて行く。踊り場で立ち止まり、くるりとこちらに向き直った。

「鬼塚を調べるとなると厄介だぞ」

「分かっています」

「気をつけないと、足元をすくわれる」

「注意します」

「お前とここで会う前に、ちょっと調べてみた。西浦の前では言わなかったが、鬼塚は今、所在不明だ」谷口が右手を左から右へさっと払った。それで鬼塚の存在を消してしまえるとでもいうように。

「どういうことですか」

「分からん。奴は奥さんと二人暮らしだったんだが、県警を辞めた後に家を出たらしい」

「家庭のトラブルですか」

「理由は、奥さんにもはっきり分からないようなんだ。俺は電話で話しただけだが、どうにも要領を得ない。その辺から調べるのが手っ取り早いかもしれない。できれば、女性が一緒の方がいいんだが……永沢を使え。短い時間でもあいつとコンビを組んでいたんだから、手の内も分かっているだろう」

「いいんですか」

「ああ。後始末は俺がしておく」

「そんな重要な情報、どうしてさっき言わなかったんですか」

「西浦は、鬼塚とは単なる同期というだけじゃない。親友と言っていい間柄なんだ。西浦が唯一愚痴を零《こぼ》せる相手が鬼塚だったんだ。鬼塚が辞めてから、どういう関係なのかは分からないが」

「今でも連絡を取り合ってるとしたら……」

「人間は意図しなくても、自分の所属する組織を裏切ることがあるかもしれない」真顔で谷口がうなずいた。

「それは――」

「今は、それとこれとは別問題だ。とにかく走れ。ただし、連絡を怠るなよ。好きにやっていいが、糸の切れた凧《たこ》になったら困る」

「分かりました」

「――澤村」

階段を一段下りた澤村は、谷口の言葉に引き戻されて後ろを向いた。

「そろそろ、いいんじゃないか」

「何がですか」

「自分を追いこむのは、これぐらいにしておいた方がいい。緊張感や義務感だけで仕事をするには限界がある。乗り越えるなり、忘れるなり、新しい自分を――」

「すいません。今はその話をするタイミングじゃないと思います。自分を追いこむのをやめるのは、死ぬ時です」深々と頭を下げ、谷口に背を向けた。俺一人の問題じゃないんですよ、課長。あなたが事件の呪縛《じゅばく》から抜け出すにはどうしたらいいかも、考えるべきでしょう。

初美の電話はつながらなかった。重要な聞き込みの最中で、電源を切っているのかもしれない。しかしフリーハンドを与えられた澤村の頭には、やるべきことが次々と浮かんでいた。まず、県警本部に電話を入れる。特段会いたくもない相手だったし、プロファイリングを信用しているわけでもなかったが、今はどんなヒントでも必要だった。

「はい、橋詰でーす」のんびりした声が返ってくる。

「澤村です。会えませんか」前置き抜きで切り出した。相手の手足を縛り、逃さない手法。

「いいよ」特段緊張も警戒した様子もなく、橋詰が答えた。「ああ、そうね——ここに来られますかね。今ちょっと手が離せないんで」

「構いませんけど、どうしたんですか」

「棚卸し」

「棚卸し？」

「そうそう。この仕事はとにかく資料が溜《た》まっちゃってね。月に一度は書類の整理をしないと、座る場所もなくなるんですよ」

「立ったままでも話はできますよ」

突然、橋詰が破裂するような笑い声を上げた。

「面白い。あんたはとにかく興味深い人ですね。一度ゆっくり、あんた個人のことで話を聞かせて欲しいな」

「お断りです」

頭痛の原因になる橋詰の馬鹿話をこれ以上聞かずに済むよう、電話を切った。この男の話が本当に役立つのだろうか、と一抹の不安を抱えながら。


確かに棚卸しが必要な部屋だった。橋詰は情報統計官という肩書きに相応《ふさわ》しく、個室を与えられていたのだが、上司に覗《のぞ》かれたら早晩立ち退きを求められるかもしれない。

大学教授の部屋といった作りで、間口が狭く奥に深い。一番奥は窓で、運河が見下ろせる位置にあるが、彼はそちらに背を向けてデスクを置いていた。部屋の両側の壁を本棚とファイルキャビネットで埋めているので、ただでさえ狭い部屋がさらに細長くなっている。部屋の中央にあるテーブルには書類と本が積み重なり、近くを大型トラックが通りかかっただけでも崩壊しそうだった。デスクの上にもあちこちに書類が積まれ、開いたファイルキャビネットから引っ張りだしたらしい段ボール箱が床に積み重なっている。装飾品の類《たぐい》はまったくないが、壁に賞状が一枚、無造作にテープで貼りつけられている。弓道……インターハイ入賞の賞状だ。どうもこの男のイメージとは合わないが。

橋詰本人は、デスクに重なった書類と本の後ろに隠れている。何かが動いているのが辛うじて見えたので、彼の所在が確認できた。

「座って」堆積物《たいせき》の隙間から目だけ覗かせて橋詰が言った。

「どこへ？」

「ああ……そうね」橋詰がゆっくりと腰を伸ばす。「お好きな所へどうぞ」

馬鹿言ってるんじゃない。零れそうになった言葉を口中で押し潰《つぶ》してから、澤村は何とか使えそうな丸椅子を見つけ出した。座面はやはり書類で埋まっていたが、慎重に全部を取り上げてテーブルに移すと、ようやく橋詰と相対できた。

橋詰はもじゃもじゃの髪に手を突っこみ、何かを捜すように自分のデスクに視線を彷徨《さまよ》わせていた。

「捜し物でも？」

「いや……何を捜しているかを忘れた」にやりと笑い、橋詰が腰を下ろした。またもや体が半分ほど見えなくなる。「それで澤村先生は、今日はどういうご用件で？」

「ある男の性癖を分析したいんです」

「性癖」真面目な顔で橋詰がうなずいた。「その男は幼児期に親の虐待を受けていて、腹いせに犬や猫を殺すようになった。長じて女性に対する劣等感から、殺した相手を犯すような性犯罪者になったとか？」

「どこかの小説で読んだような分析はいりません。その男は極めて優秀な刑事だった」

彼の軽口に苛立《いらだ》ちを覚えながら、澤村は言った。「あまりにも切れ過ぎて、周りの刑事のトロさが我慢できずに独断専行で捜査を進めることもあったけど、その手腕は高く評価されていた」

「何だ、自己分析して欲しいんですか」呆《あき》れたように、橋詰が両手を前へ投げ出す。

「自分の性格ぐらい、人に聞かなくても自分で分かるんじゃないの」

「俺のことじゃない」言いながら澤村は、確かに自己分析を開陳しているようだ、と思った。「鬼塚さんです。今年、県警を辞めた鬼塚さん」

「ああ」どういうわけか、橋詰の巨体から空気が抜けたように見えた。「嫌な人の名前を出すんだね」

「知り合いですか」

「知り合いじゃない。断じて」橋詰が思い切り首を振ると、もじゃもじゃの髪が強風に吹かれた枝のように揺れた。「あの人はね、俺を追い出そうとしたんだ」

「追い出す？」

「ある事件、とだけ言っておきましょうか。ディテイルを思い出したくないんでね」橋詰が気取って両手を組み合わせる。「俺は捜査本部への出頭を要請された。ケチな強盗事件だったけど、犯人のプロファイリングを頼まれてね。奴《やっこ》さんは俺が顔を出すなり、一言『失《う》せろ』と言いやがった」

「また何か、余計なことを言ったんでしょう」

「まさか。この紳士的な俺が、人を怒らせるようなことを言うはずがない。澤村先生とは違うんだよ。そもそも一言も喋《しゃべ》ってなかったし」

橋詰が胸に両手を当てる。澤村は忍び寄る頭痛と闘いながら、首を振った。「紳士的な俺」。人間は自分自身を分析できないものだ。

「それにしても、いきなり叩《たた》き出すとは穏やかじゃないですね」

「あの人は、プロファイリングの類を全然信じてないんだね。心理学なんか、学問じゃなくてえせ科学だと思ってる。そもそもプロファイリングっていうのは、情報の蓄積と分析、犯罪の傾向を調べて犯人像を浮かび上がらせるだけなのに、自分の足で現場を歩かない人間が『犯人像は』なんて言い出すのが気に食わないんじゃないかな」

「鬼塚さん本人がそう言っていた？」

「いーや」橋詰がにやりと笑う。「俺が自分で分析した。ある意味、分析しやすい人だよね」

「そうですか……それで、他には？」

「ちょっと待った」橋詰が書類に乗り出すように顔を突き出した。「澤村先生は、何で鬼塚の旦那《だんな》のことが知りたいわけ？　彼はとっくに辞めた人間でしょうが。こっちとしてはザマアミロという感じがないでもないけど、とにかくもう、警察には関係ない人だ」

「彼が、連続殺人に関係しているかもしれない」

「何でまた、そんな突拍子もないことを」橋詰が目を丸くする。

「それを教えてもらえるんじゃないかと思って、ここへ来たんです。鬼塚さんが連続殺人事件の犯人である可能性はあるのか。犯人像と鬼塚さんに重なる点はあるのか」

「たまげたな。いきなりぶっ飛んだ話を持ってくる人だね」橋詰が呆れたように肩をすくめた。「だけどまあ……俺の商売としては興味深い話だ。一つ、やってみましょうか。作業の準備をしないといけないから、少し手伝ってくれる？」

「何で俺が棚卸しの手伝いをしなくちゃいけないんですか」

「まあまあ。とにかくパソコンを使えるようにしないと話にならないから……その辺にある空の段ボール箱、こっちに持ってきてくれない？　すぐ終わるからさ」

　橋詰の言う「すぐ」は一時間だった。澤村は埃《ほこり》っぽい空気を吸い続けて、作業が終わる頃には咳《せき》が止まらなくなっていた。橋詰はすっきりした表情で両手を叩き、「では、コーヒーでも淹《い》れてしんぜよう」などと呑気《のんき》に言い出した。

「そんな時間はありませんよ」

「いいから、いいから。こういうことには時間がかかるんです。眠気覚ましのコーヒーは必須《ひっす》だよね」

　澤村が睨《にら》みつけるのを無視して、橋詰はコーヒーメーカーをデスクの隣の棚から引っ張り出した。デスクの引き出しからはコーヒーの粉とミネラルウォーターが出てくる。こんなところに私物を隠しているとは……県警の規範を澤村は疑ったが、実際は自分も規範というものを根本的に信用せず、嫌っていると気づいて口をつぐんだ。

コーヒーの準備が終わり、パソコンの電源が入ると同時に、橋詰の質問攻めが始まった。

「勤務年数は」

「所属が最も長かった部署は」

「昇進は順調だったか」

「賞罰は」

当然、澤村が返事に困る質問もある。そういう時橋詰は、どこかへ電話をかけて相手を辟易《へきえき》させた。

「だーかーらー」一音ずつ引き伸ばしながら、ねちねちと圧力をかける。「分からない話じゃないでしょ？　急いで調べて下さい。五分以内に返事をくれないと、おたくも分析しちゃうよ」

そういう台詞《せりふ》が脅しになったのか分からないが、必ずすぐに折り返し回答があった。最後はほとんど澤村を頼らず、あちこちに電話をかけて情報を集めてしまった。

「さて、と」モニターから顔を上げ、唇をきゅっと引き結ぶ。初めて見る真面目な表情だった。「この人、潜在的な犯罪者だね」

「そもそも刑事という人種は、細いロープの上を歩き続けているようなものです」教授然とした口調になって、橋詰が話し始めた。長くなると覚悟して、澤村は両足を伸ばして楽な姿勢を取った。

「何かと誘惑が多い商売なのは、澤村先生にも分かるでしょう。悪っていうのは、それなりに魅力があるものなんですよ。金になったり、性欲を満たしてくれたり……ほとんどの刑事は、本能的に、あるいは後から叩きこまれた倫理観で悪を避けて、自分の仕事に邁進《まいしん》できる。ところがね、時にその悪に染まってしまう人間がいるのは事実です。取り締まるべき相手に取りこまれて、自分もミイラになっちゃう」

「確かにそういうスキャンダルは昔からあるけど、一課は違いますよ」

「そう。前にも言ったと思うけど、刑事は簡単には人を殺したりしない。だけどあんたたちは、時々人を痛めつけるでしょう？　いくら気をつけるように言われても、避けられないことがある。取り調べで暴力を振るうようなことは少なくなったけど、それは上からしつこく言われ続けたからだ。今でも昔のように自白偏重で、『とにかく吐かせろ』という方針だったら、多くの刑事が暴力を振るうのを躊躇《ためら》わないでしょうね」

「今は、そんなことはない」

「あるいは」橋詰が顔の横で人差し指をぴんと立てた。澤村の話をまったく聞いていない。「凶悪犯を追い詰めたとする。ただし相手は一人、こっちは何人もいる場合はどうかな。簡単に制圧できるのに、つい手荒な真似をしてしまうことはないですか」

澤村はぐっと言葉を呑《の》んだ。覚えがないわけではない。払い腰をかける時に、相手の体が死んでいるのにわざわざ自分の全体重をかけてアスファルトに叩きつけたり、警棒で殴りかかる時にわざと骨の硬いところを狙ってみたり——相手に怪我をさせないのが逮捕術の基本だが、少し運動神経のいい刑事ならば、怪我をさせずに痛みだけを与える方法を知っている。

「そういう行為を、個人的には断罪できないんだよね」橋詰が両手を組み合わせ、顎《あご》を支えた。「それは人間の自然な性癖、行動パターンだから。相手を憎めば憎むほど、刑事の責務としてではなく、人間の本能として痛めつけてやりたくなる。もちろん建て前としては、あんたたちは法のため、社会の秩序を守るために犯罪者を捕まえるわけだ。だけどもっと根っこの部分を探れば、悪を憎む気持ちが刑事としてのモチベーションになるんです」

「それの何が悪いんですか」

「憎しみは、ほんの少し変化させるだけで、邪悪な気持ちになる。憎しみが大き過ぎると、相手を叩き潰《つぶ》すためにはどんなことでもやる、という歪《ゆが》んだ正論になってしまうわけですよ。端的に言えば、悪を滅ぼすためには自分も悪になる、という感じかな」

「それは極論でしょう」澤村はじんわりと額を揉《も》んだ。

「戦争の理屈と同じじゃないかな。有史以来、戦争の原因は主に二つしかない。金と宗教だ。それを後づけの理由であれこれ正当化しようとする。そういうのを聞くと、本当に白けるね。もっと本音で語ってもらった方が話が早いんだけど……ま、ちょっと話がずれたけど」一つ咳払《せきばら》いをし、コーヒーを一口飲んだ。「俺が独自に研究していることだけど、『近親効果』というのがあります。親に近い、という意味ね」

「悪に接しているうちに悪に染まる、ということですか」

「惜しいけど、ちょっと違う。自分はあくまで正義の側にいるけど、取るべき手段が悪と同じ、ということです。今回は典型的なケースじゃないかな」

「過去に前例はあるんですか」彼の頭の中ででっち上げられた空論を喋られたのでは、たまったものではない。

「ここまで極端なケースはないけどね。俺が注目しているのは、被疑者に暴力を振るった刑事のケースです。そういう人間を調べた調書を見ると、表面上はともかく、まったく反省していないんだな。むしろ、自分がどうして責められているのか理解できないケースがほとんどだ。澤村先生にも分かるように、話の流れを説明しましょうか」

頭の悪い生徒扱いされたことにはむっとしたが、うなずいて先を促した。

「ある事件で、特定の人物を犯人だと確信したとする。しかし決定的な証拠はなくて、逮捕には至らない。心証としては真っ黒なんだが——澤村先生ならどうします？」

「証拠が固まるまで調べる」

「どうしても固まらなかったら」

「絶対に固める」

「こりゃどうも、ね」橋詰が力なく溜息《ためいき》をついた。「あんたは今まで、そういうことで失敗した経験がないようですね。でも、これから挫折《ざせつ》するかもしれないよ？　そうなった時はどうしますかね」

「失敗しないようにすればいい」

「話しにくい人だね」橋詰が苦笑した。「とにかく、あんたのような刑事は失敗を認めたがらない。仮に失敗すると、それは容疑者のせいだと考えるようになる。そうなった時、その刑事はどうすると思う？　容疑者に対して、私的に制裁を加えようと考えてもおかしくはないんだ。口の堅い、どうしようもない容疑者を殴りつけて喋《しゃべ》らせようとする刑事は、その一歩手前にいるだけですよ」

「鬼塚が、容疑者に私刑《リンチ》を加えていると？」

「その可能性は否定できないんだよなあ」橋詰がノートパソコンのモニターを閉じた。

「本当にそうかどうかは鬼塚に直接聴いてみないと分からないけど、一つ、気になることがあるんだ。四つ目の事件で現場に残されていた挑戦状のことだけどね、あれはマジだと思うよ。仮に一連の事件の犯人が本当に鬼塚だとしようか。警察内部のことは誰よりもよく知っている。警察に挑戦して勝つつもりでいても、まったくおかしくないでしょう」

「鬼塚がやったと分かっていれば、捕まえたも同然ですよ」

「犯人だと割り出すのと、逮捕するのはまったく別の問題だけどね。指名手配されて、そのまま逃げ切ってる人間がどれだけ多いと思う？　澤村先生も知らないわけじゃないでしょう」

　橋詰の告げる事実を、澤村は淡々と受け止めた。確かに彼の言う通りである。四件の連続殺人の犯人が鬼塚だと確定することはできるかもしれないが、それだけでは今回の仕事は終わらない。「残り一人」――鬼塚は間違いなく次の犯行を予告している。捕まえなければ、これまでの経緯から考えて、間違いなく犠牲者が出るだろう。

「次の犯行を防がないと」

「ということで、澤村先生は、鬼塚が係《かか》わった事件の被疑者をひっくり返そうとしているわけだ。彼が目をつけて、しかし逮捕できなかった人間は誰だったか、とか」

「それが自然な見方でしょう」

「甘いねえ。あんたももう少し、科学的な分析を信用した方がいい。勘なんて、全然当てにならないんだから。いいですか？　鬼塚の考え方、行動パターンを考えると、本当のターゲットは簡単に見えてくる」

「……警察？」

「大当たり。ということは、澤村先生の勘も馬鹿にできないかな？」橋詰が無様にウィンクした。「彼は大きなトラブルを起こして警察を辞めざるを得なくなった。その結果、警察を憎むようになるのは自然な心理ですよ。優秀な自分を追い出す警察という組織の方が間違っているってね。そんなことはないのに……組織より大きな個人なんて、存在しないんだから。だけど鬼塚のように自意識の強い人間なら、そう考えるのはむしろ自然だ」

「となると、彼が一番恨んでいる人間を襲う……」

「だろうね。警備を固めるなら今のうちだよ。今のところ、向こうが一歩も二歩も先を行ってるみたいだから」

澤村は立ち上がった。無理な姿勢を取り続けていたので腿《もも》が痺《しび》れていたが、無理にストレッチして緊張を解《ほぐ》してやる。

「あんたなら、何とかできるかもね」

「どうしてそう思います？」

「鬼塚の立場になって考えれば、彼の行動パターンが読めるんじゃない？」真顔で橋詰が告げる。「実際、あんたは鬼塚とそっくりだから、難しくないと思うよ」

絶対に認めたくない指摘だった。

2

ライフルを慎重にケースにしまう。この中にライフルが入っていると分かるのは、自分でもライフルを撃つ人間だけだろう。ほとんどの人は、ライフルケースの形を知らない。それにライフルを持っているのを見られても、俺はまったく困らない。正式な所持許可は得ているのだから。銃器を楽器のケースなどに入れる場面を劇画や映画でよく見るが、あれはかえって目立つものだ。楽器など弾きそうにない人間がそんなものを持っているのは、いかにも不自然である。

全ての道具をまとめ、一回り大きなバッグに納める。かなりの大荷物だが、夜だし、見咎《みとが》める人間もいないはずだ。

教室を抜け出し、真夏に相応《ふさわ》しくない冷気が満ちる廊下を、腰を低く落として歩いて行く。階段を下り、正面玄関を避けて裏口に回った。テニスコートの端を選んで歩き、道路と隔てる金網の隅まで来る。ここに、人が一人通れるぐらいの穴が開いているのだ。廃校になってから、誰かが悪さして開けたわけではないようだ。切り取られた金網の腐食具合から見て、それよりずっと前にこうなって、そのまま放置されていた様子である。先に抜け出し、後から荷物を引っ張り出す。

こちら側は完全に裏道になっていて、周囲には民家もない。坂道をゆっくりと下り、近くのコイン式駐車場へ。車はそこに停めっぱなしだった。恐れることはまったくない。とにかく自然に振る舞うこと――それが何よりも肝要なのだ。

さあ、いよいよ仕上げだ。この日のために数か月を捧《ささ》げてきた。失敗は許されないが、失敗する気はまったくしない。自信が満ち溢《あふ》れ、体が一回り膨らんだようだった。ゲームはこれからが本番だ。俺についてこられるか、澤村？

◇

「菊川《きくかわ》さんだな」谷口が断言した。

「一課長……長浦中《ながうらなか》署長の？」澤村はすぐに彼の顔を思い浮かべることができた。谷口の前の一課長である。

「ああ」

「鬼塚の直属の上司だったわけじゃないでしょう」

「鬼塚が辞めた時には、な。しかし鬼塚が一番長く上司と部下の関係にあったのが菊川さんなんだ。そういう縁もあって、最終的に鬼塚に引導を渡したのもあの人だ」

「菊川さん本人には知らせたんですか」

「まだだ。まず十分な対策を練ってからにする。警護態勢が整っていない状態で、無用な心配をさせることはないだろう」

「そうですね」澤村は無精鬚《ひげ》の浮いた顎《あご》をゆっくりと撫《な》でた。「次の凶器は銃かもしれません」

「どうしてそう思う？」谷口が目を細めた。

「オリジナリティの問題です」

「どういう意味だ」

「鬼塚は、殺し方に独特のこだわりがあるようです。普通、連続殺人犯は同じ手口にこだわりますよね。それこそが自分のアイデンティティであるとでもいうように。ところが鬼塚は、そういう常識を吹っ飛ばそうとしているようです。毎回違う殺し方をすることで、自分の能力を俺たちに見せつけようとしているのかもしれません」

「異常だぞ、それは」

「人を殺そうとする人間は、誰でも異常な心理を抱えています。我々は経験からああだこうだと言ってるだけで、本当は犯罪者の心理なんか分からないんですよ」

「馬鹿な。いや、そうかもしれん……しかし鬼塚は、一度銃を使っているぞ。お前の読みが正しければ、繰り返しはないんじゃないのか」

「例えば狙撃はどうですか？　ライフルという手があります。ちょっと調べたんですが、鬼塚は今年の春、警察を辞めた後に猟銃の所持許可を取っています。それに、警察時代の射撃の成績は優秀でした。拳銃《けんじゅう》とライフルという違いはあっても、少し練習すれば十分じゃないですかね」

「狙撃となると厄介だな……警備の連中にも手を借りよう」谷口がぎりぎりと歯軋《はぎし》りした。

「いいんですか？　あっちとは犬猿の仲でしょう」

「この際、そんなことを言ってる場合じゃない。人の命がかかってるんだ。効果的な警護方法をすぐに提案してもらう」

谷口が傍らの警察電話を引き寄せた。夕方の捜査本部。外回りをしていた刑事たちも急遽《きゅうきょ》呼び戻され、ざわついた空気が広がっていた。警護の手配が済んだら、新たな捜査方針が発表されることになっている。一気に連続殺人事件の犯人に辿《たど》り着くチャンスということで、港署、臨海署からも刑事が呼ばれていた。

西浦はずっと押し黙ったまま、虚空を睨《にら》みつけている。だが時折、不安が噴き出すように視線が揺らぐのを澤村は見逃さなかった。同期の優秀な刑事が犯人……考えただけでも落ち着かないだろう。だが、単にそれだけとは思えなかった。思い切って声をかけようとした瞬間、後ろから肩を叩《たた》かれる。初美が不安そうな表情で立っていた。話がしたいのだと分かったので、ドアの方に向けて親指を倒して見せる。

「何か？」捜査本部の喧騒《けんそう》から一時的に隔離された廊下に出ると、澤村は訊《たず》ねた。

「西浦管理官なんですけど……」切り出した初美の顔色は蒼《あお》い。

「どうかしたのか」

「もしかしたら、鬼塚と何か話をしていたかもしれません」

「何だって？」顔から血の気が引くのを感じた。まさか、本当に捜査情報を流していたのか……。

「ちょっと、ちょっと待って下さい」初美が攻撃を防ぐように、顔の前で両手を挙げる。「相手が本当に鬼塚かどうかは分かりませんよ。愚痴を零《こぼ》してただけですから。たまたま、そこの踊り場で携帯電話で話しているのを聞いたんです」

「本人に突っこんでみるか」

「本気ですか？」

「ああ」認めてから、次の言葉を呑《の》みこむ。「……いや、今はやめておこう。もしかしたら、いろいろな意味で致命的な材料になるかもしれない」

「ですよね」初美が眉根《まゆね》を寄せた。「捜査の秘密を漏らしでもしていたら……」

「相手がOBだからといって、大事な事情を明かしていいわけがない。それぐらいは常識だ」うなずき、踵《きびす》を返した。あまりにも危険な情報であり、どう扱っていいのか、この時点では判断ができなかった。澤村は西浦を嫌っている。無能な人間には我慢できない。しかし鬼塚との関係に関するこの情報は、西浦の警察官人生を終わらせてしまう可能性もある。自分にそんなことをする権利があるとも思えなかった。

「澤村さん」再度呼びかけられ、足を止める。肩越しに彼女の顔を見ると、露骨な困惑が浮かんでいた。

「私たちは何をするんですか」

「それは課長が決めることだ」あるいは刑事部長が、もしかしたら本部長が。事件は既に、そのレベルで判断すべき段階に入っている。

「澤村さん、鬼塚さんと一緒に働いたことはないんですよね」

「ああ。不思議とどこでも一緒にならなかった。うちの県警もそれなりに大きいから」

「会ったことは？」

「――一度だけある。もう何年も前だから、顔もよく覚えてないけど」しかもこちらは放心状態だった。「君は知ってるのか」

「ええ、だって、北山署で一緒でしたから」

「写真はないかな。できるだけ写りのいいやつ。まだ顔写真を手に入れてなかった。君は写真が趣味だから——」

　初美が含み笑いを漏らしながら、携帯電話を取り出した。キーを操作し、写真を呼び出すと、澤村の眼前にかざす。

「私も、澤村さんと同じようなことをしようと思ったんですよ。署員の顔を覚えようと思って、写真を撮りまくっていたんです。真ん中にいるのがあの人です」

　刑事課の部屋のようだ。三人が並んでデスクについているのを、正面から撮った写真。中央の男、鬼塚……澤村は背筋から血が引くのを感じた。意志の強そうな角ばった顎、薄い唇、誰かに睨みを利かせているような鋭い目つき。澤村が一度だけ会った時とは別人のようだった。あの時も厳しい印象はあったが、この写真には瘴気《しょうき》のようなどす黒い雰囲気が漂う。この数年で変わってしまったのだろうか。そしてこの顔は——。

　初美の携帯電話を引ったくり、抗議の声を無視して澤村は捜査本部に戻った。自分のバッグからカメラを取り出し、撮り溜《た》めておいた画像を確認する。港市、城址《じょうし》公園の近く……これだ。

　廃校の窓から外を見る人物の横顔。息を止めたまま携帯電話の画像と見比べる。

「どうしたんですか、澤村さん」息せき切って追いかけて来た初美が不満気に訊ねる。

「見つけた」

　言って、澤村は彼女の前に携帯電話とカメラの両方をかざした。初美がこれ以上ないほど大きく目を見開き、「どこで撮ったんですか、これ」と低い声で訊ねた。

「これから現場に連れて行ってやる。長いレンズは持ってるか？」

「四百ミリがあります」

「よし、それを持ってきてくれ。もしかしたら役にたつかもしれない」

城址公園に近い廃校舎に着いた時には、辺りは薄暗くなっていた。夏の夕方の常で、しばらくぼんやりとした明るさは続くだろうが、初美の銀塩の一眼レフでは撮影条件が悪い。

助手席の初美が携帯電話を切り、澤村に顔を向けた。

「県教委への連絡は終わったそうです」

「鑑識は？」

「もうすぐ来るはずです……でも、鑑識よりも機動隊を呼んだ方がいいんじゃないですか？　鬼塚がまだあそこにいるとしたら危険ですよ。銃も持っていると考えた方がいいんでしょう？」

「いや……」ハンドルを握ったまま、澤村は拳《こぶし》を口に押しつけた。「もう、あそこには誰もいないだろう」

「どうしてそう思うんですか」

「勘、かな」

実際には勘よりももう少し強い何かが働いていた。朧《おぼろ》げではあるが、鬼塚の考えていることが読める。橋詰の言った嫌な台詞《せりふ》を思い出した——俺たちは似ている、と。頭を振って橋詰のにやにや笑いを追い出し、校舎脇の道路に車を停めた。フェンスに囲まれたテニスコートの手前。先に車を降りた初美が、フェンス沿いに走って調べ始めた。

「穴がありますよ」と叫び、手招きする。澤村はフェンスの一番端でしゃがみこんでいる彼女の肩越しに、その穴を覗《のぞ》きこんだ。人一人が何とか出入りできそうな大きさ。金網の切断面の様子から見て、最近開けられたものではなく、昔からずっとこうなっていたようだった。

「入ってみますか?」初美がフェンスに手をかけようとした。

「待て!」

澤村の大声に、初美の動きが止まる。次の瞬間には慌てて飛び退き、アスファルトの上に尻餅《しりもち》をつきそうになった。澤村は彼女が先ほどまでいた位置で低い姿勢を取り、フェンスに開けられた穴を観察した。まだそれほど暗くないから、ライトはいらない。上の方——人が前屈《かが》みで通り抜けようとすると、背中に当たる部分だ——に、フェンスの緑色とは違う何かが付着している。一本の短い黒い糸。ナイロン製のように見え、風に吹かれるとふわりと頼りなく揺れた。

「つい最近、誰かがここを潜り抜けたみたいだぞ。何かがひっかかったんだ」今にも風に飛ばされそうな糸は、長時間ここにあったとは思えない。

鑑識のミニヴァンが到着した。無意識に止めていた息を吐き出して立ち上がり、わらわらと降りてきた鑑識課員たちに手を振る。この現場は保存。専門家に任せておいて、早く中を調べたい。課員たちに指示しておいてから、澤村は坂の上にある正門に向かって走り出した。どうして高校は高台にあることが多いのだろう、と思いながら。

横開きの正門はぴったり閉じられ、太いチェーンが二重三重に巻かれていた。巨大な南京錠《なんきんじょう》がとどめを刺している。だが、正門自体は一・五メートルほどの高さしかないので、実際には何の役にも立っていなかった。ここに忍びこむ人間は少なくないようで、無数の罅《ひび》が入った校舎の壁には、黒いスプレーによる悪戯《いたずら》描きが目立つ。ただし今は、人の気配はまったく感じられない。

「何だか気味悪いですよね、こういう廃校舎って」初美が自分の上体を抱き締めた。

「確かにな。何で壊さないんだろう」

「予算の問題だそうですよ。さっき県教委に聞いたら、そう言ってました」

言葉のウォーミングアップを終え、正門を乗り越える。背の低い初美のために、内側から手を貸してやった。すいません、と短くつぶやく初美にうなずきかけ、校舎に向かって走り出す。

正面の入り口は施錠されていた。鍵《かぎ》はしっかりしたもので、誰かがこじ開けた形跡はない。となると、どこか他に、校舎に入れる場所があるはずだ——やはりテニスコート脇の穴か。澤村は周囲をぐるりと見回した。今いる校舎の前はグラウンド。両端には塗装の剝《は》げたサッカーポストがあり、校舎に近い一角には野球用のバックネットが健在だった。ただしマウンドは削り取られてしまい、跡形もない。校舎は、正面入り口があるこの建物と、渡り廊下でつながったもう一つの建物。そちらの方がまだ新しいようで、後から増築されたのは明らかだった。テニスコートは増築された建物の方にある、と見当をつけ、そちらに向かって走り出す。乾いたグラウンドの土が埃《ほこり》になって舞い、鼻を刺激した。一度だけ振り返って、初美が遅れずについて来るのを確認してからスピードを上げる。

　増築部分の裏手に回った。緩やかな斜面になっており、テニスコートに至る階段が作られている。少し離れた金網のところで、鑑識が既に作業を始めていた。澤村が歩き続けると、地面を埋め尽くした雑草がざわざわと揺れ、鑑識課員たちが顔を上げる。そのうち一人が、両手を挙げて頭の上で組み、大きな丸を作ってみせた。証拠収集、完了。手を振って「了解」の合図を送る。

「こっちです」いつの間にか澤村を追い越した初美が、手招きしていた。非常口。初美は腰に両手を当てて立っている。自分でそこを開けるつもりはないようで、先陣は澤村に譲る気らしい。澤村は反射的に銃を抜いた。その途端に右手の小指が痙攣《けいれん》しだし、銃口が小刻みに踊る。クソ、何をやってるんだ。銃を左手に持ち替え、汗を拭《ぬぐ》うために右手をジーンズの腿《もも》に擦《こす》りつけるふりをしながら痙攣を押さえつけようとした。落ち着け。撃つと決まったわけじゃない。初美に気づかれたかもしれないと不安になったが、彼女は彼女で緊張して、こちらの顔色を窺《うかが》っている余裕はないようだった。蒼白《そうはく》になった顔を引き攣《つ》らせながらも、澤村に倣って躊躇《ためら》わずに銃を抜く。

「掩護《えんご》してくれ」

銃を再度右手に持ち替える。痙攣は何とか治まっていた。左膝《ひだりひざ》をついて姿勢を低くし、頭の上に来るドアノブに手をかける。軽く回る。鍵はかかっていないし、最近も誰かが開けたのではないか、と懸念した。ゆっくりとドアを開け、転がりこむように廊下に入り、片膝を突いたままの姿勢で銃を突き出した。沈黙。自分の立てた埃が舞い、視界を幾分曇らせていた。息を呑《の》んだまま埃が収まるのを待つ。暗闇が迫りつつあり、廊下の床は暗がりに沈んでいた。マグライトを腰のベルトから引き抜き、床に光を這《は》わせる。足跡。見えない線をなぞって歩いたように、埃の上に真っ直ぐ足跡が残っていた。

「無用心ですね」

「足跡を残さないでこの埃の上を歩くのは無理だ」初美の批評を却下してから、澤村はゆっくりと立ち上がった。ジャケットのポケットからビニール製のオーバーシューズを取り出し、靴の上から履く。慎重に廊下の端に寄り、前進を始めた。

「澤村さん！」初美が悲鳴のような警告を飛ばす。「まずいでしょう。鑑識が調べてからにしないと」

「オーバーシューズを履いてる。他の足跡とは区別できるよ。君は持ってるか？」

「ええ」

「だったらついて来てくれ」

「鑑識に文句を言われても知りませんよ」

「いいんだ。連中は、それぐらい選《よ》り分けてくれる」

オーバーシューズも、最近は足の形にしっかり合わせて作られており、少しぐらい走ってももたつくことはない。建物の左側は窓と廊下、右手に教室が固まっている。この建物には一般の教室以外の特殊教室が入っているようで、音楽室、美術室と一つずつ中を確認していった。

非常口から三つ目が理科室。

足を踏み入れた途端、澤村は小さな違和感を感じた。誰かいる……わけではない。だがつい先ほどまで人がいたような、微妙な温度の違いを感じた。狭い場所に人間が入ると、体温で少しは室温が上がったりするものだが……それなりに広い理科室では、相当多くの人が入らないと室温にまでは影響しないだろう。だが澤村は、ほんの少し前まで誰かがここにいた、と確信した。心拍数が上がり、耳が熱くなるのを感じる。クソ、もう少し早くここに来ていれば、鬼塚と対面できたかもしれないのに。

「奴は間違いなくここにいた」

「何かあったんですか」

「分からない。でも、気配が残ってる」

入り口で横に並んだ初美が、怪訝《けげん》そうな表情を浮かべて澤村を見上げる。

「勘ですか？　そんなもの、当てにできませんよ」

「そうかもしれない」ぼんやりと答えながら、澤村は薄ら寒いものを感じていた。何故分かる？　どうして鬼塚の行動パターンが読める？　まるで自分の心の中を覗きこんでいるようではないか。

「とにかく捜そう。何か見つけても、手を触れないように」

「了解です……だけど、気味悪いですね」初美がマグライトで室内を照らし出した。細く強い光が、骨格標本を照らし出す。「理科室に骸骨《がいこつ》はお約束ですけど、他に何があるんですかね」

「一々びっくりしてたら、理科室なんか調べられないぜ」

「分かってます」肩を上下させて、初美が理科室に踏みこんだ。彼女が左側へ進むのを見て、澤村は右へ――骨格標本がある方へ回りこんだ。取り敢《あ》えず骸骨は無視しておいて、壁際に並んだロッカーのような標本戸棚をチェックしていく。鍵はまったくかかっていない。地学で使うのだろうか、古めかしい木の箱に入った鉱物標本が大量にあった。戸棚を下から順番に確認していき、徐々に上へ……膝立ちから中腰へ、次いで背筋を真っ直ぐ伸ばそうとした瞬間、爪先《つまさき》に何かが触れた。硬い物体。もう一度屈みこみ、マグライトの光を戸棚の下に当てる。十センチほどの隙間が空いており、何か角張った箱のようなものが突っこんであった。

　床に這いつくばるようにして、手を触れずに目視で確認する。やはり箱だ。書類を入れておくような、何の変哲もない茶色い箱。手袋をした手で引き出し、蓋《ふた》を開ける。一瞬、トラップではないかという疑念が芽生えて手を止めたが、鬼塚は我々がここへ来ることは読んでいないはずだと思い、思い切って開ける。

手が止まった。

心臓も止まるかと思った。


「どうかしたんですか、澤村さん」呼びかけられ、はっと我に返る。初美がハンドルを握った覆面パトカーは、城址《じょうし》公園付近をぐるぐると回っていた。鬼塚がまだ周辺にいるのではないかということで、緊急配備が敷かれたのだ。探索を担当したのは主に所轄の港署と機動捜査隊だが、澤村も自主的に加わった。

「いや、何でもない」

「さっきから一言も喋《しゃべ》ってないですよ」

「俺はお喋りじゃない」

「そういう意味じゃないです」

初美が少し怒ったように言い、車内に重苦しい沈黙のカーテンを下ろした。右に緩やかにカーブした道路の左側に視線を走らせながら、澤村は言いようのない不安を感じていた。

相手は俺たちのずっと先を行っている。これからどれだけスピードを上げても、追いつけないのではないかという不安が走る。鬼塚は最初から手がかりを残していたのに——

―それもおそらく意図的にだ――こちら側では誰も気づく人間がいなかったのだ。情けない。たった一人の人間に振り回され、後手後手に回ってしまうとは。

電話が鳴った。しばらく出る気にもなれず放っておいたが、初美に促され、シートの上で体を捩《よじ》って、ジーンズのポケットから携帯電話を引っ張り出した。谷口。

「西浦さんはどうしたんです。現場指揮官はあの人じゃないんですか」

「憎まれ口を叩《たた》くな」谷口がすかさずたしなめた。いつもよりずっと声が低く、暗い。

「鬼塚はいない」

「いない、にもいろいろ意味がありますが」

「お前の皮肉には慣れてるが、今日はいつもより性質《たち》が悪いぞ」

「すいません」素直に謝り、空いた右手で思い切り顔を擦った。「少しへばってます」

「とにかく、鬼塚はやはり所在不明だ」

「家は？」

「誰もいない」

「奥さんがいるんじゃないですか？　課長は電話で話したんですよね」

「今は誰もいないようだ」

「離婚したとか？」

「ああ。周辺を調べたら、三か月前に離婚していたことが分かった。要するに奥さんも愛想を尽かしたんだろう。ただ、さっき電話で話した時には、そんな事情は言わなかったがな。家には車も見当たらない」

「買い換えたんですかね」

「それは調べた。今のところ、手放した形跡はない」

「今頃、どこか海の底かもしれません」

「……ああ」

「警護の方はどうなってるんですか」

「取り敢えず、菊川さんには行動を自重するようお願いした。官舎と庁舎の往復だけで、その間も完全に護衛をつける。家を出る時、署に入る時は特に入念にな」

「移動の最中は大丈夫なんですか」

「基本的に車だから心配ないだろう。いくら鬼塚でも、走行中の車の後部座席に座っている人間を狙うのは至難の業だ。確かにあいつは拳銃《けんじゅう》の腕は確かだったが、オリンピック級というわけじゃない。とにかく菊川さんには、公務でも私用でも、しばらくはできるだけ出歩かないようにしてもらう」

「官舎には一人暮らしなんですか」

「奥さんがいるが、自宅に戻ってもらった。官舎と自宅には二十四時間態勢で制服を張りつかせる」

目立つ警護だ。そこに武装した制服警官がいるということを相手に知らしめ、抑止する。SPのネクタイが赤いのはそれが理由だ。とにかく目立つこと。撃っても人間の盾がいるし、絶対に撃ち返されると思い知らせる。

「菊川さんも警察官だからな」自分を納得させるように谷口が言った。「自分の身ぐらい、自分で守れるだろう」

「銃弾より速くは動けませんよ」

「心配し過ぎるときりがないぞ。もう、警備と外勤の連中が中心になってチームを組んでるから、そっちの心配はするな。とにかく鬼塚の捜索を急げ」

「分かりました」

「それよりその高校……廃校舎に鬼塚がいたのは間違いないのか」

「鬼塚が本当に連続殺人の犯人だとすれば、そういうことになるでしょうね。あのナイフは間違いなく犯行に使われたものです」

木箱に無造作に突っこまれた五本のナイフ。一目見て、被害者の首に刺さっていたものと同型と分かった。そして、鬼塚に直接結びつく印。そのことはまだ誰にも話していないが……。

鬼塚は何を考えているのだろう。連続殺人犯は、意識するとしないとに拘《かか》わらず、独特の印を残していくものだ。それが特有の犯行手口であり、今回は首筋に深々と刺さったナイフがアイデンティティである。警察に対する挑戦？　このナイフから俺に辿《たど》り着けるか、と陰で笑っていたとしたら？

前代未聞の連続殺人犯だ。

連続殺人を犯す人間に、まともに説明できる心はない。歪《ゆが》んだ心が人を犯行に駆り立て、逮捕された後に動機を聞くと、誰もが首を捻《ひね》らざるを得ない。一方鬼塚の場合は、警察への挑戦だとしたら理に適《かな》っている。こちらを混乱させ、手がかりを残し、「どうしてお前たちはそんなに馬鹿なんだ」と冷徹に笑う。究極の愉快犯だ。

違う。鬼塚の気持ちは歪んでいる。このような形で警察に対する復讐《ふくしゅう》を企てた時点で、既にまともな精神状態ではなくなっていたのだ。

だからといって、許されるものではない。少なくとも俺は許さない。

3

いらなくなったものは早く壊して新しいものを作る。破壊と創造の繰り返し。それこそが文明というものではないか。どうしてそんな簡単なことができない？

原因は経済の疲弊、これに尽きる。あの廃校舎もそうだが、景気のいい頃なら、不用になった建物はさっさとぶち壊して、次の計画のために更地にしたものだ。それが最近は、新たな計画すら立てられないものだから、ただ地図記号以上の意味を持たない建物があちこちに残っている。

このビルは八階建てで、正面のビルより二階分、背が高い。今いる位置からだと、ちょうど正面玄関を斜め下に見下ろす位置になる。事前に測量した結果では、屋上の高さは三十メートルちょうどだった。間に挟んだ道路の幅員を計算に入れて、ターゲットに対する距離はおおよそ三十二メートルから三十五メートル。スコープを覗《のぞ》くと、非常灯に照らし出された正面玄関がくっきりと浮かび上がる。夜間でも、人の出入りは問題なく確認できるだろう。ましてや昼間なら、地震でもこない限り、撃ち損じることはない。既に頭の中で何度もシミュレートしている。狙うべき相手の乗る車は、いつも正面入り口から五メートルほど離れた場所に停まる。大柄な男で、自分でドアを開けて降り立ち、わずかな距離を歩いて建物に入って行くのだ。自分の体格を誇示するように、ことさらゆっくりと歩いて行くのが常である。車から出て完全に姿を晒《さら》しているのは、五秒程度だろう。当然、それで十分だ。

その後の混乱も想定していた。現場に警察官が駆けつけるのにも、しばらく時間がかかるだろう。駆けつけた後事態を把握し、連絡を回しているうちにあっという間に時間は過ぎ去ってしまうはずだ。その間にこっちは、非常階段を使って楽に逃げ切れる。この建物は駅に近いので、すぐに人ごみに紛れられるのも強みだ。特に朝の時間帯は、通勤や通学で急ぐ人の中に完全に溶けこめる。完璧《かんぺき》。姿を隠すのに人を煙幕に使うのが、最も簡単で安全な方法なのだ。とにかく人ごみの中に入りこんでしまえば、たとえ見つかっても、向こうは撃つことすらできない。

カメラの三脚を改造して作った台に載せたライフル。ほぼ下を向いた状態で、安定させることができる。チェック――問題なし。次いで、懐に忍ばせた拳銃に触れて、その感触を楽しんだ。銃とは、何と強い存在なのか。指先に触れているだけで、自分が強大な力を持ったと確信できる。もちろん、懐に忍ばせたまま街を歩くわけにはいかないが。明日も朝から気温はぐんぐん上がりそうで、今着ている上着を羽織っていたら変に思われる。これはあくまで、夜の寒さをしのぐための恰好《かっこう》だ。明日の朝になったら手持ちのバッグに突っこみ、その下に拳銃を隠す——それで十分だ。警察のチェックが甘いことは承知している。

準備が完璧に整ったのを確信し、フェンスに背中を預けてゆったりと足を伸ばした。煙草に火を点《つ》け、夜空を仰いで煙を噴き出す。今さら慎重になっても仕方ないが、習慣的に、現場を汚すことはできなかった。携帯灰皿を取り出し、慎重に灰を落とす。根元まで吸い、灰皿に落としこんで上からぎゅっと押し潰《つぶ》すと、親指と人差し指に残余の熱が伝わってくる。

夜明けまであと数時間。腕時計を見て、闇夜に浮かぶ蛍光性の針の動きを確認してから、ゆっくりと目を閉じた。もちろん、眠るつもりはない。ただ体の活動を最低限に抑え、体力を温存する。短い冬眠のようなものだ。

明日が勝負なのだ。一晩眠らないでも何ともないぐらいの自信はあったが、用心するに越したことはない。意志の力さえあれば何でもできるのだ。一つ一つの細胞に「休め」と命じることさえ。

それに比べれば、人を撃つことなど、何と簡単だろう。

◇

　ＪＲ港駅周辺の緊急配備は、午後十一時をもって一旦《いったん》打ち切られた。その後は多少緩くなったものの、要所で交通機動隊、機動捜査隊による検問が継続されている。澤村たちはお役ごめんとなったが、覆面パトカーを中出署に返す必要があり、眠い目を擦《こす》りながら高速道路を飛ばしていた。疲れていたし、ひどく空腹でもあった。

「戻る前に何か食べていくか」

「そうですね」助手席の初美が手首を裏返して時計を見た。「この時間だと……どうしましょう。途中のサービスエリアにでも寄りますか？」

「この時間でもやってるんだっけ？」

「二十四時間営業の店もありますよ」

「よし、そうしよう」

　いつも渋滞しているサービスエリア付近も、この時間帯はさすがにスムースに車が流れている。フードコートに足を踏み入れると、ファミリーレストランをさらに猥雑《わいざつ》に、下品にしたような匂いの洪水が襲ってきた。勝手に食べ物を選び、空いている席で落ち合うことにする。初美はふらふらと蕎麦《そば》の店に引き寄せられていった。そういえばこの前一緒に夕飯を取った時も蕎麦だったな、と思いながら、澤村は食べる物を探した。しばらくまともな食事をしていないのを思い出し、かき揚げ丼を取る。取り敢《あ》えず腹に溜《た》まる物と思っただけなのだが、席に着くと甘い油の香りに猛然と食欲がかきたてられた。初美がせいろ蕎麦を持って戻って来る間に、分厚く甘い玉葱《たまねぎ》のかき揚げを半分ほども食べてしまった。

「まるで欠食児童ですね」初美が目を丸くする。

「それは死語だよ。とにかく、腹が減ってるんだ」

実りのない会話の応酬を終え、食事に専念した。丼を空にした瞬間、電話が鳴り出す。また谷口か、それとも西浦か……しかしサブディスプレイに浮かんでいたのは、橋詰の電話番号だった。

「どうもどうも。鬼塚、捕まえた?」

「馬鹿言わないで下さい」コップの水を飲み干し、澤村は毒づいた。「そんな簡単にいくわけないでしょう」

「なるほど。では、ここで問題です」彼がにやにや笑う様子が脳裏に浮かぶ。「鬼塚は焦っているのか、それとも全て計算ずくなのか」

「何の話ですか」

「例のナイフ。廃校舎に五本だけ残ってたって聞いてるけど」

「ええ」

「ここまで自分につながる証拠を何も残さないで突っ走ってきた男が、何で凶器――凶器じゃないな、目印って言っておこうか――を目立つ場所に残したりするのか。可能性その一、もういらなくなったので放置した。あんたが見つけるのは、当然織りこみ済みでね。可能性その二。本当に焦っていて、とる物も取り敢えず逃げ出した。澤村先生の判断はどっちかな？」

「クイズをやってるほど暇じゃないんですけど。それにどうせ、答えは分かってるんでしょう」

「その通り。ではここで正解です。フィフティ・フィフティ！」

馬鹿な叫びを聞いて澤村は思わず舌打ちをし、手にしたコップをテーブルに叩《たた》きつけた。

「それじゃ答えになってない」

「量子力学って知ってる？　物事は観察者の存在によって左右されるってやつ。シュレーディンガーの猫っていう思考実験が――」

「いい加減にして下さい」澤村はゆっくりと額を揉《も》んだ。橋詰は有能かもしれないが、やはりつき合いたくない人間だ。こんな調子で話を続けられたら、仕事にならない。

「それぐらい、俺も考えてました」

「いや、失礼。これは澤村先生を見くびってました。それより、菊川のオッサン、警備対象になったんだって？　SPを引き連れて街をずらずら歩くのかね。随分偉くなったもんだ」露骨に鼻を鳴らす。

「菊川署長と何かあったんですか？」つくづく、男の嫉妬《しっと》はしつこいものだと思う。そして警察は、基本的に嫉妬が育ちやすい組織である。俺の方が仕事をしているのに、いつもあいつが手柄を持っていく。同期なのに、上役になった相手に頭を下げなければならない――などなど。

「いや、あの人の顔が気に入らないだけ。俺は面食いだから」

澤村は本格的に頭痛が悪化し始めるのを意識した。この男は……確かに菊川は、警察官というよりも暴力団関係者と言った方がぴたりとくる、凶悪な面相だ。顔は大きく、パーツは適当にくっつけられたように配置がいい加減で、喋《しゃべ》る時は必ず口が斜めに歪《ゆが》む。小さな目には常に悪意が感じられ、いかにも腹に一物持っている感じである。

「あのオッサンを守るのは筋違いだと思うけどね」

「顔が気に食わないからといって、そういう言い方はないでしょう」

「いやいや、鬼塚の性格をきちんと分析した結果ですよ。今なら無料で聞かせてあげるけど、どう?」

こいつはシャブでもやっているのではないか、と澤村は疑った。夜中も近いのにこのハイテンション。自分で導き出した結論に一人で酔って興奮している。

「鬼塚はこれまで、簡単には自分の犯行だと気づかせないようにやってきた。もちろん、注意深く観察すれば、被害者に関連性があるのは分かる――三番目の被害者、長倉さんに関してはまだ謎だけどね。鬼塚はいつもこっちの想像を上回ることをしてきた、と言っていいんじゃないかな」

「だから?」

「まあまあ、すぐに結論を求めるのは、君たち一課の刑事さんたちの悪い癖だ……ところであの男は、俺たちに尻尾《しっぽ》を摑《つか》まれたことを察知してると思うか?」

「おそらく。それなりに生きた情報網も持っているはずです」西浦の顔を思い浮かべる。鬼塚に愚痴を零《こぼ》していた間抜けな男。無意識の一言で、鬼塚がこちらの動きを察知している可能性はある。それに、鬼塚の情報源は西浦だけではないかもしれない。

「だとしたら、またこっちが想像している以上のことを企《たくら》んでいるんじゃないかな」

「例えば」

「もっと上の人間を狙うとかさ。例えば本部長」

「まさか」

「澤村先生たちが『まさか』と思ったら、奴《やっこ》さんの思う壺《つぼ》なんだよ。硬直化した発想から抜け出してみな? あんたたちは自分の経験から、あらゆる事件や犯人を型にはめたがる。そういう決まりきった発想から抜け出すことで、新しいヒントが手に入るんだよ」

「それじゃ、あなたのやってることも、発想の制限になるでしょう。情報の収集と分析……それこそ、俺たちの勘に、フィールドワーク的な裏づけを与えようとしてるだけじゃないですか」

「いやあ、これは澤村先生に一本取られたな」橋詰が甲高い声で笑う。「しかしね、菊川のオッサンだけに傾注してると、思わぬところに穴が開きかねませんよ」

「そう思うなら、自分からうちの課長に進言したらどうなんですか」

「それはそっちで解決してよ」急に面倒臭そうな口調に変わる。「そういうのは澤村先生の担当でしょう？　俺、面倒臭い根回しとか、駄目なんだよね。あんたが自分で言えば話が早いじゃない」

　それだけ言って、橋詰はさっさと会話を打ち切ってしまった。呆然《ぼうぜん》と電話を見詰めながら、澤村は溜息《ためいき》を漏らした。まったく何なんだ……あの男も、現場で這《は》いずり回った経験があるはずなのに、今は自分の城に閉じこもり、外へ出るのをいかにも面倒臭そうにしている。そもそも警察官になろうと考えたこと自体が間違っていたのではないか。

「どうかしましたか？」初美が怪訝《けげん》そうな顔を向けてくる。

「橋詰さんだよ」澤村は携帯電話を振って見せた。「好き勝手に喋りまくって切っちまった。あの人のことはどうも理解できない」

「理解できる人なんていないんじゃないですか」

「嬉《うれ》しいね。俺一人じゃなかったんだ」憮然《ぶぜん》とした表情を作って澤村は言った。そんなことをしても、橋詰にからかわれた、という思いは消えなかったが。チャンスがあったら必ずぶっ飛ばしてやること、と頭の中のメモに書きこむ。

　それにしても、だ。橋詰の言葉は、理路整然としているようで滅茶苦茶《めちゃくちゃ》ではないか。鬼塚の思考回路を明確に分析した風にも聞こえたのだが、その実、何の説明にもなっていない。本部長を狙う——鬼塚ならそれだけ大胆なことをしてもおかしくはないが、あまりにも現実味がなさ過ぎる。この仮説を報告として上げるかどうか……澤村自身、橋詰の説に納得しているわけではなかった。具体的な証拠が見つからない限り報告は控えよう、と決める。

捜査本部に戻ると、刑事たちがまだかなり居残っていた。今夜の捜査会議は終わったと聞いていたが、まだまだやることがあるのだろう。通常の捜査に加えて、菊川の警護にも人が駆り出されているので、人手はいくらあっても足りないのだ。谷口の姿を見つけ、近づく。港駅周辺での探索について改めて報告したが、谷口は充血した目を瞬《しばた》かせるだけで、まともな反応は得られなかった。疲れている。こんなに疲れた谷口を見るのも初めてだった。

「少し休んだ方がいいんじゃないですか」

「お前に同情されるようになったらおしまいだな」自嘲《じちよう》気味に言って、谷口が首を振る。唇の端が少し持ち上がっていたが、笑っているのではなく、何か皮肉な台詞《せりふ》を考えているようだった。しかしその口からは何も言葉が出てこない。疲労が極限に達しているのだ、と気づく。

ふう、と小さく息を吐き、谷口が伸びをする。顔を上げると「煙草につき合え」と澤村に声をかけた。澤村は初美に目配せしてから、谷口の後について階段を上がる。屋上に出ると、湿って少し冷たくなった風が頰を撫《な》でた。谷口が煙草に火を点《つ》け、フェンスに背中を預ける。近くのマンションの灯りが、ぽつりぽつりと夜空に寂しい模様を描いていた。

「今回の件は、本当にまずい」

「ええ」

「お前が理解している以上にまずい」

「十分理解してます」

「そうか」谷口が夜景に視線を投げた。顔を動かしたため、くわえたままの煙草からぱっと火花が散る。「あの時、鬼塚の問題をもう少し真剣に考えておくべきだった」

「辞めさせるべきじゃなかったと？」

「あいつは、県警の半分を敵に回していた」澤村の質問には直接答えず、谷口がぼんやりと言った。「残りの半分は、あいつに係《かか》わらないように気をつけてきた。つまり、県警の中には一人も味方がいなかったんだ」

「西浦さんは仲が良かったじゃないですか」

「あいつ一人じゃどうしようもない。同じ帳場を踏んだことはほとんどないはずだ。だからこそ、利害関係に搦《から》め捕られずに友だちづき合いを続けられたんだろうが」

「鬼塚を引き止める人は誰もいなかったんですか」

「ああ。あいつは、取り敢えず自由に動かしておけば、何がしかの結果を出してくる人間だったからな。職人気質《かたぎ》と言うべきか、何と言うか……多少の暴走はつきものだったんだが、そういう人間は切りにくい。上は、目を瞑《つぶ》って使い続けたわけだ。元を正せば、あいつが若い頃大失敗をした時に、フォローしてやる人間が近くにいなかったのが問題なんだが」

「分かります」俺とは完全に逆だ。俺は谷口に散々フォローしてもらったし……鬼塚でさえ、声をかけてきた。鬼塚も恩人である。その恩人を追う羽目になるとは。

「誰かがヘマをした時に、積極的に庇《かば》ってやろうと考える人間はいない。自分に累が及ばないように、できるだけ距離を置こうとするのが普通だ。手柄になりそうな時には嗅《か》ぎつけてすり寄ってくるのが、警察官の悪い習性なんだが」谷口が顔をしかめた。

「それも分かってます」

「もしもあいつが失敗した時に誰かが庇っていたら、ああいう性格にはならなかったかもしれないな。自分の腕だけを頼み、独自の倫理観を持って、警察の規範を無視して捜査する……結果はともかく、プロセスは褒められたものじゃない」

「……俺のことを言ってるんですか」拳《こぶし》をきつく握り締める。

「お前は一人じゃなかっただろうが」谷口が体を捻《ひね》り、澤村の顔を正面から覗《のぞ》きこんだ。

「俺が全部面倒を見たとは言わん。不具合もあった。足りないところもあった。だがな、俺としては精一杯やったつもりだ。できるだけお前を自由に泳がせて、危ない時だけは助けてきたんだぞ」

「そのことには感謝してます」素直に頭を下げる。実際、谷口には危ない状況を何度取り成してもらったことか。彼がいなかったらとっくに馘《くび》だっただろうな、と背中に嫌な汗を流したことも、一度や二度ではない。

「恩を押しつけるつもりはないがな……俺は覚悟を決めた。お前一人を守り切れないようじゃ、俺の管理職としての能力もその程度ということだからな。それよりお前、自分と鬼塚の立場が似ていることは自覚してるのか？」

「ええ」

「経験した事件、置かれた環境、捜査のやり方……鏡に映したようだ。だからお前と鬼塚を同じセクションにはおかないようにした。できるだけ接触しないように、人事の方でも気を遣ってきたんだ」

「そうだったんですか？」初耳だった。澤村は鬼塚の存在を忘れたことはない。あの事件のことを思い出す度、最後は必ず鬼塚の顔が——よく覚えていないとはいえ——出てくるのだ。いろいろ悪い評判は聞いていたが、それでも一度は一緒に仕事をしてみたいと思っていた。

「プラスとプラス……あるいはマイナスとマイナスかもしれんが、似た者同士を同じ場所に置いた場合、大抵はろくでもないことが起きる」谷口の顔が皮肉に歪《ゆが》む。「相乗効果で力を発揮することはほとんどなくて、だいたいはぶつかり合って爆発を起こす」両手を上に向け、ぱっと広げて見せた。「取り敢《あ》えず、そういう事態は避けられたがな」

「今回はぶつかり合うことになるかもしれません」

「そうだとしても立場が違う」

「俺は……」澤村は両手をきつく握り合わせた。「俺は刑事として、鬼塚に対処するだけです。向こうは、今は刑事じゃないんですから」

「それが分かってるならいい。だが一つ、抜けてるぞ」

「何ですか」

「単なる刑事として、じゃない。最高の刑事として、だ」谷口が疲れた笑みを浮かべる。「最高の、と常に意識していないと、鬼塚には勝てん。敵になった今だからこそ、あいつの能力を低く見たら危険だぞ」

「分かってます。少なくとも俺には、鬼塚にはない能力がありますから」

「何だ」

「冷静さ」

谷口の口角がきゅっと上がった。指先で頰を擦り、煙草を灰皿に投げ捨てる。

「冷静さで気に入らないなら、自分を客観的に見る能力」

「鬼塚にはそれがないと？」

「ええ。おそらく一連の事件で、あの人は自分の能力を過信している。警察は自分を割り出せないと高をくくっているんでしょう。だけどこっちは、彼が想像しているよりもずっと深く、真相に突っこんでいるはずです」

「お前、俺たちに話していないことがあるんじゃないのか？」谷口が目を細めた。

「まさか」ナイフの「印」の一件を今話すつもりはなかった。話しても何にもならない。もっと早く気づいていればともかく。「とにかく問題は、鬼塚の行方ですね。奥さんはどうしたんですか」

「実家の方を当たらせてるんだが、どうも要領を得ない。時間がかかるかもしれないな」

「鬼塚の出身地は港市ですよね。そっちはどうなんですか」

「両親はもう亡くなっている。弟さんが一人……大阪で仕事をしている。連絡は取れたんだが、鬼塚の居場所は知らないようだ」

「嘘をついている可能性は？」

「ないだろう。どうも、兄弟仲は良くないようだ。あれだけ兄貴が暴走したら、弟としても肩身が狭いだろうな」新しい煙草をくわえる。「要するに鬼塚は、味方がほとんどいない状況で追いこまれたんだ」

正確には警察が追いこんだ、だ。澤村は急に寒さを感じて身震いし、両腕を回して上体を抱きしめた。味方がいない……もしかしたら鬼塚は、俺がそうなっていた姿かもしれない。谷口がいなければ。黙って見守って、我儘《わがまま》を許してくれた仲間がいなければ。

状況が違うからといって、鬼塚の行動が許されるわけではない。彼は冷静に警察とパワーゲームをしているつもりかもしれないが、既に常人の心を失っているに違いない。犯罪橋詰の指摘通り、犯罪者の近くにいるうちに、犯罪者になってしまったのだろう。犯罪者のように考え、犯罪者のように行動する——そういう人間に対して、容赦はいらない。

問題は、その時俺が迷わず引き金を引けるかどうかだ。


澤村は迷い続けていた。時間がもったいないので、中出署の道場に泊まることにしたのだが、体が疲れているのに、どうしても目が冴《さ》えてしまう。橋詰の言葉……鬼塚が、自分を助けてくれなかった当時の一課長、菊川を恨んでいるのは間違いない。だが今までのやり方から考えて、鬼塚がそんな短絡的な行動に出るとは思えなかった。彼の思考パターンにはどうしても読めない部分があったが、少なくともこれまでの行動を見る限り、ややこしい筋道を辿《たど》っているのは明らかなのだ。わざとらしい手がかり、挑発的なメッセージ……面白がってやっているのは間違いないのだが、本当の狙いはその奥に隠れている。そう、あの男には真の目的があるはずだ。

他の人間を目覚めさせないように、そっと上体を起こす。馴染《なじ》みの光景が広がっていた。修学旅行の部屋をさらに大きくしたとでも言おうか……道場一面に布団を敷き詰め、刑事たちがつかの間の安息を貪《むさぼ》っている。こういう場所ではだいたい誰かがいびきをかいているものだが、今日に限っては静かだった。

暗闇にゆっくり目が慣れてくる。鬼塚、あんたは何をやりたいんだ？　かつて自分が係わった事件で、逮捕できなかった容疑者を殺す……ひどく異常な行為だが、刑事としては理解できないでもない。澤村とて、そういう憎しみの気持ち、やりきれない思いを何とか押し潰《つぶ》して生きてきたのだ。もしもチャンスがあれば、もう一度対決して本音を引き出したいと思う相手もいる。鬼塚はそこから一歩を踏み出してしまっただけではないか。

だがそれでは、あまりにも単純過ぎる。全てが警察に対する挑戦だとすれば……最終的な目標は、警察に大恥をかかせたうえに、捕まらずに逃げ切ることだろう。警察にとって最高の恥は何か。本部長、という橋詰の言葉がどうしても頭から離れない。現在の本部長を狙うのは至難の業だろう。菊川が守られている以上に、本部長に対する警備は普段から厳重だ。襲うとしたら狙撃という手段が考えられるが、さすがに県警関係の建物の中では無理だろう。となると官舎を襲うぐらいしか考えられないが、あそこの周囲には、狙撃に適したポイントがないはずだ。グレネードランチャーでも使って官舎の正面を爆破するぐらいしか方法を思いつかないが、それはあまりにも現実味がない。日本で手に入れられる武器は限られているのだ。

他には……例えば、前本部長はどうだろう？　鬼塚が辞めた時の本部長。鬼塚にすれば、本部長は「自分を切った組織のトップ」である。そして俺たちは、前本部長の存在をすっかり忘れていた。

まさか。いや、可能性としては捨て切れない。鬼塚なら、それぐらい意表をついたことはやりそうだ。目を凝らし、壁の時計で時間を確認する。午前四時……動き出すにはまだ早く、誰かを摑《つか》まえて何かができる状況でもない。だが、このまま眠りにつくのは、もう無理だった。

4

「おはようございます」

頭を下げると、相手──前本部長の柏原《かしわばら》が、露骨に怪訝《けげん》そうな表情を見せた。髪はすっかり白くなったもののまだふさふさと豊かで、背筋もぴんと伸びている。現場経験の少ないキャリアとはいえ、何十年も警察という海を遊泳してきた男に特有の、背中に鉄棒が通ったような姿勢だった。自宅前で待っていた運転手が慌てて澤村と柏原の間に割って入ろうとしたが、柏原は右手を上げて運転手を制した。

「君は……澤村君じゃないか」

「はい」

「一度、話したな」

「ええ」

二年前の捜査本部事件。無事に犯人を逮捕した澤村たちは、本部長表彰を受けた。その表彰式で一言二言会話を交わした記憶はあるが、内容までは覚えていない。それだけに、柏原が顔を見て自分だと気づいたことに驚く。あるいは本部長表彰のことではなく、何度も頭痛の種になったために、記憶に鮮明なのかもしれない。

「どうした、こんな朝早く」

「本部長――副社長こそ、随分早いですね」

「そうか？」柏原が腕時計を確認した。七時。念のため六時過ぎから自宅前で張り込んでいたのだが、彼は予想よりもずっと早く出て来たのだ。天下りで、副社長などという肩書きを持っている以上、それほど仕事があるわけでもなく、出勤も遅いのではないかと思っていたのだが。

「重役出勤じゃないんですね」

柏原が喉《のど》を見せて笑った。

「そんなに偉いものじゃない。ちゃんと朝から働いている」

「そうですか」

柏原は県警本部長を最後に退任し、コイン式駐車場を全国展開する大手の会社の役員に天下っている。交通畑の長かった男だから、いかにもありそうなパターンだ。

「それより、警察を辞めた人間に何の用だ」柏原の視線が鋭くなる。キャリアの人間は捜査の一線に立つことはない――少なくとも靴底をすり減らして歩き回るようなことはないが、何十年も警察の空気を吸い続ければ、どうしても独特の雰囲気をまとうようになる。しかも彼は、辞めてまだ数か月しか経っていない。

「会社までご一緒してもよろしいでしょうか」

「ああ？　構わんけど、用件は何なんだ」

「まだ話せません」

「どうして」

「本部長——副社長を怖がらせるといけませんから」

一瞬呆気《あっけ》に取られたように、柏原が口をぽかんと開けた。次の瞬間には、声を上げて笑い出す。

「まあ、いいだろう。腕利きの君がそう言うなら、理由はあるはずだ。黙って従いましょう」

会社への道中は、どうにも居心地の悪いものになった。ろくに話をしたこともないかつての上司と、密室である車の中。当然共通の話題があるわけではないし、捜査の内容についてもはっきりとは話せない。柏原も手詰まりな状況に気づき、突然、会社の業務についてあれこれ説明し始めた。交通畑に縁のない澤村には、まったく興味が持てない話だったが、仕方なく相槌《あいづち》を打ち続ける。

自宅から会社まで、車で三十分弱。次第に緊張感が高まってくる。その気配に気づいたように、柏原の口数も少なくなった。車が本社前で停まろうとした瞬間、澤村は身を乗り出して運転手に声をかけた。

「その辺を一回りしてくれませんか。できるだけゆっくりと」

バックミラーを覗《のぞ》いた運転手が怪訝そうな表情を浮かべたが、柏原がうなずいて同意を示すと、黙ってアクセルを踏みこんだ。澤村はシートに身を沈めて、周囲の様子を観察する。小さな駅の近くで、雑居ビルが建ち並ぶ一画。ここより高い建物は……正面にあるビルだけのようだ。

「柏原さん、会社の前にあるビルは何ですか？」

「空っぽだよ。取り壊しが決まってるんだが、まだ工事には入っていない。マンションの建築計画があったようだが、潰れてな。不景気なんだね」

「廃ビルですか……」鬼塚のアジトになっていた港市の廃校舎。奇妙なつながりを澤村は感じた。鬼塚は人のいない場所を好むのか？　「本社ビルには、裏口はないんですか」

「あるけど、この時間だとまだ開いていないはずだ」

「そうですか……少し出社時間をずらすわけにはいきませんか」鬼塚のことだ、柏原を狙うとすれば、出勤時刻などについて、入念に下調べをしているはずだ。

「ちょっと待ってくれ」柏原が体をずらすと、革のシートがきゅっと音を立てた。「これは、きちんと事情を聞かせてもらわないといけないいな」

「本部長……副社長は狙われているかもしれません」

「何だと？」柏原が目を細めた。

「これ以上の事情を話している余裕はありません。ただ、狙撃される恐れがあります」

「狙うなら前のビルから、というわけか」

「ええ」

「それが本当だとしたら、君一人でここまで来るのはいかがなものかと思うがね。警備としては手薄だ」かすかに非難めいた口調を滲《にじ》ませ、柏原が言った。

「すいません、時間がなかったんです」

柏原がにやりと笑った。

「まあ、君のやることだ。仕方がないな……それで、どうする？　会社の周りをずっと回り続けているわけにはいかないぞ」

澤村はすぐに作戦を考えた。自分がダミーになり、取り敢《あ》えず相手の出方を見よう。柏原に頼んで社内に電話をかけてもらい、当直——駐車場は二十四時間動いているので、トラブル対応が必要なのだという——の人間に裏口を開けさせる。柏原と運転手が建物内に消えるのを確認してから、澤村は自分で車を運転して正面に回った。何でもないだろう、たぶん考え過ぎなのだ。そう考え、車のドアに手をかけて外に出る。上を見ないよう気をつけながら、ゆっくりと正面入り口に向かい始める。

一歩を踏み出した瞬間、目の前の自動ドアが吹き飛び、ガラスの破片が雪のように宙に舞った。

◇

クソ、まずい。

舌打ちして、すぐに撤収の準備にかかった。珍しく、気持ちがはっきりとかき乱される。俺としたことが、どうして無駄な引き金を引いてしまったのか。

車が一度正面で停まりかけ、すぐにまた走り出したところで、おかしいと感じるべきだった。柏原は何も事情を知らないはずだが……県警から誰かが護衛に来たのだろうか。あの時点で――車から別の男が出て来たと気づいた瞬間、思い切って撤収すべきだった。反射的に引き金を引いてしまったが、一瞬スコープの中に映った姿は、ターゲットである、六十歳を超えた男のそれではなかった。やはり県警の刑事……澤村か？　そうだ、奴だ。今、県警の中で鋭い読みができるのはあの男ぐらいだろう。大したことはないと思っていたのだが……クソ、過小評価だったか。

砕け散ったドアのガラス。道路に伏せる男。その背中を見た瞬間、スコープから目を外した。今反省するのはやめよう。考えても無駄なことだ。深追いはなし。失敗は失敗として受け止め――そもそも誰も傷つけないのは予定通りの行動だが――次の行動に移らなければ。

次こそ本番だ。今度は失敗は許されない。分刻みで編んだスケジュールに沿って動き、何としても成功させなければ。

猟銃を持っていくべきかどうか、迷った。ケースがあるから、見た目にはそれほど目立たない。しかし猟銃は二丁あるのだ。動き回るのには、合わせて六キロを超える重さが邪魔になるだろう。一丁は放置する、と即座に決めた。この銃から足が付くことはないのだ。一晩過ごした小さな聖地をざっと見回し、他に置いていってまずいものがないか、確認する。オーケイ。後は賭《か》けだ。もしも下にいたのが澤村なら……自分をダミーにしたのだろう。撃たせておいて、こちらの動きを観察する。怪我さえなければ、すぐに反撃に転じるはずだ。となると、残された時間は少ない。

階段を二段飛ばしで駆け下りた。どこかで誰かと出くわしたら、その時はその時である。バッグに入れた拳銃《けんじゅう》の重みが頼もしく感じられた。

一階に辿《たど》り着き、軋《きし》むドアを押し開けて、早くも陽炎《かげろう》が揺らめく路上に出た。声をかける人間も、肩を叩《たた》く人間もいなかった。弾む息を何とか落ち着けようと、歩きながら大きく深呼吸する。よし、大丈夫。一度の失敗は計算のうちだ。

どうせ当てるつもりなどなかったのだ。連中が、この現場に本気になって、他の物が見えなくなればそれでいい。

◇

怪我はなくても、衝撃で動けなくなることがある。澤村は倒れこんだ瞬間、額をアスファルトで強打したが、それよりもガラスが割れ落ちる激しい音の方にショックを受けて体が固まった。はいつくばったまま拳銃に手を伸ばし、震えを我慢して銃把を握ったものの、体が動かない。とにかく起き上がってどこかに隠れろ、と自分を叱咤《しった》する。このままここに倒れていたら、正面のビルの屋上からは絶好の的だ。

「澤村君！」銃声とガラスの割れる音を聞きつけたのか、建物の中で見守っていた柏原が飛び出そうとする。

「ストップ!」怒鳴りつけると、外へ出る直前で柏原の脚が止まった。

自分の声が合図になったように、澤村の時間がやっと動き出した。両手をついて上体を起こし、足に力を入れて、建物の方に転がる。二回転して車のところに辿り着き、低い姿勢を保ったまま車の背後に回りこんだ。振り向き、割れ散らばったガラスの破片の中で柏原が立ち尽くしているのを見て、「下がって下さい!」と叫ぶ。はっと後ろへ飛び退《すさ》った柏原が、かすれた声で「一一〇番する」と言い残して建物の奥へ消えた。

第二射はくるのか……澤村はボンネットの端から顔を出して、正面のビルの上を見上げた。屋上の様子は見えないが、やはりあそこから狙ったのだろう。一発でしとめるつもりで、深追いは考えていなかったのかもしれない。失敗を悟ったか……とすれば、いつまでも愚図愚図しているはずがない。鬼塚はプライドの高い男だが、失敗に歯嚙《はが》みして、その場でずっと地団太踏んでいるような間抜けではあるまい。

すぐに柏原が戻って来た。

「警察には連絡した」

「中で待機して下さい。狙撃ポイントは、たぶん向かいのビルです。これからそっちへ移動します」

「駄目だ! 応援が来るまで待て!」

柏原が必死の声で止める。澤村は振り返り、リラックスしているようにみせかけようと笑みを浮かべた。実際には目の下辺りが引き攣《つ》ってしまったが。

「警察の方、応対をよろしくお願いします」

「無理するな」

「了解」つい、上司に対するような口の利き方になってしまった。拳銃をホルスターに戻し――相手が屋上にいて撃ってきたら、こんな遠くから拳銃で撃ち返しても勝てるわけがないのだ――両手を自由にして走り出す。正面の入り口は閉まっているので、裏口に回るしかなかった。五メートル幅の道路を一気に走り切り、二つのビルに囲まれた狭い隙間に無理矢理体をこじ入れる。狙われているのではないかという恐怖を何とか押し潰《つぶ》し、ゴミが溜《た》まった狭い通路のような場所を走り切った。裏口は高いフェンスで囲まれていたが、扉が細く開いている。閉めていくだけの余裕はなかったのか……裏口は駅へ通じる道路に向いており、通勤や通学の人で、既に道路は埋まっていた。この中から鬼塚を捜し出すには、人手が足りない。あるいはまだ上にいる可能性も……一瞬迷い、ビルに足を踏み入れた。階段を駆け上がりながら携帯電話を取り出し、捜査本部に電話を入れる。幸いなことに初美が出た。

「柏原さんが狙われた！」

「はい？」

　まだ目が覚めていない、ぼんやりした口調で初美が応じる。「前の本部長の柏原さんだ」と事情を話し、すぐに応援を出すよう、要請した。

「ちょっと待って下さい。澤村さんがそこにいること、誰か知ってるんですか」

一瞬躊躇《ためら》った後、「いや」と答えた。

「勘弁して下さい」と泣きが入る。「文句を言われるのは私なんですよ」

「何とか切り抜けてくれ」言葉を切った後、「頼む」とつけ加える。電話の向こうで初美が絶句するのが分かった。

「……やってみます」

「感謝するよ」

「澤村さんに『頼む』なんて言われたら……雪でも降らないといいんですけどね」

馬鹿なことを。電話を切り、残る二階分を一気に走り切る。息は上がっていたが、一休みしている暇はなかった。屋上に通じる鉄製のドアに手をかけ、もう一度拳銃を抜く。また手が震え出した。クソ、いい加減にしろ。生きるか死ぬかの状況で、こんな情けないことでどうする。左手に持ち替え、右手を拳《こぶし》に固めて力を入れ、腿《もも》に打ちつける。ようやく震えが収まり、銃を右手にしっかり握り直してドアを蹴《け》り開け、一気に屋上へ躍り出た。

「動くな！」

動く物など何もなかった。正面に、カメラの三脚のような台に載った猟銃、そして黒く細長いバッグが置いてある。澤村はすぐに壁に背中をつけ、素早く屋上全体の状況を把握した。右側に給水塔。その他に隠れる場所はなさそうだ。床のコンクリートは黒ずんであちこちがひび割れ、いかにも解体寸前という感じである。人気はなく、生ぬるい風が吹き抜けていくだけだった。

銃を構えたまま、猟銃の所まで歩み寄る。銃口は手すりの隙間から宙に突き出ていた。少し離れた場所で手すりに手をかけ、身を乗り出してみる。三十メートルほどの距離を置いて、柏原の会社のドアがはっきり見えていた。左側には停まったままの柏原の社用車。出社してきた社員たちが、割れたガラスに気づいたのか、玄関前で立ち往生している。パニックはこの後、静かな波のように広がっていくだろう。

ここは隣の県警の管内なのだと、改めて気づいた。まったく、ややこしいことに……県警同士の仲の悪さは有名なのだ。事件の分捕り合いが始まり、その間に肝心なことが忘れられてしまう恐れもある。実際に捜査をどうするかで折衝に当たるのは上の仕事だが、考えただけで頭が痛かった。


「バッグの繊維、一致したぞ」

現場指揮を執るために――というよりあちらの捜査一課長と折衝するために現場に来ていた谷口が唐突に告げた。狙撃から既に五時間。昼を回っていたが、現場の混乱は未《いま》だに続いていた。澤村は谷口の到着を確認していたが、今まで話をするチャンスもなかった。

「そうですか」

「簡易鑑定だが、間違いなさそうだ」

廃校舎のフェンスに引っかかっていた微細な繊維。鬼塚が屋上に放置していったバッグが引っかかったものだろう。あのバッグだけは渡せないと、むきになって言い張っただけの価値はあった。これで鬼塚があの廃校舎にいたことが、より強固に裏づけられたわけだ。

「取り敢《あ》えずこの件も、こっちが主体で捜査できるからな」

澤村は片方の目だけを見開いて見せた。谷口が知らん顔をして屋上の手すりに右手を凭《もた》れかけさせる。熱風に煽《あお》られ、ネクタイが顔の高さではためいた。

「何か不満か？」

「逆です。よくお隣さんに分捕られませんでしたね」

「きちんと説明すれば、分からない連中じゃない」

「課長が、こっちの県警とそんな友好関係を保っているとは思いませんでしたよ」

「そんなことはどうでもいいが、今後は一人で動くのは自重しろ」

「またデスクワークに戻しますか？」

「違う。危険だと分かっているのに一人で突っこむのは、馬鹿のやることだぞ。リスクが大き過ぎる」

「そうですね」

「やけに素直だな」

「死にかけましたから、学習もします」

軽口を叩《たた》きながら、澤村はその瞬間を思い出し、「死」からは程遠かったことに気づいていた。残された猟銃のスコープを覗《のぞ》いてみたのだが、正面のビルの正面入り口が手に取るように大きく見えた。それこそ、人が歩いていれば表情まで判別できるほどである。鬼塚ほどの腕の持ち主が、撃ち損じるとは思えなかった。そもそも、撃つ状況ではないと気づいていたはずだ。車から降りてきたのが柏原ではないと、すぐに分かったはずなのに……何故撃った？　着弾地点は俺から二メートルも離れていた。

この一件自体がダミーなのか？

「課長、菊川署長はどうしました？」

「まだ警護中だが、どうした」

「今日の予定はどうなってますか」

谷口が手帳を広げる。

「午後から夕方にかけて、行事が幾つか入ってる。管内の防犯協会の集まり——これは署内だが、その後交通安全協会の会合では外へ出る予定だ。安協の方は、そのまま夜の宴会になる」

「まずいですね」澤村は舌打ちをした。

「ちゃんと警護してるぞ」

「安心できません。この現場は、俺たちの注意を逸《そ》らすためのカムフラージュだったかもしれない」

言い残して澤村は駆け出した。

「澤村！」

谷口の声が追いかけてくる。澤村は振り返り、「後で連絡します」と返事をした。屋上の出入り口のところで初美と出くわし、反射的に腕を摑《つか》む。初美が身を引いたが、構わず階段の方に引きずっていった。

「何なんですか、いったい」初美が澤村の手を振りほどく。

「銃は持ってるか」

黙ってブレザーの裾《すそ》をまくってみせる。ホルスターに入れた拳銃《けんじゅう》が見えた。

「じゃあ、行くぞ」

「どこへですか」

「長浦中署」

「それって……」

「これからは警護の仕事だ」

澤村は警備部の連中とはほとんどつき合いがないが、会った途端にプロ意識、という か異様な頑《かたく》なさに直面することになった。長浦中署の五階にある大きな会議室の外、ドアの両脇に折り畳み椅子を持ち出し、二人が陣取っている。クソ暑い中、スーツとネクタイ姿だった。澤村と初美が会議室に押し入ろうとすると、素早く立ち上がって入り口を塞《ふさ》ぐ。

「捜査一課、澤村だ」

「知ってる」二人組のうち、年長の男の方が素早くうなずいた。年長といっても澤村と同年輩のようだったが。

「署長は？」

「当然無事だ」皮肉な笑みを浮かべる。「誰が守ってると思ってる？」

「ここは完璧《かんぺき》かもしれない。だけど、中はどうなんだ？」

「中って……」男の顔に戸惑いが浮かんだ。「誰かがここに紛れこんでいるとでも言いたいのか？」

「そうじゃない。外から狙われる心配はないのか？　前本部長の柏原さんが、会社の正面のビルから狙撃されたばかりなんだぞ」

男の顔が「分かってる」と言って表情を引きしめたが、動く様子はなかった。こいつらの警備計画に、「応用」とか「柔軟性」というものはないのか。一言文句を言ってやろうとした瞬間、彼が右手を上げて澤村を制した。襟につけたマイクを口元に持ってくると、つぶやくような声で何か指示を与える。

「今、当たらせてる」

「今からじゃ遅いかもしれない」

澤村は男を肩で無理に押しのけ、ドアを開けた。会議室の中は真っ暗で、前方のスクリーンだけが白くなっている。プロジェクターで画像を投影中——少しだけほっとした。分厚く黒いカーテンが引かれており、これなら外からは様子を窺《うかが》えない。

後部のドアから光が射しこんだので、参加者たちが一斉に後ろを振り向いた。澤村は非難の視線を無視して、部屋の最後部に陣取った。カーテンがかかっている限り、狙撃は不可能である。スクリーンの前で説明しているのが署長の菊川。入って来たのが澤村だと気づきもしないようで、慣れた調子で喋《しゃべ》り続けている。

「——というわけで、最近、管内でも架空請求事件が多発しています。ここ数年、何度も話題になっては消えた事案ですが、このところ、また盛り返しているようで、特に携帯電話を使った手口が注目されています。最近は、ターゲットが若年層に絞られているのが特徴です」

淡々とした、事務的な話しぶり。聞いている方が眠くなるのでは、と心配になった。首を傾け、隣に立った初美に声をかける。

「署の周囲の状況を把握してくれ」

無言でうなずき、初美が会議室を飛び出して行った。再び射しこむ細い光。だが二回目となると、注目する人間は誰もいなかった。

会議室の端を通って、前方へ歩き出す。警察関係者は三人。菊川の他には、プロジェクターとパソコンを操作している生活安全課の若い刑事と、課長の杉本《すぎもと》がいるだけだ。澤村の動きに気づくと、杉本が素早く立ち上がる。しかめ面を浮かべて首を振っているのが、プロジェクターの灯《あか》りだけが頼りの室内でもはっきり見て取れた。澤村に近づいて来ると、腕を取って後ろへ連れて行く。

「何してる」非難めいた口調だった。「大事な会合なんだぞ」

「分かってます」

「外では警備の連中も待機している。心配する必要はない。だいたいお前さんたちは、気を遣い過ぎなんだ」

　こいつは柏原の一件について何も聞いていないのか。澤村は杉本の腕を取り、会議室の外へ引っ張り出した。

「おい、会議中なんだぞ」

「前本部長が狙撃《そげき》された件、聞いてないんですか？」

「聞いてる」杉本が憮然《ぶぜん》と唇を捻《ね》じ曲げる。

「だったら、もう少し用心してもいいじゃないですか」

「カーテンが引かれてるんだ、外からは見えないだろう」

「いつかはカーテンも開きます。そういう時の警戒はどうしてるんですか」

「それは……」杉本が口籠《くちごも》る。先ほど澤村が話をした警備の人間が割って入った。

「今、近隣のビルをチェックさせてる。心配するな。狙撃でもする気なら、今頃とっくに準備してるだろう。現場を押さえられるかもしれないぞ」

「分かった」うなずいたが、納得したわけではない。長浦中署は官庁街の只中《ただなか》にあり、周囲をビルに囲まれている。全部を虱潰《しらみつぶ》しにするには、相当時間がかかるだろう。杉本に向き直り、「とにかく、カーテンを開ける時には注意して下さい」と警告する。

「何でお前にそんなことを言われなくちゃいかんのだ」杉本が、長い顔に露骨に不満気な表情を浮かべた。「そういうのは、きちんと正規のルートを通してだな――」

「そんなことをしてる暇はありませんよ。中署は連続殺人に関係がないから、呑気《のんき》なんじゃないですか。事態は逼迫《ひっぱく》しているんです」

「お前、何様のつもりで――」

「中に入りましょう」澤村は彼の文句をシャットアウトした。警備の人間が何も言わないのがありがたかった。二対一で攻められたら、面倒なことになる。さっさとドアを開け、会議室に足を踏み入れる。暗闇と明るいところを行ったりきたりで、目が正常な機能を失っていた。

「――とにかくそういうことで、架空請求事件に関しては、事前の広報活動が何より効果的です。実際、業者名は把握されており、頻繁に名簿も更新されていますから、それを知ってもらうことで、被害を未然に防ぐことができます。では、具体的な広報活動については、この後課長の杉本から――」

その杉本は、澤村に続いて会議室に戻ったばかりだった。自分の名前を呼ばれて、慌てて前方に駆け出す。

その瞬間、スクリーンから画像が消え、一瞬完全な暗闇が生まれた。次いで、カーテンが自動的に開き始める。電動だったのか……暗く真面目な話を聞き終え、部屋が明るくなる時に特有の安堵《あんど》の溜息《ためいき》が漏れ出る。

「待て！」叫んで澤村は前方に駆け出した。部屋はどんどん明るくなっている。菊川が怪訝《けげん》そうな顔をこちらに向けた。

「待て！」もう一度叫ぶ。誰も――先ほどあれだけ遣り合った杉本さえ――状況を把握していない。カーテンのリモコンは誰が持っている？　若い刑事だろうと見当をつけ、走りながら彼に向かって指を突き立てた。「止めろ！　カーテンを閉めろ！」

　若い刑事が立ち上がり、困ったように澤村を見た。菊川が「おい、何だ！」と鋭く声を飛ばす。カーテンはゆっくりと開き、夏の午後の光が室内に満ちて澤村の視界を染め始めた。菊川がいるのは部屋の右側。窓から離れていない。どうしろと……一言でこの場を収めるためには……「離れて！」叫ぶ。菊川は状況を把握していない様子で、ぽかんと口を開けたまま立っていた。制服姿の彼を見るのは初めてだったかもしれない、などと思いながら突進する。

　窓を見る。不意に小さな光が目を刺した。何かが反射して……考える間もなく、澤村は菊川にタックルして押し倒していた。頭を床にぶつけないように、咄嗟《とっさ》の判断で彼の後頭部に右手をあてがう。二人はもつれるように倒れこみ、菊川の肺から空気が漏れ出た。

　小さな破裂音。同時に左肩に鋭い痛みが走る。悲鳴が室内を満たし、後部のドアが開く音がやけにはっきり聞こえた。澤村ははいつくばったまま首を巡らせ、窓際にガラスの破片が散らばっているのを確認した。
「伏せろ！」と誰かが叫ぶ。一斉に椅子を引く音が響き、室内は大混乱に陥った。たぶんこれで大丈夫……そう思いながら澤村は、自分の体から流れる血が床を汚し始めるのを凝視していた。

5

しとめ損ねた？ 瞬時に顔から血の気が引く。何ということだ……この本番で、最後の標的を目の前にしながら失敗するとは。クソ、ここまで積み重ねてきたことは何だったんだ。指先が震え、自分に対する嫌悪感で、胃の中がひっくり返ったように吐き気が襲う。

違う——自分のミスではない。俺がミスをするわけがない。失敗するのはいつも、予期せぬ妨害が入った場合だ。神ならぬ身に、そこまで予想することは不可能である。そう、俺は神ではない。そこまで傲慢《ごうまん》にはなれない。ほんの数秒前までは、この小さな世界を支配する全能の存在に近かったのだが……予期せぬ要素、それがあの男だ——澤村。スコープにはっきりと映った顔。警護を担当しているわけでもないだろうに、どうしてこんなところへ顔を出したのか。

勘？　そうかもしれない。独特の嗅覚《きゅうかく》と勘を持った刑事はいるものだ——自分がそうであったように。だが、共感できても許すことはできない。

最終的に、俺は絶対に負けない。警察の仕事、特に刑事警察の仕事とは何か。犯人を逮捕し、裁判に引きずり出すことである。割り出すだけではどうしようもない。犯人が分かって指名手配したとしても、身柄を取れない以上、勝負は引き分けなのだ。いや、警察の負けといっていいだろう。

　それでも悔しさは否定できない。あんな間抜けな連中に計画を阻止されるとは……いや、俺は澤村一人にしてやられたのだ。となると、あいつにだけは思い知らせてやる必要がある。今はほっとしているだろうが、油断している隙を狙って必ずしとめてやる。

　気づくと、口の中に血の味がした。唇をきつく嚙《か》み締め過ぎていたのだと気づき、皮肉な笑みを浮かべる。俺が焦っている？　失敗を悔しがっている？　あり得ない。だが口の中に広がる血の味は本物であり、自分の心中をリアルに把握するための材料になった。口中で舌を転がし、出血箇所を確認する。中は無事だ。

　吐き出したいという欲求を抑え、血を吞《の》みこむ。唾液《だえき》と混じって粘り気を増した血液は、軽い吐き気を呼び起こしながら胃の中に収まった。朝方と同じように逃げる余裕はある、と自分に言い聞かせながら屋上の出入り口に向かった。長浦中署の周辺は、庁舎と同じぐらいの高さがある建物だらけであり、狙撃ポイントを特定するには時間がかかるだろう。時間は十分稼げる。

それでも階段を駆け下りるスピードはどうしても速くなった。焦り——生まれてから一度も感じたことのない感情を、はっきりと意識していた。

計画は修正だ。澤村への復讐《ふくしゅう》は後回し。今はとにかく、危険からなるべく遠くへ身を置くことが肝要だ。俺は私憤や焦りで動くことはない。

◇

署内で簡単な手当てを受けた後、澤村は署長室に閉じこもった菊川と面会した。菊川はさすがに青褪《あおざ》めた表情をしていたが、それでも声は震えていない。修羅場を何度も潜り抜けてきた男はさすがに違う、と澤村は妙に感心していた。

「怪我の具合は？」デスクの向こうから菊川が訊《たず》ねる。

「ガラスの破片が刺さっただけです。出血も止まってますから、何ともありません」怪我よりも、ジャケットが駄目になってしまった方が痛い。ジーンズにも血痕《けっこん》がついている。落ちるだろうか……長年穿《は》き続けて綺麗《きれい》に色落ちし、気に入っていた一本なのに。

「どういうことなんだ」

「署長は狙撃されたんですよ。他に怪我人がいないのは幸いでした」

「そういうことじゃない！」菊川がデスクに拳《こぶし》を叩《たた》きつけた。「俺は、詳しい事情は何も聞かされていないぞ」

例によって例のごとく、警察は横の連絡が雑だ。典型的な縦割り社会なので、隣の部屋にいる人間が何をやっているか分からないということもしばしばである。長浦中署という、県内でも一線級の署を束ねる菊川にしても同じらしい。澤村は朝からの出来事をかいつまんで報告した。

「柏原さんが狙われた話は聞いたが……」菊川が眉《まゆ》をひそめる。「その後の情報は入っていないぞ」

「すいません。連絡ミスだと思います」自分は謝罪する立場でないと思いながら、素直に頭を下げた。

「お前に謝ってもらっても仕方ない」菊川が息を呑んだ。喉仏《のどぼとけ》が大きく上下する。「まあ、礼は言っておく。それにしても、谷口はどうしたんだ。まだ顔を出さないのか」

「隣の県警との調整で、動きようがないんだと思います。おっつけ来ると思いますが」

「今、周囲のビルを捜索させている。あの会議室に正確に銃弾を撃ちこめる場所は限られているはずだ」菊川が煙草をくわえた。署内は全面禁煙のはずなのに、彼だけは特例待遇を受けているようだ。あるいは自分がルールということなのか。

「鬼塚は現場にライフルを残しているかもしれません。朝の現場ではそうでした」

「絶対に捕まらないという自信の表れか……」菊川が煙草のフィルターを噛み潰した。

「奴はいつもそうだ。自分の価値観を絶対だと思っている」

「署長」澤村は一歩進み出た。菊川の周囲を取り巻く煙草の煙が渦を巻き、目を刺激する。「鬼塚が辞めた時、本当は何があったんですか。だいたい、上司を殴ったぐらいで馘《くび》になるというのは、想像できません。普通は揉《も》み消すんじゃないですか」

「俺が辞表を書かせた」菊川があっさりと言った。「最初は、そこまで大袈裟《おおげさ》な話じゃなかった。お前も知っての通り、警察というのは身内に甘い組織だからな。上司を殴っても、それは闘志の表れだと判断される。元気がよくて結構だ、ということだな。だがあいつは、それまでにもやり過ぎていた。反発する人間が県警内に多かったのは間違いない。そして俺も当然……そういう人間の一人だった」菊川が煙草を強く灰皿に押しつける。燃え残りの煙が細くしつこく立ち上がった。「俺も昔はあいつを買っていた。だから、警察の常識を裏切るような動きをしても、その都度庇《かば》ってきたんだ。だがな、庇い続けるにも限界がある」

澤村は無意識のうちにうなずいていた。谷口の顔が目に浮かぶ。自分は彼にどれだけ迷惑をかけてきたか……谷口自身もあの事件の当事者であり、責任を感じているとしても、俺のフォローを続けるのが馬鹿らしいと思わなかったわけはない。

「だから俺は、あいつに引導を渡したんだ」自分の行為を正当化しようとしたのか、菊川が大きくうなずく。余った顎《あご》の肉がぶるぶると震えた。「もちろんそれは大変なことで……鬼塚は、自分のやったことをこれっぽっちも悪いとは思っていなかったんだからな。そのうちに、他の連中を悪し様に言い出したんだ。あいつのエゴは、傲慢さは、限度を超えている。プライドを持つのは結構だが、それはあくまで自分の能力に対する自信に限る。あいつは周りを低く見ることで、自分の立場を高めようとした。そういうやり方は間違っている」

「納得したんですか」

「あいつは傲慢だが、馬鹿じゃない」菊川の顔に苦しげな表情が浮かぶ。「自分の居場所がなくなったことぐらいは理解したよ。それに馘じゃなくて、あくまで自主退職だからな。それがあいつのプライドを守るための手段だと思っていたんだが……まさかここまで警察を憎んでいるとは思わなかった」

「鬼塚にすれば、自分に対する全否定だったんでしょう」自分が同じ立場に置かれたら——やはり退職勧告を受け入れるしかないだろう。警察という組織をよく知っているが故に、一度目をつけられたらどうしようもなくなるのは分かっている。結局辞表を書くしかないのだが……辞職という形でひとまず引き下がったとして、俺ならどうするだろう。鬼塚のように、警察という組織に対する恨みを、暴力的な形に昇華しようとまで考えるだろうか。

携帯電話が鳴り出した。「失礼します」と菊川に声をかけて背中を向ける。初美だった。

「ライフルを発見しました。『第二静陽《せいよう》ビル』の屋上です」

「すぐ行く」

菊川に短く報告して、署長室を飛び出した。左肩に鋭い痛みが走ったが、何とか抑えこんで走り続ける。本当はちゃんと縫って処置しなければならないのだが、医者に行っている巻きにしただけ。肩を自由に動かせなかったし、圧迫されて左半身の感覚が薄くなっているようだった。いずれまた、出血してしまうかもしれない。

だが、動ける時は動くのだ。動けるのに止まったら、俺は死んでしまう。

事態は爆発的に肥大化し、二つの狙撃現場に居合わせた澤村にしても、全体像を掴《つか》むのが難しくなっていた。目標はただ一つ、鬼塚の逮捕に絞られていたが。

鬼塚が今後、何を——誰を狙ってくるかは分からない。まだ他にターゲットがいるのか、あるいは撃ち損じた菊川や柏原を再度狙うのか、それともこのまま姿を消すのか。上層部の見解はまとまらないままだった。

主要な捜査担当者は、長浦中署に集められていた。一連の連続殺人事件の本筋の捜査は、多少後回しにしてもいい、という判断が下されている。とにかく一刻も早く鬼塚を捜し出し、拘束すること。そうすれば他の事件も自然に解決する——どこか緩んだような、それでいて極限まで緊張したような奇妙な雰囲気が会議室に満ちているのを、澤村は感じ取った。今まで経験したことのない、異様なうねりのような空気だった。

正式な捜査会議はまだ始まっていない。あちこちで刑事たちが固まり、あれこれと噂話をしているのが自然に耳に入ってくる。澤村はどの輪にも加わらず、会議室の片隅の椅子にぽつんと腰を下ろし、何かが起きるのを待っていた。鎮痛剤を規定の二倍の量呑んだのがよくなかったのか、ひどく眠く体もだるい。

「大丈夫なんですか、澤村さん」初美が椅子を引いて隣に座った。

「ガス欠だ」自由な右手で顔を擦《こす》る。昨夜《ゆうべ》もほとんど寝ていないのだ。「動いている時はいいけど、こういう、何もない時間が一番困る」

「怪我はどうなんですか」

「大したことはない。ガラスで切れただけだから」

「それで死ぬこともありますよ」

「生きてるんだから、問題ないだろう？」万歳でもしてみせようか、と思った。彼女に元気を見せつけるためではなく、生きていることを自分で確信するために。だが、そんなことをする元気すらないし、そもそも腕も上がらないだろう。

「無理しなくてもいいですよ」妙に優しい声で初美が言った。

「変に気を遣うなよ」

「カメラ仲間に対する同情ってことでどうですか？」

「仲間になった覚えはないけど」

「何だったら、今から仲間になってもいいんですよ。銀塩の一眼レフの話なら、いくらでもつきあいます」

「悪いけど、今はそういう元気もないな」澤村は何とか足元のバッグを取り上げ、デジタルカメラを初美に渡した。初美が撮影画像を再生して確認していく。前屈《かが》みになって顔を近づけているので、髪が垂れて顔の半分を覆い隠していた。

「変ですよね」

「何が」

「鬼塚が、二つの現場のどちらにもライフルを残していたこと」

「何が変なんだ」彼女が気づいていて自分が気づいていないことがあるのか？　その懸念が澤村を苛立《いらだ》たせた。

「鬼塚は、もう武器を持ってないと思います。これからどうするんでしょう。他にアジトがあるとも考えられないし……」

「仮にあったとしても、そこには行けないだろう。もう危ない橋は渡れないはずだ」

「だから、本当にこれを最後に撤収を考えているかもしれませんね。警察を振り回したことで、ある程度満足したとか……後は捕まらずに逃げ切ることができれば、この勝負は勝ちだ、というのが鬼塚のルールかもしれません」

「事件を勝負事にされたらたまらないよ」澤村は溜息《ためいき》を漏らした。本当にゲームのつもりなのか？　警察という巨大組織を混乱させ、最後は逃げ切れば、鬼塚の頭には「フィニッシュ」の文字が浮かぶかもしれない。だが、今まで何人死んでいると思っているのだ。このままでは絶対に済まさない。どこまでも追いかけて、必ず捕まえる。

「どういうことだ！」突然部屋の前方で大声が上がり、澤村は顔を上げた。西浦が携帯電話を耳に当てて立ち上がり、蒼《あお》い顔をしている。何人かの刑事たちが、一斉にそちらに殺到した。音のする方に向かえ——というのは、警察官になって最初に教えこまれる鉄則である。

「おい、待て！　お前なのか？　お前がやった……」

西浦の叫び声が空しく宙に溶ける。取り囲んだ刑事たちが、口々に質問を投げかけた。その輪の外にいた澤村は、西浦の口から答えが出るのを待った。

「……鬼塚だ」瞬時に緊張が走り、会議室を沈黙が支配する。谷口が輪に割って入り、西浦の肩を摑んで揺らした。

「鬼塚が電話してきたのか」

それでようやく我に返った様子で、西浦がうなずいた。かすれる声で報告する。

「これで終わりにする。無駄なことはしない、と。それから……」顔を上げ、澤村を凝視する。「お前によろしく、ということだ」

澤村は全身から血の気が引くのを感じた。名指し？　おそらく鬼塚は、二つの狙撃《そげき》現場に俺がいたことに気づいているのだろう。これは……本気のエールなのか、単にからかっているだけなのか。彼の立場、考え方にシンクロしていると恐れたこともあったが、今は違う。鬼塚の心の奥底にある物が、どうしても読めなくなっていた。鬼塚は既に、常識の世界の外へ落ちたのだろう。何度も重ねた殺し、入念に準備した狙撃……極限の経験で、まともな精神状態はとうに失われてしまったに違いない。

「このまま逃げるつもりか……」つぶやき、谷口が歯軋《はぎし》りする。「クソ、逃がすか。いいか、これから鬼塚の所在確認に全力を注ぐ」

「課長、空港も注意です」

「分かってる」澤村の進言に、谷口がすぐに反応した。「空港には手配をかけろ。検問も強化。とにかく、逃がすな！」

刑事たちは即座に散っていき、その場にはまだ呆然《ぼうぜん》と携帯電話を握り締めたままの西浦、谷口、澤村と初美が残された。

「高飛びは可能なんでしょうか」自分で空港の存在を指摘しておきながら、澤村は疑問を口にした。空港で手配してしまえば、すり抜けるのは極めて難しい。

「時間との戦いかもしれん」

谷口が腕時計を見た。その瞬間澤村は、以前どこかで読むか聞くかした事件を思い出した。

「課長？」

「何だ」

「鬼塚の戸籍を確認しましょう」

「戸籍？」

「そうです。あの男が今も正式に鬼塚という名前を使っているという保証はありません」

「どういうことだ」

谷口の問いかけに、澤村は自分の推理を開陳した。狡猾《こうかつ》な手口で海外逃亡を図った事件のニュースが、頭に残っていたのだ。あれほど入念に準備を進めていた男である。逃亡手段でも完璧《かんぺき》を期しているに違いない。澤村の話を聞いているうちに、谷口の顔が見る間に白くなった。

「澤村、その件はお前が確認しろ」

「分かりました」

澤村は肩の痛みも忘れ、会議室を飛び出した。何も言わないのに、初美が無言でついてくる。澤村はアドレナリンが全身を駆け巡っているのを意識した。俺は鬼塚とは違う。俺は犯罪者ではなく、刑事なのだ。


ようやく摑まえた鬼塚の妻、美咲《みさき》は、憮然《ぶぜん》としたまま取調室に入った。ひどく疲れきった様子で、不機嫌な表情を隠そうともしない。短く揃えた髪には艶《つや》がなく、目元には暗い影が目立った。四十五歳という年齢よりも、随分老けて見える。

「離婚した理由は何ですか」

人定《じんてい》の確認が済んだ後、澤村は前置き抜きで一番重要な質問を投げこんだ。下を向いていた美咲がはっと顔を上げ、澤村の目を覗《のぞ》きこむ。澤村は両手を組んで身を乗り出し、彼女の目を見返した。

「あなたたちは、三か月前に離婚している。その理由を教えて下さい」

「そんなプライベートなことまで言わないといけないんですか」反発の言葉は強かったが、口調は揺らいでいる。

「あなたは十七年間、刑事の妻だった。彼が警察でどういう立場にあったのか、何故辞めなければならなかったのか、その辺の事情を知らないわけがないでしょう」

「主人は、家では仕事のことを何も言わない人でしたから」

「ご主人――鬼塚さんが警察を辞めたのは今年の一月、七か月も前です。どんな仕事でも、トラブルがあって辞めると、夫婦関係には悪い影響を与えるでしょう。その時に離婚しないで、四か月経ってから別れた理由は何なんですか」

「それは……」美咲がきっと唇を結んだ。次に漏れた言葉は、理由にならない理由だった。「夫婦の間には、いろいろあります。離婚は大変なことなんですよ？　あなた、結婚してるんですか」

「いえ」

「だったら分からないでしょう」その事実を知って優位に立ったと思ったのか、急に強気な口調になる。「離婚するにも大変なエネルギーが必要なんです。そんな簡単にはいきません」

「事情を知っているなら、今話してもらった方がいい」

「事情」繰り返す美咲の声からは感情が抜けていた。「何のことだか――」

「鬼塚修平という名前の人間は、もうこの世に存在しません」

「どういう意味ですか」美咲が視線を逸《そ》らした。

「そういう名前の人はいなくなったんですよね」

「意味が分かりません」美咲が首を振ったが、意思によるものではなく、風に吹かれたようにしか見えなかった。

「そのことは、あなたの口から説明していただけると思ったんですが」

「何をですか」

澤村はすっと身を引き、椅子に背中を預けた。この女がどこまで事情を――鬼塚の計画を知っていたかは疑問である。十七年間連れ添った相手のトラブル。心の動き。いかに夫婦とはいえ、完全に心を許すものでもあるまい。どこまで踏みこんで理解していたのだろう。

「こちらは、背景を確認したいだけなんです。何が起きたかは分かっているんだ」

「だったら、もういいじゃないですか」

「そうはいかない。彼が捕まらない以上、真相は分からないんだから。あなただけなんですよ、本当の事情を知っているのは」

「言えません」

微妙な態度の変化を澤村は感じ取った。「言えない」というのは、何か秘密を持っていると打ち明けたも同然である。揺らいでいる――そう確信して畳みかけた。

「このままでは、あなたも従犯として罪に問われかねません。あなただけじゃない。あなたのご両親もですよ。たくさんの人を巻きこんで、それでもご主人を——元ご主人を庇《かば》うつもりですか」

美咲の顔が引き攣《つ》り始めた。頬が細かく痙攣《けいれん》し、目が細くなる。デスクに置いた手が、ハンカチをきつく引き絞った。澤村はぐっと身を乗り出し、彼女の発する気を感じ取ろうとした。しかし仮にあったとしてもそれはあまりにも弱々しく、澤村にまで届かなかった。

「先ほども言いましたが、鬼塚修平という人物は、戸籍上はこの世から消えました」澤村は、入手した戸籍謄本のコピーを彼女の前に示した。「彼は三か月前に離婚して、その一月《ひとつき》後にあなたのご両親と養子縁組しています。普通、あり得ないことですよね。意味が分からない。でも私は、その意味を理解しました。私の口から言った方がいいですか？　それともあなたが説明してくれますか？　いずれにしても、これからあなたとはゆっくり話をしなければいけませんが」

美咲がゆっくりとうつむく。無言の時間が過ぎた。傍らのデスクに控えていた初美が立ち上がろうとした瞬間、美咲がのろのろと顔を上げる。顔にかかった髪が、表情を曖《あい》昧《まい》にした。

「話してくれてもいいでしょう」澤村は声のトーンを落とした。「あなたにはあなたで、言いたいことがあるはずだ。鬼塚さんを追い出した警察という組織をあなたがどう思っているのか……警察のやり方と鬼塚さんのやり方、あなたがどちらを支持するか、その辺りから話を始めても構いません。ですが、とにかく事情を話して下さい。私たちは、彼を逃がすことはできないんです……警察として」


「でも、よく分かりましたね」

初美が感嘆して溜息《ためいき》を漏らした。

「人間の記憶は不思議だよな。重要な物を忘れるのに、どうでもいいようなことは覚えてる」

「どうでもよくないと脳が判断したから、覚えてたんじゃないですか」

「自分の体の中にあるのに、自分で理解できない……脳科学が流行《はや》るわけだよな。人間に残された、最後のフロンティアってことなんだろう」

「そうですね」

屋上には生暖かい風が吹き渡り、湿気でシャツが肌に張りついていた。夕食に用意された弁当を屋上で食べよう、と誘ったのは初美の方だった。意図は何となく分かったが、失敗だったと悟る。灯《あか》りはほとんどなく、しかも暑い。これでは、味気なくとも、冷房の効いた捜査本部で食べた方がよかった。どちらにしても左肩が自由にならない状況では、食事もしにくいのだが。早々に食べ切るのを諦《あきら》め、弁当の蓋《ふた》を閉める。ペットボトルのお茶を喉《のど》に流しこみ、天を仰いだ。初美は少し気が抜けた様子で、ゆっくりと箸《はし》を使っている。顔を上げ、ベンチの上で首だけを捻《ひね》って澤村を見た。

「その事件、私は全然記憶にないんですけど」

「うちの県警の管轄じゃないし、経済事件だからな。同じ手口で逃げた男は弁護士だった。上手《うま》い手口……褒めちゃいけないけど、警察が気づかない抜け道だったのは間違いない」

「鬼塚も、この方法を参考にしたんですかね」

「可能性はある。あの人のことだから、あちこちにアンテナを張り巡らせていたんじゃないかな」

脱税事件に絡んで東京地検特捜部の取り調べを受けていた弁護士が、海外へ逃亡した事件だった。特捜部は任意の捜査でパスポートを押さえ、出国できないようにしていたのだが、この弁護士はウルトラCというか、法の抜け道を利用する方法に出た。知り合いと養子縁組を結び、戸籍上の苗字を変更。これで書類上は「別人」ということになり、新たにパスポート請求が可能になったのだ。新規のパスポートは発行され、弁護士は海外へ逃亡した。現在も捕まっていないはずである。

鬼塚が使った手口もこれと同様だった。鬼塚の場合、彼名義でのパスポートは元々持っていなかったが、海外逃亡は以前から計画していたのだろう。鬼塚名義でパスポートを取得すれば、出国手続きで引っかかる可能性が出てくる。ただし別名義ならスルーできる——そういう狙いだったはずだ。

鬼塚が取得したパスポートの名義は、妻の結婚前の苗字、「中村《なかむら》」になっている。「中村修平」、それが彼が新たに手に入れた名前だった。既に手配済みだが、まだ入管からの報告はなかった。それならそれでいい。海外逃亡していないなら、国内で逮捕できる可能性は高まるのだ。

「きっと捕まりますよ。頑張りましょう」励ますように初美が言った。

「随分俺に気を遣ってるみたいだけど、何かあったのか？」

「何かって……」初美が言葉を呑《の》んだ。俺が見殺しにした少女、狭間千恵美に関する話が、彼女の心を揺らしたのかもしれない。

「課長に何か言われたとか？」

「そんなことないですよ」

「だったら――」突っこみかけて、澤村は言葉を呑んだ。こんな時、こんな場所で自分の事情を話しても仕方がない。

「澤村さんはついてるんですよ」

「俺がついてる？」思わず吐き捨てた。「女の子を見殺しにした俺がついてる？　冗談じゃない」

子どものような言い方だと、自分でも分かっていた。自分だけが不幸で、この世界で一人きりだ――馬鹿ばかしいと思いながら、そう考えてしまう夜もあった。

「澤村さんは一人じゃなかったでしょう。谷口課長もずっと見守ってきたんだし」

「人に見守られないと仕事もできない、情けない男だよな」自嘲《じちょう》気味に吐き捨てる。

「警察って、内輪に甘い組織だってよく言われますよね。でもそれだけ、人情に厚いとも言えるんじゃないですか。私は悪くないと思いますよ、そういうの」

「警察は、鬼塚には厳しかった」

「仕方ないんじゃないですか。あの人の場合は自爆です。どんなに甘い組織でも、許す限界はあるでしょう」

「俺は……」澤村は両手をそっと組み合わせた。「俺が鬼塚になっていたかもしれない」

「そうですね」

初美があっさり認めたので、澤村は驚いて顔を上げた。

「同じような経験をして、同じように一匹狼を貫いて。鬼塚さんのようにならなかったのは、ほんのわずかな差だと思いますよ」

「谷口さんのような庇護《ひご》者がいたかどうか」

「そうですね。でも、そういう運を引き寄せられるのも実力のうちじゃないんですか」

「実力っていうのとはちょっと違うな。偶然だよ、偶然」

「澤村さんには運があります」自分の言葉に納得するように、初美がうなずいた。「もしかしたら、刑事として一番大きな才能はそれかもしれませんよ」

「あまり嬉《うれ》しくないな。純粋に能力を褒められるならともかく」

初美が黙りこみ、黙々と箸を動かし始めた。その顔に、思い出し笑いをしているようなな、からかっているような柔らかい表情が浮かんでいることに澤村は気づいた。

6

成田《なりた》空港。航空会社のカウンターでパスポートを提示する。平日の午前中とあって、それほど混みあってはいない。すぐにチケットを受け取れるはずだ。税関を抜け、飛行機に乗ってしまえばそれで終わり。最終的な目的を果たせなかった悔しさは残るが、県警の連中の間抜けな顔を思い浮かべると、少しは慰めになった。脇に挟んだ新聞に視線を落とす。丸まって歪《ゆが》んだ紙面では、昨日の二件の銃撃事件が、一本の記事にまとめられて社会面に載っている。だがこの段階で、鬼塚の名前はどこにもなかった。鬼塚ではなく、「中村修平」としても。警察がまだ俺の名前を割り出していないのか、あるいは分かっていて名前を伏せているのか、この段階では把握しようもないが、もうどちらでもよかった。

今この時、追っ手はいない。俺は逃げ切るのだ。ひとまずは。

制服姿でカウンターについている航空会社の女性社員の動きは、先ほどからのろのろしていた。遅い……手続きにこれほど時間がかかるわけがないのに。無言を貫き通すつもりでいたのだが、つい「何か問題でも？」と聞いてしまった。

「ただ今混雑しておりまして、手続きに時間がかかっています」能面のような表情で相手が答える。あまりにも淡々としているせいで、緊張を隠すためなのだと明白に分かった。その瞬間、長年自分を助けてくれた直感が発動する。何かある——さっと周囲を見回すと、制服警官の姿が視界に入った。空港だから常に制服警官は目につくが、二人組であること、そしてその足取り——走らない程度に急いでいる——に気づいた瞬間、彼らがターゲットを捕捉《ほそく》したことに気づいた。

ターゲット。鬼塚——中村修平。

鬼塚は荷物をその場に残したまま、走り出した。それなりに重い装備を強いられる制服警官よりは、ずっと速く走れる自信がある。一気にトップスピードに乗り、第一ターミナルの出入り口目指して一直線に走り始めた。「待て!」の声。さあ、どうする。追い詰められつつあるというのに、鬼塚は頰が緩むのを抑え切れなかった。やるじゃないか。とうとう俺に追いついたわけか。

このサーカスの中心にいるのは、おそらく澤村だろう。お前は俺と本格的にゲームをするつもりがあるか?

追われる身となりながら、新たなゲームの始まりに、鬼塚は激しい興奮が体を突き抜けるのを感じた。俺はこれを求めていたのだろうか……立場を替えた、追う者、追われる者のゲームを。

◇

「現れた?」大声を上げながら西浦が立ち上がった。握り締めた受話器からぎしぎしと音が聞こえてきそうだった。長浦中署の会議室に待機していた刑事たちが、一斉に詰め寄る。押《お》し競饅頭《くらまんじゅう》の真ん中に置かれた状態になった西浦は、身を捩《よじ》りながら相手の話に耳を傾け続けた。

「成田。九時五十五分発の日航《にっこう》香港行きだな？　で、身柄は？　逃がした？」

西浦は爆発するのではないかと澤村は思った。知らぬこととはいえ、捜査の状況を鬼塚に流し続けてしまった張本人。この捜査が一段落したら、何らかの処分は免れないだろう。それを考えているせいか、どこか気もそぞろだ。頭の中はぐちゃぐちゃになっているだろう。

電話を切り、西浦は頭を抱えた。が、それも一瞬のことで、顔を上げるとすかさず指示を飛ばしてくる。いつものふらふらした感じは消えていた。

「本田《ほんだ》、石沢《いしざわ》はすぐ成田へ。向こうで現地の警察と空港関係者から詳しく話を聞け。有《あり》田《た》と原《はら》は機捜と協力して検問強化。こっちへ舞い戻る可能性もある。鳴海《なるみ》は刑事総務課へ行ってくれ。関係各県警と連絡を密にするんだ。連絡役は任せた」

一気に言い切って全員の顔を見渡す。ほんの一瞬、刑事たちの反応が遅れたのを見て、怒声を上げた。

「動け！」

具体的な指示を受けぬままその場に残された澤村は、関東地方の道路地図を持ってきて、広域部分を広げた。成田空港から逃げた……現場からの離脱方法は無限と言ってもいい。車を持っているなら、東関道《とうかんどう》。電車でもＪＲ、京成《けいせい》の両方が使える。いずれにせよ鬼塚は、都心部に戻るつもりだろう。海外脱出に失敗した今は、間違いなく一時的にどこかに身を隠すはずだ。その場合、都心部の方が何かと好都合である。

「どういう状況なんですか」

まだ頭に血が上った様子の西浦が、それでも何とか冷静に状況を説明した。パスポートを受け取った航空会社の地上勤務員が、すぐに手配の名前、ＩＤだと気づく。ただちに空港警察に連絡が行き、確認のために二人の制服警官が近づいたところで、鬼塚が異常を察知、即座に逃走した。空港ビルの外へ出たのは確認されたが、すぐに行方は分からなくなってしまった——何をやってるんだ、と澤村は歯嚙《はが》みした。どれほど重要なことなのか、現場の人間は理解していたのだろうか。

「鉄道を使ったのか、車だったかも確認されていないんですか」

「まだ確認が取れてないんだが、車じゃないだろうな」

「そのまま放置しておけば足がつくから？」

「ああ。一週間や十日で帰って来るつもりはなかっただろうからな」西浦の顔は、怒りのためか青褪《あおざ》めていた。

「鉄道ですか……」

いつの間にか姿を消していた初美が、どこかから時刻表を借り出してきた。

「この時間だと京成線が十分か十五分に一本、成田エクスプレスが一時間に二本ないし三本ですね」

「飛び乗ったとしたら、検問も間に合わないか……」鬼塚は京成線を使ったのではないかと澤村は考えた。成田エクスプレスは停車駅が極端に少ないから、千葉か東京駅で捕捉される可能性も高い。一方京成線では、あちこちで乗り換えが可能だ。津田沼《つだぬま》まで出てしまえば京成千葉線、新京成電鉄、総武《そうぶ》線と逃走経路は複雑に分かれる。二回乗り換えられたら追跡は不可能だろう。

ぞくり、とした感触が背中を這《は》った。鬼塚は今何を考えているか……何となく理解できる。徹底的に組み上げた計画を俺の乱入で潰《つぶ》され、中途で頓挫《とんざ》したまま、国外逃亡せざるを得なくなった。しかしそれも、名前を変えてまでのパスポート取得という手を見透かされ、ブロックされてしまった。俺が手を出していたことを、鬼塚は知っているのではないだろうか。何度も計画を阻止され、誇りは——犯罪者に誇りがあればだが——ずたずたにされているはずだ。今後どうするかについても、見通しは立っていないかもしれない。だとすると、最後の最後で大勝負を仕かけてくる可能性もある。たとえ自分の身を滅ぼすことになっても、プライドを傷つけられたまま終わるわけにはいかないだろう。

鬼塚の考え方としては、極めて自然に思える。検証しようはないが……本当に？　今なら、そういう問題を相談できる人間がいる。橋詰。プロファイリングなど何の役にも立たないと澤村は馬鹿にしていたのだが、橋詰は鬼塚の柏原狙撃《そげき》を——半分とはいえ——

——予想したではないか。

「ちょっと本部に行ってきます」

「何だ」西浦が眉《まゆ》をひそめる。

「鬼塚のことを誰よりも良く知っている人間に会いに行くんですよ」

「それは——」

「ちょっと前までなら、管理官に聴いたかもしれません」

西浦の顔がさらに青褪める。鬼塚との電話の件は、公式にはまだ譴責《けんせき》を受けていない。あまりにも重要な問題なので、現場での無責任な噂にさえなっていなかった。

「ただ、管理官の知っている鬼塚は、今はもういないんですよね」

「いや」西浦が唇を舐《な》めた。乾ききってひび割れた唇が、一瞬だけ赤くなる。「これは間違いなくあいつのやり方だ。常に先手先手を打って、一人で突っ走る。捜査のやり方を裏返しにしただけだ」

「違います」犯罪の近くにいる人間は犯罪に染まりやすくなる——橋詰の言葉を思い出しながら澤村は否定した。「表と裏、では絶対にあり得ない。あの男はもう、刑事じゃないんです。単なる犯罪者だ。そして向こう側に足を踏み入れたら、二度と戻れないんですよ」

初美は長浦中署へ残すことにした。誰かが居残りをしなければならない、たまにはそういう貧乏くじを引くのも刑事の仕事だ、と説得して。彼女は決して納得した様子ではなかったが、ひとまず引き下がったのを見て、炎天下の街を歩き出す。県警本部は長浦中署の目と鼻の先にあり、街中を車で抜ける煩わしさを考えたら、歩いた方が圧倒的にストレスが溜《た》まらない。もっとも気温は高いので、汗だくになる不快さからは逃れられなかった。今日は雲が湧き出しており、真夏の陽射しの直撃だけは避けられたが、逆に湿気が全身を重く包みこむ。久しぶりに一雨くるかもしれない。降れば少しは涼しくなるかもしれないが、湿気はさらに増すだろう。この不快感が鬼塚を犯行に駆り立てたのでは、と妄想する――いや、あの男はずっと以前、暑さに煩わされる前からこの犯行を計画していたはずだ。

つい先日棚卸ししたばかりだというのに、橋詰の部屋はすっかり元通りになっていた。どうやらこの男の頭には、「整理」という言葉の意味が間違ってインプットされているようである。

「やあやあ、どうも」橋詰がにやにや笑いながら澤村を出迎えた。「むさい所へようこそ」

「むさいと分かっているなら、少しは整理したらどうなんですか」

「こっちはこの状態が快適なんでね」橋詰が肩をすくめる。「使っている人間が問題ないって言うんだから、それでいいんですよ。あんたは単なる闖入者《ちんにゅう》に過ぎない」

会話の中で「闖入者」という言葉を使う人間と初めて会った。皮肉の一つも飛ばしてやりたくなったが、頭を振ってその欲求を追い払う。

「本部長の件は大当たりだったでしょう」橋詰のにやにや笑いがさらに大きくなった。

「半分、ですよ。現職の本部長じゃなくて、前本部長だったんだから」

「まあまあ」顔の前で手をひらひらさせる。「とにかく無事に済んだんだから、それでよしとしましょうや」

「あれはダミーだったと思います。本当の狙いは菊川署長――前の一課長だったんですから」

「それだって外れたんだ」わずかに表情を曇らせながら橋詰が反論した。「誰も死にさえしなければ、万事オーケイってことで、ね?」

「俺は怪我したんですよ」右手を前から左肩に回した。テーピングが少しだけ緩んでいる。出血は止まっているようだが、しつこい痛みが居座っていた。左手はまだ自由に動かない。

「あんた、刑事でしょう? それぐらい、オウンリスクで何とかして下さいよ」

「危険予想もできないんですか、プロファイリングは」

「澤村先生、あんたは一度、プロファイリングについて真面目に勉強した方がいい。どうも勘違いしているようだから」

さっさと本題に入るつもりだったが、結局いつもと同じようにジャブの応酬を始めてしまった。溜息《ためいき》を一つつき、切り出す。

「鬼塚は成田で確保されかかりました」

「されかかった？　つまり失敗したわけですか」

「はっきり言えば」

「だらしないねえ」橋詰が鼻を鳴らす。「何やってるんだか、千葉県警は」

「とにかく現在は所在不明です。養子に入って名前を変えて、パスポートを取得したことまでは割り出したんですけど、ここから先の行動が読めない」

「なるほど」橋詰がうなずき、書類の山をかき分けてパソコンを救出した。「狙撃は失敗、逃亡を阻止され、どこかに引きこもるしかないような状況である、と。他に逃亡ルートは考えられない？　別のアジトとか」

「今のところはないですね」

「向こうは、あんたの存在を知ってるんだろうなあ」橋詰が髭《ひげ》で埋まった頬を掻《か》いた。「だったら、分析するまでもないんじゃないの？　澤村先生としては、こっちの言質《げんち》が欲しいんだろうけど」

「と言うと？」

「次の——最後のターゲットはあんただね」丸く太い指を澤村に突きつける。「鬼塚の行動を支えているのは、人並み外れた高いプライドだ。たった一度の失敗で、心に固い壁を張り巡らせて、自分の枠に閉じこもってしまうタイプだからね。どんなことにでも完璧《かんぺき》を期し、人より先んじて次の行動に出ないと満足できない。そういう人間は、絶対に失敗を自分のせいにしないんだよね。誰かが妨害したからだ、と邪推する——たとえそうじゃなくてもね。今回はことごとくあんたのせいで失敗しているんだから、恨みも大きいんじゃないかな」

「やっぱりそう思いますか」

「分かっていることをわざわざ確認するために、俺のところに来たんでしょう」橋詰の顔から笑いが引っこんだ。「だけど、それが分かってどうするつもりなの?」

澤村は無言で橋詰の顔を凝視した。見抜かれているだろう。この男はプロファイリングのプロというよりは、人間観察の大家なのではないか。その大家は、俺の考えにどんな反応を示すだろう。目を伏せ、次にくる言葉を予想しようとする。

「問題は、そういう状況をどうやって作るか、だな」

澤村ははっと顔を上げた。話が二、三歩先に進んでしまっている。

「上手《うま》く鬼塚をおびき寄せて罠《わな》にかける——そうしたいんでしょう? でも、あの人は人一倍用心深いよ。簡単には引っかからないだろうし、あんたを殺すために、もしかしたら長い時間をかけるかもしれない」

「こっちが忘れた頃まで待つ?」

「その方が安全だし、確実だからね。鬼塚は、待つことを厭《いと》わないタイプの人間じゃないだろうか。その間ずっと、復讐《ふくしゅう》心を燃やし続けられるわけだし、そういう状況自体を楽しんでいるかもしれない」

「二十年も前の事件で疑っていた人間を追い回してたんだよ？　もっと長く待つかもしれない。それはまずいなあ」

「五年、十年でも？」

「それはどういう――」

「危険は承知なわけだよね？」

話の腰を折られ、澤村はむっとした表情を浮かべた。会話の途中でいきなり方向転換する橋詰の癖は分かっていたが、今のはあまりにも唐突ではないか？　橋詰が右手を丸め、爪に視線を落としたまま続けた。

「問題は、澤村先生、あんたがそんなに長い期間、緊張に耐えられるかどうかですな――無理だよ。いつ襲ってくるか分からない状況で何年も過ごすのは、まともな人間には耐えられない」

「だから、こっちから罠をしかけたい」

「どうやって」

「そのアドバイスをあなたから聞きたかったんですけどね。鬼塚の心理分析をすれば、何か上手い手が浮かぶんじゃないですか」

「こっちが言うまでもないんじゃないかな」橋詰が両手を擦《こす》り合わせる。「たぶんあんたも俺も、同じ結論に達している」

澤村は思い切り顔をしかめてやった。同志の連帯を強調されても……しかし橋詰は意に介する様子もなく、ぺらぺらと続けた。

「思い切ってやってみればいいんじゃない？　損はないですよ。それにこの勝負、短期決戦ならあんたに十分勝ち目がある」

「どうして」

「あんたと鬼塚は本当によく似ている。発想方法なんか、瓜二《うりふた》つだと思うよ。でも決定的な違いがあるんだ」

「何ですか」

「鬼塚は根本的に一人だ。だけどあんたには仲間がいる。特に俺のように頼もしい人間が、ね。だから、機先を制することができれば、勝てるんだ」

最後の台詞《せりふ》は承服しかねたが、それでも笑みを浮かべてやるぐらいの余裕は生まれていた。


それから数日間、事態はゆっくりと動いた。澤村の提案で県警が仕掛けた罠は、マスコミを通してのものだった。

「狙撃事件　元県警刑事の犯行と断定」

「連続殺人事件にも関与か」

新聞に見出しが踊る。ただし記事の中では、鬼塚の名前には一切触れられておらず、「退職した元刑事」とあるだけだった。容疑も曖昧《あいまい》。ただ、狙撃《そげき》に使われた二丁の猟銃が元刑事——鬼塚の持ち物だということだけは明かされていた。

情報操作を担当したのは谷口だった。県警の捜査一課長ともなれば、新聞記者の夜回りを避けることはできない。各社順番に十分ずつという間抜けな面談を毎晩繰り返すのが、慣例になっていた。その中の一社だけに、谷口は情報を流した。ただし、時間は十分しかないとなれば、複雑な事件の背景を全部喋《しゃべ》るのは不可能である。結局メモを渡し、「裏を取れ」と告げただけだった。

全国紙のサツキャップである若い記者は、仰天しただろう。何で自分のところへ——特ダネの興奮よりも、情報操作を受けている不自然さに気づいたはずだ。しかし谷口は、事件の内容に触れることなく、たった一言で彼を納得させてしまった。

「この男をあぶり出したい。協力してくれ」

事件の全容が複雑だったため、記事が紙面に出たのは週明けだった。一面と社会面を大きく潰《つぶ》して掲載された記事は、県警側が予想した通りの効果をもたらした。各社横並びで一斉に情報を提供するよりも、一社にだけ書かせた方が扱いが大きくなる。特にこの事件は、「格」からして各社とも追いかけざるを得ないわけで、結局は万遍なく各紙に掲載される。それに血なまぐさい事件は、本質的にテレビが喜ぶものだ。ニュース番組だけでなく、ワイドショーでも恰好《かっこう》の話題になる。澤村が予想した通り、週明けには新聞もテレビも「退職した元刑事」の行方捜しに躍起になった。

報道は急速な広がりを見せ始め、水面下では「鬼塚」の名前が噂され始めた。「辞めた元刑事」となれば、必然的に候補は絞られる。だが県警は、頑《かたく》なに鬼塚の名前を隠し続けた。

人権を慮《おもんぱか》ってのことではない。謎は謎のまま引っ張った方が、マスコミによるパーティは長続きするからだ。

「大騒ぎになりましたね」初美が、強い風に乱される髪を押さえつけながら言った。

「予想通りだよ、ここまでは」澤村はうつむき、足元のコンクリートの染みを見つめていた。すっかり馴染《なじ》みになった中出署の屋上で、二人はうだる暑さの午後の時間をぼんやりと潰していた。聞き込みから一度戻り、ぽっかりと空いた時間。

「でも、相変わらず手がかりはないですね」

「鬼塚は東京にいるかもしれないな。あの街なら、金が続く限り、いくらでも隠れていられるから」

「奥さん、本当に何も知らないんでしょうか」初美が首を傾げる。「十七年も一緒に暮らしてきて、こんな肝心なことで何も知らないなんて考えられません」

「鬼塚なりの思いやりかもしれない。奥さんを巻きこみたくなかったんじゃないかな」

鬼塚が本当にそんな人間かどうかは分からなかったが。人を何人も殺している男が妻の身の上だけは案ずるというのはどこかずれているが、人間には幾つもの顔がある。

「でも、奥さんの実家は巻きこんでいるじゃないですか」

「それは確かに矛盾だな」

妻の実家、中村家に対する事情聴取も進んでいたが、どうにも要領を得ない答えしか返ってこなかった。鬼塚は「財産保全のため」と数字を使って巧みに説得したようだが、それが本当なのかどうか、現段階では検証しようもない。東京にある中村家も監視対象になっているが、鬼塚が姿を現す、あるいは連絡してくる気配はなかった。

「鬼塚を捕まえたらどうするんですか」

「普通に取り調べるだけだよ」

「憎んでないんですか」

「そういう感じはあまりないんだ」澤村は手すりから体を引き剝《は》がした。空を埋める高層マンション群を眺める。「ああいう人間には、一定のイメージがあるよな。子どもの頃虐待されていたとか、その反動で自分も動物を殺したりとか」

「ええ……でも、鬼塚に関してはそういう情報はないですね」

「そう」うなずき、続ける。「親が公務員の家で、普通に育った。挫折《ざせつ》のきっかけは分かっているけど、大人になって自分を確立した後の話だから、かえって面倒なのかもしれないな。ただ一つはっきりしているのは、あの男は正気だと思う。自分がやっていることの意味を十分理解しているはずだ」

「裁判になったら、心神喪失を訴えるかもしれませんよ」

「裁判員は、それじゃ納得しない……しないはずだ」自信はない。裁判員の前で鬼塚がどんな言を弄《ろう》するか、考えるとぞっとする。妙に説得力のある言葉を連ねて、己の無実を印象づけてしまうのではないかという、嫌な予感を捨てることができない。「もしかしたら鬼塚は、破滅を望んでいるのかもしれないな」

「どんな？」

「殺してもらいたいとか。取り囲まれたら銃撃戦にでもなって、警察官を二、三人道連れにできたら本望じゃないかな」

「鬼塚は、そういう破滅型の人間じゃないと思いますけど。今までの綿密な計画を考えて下さいよ」

「そうだな」澤村は体の向きを換え、手すりに両手を凭《もた》れかけさせた。ふと、向かいのビルから鬼塚が狙っていたら一発でやられるな、と思う。それでもいい。三度目は絶対に逃がさない。俺の命と引き換えならば——駄目だ。それではこのゲームは、鬼塚の勝ちになる。絶対に負けてはいけないゲームがこの世にはあり、自分が今、そのメンバーであることを澤村は強く意識していた。

「俺がもしも今撃たれたら、放っておいて向かいのビルまで走れよ」

「冗談やめて下さい」そういう初美の顔は引き攣《つ》っていた。二度の狙撃。三度目があってもおかしくない、と考えているのだろう。もっとも、鬼塚が新しい銃器を入手できる可能性は低い。「中村修平」名義のクレジットカードや銀行口座にはチェックが入っており、金を使えばすぐに分かるようになっているのだ。鬼塚もそんなことは当然予想しているはずで、危ない橋は渡らないだろう。だが彼には、銃を入手する裏ルートがあるはずだ。連続殺人事件の二番目、銃殺——あの時使われた銃に関しては、未《いま》だに出所も行方も不明のままである。

「とにかく、鬼塚逮捕が最優先だ。俺が死んでも構うな」

狙ってくるなら俺。囮《おとり》として自分を使う上手《うま》い方法は結局考えつかなかったが、わざわざ表に出て行かなくても、鬼塚の方で何か手を打つのではないか、と橋詰は予想していた。あの男を舐《な》めちゃいけないよ、必ずこちらの予想以上のことをしてくる。

しかし実際には、鬼塚はある種正攻法とも言える方法で挑んできたのだった。

7

空港での鬼塚の逃走劇から一週間後、午前九時。朝の捜査会議が終わったのを見透かしたように、澤村の携帯電話が鳴った。

「ああ」第一声は、気の抜けた男の声だった。

一瞬で澤村は状況を悟った。西浦を見ると、事態に気づいたようで、眉間《みけん》に皺《しわ》を寄せたまま澤村を凝視している。澤村は視線を逸《そ》らして電話に意識を集中した。

「鬼塚だな？」

相手は否定も肯定もしなかった。西浦が駆け寄ってくるのを手で制し、相手の声に神経を集中させる。

「一つ、確認させてくれ……澤村」

「何だ」

「狙撃《そげき》現場にいたな？　両方とも」

「ああ」

「よかったよ」からかうような笑い声が漏れる。「さすが、俺が見こんだだけのことはある」

「あんた、鬼塚なんだな？」見こんだ、という一言に身震いしながら、澤村は押し殺した声で再度確認した。ぎりぎりと右手を握り締める。爪が掌《てのひら》に食いこみ、鋭い痛みが意識を尖《とが》らせた。「今、どこにいるんだ」

「さあ、どうかな。俺を捕まえたいのか？」

「当たり前だ」

「どうするかね……あんたの出方次第というところかな」

「要求は」

「それは後ほど。あんたは長浦市内で待機しろ。携帯は空けておけ。その方が確実だ」

「何が確実なんだ」

「後で話す。楽しみは先延ばしにした方がいい」

「ちょっと待て」電話を切ろうとする鬼塚を呼び止めた。

「気の短い男だな」鬼塚がかすかに笑った。

「微弱電波を辿《たど》れるぞ。いつまで隠れていられると思ってるんだ」

「俺は、チャンスは逃さない」

「チャンス？」

「例えば俺が、どこかに爆弾を仕かけたとしたらどうする？　お前たちは俺を捜すことに夢中になり過ぎて、脇が甘くなっているんだよ。俺はずっと、自由に歩き回っていたんだぞ」

「おい――」

「まだ時間に余裕はある。しばらく、爆弾捜しでもしていてもらおうか」

「誰を狙ってるんだ？」

「それを言ったら、話は面白くならない」

鬼塚が乾いた笑い声を上げた。澤村は冷たい手が胸元に入りこんだような不快感を感じていた。

「ところで、あんたはそれなりにいい刑事に育ったようだな。あの一件を乗り越えたのか？　だったら俺も、少しは手を貸したことになる。感謝してもらいたいな」

「あの一件は忘れていない。あの頃は、あんたもまともな刑事だったはずだ。人を思いやる気持ちを持っていた」

「今でも持っている」鬼塚がまた笑う。「だからこうやって、あんたに猶予を与えているんだ」

「爆弾の話は――」

「俺は嘘はつかない」鬼塚の声が急に真面目になった。「しばらく時間をやろう。その間に捜せ。必死になって捜せ。ただし、電話には出られるようにしておけよ」

「逃げられると思ってるのか？　あんたは県警から脱落した人間だ。だけど俺には仲間がいる。必ず――」

いきなり電話が切れた。だがその直前に澤村は、歯嚙《はが》みする音をはっきり聞いた、と確信した。間違いない。少なくとも奴を怒らせることはできた。どこまでも冷静な鬼塚の精神状態をどこまで揺さぶれたか……少なくとも一ポイントは返せた、と信じたかった。

いきなり爆弾の話が出て、捜査本部は混乱の中に叩《たた》き落とされた。狙いは誰だ？　どこに仕かけた？　威力は――しかし話の真贋《しんがん》については、誰も疑いを持たなかった。鬼塚はやるといったらやる男だ。

谷口は配下の全ての刑事を召集した。携帯の微弱電波追跡には失敗しており、捜査の主眼は爆弾の捜索に移った。機動捜査隊に加えて県内全所轄の刑事たち、交通機動隊も動員され、一斉に爆弾捜しが始まった。まず、各警察署、そして県警本部内。庁舎の中に侵入するのは困難だとしても、駐車場の隅に仕かけるぐらいはできる。さらに鬼塚と少しでも関係のあった県警幹部やOBの自宅までもが捜索対象になった。

鬼塚の電話から一時間。何の手がかりもないまま、中出署の捜査本部は依然として混乱の中にあった。鬼塚から電話がかかってくるかもしれないので、澤村は中出署に足止めを食っていたのだが、人手が足りない状況を見て、外へ出ると志願した。

「お前はここにいろ」

谷口が止めに入る。もっともだ、と澤村も思った。鬼塚は俺を、県警との連絡窓口に選んだのだから。しかし澤村は、極めて常識的なその命令を拒否した。

「携帯電話がありますから、いつでも連絡は取れます。今は爆弾を捜すのが先決でしょう」反論を待たずに飛び出す。また勝手なことをしてしまった——と一瞬後悔したが、俺は鬼塚とは違うんだ、と自分に言い聞かせる。

自分の車に飛び乗った途端、電話が鳴り出した。

「どうだ？　爆弾は見つかったか」鬼塚の声には、依然としてこの状況を面白がっているニュアンスが滲《にじ》んでいる。

「見つかったかどうか、あんたに言う必要はない」

「見つからないだろうな。そんな簡単に見つかったら、こっちもやりがいがない。少しは苦労しろ」

「あんた、人の命を何だと思ってるんだ！」澤村は思わず、ハンドルに右手を叩きつけた。クラクションが間の抜けた音を立てる。クソ、鬼塚は何らかの方法で、俺の足取りを把握しているかもしれない。署を出て一人になった途端に電話してくるとは……思わず周囲を見回した。この駐車場の近くで、俺を見張っているのではないだろうか。

「そんな議論をする気はない。それで、あんたはどうしたい？　このまま爆発を待つか？　一人や二人の犠牲者じゃ済まないだろうな」

「取り引きの条件は？」ターミナル駅、あるいは繁華街に仕かけたのか……一気に顔から血の気が引く。

「あんたの命」

「そう簡単にはいかない」

「取り敢《あ》えず、ご対面といくか。あんたが一人で来れば、爆発しないで済む方法を提示できるかもしれない。来なければ、無条件で爆発だ」

「……分かった」呑《の》むしかない、ということは分かっている。

「もちろん、他の刑事に話したら終わりだ。一時間……二時間やろう。場所は自分で推理しろ」

「何だ、それは」

鬼塚が、引き攣《つ》るような笑い声を上げた。

「二時間以内に俺を見つけられないようじゃ、話にならない。あんたは優秀な刑事だ。それぐらい、自分で何とかしろ」

「あんたのいる場所に二時間後だな？」

「一秒でも遅れたら、その瞬間に爆発が起きる。分かっているとは思うが、他の刑事に話したら終わりだ。別の人間が動いていれば、すぐに分かる」

電話が切れた。澤村は両手をハンドルに叩きつけようとして、何とか思いとどまった。こんなことをしても何にもならないのだ……それにしても、迂闊《うかつ》なことはできない。どうするか……一人でやれることには限りがある。鬼塚は「他の刑事に話したら」と条件をつけてきた。ならば、刑事でない人間に話すのは問題ないだろう——勝手にでっち上げた理屈で自分を納得させ、橋詰に電話をかけた。

「あい」橋詰の声は不明瞭《めいりょう》にくぐもっていた。

「急ぎの用件なんですが」

「どうぞ」ごくり、と何かを呑みこむ音がした。明確になった声は、露骨に不満そうだった。「大事な十時のお茶を邪魔するぐらいなんだから、それなりの用件なんでしょうね、ええ？」

「お茶なんか飲んでる場合じゃない。鬼塚が爆破予告をしてきた」

「何だって」橋詰の声が低くなった。初めて聞く真面目な口調だった。

「電話がかかってきたんです」状況を説明する。喋《しゃべ》っているうちに、自分に対する怒りがこみ上げてきた。もう少し何かできたのではないか。会話を引き延ばして鬼塚の気持ちを読み、潜伏先を割り出せたのではないか。

「それはあんたのミスだね。鬼塚の行動パターンぐらい、読みきらないと」橋詰は澤村の後悔を読んだように、容赦なく責めてきた。

「分かってます。俺のヘマです」つい、乱暴に吐き捨ててしまった。「それは認めますから、力を貸して欲しい」

「ほほう、この私《わたくし》めに」

彼がにやにや笑う様子が目に浮かんだ。想像するだけで苛《いら》ついたが、今はこの男に頼るしかない。

「二時間しかない。鬼塚は俺を呼び出したんです」

「直接対決するつもりか……澤村先生、死ぬ覚悟はできてるんですか？」

「死ぬつもりはない。俺があいつを捕まえるから」

「なるほどね」

「呑気《のんき》に言ってる場合じゃないでしょう！」彼を責めても何にもならないのだと思いながら、澤村は怒鳴り上げた。「人の命がかかってるんですよ」

「どこの誰だか分からない人の、ね。駅にでも仕かけられたら、何人死ぬか分からないだろうな。県内に駅が幾つあるか、知ってる？　確か二百を超えてるはずですよ。それを全部捜すのにどれだけ――」

「他人事《ひとごと》みたいに言わないで下さい。あなたみたいに現場から離れた人には分からないんだ」

「おやおや、こっちはあんたを仲間だと思ってるんだけどね。俺の一方的な片思いなのかな?」

「何でもいいです。とにかく智恵を貸して下さい。ヒントでも——」

「奴が隠れられる場所は、それほど多くはないだろうね」橋詰が澤村の言葉を遮った。「クレジットカードは自由に使えない、迂闊に銀行にも行けない。金をかけずに身を隠すには、どこがいい?」

家は駄目、ホテルも無理だろう。となると……ぴんときた。

「例の廃校舎?」

「さすが澤村先生。俺と同じレベルの発想力をお持ちだ」橋詰が声に笑いを滲ませた。「あそこはもう、監視対象から外れてるんじゃなかったかな。調べるだけ調べちゃったからね。案外盲点になってるんじゃないの?」

俺とあんたの二人が気づいているんだから盲点じゃない。そう思ったが、言わずにおいた。別の問題が引っかかっている。

「最初の電話で、鬼塚は俺に、長浦にいるようにと言った」

「時間稼ぎじゃないかな。もしかしたら最初に連絡してきた時には、長浦付近にいたのかもしれない」

「港市か……」車を飛ばして一時間。最初の電話の時点で鬼塚が長浦にいたとしても、もうとっくに向こうに着いているはずだ。俺が到着するまでさらに一時間。罠《わな》を仕かけるには十分過ぎる時間だ。例えば長浦で爆弾を仕かけたとすれば、安全な地点まで逃げた、ということにもなる。

「行くんでしょう？」橋詰が訊《たず》ねる。

「ええ」

「じゃあ」

「ちょっと――」

「――ああ、失礼。出かける準備があるんで」

「どこへ」

「あんた、鋭いんだか馬鹿なんだか分かりませんね」呆《あき》れたように橋詰が言った。「その廃校舎って、ＪＲ港駅の近く？」

「歩いて十分ぐらいです」

「すぐ分かるかなあ。こっちは方向音痴でね」

「それは警察官として致命的だ」

「現場の刑事じゃないんだから、問題ないでしょ。それじゃ」

現場まで来るつもりなのか。いったい何の役に立つのか……足を引っ張られる可能性の方が高い。それでもいざという時には、盾ぐらいにはなるか。

そう考えても笑えなかったし、ましてや安心などできようもなかった。

高速道路で事故渋滞に巻きこまれ、港市の廃校舎に辿《たど》り着いたのは、橋詰との会話を終えて一時間十五分後だった。鬼塚が何を計画しているか分からないが、もう全て手遅れではないか、という不安に駆られる。こうやって自分が走っている間にも、どこかで爆発が起きているかもしれない。降り注ぐガラス、血塗れになって倒れるサラリーマンたち……想像するだけで身震いしてしまう。そんなことになったら、鬼塚を止められなかった俺の責任だ。

まだ学校までかなり距離がある場所に、橋詰が立っているのが見えた。何か食べている。確かに昼飯時だが、こんな時に……車を停めて派手に音を立ててドアを閉め、彼の前に立つ。

「何やってるんですか」

「食べる？」左手に持った紙袋を突き出す。覗《のぞ》きこむと、花巻が一杯に入っていた。

「いい加減にして下さい」右手を突き出し、紙袋を押しのける。クソ暑いのに加え、彼の意味不明の行動が苛立《いらだ》ちを加速させた。

「食べないと元気が出ないよ。中に何も入ってないからダイエットにもいいし」

「それだけ量を食べたらダイエットにならない」

「じゃ、この辺でやめておこうかな」紙袋を無理矢理押しつける。「車に入れておいて。後で食べるから」

その場に投げ捨ててやろうかと思ったが、食べ物に当たっても何にもならない。言われるまま車のドアを開け、まだ温かい袋を助手席に放り投げた。

「随分早かったじゃないですか」

「電車、使ったから。この時間だとその方が早いからね」

「そうですか」

正門から突破することにした。鬼塚が物理的なトラップを仕かけているとは思えない。こういう状況になってしまったのは、鬼塚にしても想定外だったはずだし、金銭的にも時間的にも、電子機器などを用意する余裕はなかったはずだ。とにかく俺を呼び出して、どこかで待ち伏せする——その程度の手しか打てないのではないかと思った。もっともこの廃校舎に関しては、鬼塚は裏も表も知り尽くしているだろうから、今でも彼の方が有利なのは間違いない。

おそらく鬼塚は、凶器だけは用意している。拳銃《けんじゅう》だろう、と想像した。第二の殺人では拳銃が使われたが、鬼塚はどこかに拳銃を入手する独自ルートを持っているはずだ。だとすると、それなりの現金さえ持っていれば、また銃を手にするのは難しくない。ブラックマーケットでは、銃が数万円で取り引きされているのが現状なのだ。

「それで、どうする？」橋詰が腰に両手を当ててふんぞり返った。

「正面突破で捜します」

「ここは学校だよ？　部屋が幾つあると思ってるんだ」

「一つ一つドアを開けていくしかないんです。二手に分かれましょう。一緒にいるのを鬼塚に見つかるとまずい」腕時計に目を落とした。残り三十五分。

「まあ、せっかく来たんだから手伝うけどね」橋詰が肩をすくめる。

「こんなところにわざわざ突っこんできて……何が目的なんですか？」

「自分でも気づかぬうちに刑事魂が燃え上がったとか？」

「信じられない」澤村は啞然《あぜん》として首を振った。

「嘘だよ、嘘」橋詰がにやりと笑う。「とにかく最初に鬼塚に聞いてみたくてね。こっちは、容疑者を直接取り調べる機会がほとんどないから、今回は絶好のチャンスなんだ。ああいう実験動物は貴重だからね」

「実験動物扱いしてると、痛い目に遭いますよ。鬼塚には今まで散々引っ搔《か》き回されているんですから」

「ま、ここは澤村先生が主役ということでいきましょうか」

好奇心だけでついてこられたら、たまったものではない。戦力として当てにはできないな……そう思いながら澤村は橋詰と分かれ、走り出した。先日この廃校舎を調べた時に、部屋数は割り出してある。普通の教室が十八。特別教室が七。その他に教員用の部屋や会議室などが十ある。さらに体育館、武道場、グラウンドの片隅に建てられた部室など、調べる場所は四十か所近くになるだろう。鬼塚は二時間と時間を切っていたが、それまでに捜し出せるか……そもそもあの男は、本当にここにいるのか。

携帯電話をマナーモードにし、ジーンズの前ポケットに入れ替えた。これなら振動しただけで分かる。

校舎を三階まで上がって、教室を上から確認し始めた。ドアを一気に開けられないので、一室を調べるにも時間がかかる。埃《ほこり》まみれ、汗まみれになって一階まで降りて来た時には、捜索を始めてから既に三十分が経過していた。時間がない。電話が鳴った。鬼塚？

「きりがないな、これじゃ」橋詰が早くも愚痴を零《こぼ》し始めた。

「さっさと、行きますよ」

「しょうがないな……どこへ回る？」

頭の中で校舎全体の見取り図を再現する。別棟へ行く途中に、体育館と武道場へ行ける渡り廊下がある。そちらを先に調べることにした。

「体育館と武道場。急いで下さい」

橋詰が苦しそうに息を継いだ。

「無理なランニングは医者に禁止されてるんだけど」

「情けないこと言ってる場合じゃないでしょう」

「こんなところでダイエットする羽目になるとは思わなかったよ」溜息《ためいき》をついて、橋詰が電話を切った。

渡り廊下の屋根は所々に穴が開き、強い陽射しが射しこんでいた。四角い石を置いて渡れるようにしてあるのだが、ぐらつく物もあり、駆け足では行けない。ようやく体育館に辿り着くと、引き戸が細く開いているのに気づいた。今までの教室ではなかったことだが……もしかしたら古くなって建てつけが悪くなって、ドアが完全に閉まらないだけかもしれない。だが澤村は、冷たい予感を感じていた。

誰かいる。

銃を抜いた。相変わらず右手は頼りなく震え、しっかり銃把を握れている感触がない。またも電話が鳴り、橋詰の名前がディスプレイに浮かんだ。

「何か？」苛立ちを隠さず、澤村は言った。

「あのね、忠告しておくけど、それじゃ撃てないよ」

「何とかします」

「あんたは実に貴重な研究材料だけど――」

「俺のことを調べてたんですか」澤村は思わず目を剝《む》いた。「大きなお世話だ」

「それも仕事なんでね。悪く思わないで欲しいな」

「俺のことを分析してたなら、これからどうすればいいか教えて下さいよ」半ば自棄《やけ》になって澤村は言った。

「俺はカウンセラーでも心理学者でもない。個人的な問題に忠告はできないな」

「じゃあ、撃つ段になったらあなたが何とかしてくれますか」

「無理」橋詰が即断した。「刑事はあんたでしょ」

電話を切って、橋詰の存在を意識の外へ押し出す。話せば話すほど苛立つだけだ。今はこの体育館に意識を集中しないと。澤村は扉に耳を寄せた。ごう、と風が吹き抜けるいた。

ような音がするが、それは何の意味も持たないことは分かっている。自分の血液が流れる音なのだ。左側に陣取っていたのを、少しずつ中央に体をずらしていく。細い隙間———一センチほどで、上の方がやや狭い——に目を当て、体育館の内部を見回す。

バスケットボールコートが二つ取れる広さのフロア、その中央付近。鬼塚は椅子に深く腰かけ、滑稽《こっけい》なほどぴしりと背筋を伸ばしていた。澤村に気づいている様子はない。右手に拳銃、左手にも何かを持っているようだが、もしかしたら爆弾のリモコンかもしれない。俺を巻きこんで自爆するつもりか……。

正面突破は危険過ぎる。体育館だから側面、裏にも入り口があるはずだが、どこから入ってもすぐに鬼塚にばれてしまうだろう。だとしたら……澤村は一旦《いったん》引き戸の前を離れ、周囲を見回した。隣が武道場。隣というより、建物は互いに支え合うように建っている。向こうから何とか侵入できないだろうか。

武道場の裏手に回った。そちらも引き戸に鍵《かぎ》はかかっていない。屈《かが》みこんだ姿勢で中を覗くと、手前が柔道場、奥が剣道場になっているのが分かった。引き戸はずっとこの状態だったのだろう、雨風も遠慮なく吹きこんでくるようで、手前の畳は腐食してぼろぼろになっていた。剣道場の方はまだましなようだが、床の板部分は白くささくれ、素足で歩いたら足の裏を怪我しそうだった。散らかった防具は、ばらばら死体のようにも見える。引き戸の隙間から首を突っこんでみると、放置されてからかなりの歳月が経っているはずなのに、まだ武道場特有の汗の臭いが漂っていた。

思い切って踏みこむ。反応は何もなかった。しかし念には念を入れ、気をつけないと……澤村は慎重に武道場の端を選んで歩いた。結局何のトラップもなく、剣道場の奥まで辿《たど》り着く。ドアは、体育館とつながっているはずだ。手前に開けるタイプのドアを慎重に引き開けようとして、すぐ右側に更衣室があるのに気づく。そちらに忍びこむと、より濃い汗の臭いが鼻を突いた。

壁に小さな穴が開いていた。ドリルなどを使ったものではなく、誰かが怒りに任せて拳《こぶし》で打ち抜いたような感じである。直径が十センチほどもあるので、隣の体育館全体が楽に見渡せた。

鬼塚は依然として、体育館の真ん中に座っている。右手に鈍く光を放つ拳銃を握っているのが、今度はさらにはっきりと見て取れた。銃と銃なら五分五分の勝負。鬼塚の銃の腕を考えても、先制できれば勝ち目はあるはずだ。そのためには、余計な策を弄《ろう》さない方がいい。ただし、鬼塚が左手に何を持っているのか分からないのが不安だった。橋詰がいれば陽動作戦ができるかもしれないが、どこにも姿が見えない。結局あんな男は当てにならないのだ、と自分を慰めた。

更衣室を出て、躊躇《ちゅうちょ》せずドアを開ける。最初の一歩を踏み出した瞬間に鬼塚が反応した。顔を見ただけでは、内心は一切読めない。澤村は右手を上げた。撃つために……上がらない。立ち止まらなければ、引き金を引いてもただの乱射になる……頭では分かっていても、体が拒否していた。この期に及んでもまだ、撃たずに何とか鬼塚の身柄を確保できるのではないかと思っている。

鬼塚の唇の端がすっと上がったように見えた。一瞬足を止めた瞬間、鬼塚は迷わず引き金を絞った。鋭い銃声が広い体育館の中に木霊《こだま》し、澤村の足を一瞬だけその場に引き止めた。

それで十分だった。

鬼塚は澤村の足元に、確実に銃弾を食いこませた。

8

澤村か。久しぶりに会ったが、いい面構えをしてるじゃないか。あの事件で犯人を撃ち殺した後、虚《うつ》ろな目をしていた姿からは想像もできない。

鬼塚は笑みが零れるのを抑えきれなかった。面構えはいいが、躊躇したのはまずいな。予想通り、撃てなかった。もう少し骨があるかと思っていたが、結局その程度か。俺の後を襲えるのはこいつかもしれないと思ったこともあるが、買い被《かぶ》りだった。

澤村は棒立ちになり、銃を握った右手はだらりと体の脇に垂れている。彼の一メートルほど手前で、床から薄《う》っすらと煙が上がっていた。それが消えるのを見計らったかのように、澤村が口を開く。「雄々しく」と言っていいだろうと、鬼塚は皮肉に思った。

どうしようもない、撃てもしない状況でも、喋《しゃべ》るだけの勇気はあるわけだ。

「無駄な抵抗をするな！」

「おいおい、状況が分かってるのか？」低い声で言った。どうしても笑みが消せない。「お前の負けだ。お前には撃てない」

「応援が来るぞ」

「来ない」声を上げて笑った。「俺はお前に、他の刑事に言うなと言った。お前は誰にも話していないはずだ」

「どうしてそう思う」澤村の頰を汗が一筋伝い、床に垂れる。

「お前は自惚《うぬぼ》れている。自分の能力は絶対だと過信している。だからここへ一人で来たんだろう？　計算違いだったな。お前の負けだ。お前は絶対に撃てないんだから。お前は、自分のことが分かっていない」

「どうしてこんなことをした」

「こんなこと？」鬼塚は甲高い笑い声を上げた。「正義のため、に決まってるだろう」

「その正義は間違ってる。どんな人間でも、意味もなく殺される理由はないんだ。たとえ犯罪者でも」澤村がじりじりと前進し始めた。距離、十メートル。こいつは本物の馬鹿だったのか、と鬼塚はがっかりした。撃てないのが分かっていて近づいて来る。こんな状態で敵に立ち向かうほど、判断力が狂っているとは。

「甘いな」

「甘くても何でもいい。自分でやったことが分かってるのか」

「よく分かっている。お前が何を想像しているかも分かる……俺の頭はクリアだ。全て分かって、目的のためにやっている」

「県警への復讐《ふくしゅう》か」澤村が吐き捨てる。

「馬鹿な奴らは——お前も含めて——自分の愚かさを思い知る必要があるんだ」

「警察には確かに問題がある。だけどな、あんたみたいな人間がいなくなっただけで、随分ましになったんだよ。礼を言う」

「怒らせてるつもりかもしれないが」鬼塚は唇を歪《ゆが》めた。「無駄だ。俺の気持ちは、お前程度の人間に何か言われたぐらいでは動かない」

「そうかな。あんたは県警の仕打ちに動揺した」澤村の声は幾分力強くなっていた。「だからこそ復讐しようとしたんだろう？　あんたの心の弱い部分がダメージを受けたんだよ。あんたは強くない。普通の人よりずっと弱い。普通の人は、何を言われても我慢して生きていくんだ」

「俺は普通の人間じゃない。俺一人が図抜けた存在だった。自分より劣る人間に貶《おとし》められた時、お前ならどうする」

「そもそも貶められないように努力するよ。俺はあんたとは違う。俺は負の感情は持たない」

「こうやって一人でここへ来ること自体、お前が負の感情を持っている証拠だ。お前は誰も信用してないんだよ。違うか？　どうだ、俺と組んでみないか？　もう少し警察に泡を吹かせてやれるぞ。奴らは間抜けだ。あたふたしているのを見ると、本当に笑える」

「爆弾は――」

「俺はこけおどしはしない」

左手のリモコンを持ち上げ、心の底から笑ってやった。澤村の表情が硬く凍りつくのが見える。何を恐れている？　死ぬのが怖いのか。どうせ恐怖を味わう間もなく死ぬのだから、怯《おび》える必要などまったくない。俺は、殺すために殺すような、そういう行為に快感を覚えるような連中とは違うのだ。ただ正義のために、この手を汚してきた。

「あのナイフ……首に刺さったナイフは、あんたからのメッセージだったんだな」澤村が訊《たず》ねる。銃を握った右手がゆらりと揺れた。

「なるほど。お前の推理を聞こうか。時間はある」俺の手の中に。

「偶然だろうが、あのナイフの柄に彫られたデザイン……六角形の中に星形を組み入れたデザインは、この学校の校章とそっくりだった。あんたが卒業したこの高校の校章だよ。あんたはヒントを残していたんだな。俺たちの智恵を試したつもりなんだろう。結局誰も気づかなかったけどな。最初の段階で気づけば、事態はこんな風になっていなかったかもしれない」

自然に唇が開き、笑みが零《こぼ》れるのを意識した。

「さすが、俺が見こんだだけのことはある」

「ここへ来て」澤村が体育館の中に視線を巡らせた。「校舎のあちこちで校章を見かけたよ。それがナイフとつながっただけだ。前の犯人がこのナイフを使っていたのは、幸運な偶然だったな」

幸運な偶然？　そんなはずはない。澤村は喋りながらある可能性に思い至り、愕然《がくぜん》とした。マークと校章が似ていたのはあくまで偶然であり、鬼塚がこの状況を利用しただけだと言える。だが、とうの昔に生産中止になってしまったナイフを、この男はどうやって手に入れたのだ？

「十年前の事件――」

澤村の言葉は最後まで続かなかった。鬼塚が右手を素早く上げ、まったく躊躇《ためら》わずに引き金を引く。轟音《ごうおん》に続いて、澤村は体が後ろに引っ張られるのを感じた。そのまま背中から床に叩《たた》きつけられ、一瞬意識が遠のく。撃たれた……事態は把握できたが、脳と体のリンクがどこかで外れてしまったようだった。周囲を見ようと首を動かそうとしたが、視界には天井しか入らない。撃たれた右肩から即座に痛みが広がり、同時に痺《しび》れが襲ってきた。意識ははっきりしているのだが、その分痛みも激しい。体の下に生温かい血が広がっていくのも分かった。動脈をやられたかもしれない……だとしたら長くは持たないだろう。クソ、撃てれば……撃てさえすれば。橋詰の忠告が、今さらながら脳裏に蘇《よみがえ》ってきた。

　俺は何をしたかったのだろう。一人で鬼塚を捕まえてヒーローになりたかった？　そんなことができないのは分かっていたはずなのに。右手をゆっくり握った。何とか動く。もう少し……もう少しだけ何かできるはずだ……死ぬ前に。

「お前の負けだよ」嘲笑《あざわら》う鬼塚の声が遠くから聞こえてくる。どうやらまだ先ほどの場所にいるようだ。依然として椅子に座っているのだろう。どうして止《とど》めを刺しにこない？　今の一撃が致命傷だと確信しているのか？

「煩《うるさ》い……」

「何だと？」

「煩い！」声を振り絞る。無理に出した声がきっかけになったのか、体に再び力が満ちてきた。右手――痛みはまだ激しくならず、疲れた感じだった――を使って上体を起こし、その場で胡坐《あぐら》をかく。視界がぼやけていたが、鬼塚の銃は、正確に澤村の胸を狙っていた。「どうした？　撃てよ。県警を代表して殺されてやる」

「残念だ」鬼塚が力なく首を振った。演技ではなく、心底がっかりしているように見えた。「この程度とはな」

　刑事になって死を意識したのは、一度しかない。それも自分の死ではなく、狭間千恵美の死。最後まで目を開けていよう、と思った。自分の最期ぐらい、きちんと意識していたい――いや、諦《あきら》めるな。最後の最後まで粘ってこそ、最高の刑事になれる。

ふと、風の流れを感じた。正面の引き戸からはずっと生暖かい風が細く流れこんでいたようだが、今は別の風が体育館の空気をかき乱している。何だ……確認しようと思ったが、首が自由に動かない。怪我は肩と首の間なのだ、と気づいた。もう少し首側に逸《そ》れていたら即死だっただろう。鬼塚はこの空気の変化に気づいているのか。

気づいていない。興奮しているのは見ただけで分かった。顔が上気し、充血した目は爛々《らんらん》と輝いている。自分の正義を貫いた？　違う。それは後づけの理由であり、この男は殺すこと自体に最高の快感を覚えている。もう、自分で自分を止められなくなっているのだ。橋詰いわく、「限界仮説」だったか──。

ひゅっと空気を切る音が聞こえ、鬼塚が左を向く。次の瞬間、何かが彼の体を貫いた。矢？　矢だ。どうして？　鬼塚が取り落とした拳銃《けんじゅう》が床で跳ね、足元に転がった。

澤村は反射神経と精神力だけで立ち上がった。激しい眩暈《めまい》に襲われたが、走る。とにかく走る。わずか五メートルほどの距離が、果てしなく長く感じられた。鬼塚は右肩を押さえてうずくまっている。澤村は思い切ってジャンプし──どこにそんな力が残っているのか、自分でも分からなかった──右膝《みぎひざ》から鬼塚の背中に着地した。

鬼塚の右肩には矢が突き刺さったままだった。その目は恐怖と痛みに見開かれていたが、なおも抵抗しようと試みる。立ち上がって一度距離を置いた澤村は、鬼塚の右肩を思い切り踏みつけた。矢が折れ、靴の踵《かかと》が肉に食いこむ感触がある。鬼塚がくぐもった悲鳴を上げ、体を掴《つか》もうと試みる。横になったまま足を蹴《け》り上げ、自由な左手で澤村の体一種の串刺《くしざ》し状態から逃れようともがいた。踵を傷口にめりこませる勢いで右足に体重をかけ続けると、鬼塚の体がぴくりと跳ねる。ステップを踏むように右足を外し、左足の甲で思い切り側頭部を蹴飛ばした。唇が切れ、噴き出した血が床に細い痕《あと》を残す。続いて右足、また左足——鬼塚の頭はパンチングボールのように左右に揺れ、蹴られる度に床にごつごつとぶつかった。

「ストップ！　ストップ！　そこまでだ」いきなり羽交い締めにされ、忘れていた肩の痛みを思い出す。振り向くと、橋詰が必死の形相でしがみついていた。ゆっくりと力を抜く。橋詰がニンニクの臭いのする息を吐きながら、澤村の腰から手錠を抜いた。息を整えながら、気絶している鬼塚の体をひっくり返し、後ろ手に手錠をかける。

「何をしたんですか」

「それ」

　橋詰が床に視線を投げた。そちらを見ると、弓が転がっている。

「まさか——」

「弓道場で見つけたんだよ。引けるかどうか分からなかったけど、何とか持ってくれたね」

　眩暈に耐え、周囲を見回す。左側の扉が二十センチほど開いていた。あの隙間から密《ひそ》かに狙っていたということか。

「だけど、この距離で——」

「これでインターハイに出たからね、俺は。腕は鈍ってなかったみたいだ」

「信じられない」言いながら澤村は、彼の部屋の壁に飾ってあった賞状を思い出した。

「信じられないのはこっちだよ」橋詰が首を振った。「どうして撃たなかった。チャンスはあったんだぞ」

黙りこむしかなかった。そう、思い切って引き金を引いていれば——しかしこの期に及んで「もしも」という話をしても仕方がない。

「これは、乗り越えるチャンスだったんだぞ」急に橋詰が真剣な表情になった。それまで見たこともない、真面目な目つきだった。「あんたのケースは、鬼塚とそっくりなんだ。たった一度の失敗が、あんたたちを追い詰めた。鬼塚はそのせいで、どこかで精神が限界以上に捻《ね》じれてしまったんだ。あんたはまだそこまでいっていない。だけどどこかで過去を乗り越えないと、いつ鬼塚のようなことになるか分からない」

「俺は——」

「撃つべきだったんだ」

橋詰が澤村の両肩を摑んだ。途端に激しい痛みが走り、意識が遠のく。何とか体を捻《ひね》って戒めから逃れた。

「俺は——」

「撃って、過去を破壊すべきだったんだ。あんたは自分からそのチャンスを放棄したんだぞ」

反論しようと試みたが、言葉が出てこない。そう、この妙な髪形の男が言っていることは正しいのかもしれない。撃つべきタイミングで迷わず撃つ。それが最高のリハビリになっていた可能性もある。失敗したのと同じシチュエーションで、二度目は上手《うま》くやる。スポーツと一緒だ。失敗を繰り返さないことで技術は向上し、栄冠へ一歩近づくことができる。だが俺の場合は……現場で銃を撃つチャンスは、警察官であってもほとんどない。もはや二度とこんなことはないかもしれない。

だから何なんだ。

俺のトラウマなど、どうでもいい。これまでだって何とかやってきたのだ。失敗を糧に自分を走らせることができたのだ。そして今は、とにもかくにも鬼塚の身柄を確保できた。刑事としてこれ以上何を望む？　下らないプライドや心の傷など、一つの事件を解決した事実の前では、何の意味も持たないのではないか。

「まったく、度胸のない男だな」不満そうに橋詰が鼻を鳴らす。「どうすればいいかぐらい、判断できるはず——」

澤村は体を捻《ねじ》り、その勢いを利用して橋詰の顔の真ん中にパンチを叩きこんだ。既に体力は限界に近く、意識も朦朧《もうろう》としていたが、鼻血を噴き出しながら、橋詰の太った体がゆっくり後ろに倒れる。「どうして」と言いたげな悲しそうな目つきが、最後に澤村の視界に焼きついた。

そこから先は、はっきりとは覚えていない。意識を取り戻した鬼塚がかすかに体を動かし、自由な足を使ってリモコンを上から踏む。その瞬間、猛烈な爆発音と白煙が体育館を包みこみ、全ての感覚が失われた。

意識が途絶える寸前、俺は死んだ、と澤村は確信した。


「穴掘り人」と呼ばれる刑事がいる。何故か死体遺棄事件に縁があり、遺体の掘り起こしに何度も立ち会ってしまうタイプだ。

澤村はこれまで、ほとんど遺体発掘に立ち会ったことはない。そして今回も、ただ現場にいるだけだった。全身がばらばらになりそうな痛みが巣くっており、現場にいても何の手伝いもできない。鬼塚は――爆弾は体育館の隅に仕掛けられており、鬼塚は爆風の直撃を受け、右腕を失った。左足も膝《ひざ》を複雑骨折。今後、まともに歩けるようになる保証はない、と医者も匙《さじ》を投げている。一方、澤村は右肩に、橋詰は左腕骨折の重傷を負った。

ぼろぼろの一団。その中心に俺がいる。そしてこの現場。俺には見届ける義務がある。最後、あるいは最初。鬼塚の暴走は、ここから始まったのだ。

山梨県上野原《うえのはら》市。JRの駅周辺こそ、整備されて住宅街が広がっている――東京への通勤圏の西の端と言える街だ――が、一歩幹線道路から外れると、途端に山だらけになる。ゴルフ場は目立つが、それ以外には、滅多に人が足を踏み入れないような場所も多い。

鬼塚は、十年前の連続殺人事件の犯人を殺し、この街の山林に埋めていた。そうしておいて、その手口と、製造中止になったナイフの残りを引き継いだのだ。彼はその様子を、嬉々《きき》として語った——病院のベッドの上で。あの事件は複数の犯人によるもので、一人は山梨の山中で眠っている。もう一人は、鬼塚が三番目に手をかけた相手だった。澤村が一連の事件に係《かか》わるきっかけになった、崖《がけ》の斜面に転がっていた死体——長倉礼二。まさか、と県警の中では証言を疑う意見の方が多かった。だが、長倉の周辺の人々の古い記憶を引っ張り出して行くと、事件のあった日のアリバイが成立しないことが次第に明らかになった。県警在籍時から独自に捜査を進めていた鬼塚は、長倉の影に辿《たど》り着いた。揺さぶりをかけるために、「情報を摑んでいる。黙っていて欲しかったら金を出せ」と脅しにかかった。長倉が街金《まちきん》から借金をしてまで百万円が必要だったのは、鬼塚に金を払うためだったのだという。筋は通る、と澤村は戦慄《せんりつ》を覚えた。

それでもまだ、疑念は消えていない。子どもを大事にし、ふとした浮気で家庭を失って人生を棒に振った、優しく弱い男。そんな人間が連続殺人犯だったとは——確定するのは不可能だろう。県警内でも意見は割れたまま、長倉礼二は事件の被害者としてのみ、正式の記録に残されるはずだ。

澤村も判断を留保したままだった。

「まさか、だな」

谷口が、長袖《ながそで》のシャツで汗を拭《ぬぐ》う。木立の中にいるので直射日光は当たらないのだが、何しろ気温が高い。風もないので、斜面に立っているだけで汗が噴き出してくる。さすがの谷口も、今日はネクタイを外していた。今しがた遺体が確認された場所では、鑑識の連中が途中経過をカメラとビデオで撮影しながら、慎重に掘り起こしを継続している。その様は、遺跡の発掘作業のようだった。薄暗い森の中でストロボの光が稲妻のように光り、その度に隠されていた遺体の姿が少しずつ明らかになる。

遺体が埋められたのは今年の梅雨入り頃、鬼塚が連続殺人を始める直前だった。二か月ほどしか経っていなかったので、遺体は腐敗からミイラ化する前の状態で留《とど》まっていた。一部は白骨化しているが、身元確認のための指紋は採取できるはずだ、と鑑識は楽天的な判断を下している。

「鬼塚の能力は認めざるを得ない」額を流れる汗を掌で拭いながら、谷口が言った。「結局は、十年前の迷宮入り事件を一人で解決したわけだから」

「どうやって」の部分は、謎のままだった。鬼塚の供述はまだ得られていない。あの男にすれば、最高の成功なのだろう。簡単に喋《しゃべ》るのはもったいないと思っているに違いない。今のところ、鬼塚が漏らした情報は数少ない。埋められていた男は堺竜司《さかいりゅうじ》、四十七歳。長浦市在住。十年前の事件の捜査で一度だけ接触したことがある、と鬼塚は証言した。それ以来、事件はぱったりと途絶えた――澤村が推理していた二つのパターンの一つである。犯人は服役していなかったのだ。鬼塚の存在を恐怖に感じ、犯行から遠ざかっていた。

「それを捜査能力とは言いたくありません」
「どうして」
「あの男は、法で裁くためにこの男を捜していたわけじゃありませんから。それに、ここに埋まっている男と長倉が、本当に十年前の事件の犯人だという証拠は、まだないんですよ」そう、警察の手中にあるのは鬼塚の証言だけなのだ。瀕死《ひんし》の重傷から緩やかに回復しつつある鬼塚は、自分から積極的に供述しているが、澤村はどこか法螺《ほら》話のような臭いを感じ取っていた。ただひたすら、自分のしたことを拡大して自慢しているようだな。

澤村は、ある程度は予想していた。首にナイフを刺すという、表には出なかった手口が繰り返された——その事実は、犯人が捜査当局の人間だという推論を導き、結果的に鬼塚の逮捕でそれは裏づけられたことになる。実際、「警察関係者ではないか」という議論は早い段階から出ていたのだ。あの線をもう少し掘り下げておけば、もっと早く鬼塚に辿り着けたかもしれない。それにしても、十年前の事件の犯人を一人で割り出し、殺していたとは……全ての犠牲者が、鬼塚にとっては法の裁きではなく自分の倫理観に従って処理されるべき犯罪者だった。

橋詰はこの件について、澤村に一切公式見解を明らかにしようとしない。あの騒ぎの後に病院で会ったのだが、左腕を吊《つ》り、鼻に絆創膏《ばんそうこう》を貼りつけた滑稽《こっけい》な顔つきで澤村を一睨《にら》みした後、会話さえ拒絶したのだ。いずれ、命を救ってもらった礼をきちんと言わなければならないのだが、今のところは会うことさえできそうになかった。

遺体は完全に掘り起こされると、すぐにブルーシートでくるまれた。急斜面を引き上げ、車が通れる道路まで持っていくのは大変だろう。こんな状態でなければ、澤村も手伝いを申し出る所だ。しかし今は立っているだけで全身に痛みが走り、ともすれば眩暈《めまい》が襲う。

谷口が遺体搬出に先んじて斜面を登り始めたので、後に続く。谷口の背中は憂鬱《ゆううつ》そうだった。現場近くまで報道陣が駆けつけており、捜査責任者である一課長が一言喋らなければ、引き上げそうになかった。各社の県警担当のサツ回り、それに社会部からも応援が投入され、遺体発見現場から直線距離で百メートルほど離れた林道の展望台が一杯になっている、という話を澤村も聞いていた。

ようやく舗装された道路に辿り着くと、谷口がアスファルトに靴底を擦《こす》りつけ、泥を落とし始める。日が射さないせいか、斜面は雨を含んで軟らかく、靴が半分ほども埋まってしまうほどだった。入道雲が湧き上がり、太陽を隠している。暑さは相変わらず容赦ないが、一雨きそうだ。谷口が曇った空に向かって顔を上げ、ワイシャツの襟に指を突っこむ。

「戻ったら、お前自身の話をしないといかん」その場に立ち止まったまま、谷口が話し始める。

「無傷で済むとは思っていませんよ」

「それが分かってるならいい」命令無視——どころではなく、報告さえせずに一人で暴走し、情報統計官の橋詰に怪我を負わせた。馘《くび》になってもまったく不思議ではない。そう、鬼塚のように辞表を用意すべきかもしれないというのが、今現在、澤村が置かれている状況だった。

不思議と怯《おび》えも後悔もなかったが。

谷口を見送り、鑑識課員たちが遺体を運び上げるのを見守った。連続殺人事件の犯人がどのような人間だったのかは、これからの捜査に委《ゆだ》ねられる。だがそれは、徹底したものではなく、中途半端に終わるだろうという予感があった。

鬼塚に殺された被害者のことを思う……五人。自分なりの正義感に突き動かされたという鬼塚の言葉を、澤村は頭から否定していた。あの男の信じる正義そのものが、間違っているのだから。彼を突き動かしたのは、やはり狂気である。いくら時間をかけて取り調べても、心の奥には辿り着けないだろう。そして傲慢《ごうまん》な気持ちを抱いたまま、鬼塚は死刑台の階段を上がる。命が奪われる最期の瞬間まで、あの男は己の正しさに対して微塵《みじん》の疑問も抱かないだろう。

「いやあ、クソ暑いねえ」

聞きなれた声に振り向くと、橋詰がにやにやしながら立っている。横には初美もいた。二人に会うのはほぼ一週間ぶりだった。橋詰は鼻に巨大な絆創膏を張り、左腕も吊ったままである。初美はさらに不機嫌そうで、険しい視線を澤村に突き刺してきた。あの日、

れば、彼女を連れて行かなかったのは、あの日唯一の正しい判断だったのだが。澤村にす
何の連絡もなしに置いてけぼりにされたことを、未《いま》だに根に持っているのだ。澤村にす

「傷病兵の集まりだね、こりゃ」橋詰がどこか嬉《うれ》しそうに言った。

「何しに来たんですか」

「うーん、現地調査?」橋詰が首を傾げる。「ま、暇潰《ひまつぶ》しかな」

「遺体の捜索現場で暇潰しはないでしょう」相変わらず人を苛《いら》つかせることに関しては、抜群の才能を発揮する男だ。

「本当言うと」橋詰の顔から笑みが消えた。いつもにやけている彼にしては珍しいことである。「あんたと話すためかな。あの時、話が中途半端になったから」

「話すことなんかありませんよ」澤村は顎《あご》を強張《こわば》らせた。謝らなければ、という思いは消えてしまっている。

「まあまあ、そう意地を張らないで」

「意地なんか張ってない」言葉を止め、すっと息を呑《の》む。「あそこで俺は撃てなかった。これから同じような状況になっても撃てないと思う」

橋詰の眉《まゆ》がすっと上がる。予想していない答えだったのは明らかだった。澤村はゆっくりと首を横に振った。

「撃てない、という事実を認めます。俺は怖いんだ。またミスをするんじゃないかと思うと手が震えて、銃も持てない。だけど、こういう状況を乗り越えなくちゃいけないん

ですか？」

「いや、それは……」橋詰が唇を噛《か》んだ。

「何か失敗すると、頑張って乗り越えろって、すぐに言いますよね。過去は忘れろとか、失敗を糧にして大きくなれとか。でも世の中、そんなに強い人間ばかりじゃない。俺はむしろ、弱い人間だ」

初美がこちらを凝視しているのが分かった。目を合わせないよう、橋詰の顔に焦点を合わせて話し続ける。

「俺は昔の失敗を乗り越えたくて、ずっと無理をしてきた。死んだあの娘を成仏させるためには、自分が最高の刑事になるしかないと思った。そうやって突っ走って……でも、肝心なところではやっぱり撃てなかった。最高の刑事なら、迷わず撃ってたと思いませんか？」

橋詰は唇を引き結んだまま、困ったように目を細めている。

「間違っていたと認めます。捜査の方法が一つじゃないように、最高の刑事になるための道程も一本だけじゃないと思う。これからは別の方法を試してみます」

「まあ、妥当な決意表明かな」

「下らないアドバイスしかできないんですね」

「煩《うるさ》い」本気で顔を赤くしながら橋詰が怒鳴った。自分の顔を指差し、「この鼻は一回貸しだからな」と続ける。

「いいですよ。トンカツ抜きのトンカツ定食でも奢《おご》ります」

「あれは駄目だ。キャベツのダイエットは効果がなかったよ」悲しげに言ってから、にやりと相好を崩す。「じゃあ、ね。やっぱりこういう山の中は、俺みたいなインドア派には向かないわ」

踵《きびす》を返し、手を振りながら去って行く。降り始めた大粒の雨が、彼の背中をぼやけさせた。初美が澤村に向かって一歩を踏み出す。

「それで、君は？」彼女も澤村と同じく、今日の捜索メンバーには名前を連ねていない。

「謝りに来ました」発音が少しだけ不明瞭《めいりょう》になっている。

「どうして」

「あの時、私も行くべきだったんです」

「行けたはずないだろう。俺が教えなかったんだから」

「それが悔しいんですけど……私が行っていたら、足手まといになっていたかもしれませんよね」

「怪我人が増えていたのは間違いないな。俺は、鬼塚のことをもっとよく知っておくべきだった」

「あんな人のことは、誰にも分かりませんよ」初美が吐き捨てた。

「嫌な思いをさせたな」

「分かってます。でも、大丈夫です」

「そうか」

「そうです」握り締めた彼女の拳《こぶし》がかすかに震えているのが見えた。「澤村さんの話も、いつかもっと詳しく聞きたいですね」

「何の参考にもならないぞ」肩をすくめる。「人それぞれなんだ。同じような経験をしても、俺はこんな風だし、鬼塚は……」唇を引き結ぶ。「話はするよ。どこまで役に立つかは分からないけど」

初美が澤村を凝視した。目が潤み、唇が細く開く。しかし結局言葉は実を結ぶことがなかった。黙って一礼し、踵を返してその場を去って行く。

一人取り残された澤村は、遺体が車に運びこまれるのを見守った。音を立てずに赤色灯が回り始め、雨を突いてワンボックスカーが走り始める。横を通り過ぎるタイミングで、澤村は小さく頭を下げた。全てはこの男から始まったとも言えるのだが……同情とも無念ともつかない複雑な気持ちが湧き上がり、軽い吐き気さえ感じた。

天を仰ぐ。大粒の雨が顔を叩《たた》き、小さな鋭い痛みが広がった。俺は成功したのか……まさか。だが、失敗だったとも言えない。中途半端にたゆたう状態。ここからどうやって自分を立て直していけばいいのか。

殺された被害者たちのことを思う。ほとんどが犯罪に係《かか》わった人間だが、殺されてもいい存在だとは今でも思えない。これからも、どうして彼らが死ななくてはいけなかったのか、ずっと考えていかなくてはならないだろう。答えが出ないまま、ぐるぐる回ることになるにしても。

雨が顔を濡《ぬ》らす。目を瞑《つぶ》ったまま、澤村はそれを己に対する罰として受け入れた。受け入れることから全てが再開するのだと思いたかった。

解説

池上冬樹

堂場瞬一の小説を読むと嬉《うれ》しくなる。いつも何かしら海外ミステリの匂いがするからである。堂場瞬一が筋金入りの海外ミステリファンであることは、読売新聞に「堂場瞬一の海外ミステリー応援隊」という連載コラムをもっていることからもわかるだろう。といっても誤解してほしくないのだが、海外ミステリの匂いがするといっても、もちろん真似ではない。海外ミステリを想起させつつも、日本を舞台にしたリアリティあふれる物語にするためにさまざまな工夫をこらし、最終的には海外ミステリ色を払拭《ふっしょく》している。それでも長年海外ミステリに親しんできた者からすると、その匂いは感じ取れる。あまたの海外ミステリを読んできた蓄積が血となり肉となっていることがわかり、海外ミステリのファンとしては、〝おお、ここに同士がいる！〟と嬉しくなるのである。

そんな嬉しい感情をいちばん感じた作品が、本書『逸脱』である。海外ミステリ通である堂場瞬一の、実に海外ミステリ的な作品であり、まぎれもない堂場瞬一を代表する秀作であるからだ。あからさまに海外ミステリ色を前面に出さないのに、本書『逸脱』だけは、禁をやぶるかのように、正面から海外ミステリのテーマ、すなわち連続殺人の模倣犯というテーマに挑んでいるからだ。「模倣犯というのは、日本では少ないですよ。盗みや強盗なら考えられますけど、殺しに関しては、ね」(22頁)と物語のなかでも語られるように、連続殺人の模倣犯というのは日本では実際にきいたことがないし、それを反映してか、ミステリでもなかなか作品として結実しない。

しかし海外ミステリでは実に多くの小説がある。本書でも語られているように、実際にアメリカをはじめ模倣犯が多いからだし(犯罪ノンフィクションも多数書かれている)、二〇一一年各紙誌で海外ミステリのベストテンの第一位に輝いたデイヴィッド・ゴードンの『二流小説家』でも、作家が死刑間際の死刑囚とあっているうちに、死刑囚と同じ手口の殺人が繰り返される話だった(意外な展開と真相で驚いた人も多いだろう)。

また、連続殺人の模倣犯というのは、小説だけではなく映画の上でも珍しくなく、とくに模倣犯をあらわす英語のｃｏｐｙｃａｔをタイトルにした映画『コピーキャット』(１９９５年。監督ジョン・アミエル)が有名だろう。猟奇殺人に詳しい女性心理学者(シガニー・ウィーバー)が、女性刑事(ホリー・ハンター)の要請で、女性だけを狙った連続殺人の調査に乗り出す話だが、面白いのは女性心理学者がとある事件で屋外恐怖症になっていることであり、連続殺人事件が犯罪史上有名な連続殺人を細部に至るまで真似ているという設定だった(ひねりがあり、サスペンスも豊かで、何とも面白かった)。

本書『逸脱』でも、過去の事件の細部が真似される。物語はまず殺人者の視点から殺人が語られ、すぐに刑事たちが殺害死体を発見する場面に切り替わる。

殺害死体は住宅街を見おろす崖《がけ》の斜面にあった。県警捜査一課の澤村は死体の首に突き刺さるナイフを見て、「三人目か」と呟《つぶや》く。最初の事件から一か月、その間に同様の手口の殺しが今回で三件だった。一人目は刺殺、二人目は射殺、今回の三人目は絞殺だったが、共通しているのは、遺体の首筋にナイフが突き刺さっていることだった。澤村はふと、十年前の未解決の殺人事件を思いだす。殺人の手口が似ているからで、犯人は殺害を真似たのではないか。

まもなく被害者がかつて製鉄会社につとめていた男だと判明するが、ほかの二人の犠牲者との接点が見いだせない。やがて捜査本部に、県警刑事部付情報統計官の橋詰真之が加わる。研修制度を利用してアメリカに留学し、本格的なプロファイリングを学んで帰国した男で、理屈がまさる言動で県警内で浮いており、澤村とも肌があわなかった。

澤村は合同捜査会議で、十年前の事件の再現ではないかと意見を述べるものの無視される。だが、その意見に関心を寄せたのは橋詰だった。ナイフを鑑定すると、十年前に使われたナイフと同一であることがわかり、澤村は橋詰のプロファイリングの力を借りて、犯人に迫っていこうとする。

ぞくぞくする展開である。十年前の殺人事件の犯人がふたたび連続して犯行を行っているのか、それとも誰かが模倣して行っているのか。模倣犯なら、その目的と動機は何なのか。被害者たちにどんな関連があるのか。そもそもなぜ十年のブランクがあるのか。この謎を澤村が追跡することになるのだが、この過程において興味深いことが三つある。

ひとつは、日本の警察小説ではなかなか一般化していないプロファイリングである。分析官を難なく溶け込ませることが難しいのだが、堂場瞬一はきわめて自然に配置する。また橋詰のキャラクターが人間くさくていい。巨漢に似合わず繊細でありながら、どこか鈍感、しかし頭脳明晰《めいせき》な橋詰の犯人分析が次第に殺人者の輪郭を明らかにしていく過程にはひきつけられてしまう。

その次は（というか最大の魅力は）やはり、澤村のキャラクターだろう。三十七歳にもなるのに、暴力団に間違われるようなダブルのスーツを着るのが嫌でジーンズをはき、鑑識でもないのにデジタルカメラで記録をとり、右顧左眄《うこさべん》する上司に歯向かいながら捜査活動に邁進《まいしん》する。「そろそろお前さんも、普通の仕事のやり方を覚えた方がいいぞ」と諭されても、「無理です。俺は最高の刑事にならなくちゃいけないんだ。そのためには手段は選んでいられないんです」（141頁）と突っ張る。〝最高の刑事〟？　それはなんだと思うかもしれないが、そのような理想をたてなくてはいけない事件が過去にあったからである。九年前の悲劇的な事件を引きずっていて、どうしても最高の刑事を目指さなくてはという決意が強かった。そのときの上司が、捜査一課の課長の谷口であり、澤村を擁護するために、逆に周囲からは冷たい視線を浴びせられる。その九年前の事件の詳細は第二部の中盤で語られるので説明は省くが、一言でいうなら贖罪《しょくざい》意識である。ある行為ができなかったがゆえに犠牲者を生み出した。その犠牲者のために〝刑事を続けている〟と。最高の刑事にならなくてはいけない。その気持ちがなかったら、とっくに刑事を辞めていたというのだ。

トラウマを抱えたヒーローといういささか通俗的なイメージを抱かせるが、さすがに堂場瞬一はそれを巧妙に避ける。澤村の刑事としての挫折《ざせつ》からの奮起を具体的に記述したあとに物語のなかばでようやく事件の核心、すなわちトラウマの具体的な内容を語り、それまでの仕種《しぐさ》の一つ一つに命を吹き込み、澤村の苦悩を逆にリアルに感じさせるのだ。ふつうの作家なら、すぐに過去の悲劇的事件を語って、ヒーローに感情移入させるほうを選ぶだろうし、そのほうがリーダビリティもあがるはずなのに、堂場瞬一はあえて難しいことを選択してヒーローの性格造形を深めている。

三つ目は、何といっても強烈な犯人像だろう。警察を挑発し、嘲笑《あざわら》うかのように挑戦状を残す不埒《ふらち》な殺人者。その殺人者の視点が節々ではさまれ、橋詰の分析によって少しずつ澤村とあわせ鏡のような存在であることが見えてくる。それは殺人者も同じで、澤村との対決を望むようになる。

興趣をそぐので曖昧《あいまい》に語るけれど、この辺のヒーローと殺人者の精神的な近親関係の点で、僕は、ジェイムズ・エルロイの傑作『血まみれの月』を思いだす。ロサンジェルス市警の部長刑事ロイド・ホプキンズを主人公にしたシリーズの第一作で、ホプキンズが〝詩人〟とよばれる天才的な連続殺人鬼を追及する物語だが、この小説が抜きんでているのは、ヒーローたるホプキンズと〝詩人〟の殺人鬼の対決にある。ホプキンズは幼いときに浮浪者に縛られて犯された過去があり、そのときのトラウマが暴力衝動をよびおこし、家族内でのトラブルの元となり、刑事としてもしばしば問題を起こして煙たがられている。そんなホプキンズが捜査を続けるうちに殺人鬼に肉薄し、内面を理解し、ある種のシンパシーを抱くようになる。〝詩人〟は唾棄《だき》すべき殺人者ではなく、心に傷をもつ同類でもあるのだ。刑事と殺人者の対決（一種の精神的交流）をデモーニッシュに、ときにアナーキーに描破している点が見事で、環境と状況が違っていたなら、刑事が殺人鬼に、殺人鬼が刑事になっていてもおかしくないことが次第にわかってくる。つまり善と悪は画然とわけられるものではなく、誰もが暴力と破壊衝動をもち、正義の遂行は仮初めの曖昧なものでしかないということである。

それと似た議論が、第三部「狩猟者」で澤村と橋詰の間でなされる。作者は周到に言葉を避けているが、犯罪者たちを私的にどう裁くのかという自警団的正義の是非がとわれる。これもアメリカのミステリでは正面から論じられているテーマである。ロバート・B・パーカーの私立探偵スペンサー・シリーズでも、堂場瞬一が愛してやまないローレンス・ブロックの私立探偵マット・スカダー・シリーズでも大きなテーマになっている。堂場瞬一が優れているのは、ハードボイルドのなかではなく、警察小説および犯罪者の内面を追求するノワールの側面でより深く掘り下げている点だろう。

ごらんのように、模倣犯的連続殺人、プロファイリング、トラウマをもつヒーロー、贖罪、自警団的正義、罪と罰など、海外ミステリの小説でお馴染《なじ》みのテーマとモチーフを日本におきかえている。しかも、意外性をもたせたプロットと厚みのある複雑なキャラクターと見事なストーリーテリングでたっぷりと読ませるし、とりわけ終盤の畳みかけるアクションと強く醸しだされるサスペンスには昂奮《こうふん》するのではないか。はたして当初からシリーズ化を意識していたのかわからないが、単発作品がもつ振り幅の大きさが感じられる。

『逸脱』を書いた手応えもあったのだろう、喜ばしいことに、澤村ものの第二弾『歪《ひずみ》』が今年二〇一二年一月に刊行された。二人の殺人犯を追って澤村が東北へ向かう物語である。警察小説にロードノベル風の趣をもたせた意欲作で、人を殺すことを何とも思わない心が空っぽの殺人者という海外で増えつつあるきわめて現代的な犯罪者たちの内面に、橋詰とともに迫っていく内容だ。警察小説＆ノワール、警察小説＆ロードノベルとくれば、いずれは（海外ミステリでもっとも多い）警察小説＆サイコ・スリラーになるのではないかと期待してしまうのだが、どうか。どのような展開をたどるかわからないけれど、ともかく堂場瞬一の数あるシリーズの中でも、『逸脱』ではじまった刑事澤村シリーズは、最も目のはなせない連作といえるのではないか。

本書は二〇一〇年八月に小社より刊行された単行本『逸脱』を改題の上、加筆・修正し、文庫化したものです。

逸《いつ》脱《だつ》

捜《そう》査《さ》一《いっ》課《か》・澤《さわ》村《むら》慶《けい》司《じ》

堂《どう》場《ば》瞬《しゅん》一《いち》

平成24年 9月25日　初版発行
令和7年 10月25日　22版発行

発行者●山下直久

発行●株式会社KADOKAWA
〒102-8177　東京都千代田区富士見2-13-3
電話　0570-002-301（ナビダイヤル）

角川文庫 17579

印刷所●株式会社KADOKAWA
製本所●株式会社KADOKAWA

表紙画●和田三造

ISBN978-4-04-100472-2　C0193

◆◇◇

角川文庫発刊に際して

角川源義

第二次世界大戦の敗北は、軍事力の敗北であった以上に、私たちの若い文化力の敗退であった。私たちの文化が戦争に対して如何に無力であり、単なるあだ花に過ぎなかったかを、私たちは身を以て体験し痛感した。西洋近代文化の摂取にとって、明治以後八十年の歳月は決して短かすぎたとは言えない。にもかかわらず、近代文化の伝統を確立し、自由な批判と柔軟な良識に富む文化層として自らを形成することに私たちは失敗して来た。そしてこれは、各層への文化の普及滲透を任務とする出版人の責任でもあった。

一九四五年以来、私たちは再び振出しに戻り、第一歩から踏み出すことを余儀なくされた。これは大きな不幸ではあるが、反面、これまでの混沌・未熟・歪曲の中にあった我が国の文化に秩序と確たる基礎を齎らすためには絶好の機会でもある。角川書店は、このような祖国の文化的危機にあたり、微力をも顧みず再建の礎石たるべき抱負と決意とをもって出発したが、ここに創立以来の念願を果すべく角川文庫を発刊する。これまで刊行されたあらゆる全集叢書文庫類の長所と短所とを検討し、古今東西の不朽の典籍を、良心的編集のもとに、廉価に、そして書架にふさわしい美本として、多くのひとびとに提供しようとする。しかし私たちは徒らに百科全書的な知識のジレッタントを作ることを目的とせず、あくまで祖国の文化に秩序と再建への道を示し、この文庫を角川書店の栄ある事業として、今後永久に継続発展せしめ、学芸と教養との殿堂として大成せんことを期したい。多くの読書子の愛情ある忠言と支持とによって、この希望と抱負とを完遂せしめられんことを願う。

一九四九年五月三日

黒い紙

堂場瞬一

迫真の企業謀略ミステリ！

大手総合商社テイゲンに、同社と旧ソ連の不適切な関係を指摘する文書が届いた。現会長の糸山が、30年前に旧ソ連のスパイ活動を行ったというものだった。警察に届けるわけにいかないテイゲンは、秘密裏に危機管理会社「TCR」に解決を依頼。元刑事の長須恭介が真相究明に動き出す。そして犯人から現金10億円を要求する第2の脅迫状が届けられた。長須は、正義とクライアントの利益に葛藤しながら、巨大企業の“闇”に挑む。

角川文庫
ISBN 978-4-04-106742-0

十字の記憶

堂場瞬一

著者が初めて挑んだ、青春×警察小説！

地方紙の支局長として20年ぶりに地元に戻って来た福良孝嗣は、前市長の息子が銃殺された事件を着任早々、取材することになる。一方、高校の陸上部で福良とリレーのメンバーを組んでいた県警捜査一課の芹沢拓もまた同じ事件を追っていた。記者と刑事——交わってはならない関係となった2人。だが、事件の背後を洗ううち、2人は、もう1人の同級生の重い過去によって引き寄せられていく。大人の「つらい友情」を描く警察ミステリ。

角川文庫

ISBN 978-4-04-106741-3

約束の河

堂場瞬一

友を殺したのは、自分なのか？

法律事務所を経営する北見貴秋は、薬物依存症の入院療養から戻った日、同級生の服部奈津から、幼馴染の今川出流《いずる》の死を知らされる。今川は作家としてデビューを飾り、期待されていた矢先の出来事だった。彼は本当に自殺したのか。北見は、死の真相を確かめようと行動を起こす。一方、北見の父の親友だった刑事の藤代もまた、今川の死と北見の行動に疑問を抱いていた——。衝撃の結末が最後に待ち受ける長編ミステリ。

角川文庫

ISBN 978-4-04-106743-7